Die fünfundvierzigjährige Helena erfüllte sich einen alten Traum, als sie aus Stockholm nach Norrland zog, um ein kleines Hotel zu eröffnen. Doch nun liegt alles in Scherben. Ihr Mann hat sie verlassen und sie alleine mit dem Hotel, einer verlorenen Existenz und einer unglücklichen Tochter zurückgelassen. Anders Strandberg könnte sein Leben genießen. Der Verkauf seiner Firma hat ihm finanzielle Unabhängigkeit geschenkt, doch umso mehr Geld er verdient, desto bedeutungsloser erscheint ihm sein Leben. Das Schicksal führt ihn ganz in den Norden Schwedens, wo er in ein kleines Hotel eincheckt – Helenas Hotel …

Karin Alvtegen, geboren 1965 in Stockholm, hat als Großnichte von Astrid Lindgren sozusagen literarisches Blut in den Adern. Sie lebt mit ihrer Familie in Stockholm und arbeitete in der Filmbranche, zuletzt als Drehbuchautorin, bevor sie ihren ersten Roman schrieb.

KARIN ALVTEGEN

Eine zweite Chance

Roman

Aus dem Schwedischen von Verena Reichel

btb

»Nichts existiert außer Atomen und leerem Raum. Alles andere sind nur Ansichten.«

Demokrit von Abdera
ca. 460–370 v. Chr.

Kapitel 1

»Anders, können Sie mich hören?«

Die fremde Stimme klang freundlich und warm, kam aber von einem weit entfernten Ort. Er sollte wohl antworten, aber ehe er diesen Gedanken zu Ende denken konnte, war er schon wieder zurück in einen Dämmerschlaf gefallen. Befreit von allem schwebte er in einem sorgenfreien Raum, ohne Verurteilungen, Überzeugungen oder festgefahrene Gedankengänge. Alles war an seinem Anfang und voller Möglichkeiten.

»Anders, hören Sie mich? Anders?«

Hört auf, mich zu stören! Ich will hierbleiben!

Er wusste nicht, ob seine Antwort einen Sinn ergab. Er versuchte zu fliehen, aber jetzt gab es etwas, das ihn daran hinderte. Da war dieser Geruch. Eine Sekunde später wurde ihm klar, was dieser Geruch bedeutete – Gefahr! Du befindest dich in Gefahr!

Er wurde von flimmernden Bildern hinaufgezogen. Ein sich steigerndes rhythmisches Rauschen. Der Geschmack von Metall, sein Kopf schmerzte, etwas befand sich in seiner Nähe. Er blinzelte, um eine Erklärung zu finden. Ein grelles Licht blendete ihn, und sein Blick irrte umher. Neben ihm stand eine weiße Gestalt, und er spürte kühle Finger um sein Handgelenk.

Nur der Geruch war deutlich.

Der unverkennbare Geruch von etwas, das er einmal zu verabscheuen gelernt hatte – der Geruch von Krankenhaus.

»Anders, Sie sollten versuchen, kurz wachzubleiben. Wissen Sie, wo Sie sind? Sie hatten einen Autounfall. Sie befinden sich im Krankenhaus von Sundsvall.«

Die Worte schwebten herum, waren schwer zu greifen. Jemand sagte, er hätte einen Autounfall gehabt. Das war eine unsinnige Behauptung. So etwas war nicht passiert. All das Verwirrende um ihn herum steigerte seine Angst noch, und überall war dieser Geruch. Er wollte weg von hier, wurde aber von sanften Händen zurückgehalten.

»Keine Angst, Anders, wir haben ein Schädelröntgen gemacht, und alles sieht gut aus. Versuchen Sie einfach ruhig zu bleiben, Sie müssen sich keine Sorgen machen. Gibt es einen Angehörigen, den wir benachrichtigen sollen?«

Der Mund war trocken, die Zunge klebte. Er war bis auf die Unterhose nackt und hatte das Bedürfnis, sich zu bedecken. Er wollte seine Kleider haben, wer hatte ihn ausgezogen? Und was war während der Zeit geschehen, die er geschlafen hatte?

Während der folgenden Stunde versuchte er, den Rat der Schwester zu beherzigen. Obwohl er wieder und wieder wegdämmerte, beantwortete er gehorsam alle Fragen. Haben Sie hier in den Zehen ein Gefühl? Können Sie Ihren Namen sagen? Andauernd weckten sie ihn auf, zwickten ihn in die Füße, leuchteten in seine Augen. Der Blutdruck wurde gemessen und die Pulsschläge gezählt, während er seine Adresse herunterleiern musste.

Seine Fügsamkeit hatte ein einziges Ziel – so schnell wie möglich hier herauszukommen.

Heimlich erkundete er seinen Körper. Vorsichtig tasteten die Finger über die Haut, aber es gab keine Anzeichen einer Verletzung. Alle Gelenke ließen sich bewegen, und abgesehen von den Kopfschmerzen und einer schmerzenden linken Schulter schien der Rest des Körpers heil. Jedenfalls äußerlich.

Er erinnerte sich an nichts von dem, was vorgefallen war. Ein Stück seines Lebens fehlte. Erschrocken über den Verlust und in einem verzweifelten Bedürfnis nach Zusammenhang tastete er nach losen Fäden. Die Erinnerung brach abrupt an einer Tankstelle ab, an der er sich ein Würstchen mit Brot gekauft hatte. Er erinnerte sich an einen Mann in einer Daunenjacke, der seinen Aston Martin bewundert hatte. Danach brachen seine Erinnerungen abrupt ab. Ein blankes Nichts, an dem er offenbar doch als hilfloser Mittelpunkt teilgenommen hatte. Auf Menschen angewiesen, die sich erinnerten.

Was hatten sie gesehen, die Menschen, die Zeugen seiner Hilflosigkeit gewesen waren?

Unaufgefordert erzählte die Krankenschwester, was sie wusste. Der Unfall hatte sich ein paar Meilen nördlich von Sundsvall ereignet, wo der Wagen auf einer geraden Strecke von der Straße abgekommen war. Das Rettungspersonal hatte den Verdacht, dass er am Steuer eingeschlafen war, es gab keine andere Erklärung. Diejenigen, die das Wrack gesehen hatten, hatten von einem Wunder gesprochen. Nur um wenige Meter hatte er einen Bergrücken verfehlt und war dann an zwei Bäumen vorbeigefahren.

»Sie müssen wirklich einen Schutzengel gehabt haben.«

Anders hörte zu und wunderte sich. Dass er eingeschlafen sein sollte, war keine vernünftige Erklärung, viel zu viel Zeit war vergangen, seit ihm das gelungen war, ohne dass er zuvor eine Schlaftablette genommen hatte. Die ganze Sache war rätselhaft.

»Ich werde Ihnen etwas zu trinken holen.«

Die Schwester ging hinaus, und er hatte Gelegenheit, sich umzusehen. Im Nachbarbett schlief ein älterer Mann mit weißen Platten auf der Brust. Kabel waren mit einem Monitor verbunden, und auf dem Schirm waren die Herzschläge zu sehen, wie Bergspitzen in einer Ebene. Anders betrachtete seinen offenen Mund. Sah, wie der Brustkorb sich mit der eingeatmeten Krankenhausluft hob und wieder senkte.

Er wandte den Blick ab.

Die Schwester kam mit einer Kanne, und er stemmte sich hoch, um zu trinken.

»Wie fühlen Sie sich jetzt?«

Er sank auf die Kissen zurück. »Wie viel Uhr ist es?«

»Zwanzig vor acht, am Abend. Sie bekommen gleich etwas zu essen.«

Fünf Stunden waren verschwunden. Aus seinem Leben gelöscht. »Wann ist es passiert? Wie lange war ich bewusstlos?«

»Sie wurden um kurz nach vier eingeliefert. Bewusstlos waren Sie nur direkt nach dem Unfall, vielleicht eine Minute oder so, dann sind Sie immer wieder eingenickt.«

»Nein, ich war bewusstlos. Ich erinnerte mich an nichts, bis Sie mich geweckt haben.«

Sie lächelte und strich sein Laken glatt. »Es kann sich so anfühlen, Erinnerungslücken sind normal. Aber Sie haben ziemlich viel geredet. Auch wenn es keinen Zusammenhang ergab.«

Ihr Lächeln war sicher wohlwollend, aber aufgrund seiner Unterlegenheit fühlte er sich zusehends unbehaglicher. Er wollte weg von ihr, die all das gehört hatte.

»Manchmal kommt die Erinnerung nach einer Weile zurück, manchmal aber auch nicht, das muss Sie aber nicht beunruhigen. Das Wichtigste ist, dass beim Schädelröntgen alles gut aussah. Wir werden sicherheitshalber morgen früh noch einmal röntgen, aber wie gesagt, es gibt keine Anzeichen von Verletzungen. Sie haben eine leichtere Gehirnerschütterung, und leider werden wir Sie heute Nacht in regelmäßigen Abständen wecken müssen, um zu sehen, ob alles in Ordnung ist.«

»Wie lange muss ich hierbleiben?«

»Das entscheidet der Arzt, aber normalerweise behalten wir Patienten vierundzwanzig Stunden zur Beobachtung.«

Seine Angst wuchs. Niemand konnte ihn festhalten, aber es war ein weiter Weg bis nach Stockholm, und außerdem hatte er kein Auto.

»Wenn ich tatsächlich noch einen Tag und eine Nacht bleiben muss, will ich ein eigenes Zimmer.«

Sie tätschelte seinen Arm. »Versuchen Sie jetzt, ein bisschen zu ruhen.«

»Wenn nötig, zahle ich dafür.«

»Ich hole ein paar Butterbrote. Es gibt Käse oder Schinken.«

Ihre Unbekümmertheit ließ ihn die Fassung verlieren. »Was verstehen Sie nicht daran? Wenn ich so lange bleiben soll, verlange ich ein eigenes Zimmer.«

»Das können wir nicht bieten. Die Einzelzimmer sind für schwer kranke Patienten reserviert.« Eine Schärfe hatte sich in ihre Stimme geschlichen.

»Dann will ich mit einem Verantwortlichen auf dieser Station reden, und wie gesagt, wenn es um Geld geht, zahle ich.« Erst jetzt kam es ihm in den Sinn: Wo befanden sich eigentlich seine Brieftasche, sein iPhone, die Tasche, die im Kofferraum gelegen hatte? »Wo sind meine Sachen?«

Sie zog einen Schlüsselbund aus der Tasche und schloss einen Schrank neben dem Bett auf. »Ihre Brieftasche und das Handy sind hier, Ihre Kleider und anderes aus dem Auto in dem Schrank da drüben. Sie brauchen nicht beunruhigt zu sein, Anders. Es ist ganz normal, sich verwirrt zu fühlen, nach dem, was Sie durchgemacht haben. Versuchen Sie, etwas zu ruhen.«

Abermals näherte sich ihre beruhigende Hand. Diesmal schaffte er es, ihr auszuweichen. Er streckte sich nach der Brieftasche, nahm ein paar Kreditkarten hervor und legte sie auf den Rolltisch neben dem Bett. Für gut eine Milliarde Kronen musste es doch möglich sein, ein Einzelzimmer zu bekommen.

»Hier, Sie können abbuchen, was es kostet. Und mehr dazu, wenn es nötig ist.«

Sie betrachtete die Karte und warf ihm einen schwer zu deutenden Blick zu.

Dann ging sie zur Tür.

»Wir betreiben hier kein Hotel. Sie befinden sich auf einer Intensivstation. Wollen Sie Käse oder Schinken auf den Schnitten?«

Die Nacht kam, und im Zimmer wurde das Licht gelöscht. Nur eine einsame Nachtlampe brannte noch. Die Forderung nach einem Einzelzimmer hatte er aufgeben müssen, und aufgrund seiner Beschwerden hatte zudem die Freundlichkeit der Krankenschwestern nachgelassen. Trotzdem wurde er tadellos gepflegt. Mehrmals in der Stunde kam jemand, um sich zu vergewissern, dass er lebte, aber ohne überflüssiges Gerede. Zwischendurch schlummerte er ein. Sie fragten nochmals, ob er mit einem Angehörigen Kontakt aufnehmen wollte, und er schwindelte, um nicht sagen zu müssen, wie es stand. Freilich gab es Bekannte, aber kaum jemanden, den er von der Intensivstation des Sundsvaller Krankenhauses aus anrufen wollte. Er hatte kaum noch Kontakt zu seinen Bekannten, und er war sich bewusst, welche Schuld er selbst daran trug. Freundschaft verlangte Gegenseitigkeit, und er hatte es immer mehr vernachlässigt, von sich hören zu lassen. Wenn er ehrlich war, hatte sich einiges verschlechtert, seit er aufgehört hatte zu arbeiten. Erst spät hatte er seinen Fehler eingesehen. Nichts war so geworden, wie er es erwartet hatte.

Er streckte sich nach dem Glas und nahm einen Schluck Wasser, um den faden Geschmack im Mund wegzuspülen. Er sah die Schnitten, die ihm die Schwester gebracht hatte. Der Käse war vertrocknet und hatte sich zu einer Schale gewölbt, er langte nach der mit dem Schinken. Als er in das Brot biss, nahm er den warmen Fleischgeschmack wahr. Die losen Fäden fanden einen Halt, und die Erlebnisse des Nachmittags nahmen Form an. Jetzt erinnerte er sich daran, wie er von der Tankstelle weggefahren war, welche Musik er gehört und wie er den Senf auf seine Hose gekleckert hatte.

Leider erinnerte er sich auch an das, was auf dieser geraden Strecke passiert war.

Niedergeschlagen dachte er über die Tatsache nach, dass er hier gelandet war. Diese Alternative hatte er nicht in Betracht gezogen. Er hatte das Schicksal gebeten, zwischen zwei Varianten zu wählen, als er ihm die Verantwortung für seinen Entschluss überlassen hatte.

Ich schließe die Augen und zähle bis dreißig. Mach mit meinem Leben, was du willst.

Alles, was er gewollt hatte, war es, der Sinnlosigkeit ein Ende zu bereiten.

Zu sterben und alles hinter sich zu lassen – oder ein Gefühl von Leben zurückzubekommen, nachdem sich der Tod in greifbarer Nähe befunden hatte.

Mit geschlossenen Augen hatte er die Entscheidung auf sich zukommen lassen, und eine eigentümliche Erwartung hatte ihn erfüllt.

Kapitel 2

Helga Andersson war tot, und somit hatte Helena keine Hilfe beim Servieren des Frühstücks am nächsten Morgen. Nicht dass Helga selbst zum Personal gehört hätte, doch ihre Nichte Anna-Karin, die bei Bedarf einsprang, hatte angerufen und gesagt, sie sei zu mitgenommen, um arbeiten zu können. Helena nahm diese Nachricht relativ gelassen auf. Es kam ziemlich oft vor, dass Anna-Karin sich mitgenommen fühlte. Tauchte eine noch so kleine Gelegenheit auf, die vorgeschoben werden konnte, musste die Freundin sie ergreifen. Aber ein Todesfall war immerhin ein Todesfall, auch wenn Helga Andersson seit acht Jahren ein Pflegefall gewesen war.

Vor dem Fenster war es schon dunkel geworden. Die schwarze Silhouette der Berge ruhte vor dem mondbeschienenen Himmel. Ihr kam in den Sinn, wie viel Zeit vergangen war, seit sie sich das letzte Mal die Zeit für einen Spaziergang genommen hatte. Einfach loszugehen und sich treiben zu lassen, wie sie es geliebt hatte zu wandern, wenn die vielfältige Stille des Waldes alles verdrängte und neuen Gedanken Platz machte.

Jetzt war selten Zeit für die Dinge, auf die es möglich war zu verzichten.

Sie ordnete die Papiere hinter der Rezeptionstheke, löschte

die Lichter und ging zum Speisesaal. Die beiden Hotelgäste dieser Nacht waren in ihren Zimmern verschwunden, und sie räumte den Esstisch ab. Der Hahn in der Küche tropfte. Sie schrieb »Dichtung wechseln« auf ihre To-do-Liste, las rasch die anderen Punkte und strich »Milchprodukte bestellen« und »Licht in der Vorratskammer reparieren« durch. Sie empfand immer die gleiche Befriedigung, wenn sie den Stift über das führte, was erledigt worden war. Ein notwendiger Selbstbetrug, dass alles eines Tages fertig sein würde. Doch die Arbeiten am Hotel schienen nie enden zu wollen. Auch wenn es nur zehn Zimmer hatte und selten ausgebucht war.

Es war schon genug zu tun gewesen, als sie noch zu zweit waren.

Bei allem, was sie tat, schmerzte der Gedanke daran. Zu wissen, dass die Hände, die sie früher unterstützt hatten, sich jetzt mit anderen Dingen beschäftigten.

Sie sah sich in der Küche um, löschte die Lichter und schloss ab. Die Umsatzsteuererklärung für diesen Monat musste warten. Ihr gingen die Kräfte aus, und die Gäste wollten schon um sieben Uhr frühstücken. Sie ging die Treppe hinauf zu den Zimmern, die zur Privatwohnung umgebaut worden waren.

Noch ein Tag, den man hinter sich lassen konnte.

In Emelies Zimmer war die Lampe an, sie saß am Schreibtisch vor dem Computer. Immer saß sie da, als wäre er eine Verlängerung ihrer selbst. Und wie üblich, wenn Helena sich näherte, wurde der Bildschirm abgeschaltet und verdunkelte sich.

»Bist du noch nicht im Bett?«

»Gleich.«

»Wir haben doch darüber gesprochen, dass du zu lange am Abend noch auf bist.«

»Gleich, habe ich doch gesagt, ich muss nur noch eine Sache fertig machen.«

Helena starrte auf den Bildschirm. Die schwarze Oberfläche war ein Hohn auf alles, was sie wollte, wie eine visuelle Bestätigung für den Abstand, der zwischen ihnen entstanden war. Hinter ihm gab es für ihre Tochter eine Welt, zu der Helena keinen Zutritt hatte.

»Im Ernst, Emelie, wie viele Stunden am Tag sitzt du eigentlich da? Warum trefft ihr euch nicht, statt dass jeder für sich in seinem Zimmer sitzt und chattet?«

Emelie schwieg, wie immer bei dieser Frage.

»Du könntest doch mal jemanden mit hierherbringen. Wenn es schwierig für deine Freundinnen ist, nach Hause zu kommen, kann ich sie fahren. Oder sie können hier übernachten, wenn du willst. Freie Betten haben wir ja genug.«

Ihr Versuch zu scherzen ließ die Tochter kalt.

»Nein danke.«

»Warum nicht?«

»Hör doch auf zu nerven.«

Sie wusste, dass sie Emelie jetzt eigentlich alleine lassen sollte, aber sie machte sich Sorgen. Das Bewusstsein über ihr eigenes trauriges Leben konnte sie mit den täglichen Pflichten verdrängen, aber wenn sie ihre Tochter sah, wurde ihr das eigene Scheitern bewusst, und das bereitete ihr Atemnot.

»Kannst du nicht versuchen, dir was anderes auszudenken? Ich glaube, es würde dir guttun, mal was Neues auszuprobieren. Vielleicht könntest du mit irgendeinem Sport anfangen oder ein bisschen mehr auf deiner Gitarre spielen? Das hast du doch früher immer gemacht und bist darin so gut geworden.«

Wie anders alles geworden war, als sie es sich vorgestellt hatte. Der Hof oben in Norrland, ihre Verschnaufpause, wo sie als Kind immer die Sommerferien verbracht hatte. Nicht nur von der Schule befreit, sondern auch von Mutter und Schwester und den zwei Zimmern mit Küche im Stockholmer Vorort Vällingby. Wie sie sich immer nach dem Sommer gesehnt hatte. Die Kühe, die sie zum Melken holen durfte, und die Hühner, die gefüttert werden mussten. All die Hütten, die sie im Wald gebaut hatten. Floßfahrten auf dem See. Runzlige Fingerspitzen nach stundenlangem Baden und Blaubeerflecken an den Kleidern. Nachts schliefen sie auf dem Heuboden, in ihre Schlafsäcke verkrochen, wenn sich unbekannte Geräusche angeschlichen und ein großes Mysterium versprochen hatten.

Und die beiden Erwachsenen, die ihre Sommereltern geworden waren. Wunderbarerweise immer für sie da, obwohl sie ständig mit ihren Pflichten beschäftigt waren. Nie lagen sie bis spät vormittags im Bett, zu traurig oder zu müde, um aufzustehen.

Es war dieses Kindheitsglück, das sie ihrer Tochter hatte bieten wollen, als sie und Martin die Möglichkeit bekommen hatten, den Hof zu kaufen. Den stressigen Alltag in Stockholm hinter sich zu lassen und den Traum von einem kleinen Hotel zu verwirklichen. Emelie war zehn Jahre alt gewesen und sollte endlich auf dem Land wohnen.

Drei Jahre waren seither vergangen.

»Es gibt so vieles, was man tun kann, wenn man nur ein bisschen Phantasie hat.«

»Aha, was denn zum Beispiel? Wenn man draußen im Wald wohnt, gibt es nicht so wahnsinnig viel zu tun. Und es gibt auch niemanden, der hierherkommen will, es ist viel zu weit zu fahren.«

Ein Knoten im Zwerchfell, wo sich alles angestaut hatte. Alles, was sie nur wegstecken konnte, weil sie hoffte, dass es eines Tages verschwinden würde. Emelies Worte hatten mit exakter Präzision getroffen.

»Du könntest mir ein bisschen mehr helfen, wenn es dir zu langweilig ist.«

Der Vorschlag war ziemlich schlecht. Von ihr wurde erwartet, dass sie eine Lösung fand, obwohl es keine gab. Seit einem halben Jahr stocherten sie in den Scherben herum. Sie waren beide zurückgelassen worden, und das hätte ihre Gemeinschaft stärken sollen. Stattdessen schienen sie einander zu meiden, um nicht an das erinnert zu werden, was zerstört worden war.

»Ich kann auch von hier wegziehen, wenn ich schon so verdammt schwierig bin.«

Emelie stand auf und stieß an ihren Arm, als sie sich durch die Tür drängte. Helena schloss die Augen, um den Knall der Badezimmertür zu ertragen. Jetzt waren sie also wieder so weit. Sie versuchte wirklich, ihre Tochter zu erreichen, aber Emelie glitt ihr durch die Finger wie ein vorwurfsvoller Schatten, dem sie vergeblich hinterherjagte, durch die Zimmer, in denen sie selbst herumhastete, um alles aufrechtzuerhalten. Es war nicht nur das Alltägliche. Die Häuser waren alt und mussten instand gehalten werden, aber sie schaffte nur das Nötigste.

Nichts war richtig fertig gewesen, als Martin sie verlassen hatte. Während der letzten Jahre hatten sie ein bisschen was hier und da gemacht, in dem idiotischen Glauben, es würde schneller gehen, wenn alles gleichzeitig erledigt wurde. In der Scheune waren nur fünf der geplanten Hotelzimmer fertig geworden. In den übrigen warteten eingeschweißte Holzdielen entlang kahler Rigipsplattenwände. Leisten stapelten sich in der Vorratskammer, und die Farbe für die Wände, die ungestrichen blieben, war in den Dosen bereits eingetrocknet. Spachtel, Holztäfelungen, Heizkörper und Kacheln – ein Vorrat an erloschenem Enthusiasmus. Einst das Rohmaterial für ihre gemeinsame Vision, obwohl er plötzlich das Gegenteil behauptet hatte, als er die Bombe platzen ließ.

An diesem Tag hatte er so getan, als wäre es nur ihr Traum gewesen. Für sie war der Umzug nach Norrland eine Heimkehr, für ihn eine Abkehr von allem, was er hatte. Die Menge an vollendeten Erinnerungen, die sie schon in die Holzdielen des Hauses hineingetreten hatte, bevor sie gemeinsam gekommen waren, hatte einen gemeinsamen Neuanfang unmöglich gemacht. Sie war vorgelaufen und hatte gezeigt, er war ihr nachgeeilt und hatte versucht eine Ecke zu finden, in der auch seine Visionen Platz fanden. Und in den Jahren, die vergangen waren, hatte sie ihm nie zugehört, wenn er ihr gesagt hatte, dass er unzufrieden sei und wieder heim nach Stockholm ziehen wollte.

Das hatte er zumindest so behauptet, als alles schon zu spät war.

Sorgfältig hatte er sich seine jämmerliche Verteidigung zurechtgelegt, um sein wahres Motiv zu verbergen. Die Schlange hatte Helena selbst in ihr Haus geladen, als sie die

Marketingidee gehabt hatte, Forschern und Doktoranden ein Naturalstipendium zu bieten. Vier Wochen lang hatte ihre erste Stipendiatin diesen Vorzug genossen. Helena hatte alles gegeben, um den Aufenthalt für sie so besonders wie möglich zu machen. In einem mit Farben bekleckerten Blaumann war sie herumgeeilt und hatte frische Blumen und einen Obstkorb in das Zimmer gestellt und auf Wunsch vegetarische Mahlzeiten serviert, während der Gratisgast es sich in einem der Liegestühle des Gartens bequem gemacht hatte, tief in ein Buch versunken, zerstreut eine widerspenstige Haarsträhne um einen Finger wickelnd. Als sie endlich abgereist war, hatte Helena erfahren, dass auch ihr Mann zu den Naturalvergünstigungen gehört hatte. Ihre Existenz war mit einem Mal zerstört worden, und die Zukunft, mit der sie gerechnet hatte, hatte aufgehört zu existieren.

Emelies Badezimmertür blieb geschlossen, es war ganz still. Ein deutliches Zeichen dafür, dass das Gespräch beendet war. Zurück blieb nur das stechende Gefühl der Ungerechtigkeit. Nicht sie hatte sich entschlossen zu gehen, und trotzdem wurde sie zur Zielscheibe von Emelies Enttäuschung. Martin dagegen hatte sich sicher in Stockholm verschanzt. Er und die Neue wohnten in dem Viertel, das sie selbst mit dem Umzug nach Norrland verlassen hatten.

Sie ging in ihr Badezimmer. Die Kälte schlug ihr entgegen, als sie die Tür öffnete, sie hatte vergessen, hinaufzugehen und den Heizlüfter anzuschalten. Der Heizkörper war kaputt, und es war nie Zeit gewesen, einen neuen zu installieren. In den Winternächten hatte sie gefroren. Trotz Pyjama und doppelter Daunendecke – die Kälte schien von innen zu kommen. Diejenige, für die sie sich gehalten hatte, war nicht mehr da, und die Leere war eisig kalt. Sie hatte Martin als ihren engsten Freund betrachtet und war stolz gewesen auf ihre zielstrebige Arbeit. Wenn es Widerstände gab, hatte sie von dem Tag geträumt, an dem das Hotel fertig wäre, die Gäste hereinströmten und sie sich endlich Ferien gönnen könnten.

Gott, wie dumm sie gewesen war.

Sie setzte sich auf das Bett. Ihr Schlafzimmer war unverändert. Er hatte nur seine Kleider und Bücher mitgenommen und ihr die gemeinsamen Dinge hinterlassen. Aus Rücksicht, hatte er behauptet.

Denn er wollte ihr ja nicht wehtun.

Diese Behauptung war ein Hohn, da er ihr alles genommen hatte, was ihr etwas bedeutete. Indem er seine Kleider und Bücher gepackt hatte, hatte er das einzig Wichtige zusammengerafft. Das Fundament ihrer kleinen Familie. Der Zorn, den sie empfand, gab ihr den einzigen Antrieb, er weckte sie am Morgen und trieb sie durch die Tage. Sie wollte das Hotel weiterführen, Martin nicht die Freude gönnen zu sehen, wie sie aufgab. Ihm nicht Recht geben mit der Behauptung, die Idee sei schon von Anfang an ein Irrtum gewesen. Emelie zuliebe wollte sie weiterkämpfen, damit etwas normal blieb. Was sie jetzt brauchte, war Kontinuität, nachdem alles zusammengestürzt war.

Martin hatte sich der Verantwortung entzogen. Helena war fest entschlossen, sie weiter zu tragen.

Emelie war *ihre* Tochter, und sie versuchte zu verdrängen, dass er einmal mit einbezogen gewesen war.

Manchmal konnte sie jedoch seine Anwesenheit flüchtig wahrnehmen, in einer Geste, die sie von ihm hatte, oder einem Blick.

Und immer wenn das geschah, musste Helena sich abwenden, um ihre Abneigung zu verbergen.

Kapitel 3

Etwas hinderte Anders daran, wieder einzuschlafen. Nachdem die Krankenschwester gegangen war, lag er hellwach da, mit dem Geräusch der Klimaanlage als einziger Gesellschaft. Der Mann im Nachbarbett schlief fest, und Anders beneidete ihn um seine friedlichen Atemzüge.

Nachdem er zu arbeiten aufgehört hatte, war etwas mit ihm geschehen. Gedanken, die er noch nie gehabt hatte, verschafften sich Einlass, wo zuvor kein Platz für sie gewesen war. Es war, als ob ein unsichtbares Gas aus einem rätselhaften Leck plötzlich seinen Lebensraum verpestete. Früher war Augenblick auf Augenblick gefolgt, das Nachdenken in die Zukunft verschoben worden. Jetzt lag es in ungeahnten Mengen da und wartete auf seine Aufmerksamkeit. Er, der gedacht hatte, es sei nun an der Zeit, die Früchte seiner Arbeit zu ernten. Wo war die Befriedigung über den Erfolg geblieben? Der Stolz auf das, was er aufgebaut hatte? Die Freude über das Geld, das er verdient hatte? Er war verwirrt von der Schwermut und begriff nicht, warum er im Alter von siebenundvierzig Jahren plötzlich anfing sich zu fragen, welche Entscheidungen eigentlich seine eigenen gewesen waren.

Es war zwei Jahre her, seit er sein Investmentunternehmen verkauft und alle Vorstandsämter niedergelegt hatte. Einige Kollegen hatten ihn gewarnt, aber er wollte noch etwas mehr aus dem Leben herausholen. Was genau, war ihm noch nicht klar, aber zum ersten Mal wollte er eine bewusste Entscheidung treffen, nachdem sich so vieles nur wie ein Zufall angefühlt hatte. Manchmal kam ihm der Gedanke, sein gesamtes Leben sei wie auf Bananenschalen dahingeglitten, aber es brauchte trotzdem ein gewisses Talent dafür, auf den richtigen auszurutschen.

Fünfundzwanzig Jahre lang war die Arbeit sein Leben gewesen, und ringsherum hatte sich sein Dasein angepasst. Das Handysignal hatte Vorrang vor allem gehabt, selbst wenn er mit einer der Frauen im Bett lag, die gekommen und gegangen und schließlich ausgezogen waren. Manchmal dachte er, er hätte die falschen Prioritäten gesetzt, aber das, was er für diese Frauen empfunden hatte, hatte nie mit der Gefühlsintensität konkurrieren können, die der Beruf ihm gegeben hatte. Das taktische Spiel, das Eingehen von Risiken, die berechnende Strategie in lang hingezogenen Verhandlungen und der Siegesrausch, wenn er Erfolg hatte. Die Millionen, die hereinrollten, und die Lust auf Revanche, wenn einige verloren gingen. Das Gefühl, unbezwingbar zu sein, sich so hoch oben in der Hierarchie zu befinden, dass nichts ihn bedrohen konnte.

Als sich schließlich ein Gefühl der Sättigung einschlich, hatte er es zunächst nicht identifizieren können. Er ertappte sich immer öfter dabei, von etwas anderem zu träumen, und schließlich gewann der Überdruss die Oberhand. Es war Zeit für den nächsten Schritt. Also verkaufte er alles und beschloss, sein neues Leben mit einer Reise zu beginnen. Seine zahllosen Geschäftsreisen hatten sich kaum voneinander unterschieden und keine besonderen Erinnerungen hinterlassen. Damals war er auf Leistung und Resultate ausgerichtet gewesen, nach Erlebnissen zu suchen war etwas anderes. Er beauftragte das Reisebüro, eine Route zu planen und ein Abenteuer zusammenzustellen. Voller Erwartung fuhr er los. Großwildjagd in Zimbabwe, Tauchen bei Borneo. Einen Monat lang hatte er im Hotel Martinez in Cannes gewohnt und Golf gespielt. Darauf folgte eine Rundreise in Ecuador. Er aß Gourmet-Menüs in weltberühmten Restaurants und sah das Schönste, was die Erde zu bieten hatte. Aber schließlich wurde auch die großartigste Aussicht eintönig. Die Reise war für ein Jahr geplant, nach sieben Monaten kehrte er nach Hause zurück. Dann entschloss er sich umzuziehen. Eines der Häuser, die er besaß, lag in Gamla Stan, und dort ließ er eine Etagenwohnung im Dachboden und dem obersten Geschoss ausbauen. Die leeren Seiten in seinem Kalender füllten sich mit Terminen mit Architekten und Innenausstattern.

Er hatte Gamla Stan schon immer gemocht. Er fand es erholsam, durch die Gassen zu schlendern, auf Kopfsteinpflaster, auf dem man schon seit Hunderten von Jahren gegangen war. All diese Menschenleben, deren Schicksale wie mit Fäden verbunden waren. Er fand den ununterbrochenen Fluss beruhigend. Ein vages Gefühl der Unsterblichkeit. Doch zugleich bereiteten ihm diese Gedanken Sorge. Sie waren neu und ungewohnt und schienen aus einer tückischen Region seines Gehirns zu kommen, die sich noch nie zuvor bemerkbar gemacht hatte.

Die Renovierung der Wohnung brauchte ihre Zeit, und wenn sie fertig wäre, so hatte er es sich vorgestellt, würde er damit anfangen, sein Leben zu genießen. An der Wohnung war dann auch nichts auszusetzen, das war ihm klar, trotzdem trieb es ihn rastlos zwischen den Räumen umher. Und mit jedem Morgen wurde ihm der Mann, der ihm aus dem Badezimmerspiegel entgegenblickte, immer fremder. Ein Mann mit denselben Gesichtszügen, die er gehabt hatte, als er unentbehrlich von Termin zu Termin gehetzt war. Ein Chef, der respektiert wurde, und ein begehrtes Vorstandsmitglied, dessen Geschick sich durch den Quartalsbericht bestätigte. Doch nun rief niemand mehr an und brauchte seinen Rat oder musste sich seinen Entscheidungen beugen. Widerwillig gestand er sich ein, dass er jenseits der festen Rolle in seinem Beruf verloren war.

Doch im letzten Moment tat sich doch noch etwas Neues auf. Ein Bekannter bat ihn, zu einer Sammlerauktion mitzukommen. Um 368 000 Kronen ärmer, mit einer beschädigten Taschenuhr der Marke Waltham und einer neuen Leidenschaft in seinem Leben kehrte er zurück. Eine Ironie des Schicksals für Carl Asplund, der am 19. April 1912 an Bord der Titanic gegangen war, mit seiner Frau, vier Kindern und Fahrkarten für die dritte Klasse. Zwölf Tage nach dem Untergang des Schiffs hatte man Carls leblosen Körper gefunden. Seine einfache Taschenuhr hatte die Sekunde verewigt, in der er und drei seiner Kinder in die Tiefe gezogen worden waren.

Eine Rarität für die Sammler dieser Welt.

Der Auktionsfund bewegte etwas in ihm, ein neues Projekt tat sich auf. Die Jagd auf neue Kleinodien wurde erfolgreich, da nur sein eigenes Desinteresse ihn von einem Kauf abhielt.

Die Sammlung wuchs rasch und nahm mittlerweile drei der Zimmer seiner Wohnung ein.

Aber es war nicht das Kunstwerk des Meisters, das verlockend war, sondern der Pinsel, der in den Fingern des Malers geruht hatte, und die Palette, die seine Farbe getragen hatte. Keine Erstausgaben bekannter Romane, sondern der Stift, der den Gedanken verewigt hatte. Der Stuhl, der das Gewicht des Schriftstellers getragen hatte, und der Brief, der an eine Geliebte geschrieben worden war. Schlüssel, die zu berüchtigten Türen passten, eine Uhr vom Arm des Genies, die Tagebücher von Berühmtheiten, gefüllt von Gedanken, die Utensilien und Kleider von Legenden. Dinge, die Spuren von verflogenen Zeiten trugen und den Flügelschlag der Geschichte erlebt hatten.

Seine Sammlung wurde zu einem Zufluchtsort. Umgeben von den Scherben anderer Leben färbte ein wenig davon auf sein eigenes ab. Er empfand eine schwer erklärbare Sicherheit unter den toten Dingen, welche diejenigen hinterlassen hatten, die vorangegangen waren. Das Versprechen des Vergangenen, dass, was auch geschah, die Zeit immer weitergehen würde. Der Gruß der Toten an die Lebenden – auch eure Kümmernisse werden eines Tages vorüber sein, und niemand wird sich an ihr Gewicht erinnern.

Sein Haus war mit Sicherheitstüren ausgestattet, und die Sammlung wurde derzeit auf 390 Millionen Kronen geschätzt.

Aber wie alles in seinem Leben hatte auch diese Leidenschaft ein Verfallsdatum. Immer weniger Gegenstände versetzten seine Gefühle in Aufruhr, er machte halbherzige Angebote, die manchmal klappten, ihm aber eigentlich egal waren. Die Rastlosigkeit war mit einem Jucken an Stellen vergleichbar, an die die Finger nicht herankamen. Das Leben verlangte nach einer neuen Herausforderung, aber ratlos, welche Richtung er einschlagen sollte, stand er still und stampfte auf einen Boden, der im Begriff war nachzugeben. Unter sich ahnte er einen Abgrund.

Er war gezwungen, sich einzugestehen, dass die Träume in strahlenderen Farben geleuchtet hatten, als ihm noch die Zeit gefehlt hatte, sie zu verwirklichen. Er war ohne Verlangen und gleichgültig gegenüber der Zukunft. Die Tage verflossen in dem Gefühl, dass er langsam versank.

Eines Tages traf er einen seiner Nachbarn im Treppenhaus, und getreu seiner Gewohnheit, die Menschen in seiner Umgebung auf Abstand zu halten, hatte Anders nicht vor, für ein Schwätzchen stehen zu bleiben. Der Mann war Pensionär und der Einzige gewesen, der sich über den Lärm gewundert hatte, als Anders' Sicherheitstüren installiert worden waren. Der Nachbar kannte seine Sammlerleidenschaft und wollte ihm berichten, was er kürzlich auf einer Norrlandreise erlebt hatte. Ziemlich uninteressiert hörte Anders zu, wie er von dem außergewöhnlichen Mann berichtete, den er im Wald getroffen hatte. Davon, wie er zum Kaffee eingeladen worden war und dass das Häuschen so vollgestopft mit Kram gewesen sei, dass man kaum hereinkam. Mittlerweile hatte Anders abgeschaltet, aber plötzlich schnappte er ein paar Worte auf, die seine Aufmerksamkeit erregten.

»Er hatte sie unter dem Bett. Er sagte, er hätte sie Anfang der siebziger Jahre beim Pokern in einer Bar in San Diego gewonnen. Er hätte sie als eine Erinnerung behalten, da es eine der alten Gitarren der Beatles sei. Er behauptete, sie hieße

Lucy. Ich habe gedacht, das sei vielleicht etwas für Sie, wo Sie doch alte Sachen sammeln.«

»Wissen Sie, was für eine Marke das war?«

»Eine rote Gibson. Ich habe früher ein bisschen Gitarre gespielt, und man träumte ja immer davon, so eine zu besitzen.«

I look at the world and I notice it's turning
While my guitar gently weeps

Das siebte Stück auf der ersten Seite des weißen Doppelalbums der Beatles. Ein Spektrum von Gefühlen kündigte sich an, als sei er mit einer dunklen Schicht unter der Vernunft in Kontakt gekommen.

Er ging direkt zu seinem Computer. Was er gehört hatte, ließ sich leicht als Lügengeschichte abtun, nachdem er ein paar Suchbegriffe eingegeben hatte und im Netz herumklickte, nahm sein Herzklopfen immer mehr zu. Nichts, was er fand, widersprach der Geschichte. Wenn das, was der Nachbar behauptete, sich als wahr erweisen sollte, war es nichts weniger als eine Sensation. Trotzdem begann er, sich unbehaglich zu fühlen. Der Sammler in ihm begann natürlich zu jubeln, doch etwas anderes in ihm wehrte sich dagegen und wollte all das vergessen.

Es gab eine Zeit, da hatte er alles über Lucy gelernt. Die Gitarre war eine cherryred Gibson Les Paul von 1957, Eric Clapton hatte auf ihr *While my guitar gently weeps* gespielt, als George Harrison ihn darum gebeten hatte. Nach der Aufnahme hatte er Harrison die Gitarre geschenkt. 1973 wurde sie dann in Beverly Hills gestohlen und war vermutlich in

Mexiko verschwunden. Anders brauchte keine Karte, um sich zu vergewissern, dass San Diego auf dem Weg des Diebs lag.

Vielleicht war sie jetzt in Reichweite, nur ein paar Stunden Autofahrt entfernt.

Der Gedanke war schwindelerregend.

Während der Preis für Kunst und Antiquitäten der allgemeinen Konjunktur gefolgt war, hatte der Wert der Vintagegitarren enorm zugenommen. Sie waren heutzutage begehrte Investitionsobjekte für Männer mit grauen Schläfen und angehäuften Reichtümern, die zu jedem Preis die Symbole für ihren niemals verwirklichten Kindheitstraum zurückkaufen wollten.

Auch wenn sie nicht mehr spielen konnten.

War die Gitarre berühmt, konnte man den Preis nur erahnen. Als Eric Claptons Blackie auf einer Auktion verkauft worden war, war der Zuschlag bei 7,7 Millionen Kronen erfolgt. Wenn das Gerücht sich verbreitete, wo Lucy sich befinden könnte, würde das Häuschen des Sonderlings belagert werden.

Anders hatte Gitarren in seiner Sammlung gemieden, aber jetzt wurde ein Teil von ihm wie von einem Magneten Richtung Norrland gezogen.

Ein anderer Teil wollte, dass der Staub, der aufgewühlt worden war, sich wieder legte.

In dieser Verwirrung vergingen die nächsten Tage. In ihm wuchs eine vage Sehnsucht. Sie war nicht in Worte zu fassen und nicht in den Griff zu bekommen, sie galt keinem Ort, keinem Menschen. Er wollte weg von dem, was war, und die Verwirrung hinter sich lassen. Er wollte dastehen und zurückschauen, wenn alles in einen klaren Zusammenhang gebracht worden war.

Jeden Morgen, wenn er widerwillig aufwachte, eilten seine Gedanken zu Lucy. Dass sie sich vielleicht da oben in Norrland befand, kam einer Hoffnung gleich. Aus Angst, seinen Strohhalm zu verlieren, schob er seine Reise absichtlich auf. Und jeden Tag schrieb er mit zitternden Fingern »Lucy« in das Suchfenster bei Google, ängstlich, jemand könnte ihm zuvorgekommen sein.

Zwiespältig war er schließlich losgefahren und hatte es bis nach Sundsvall geschafft.

Kapitel 4

Helena hörte, wie die Badezimmertür geöffnet wurde und der Holzboden der Diele unter Emelies Füßen knarrte. Sie stand auf, kam aber nur bis zum Schlafzimmerfenster. Das Haus war umgeben von der schwärzesten Nacht, nicht einmal der Mond war am Himmel zu sehen. Zwei Autoscheinwerfer schwenkten draußen auf der Straße vorbei. Sie sah den Lichtern nach und fragte sich, welches Ziel das Auto hatte, ob jemand am Ende der Reise wartete.

Sie änderte den Fokus und ahnte ihre eigene Silhouette im Fensterglas. Genauso vage und konturlos, wie sie sich selbst empfand.

Die beiden größten Funktionen, die sie in ihrem Leben ausgefüllt hatte, waren überflüssig geworden. Martin war gegangen, und die Versuche ihrer Tochter, sich zu befreien, waren überdeutlich. Sie wurde weder gebraucht, noch war sie erwünscht. Zurück blieb nur ein einziges kleines Trümmerstück von ihr, das sich nur dadurch am Leben hielt, dass das Hotel weiterbetrieben werden musste. Der Rest gehörte einer Fremden.

Eine alleinstehende Mutter eines Scheidungskinds.

Diese Identität war so weit von ihren Vorsätzen entfernt, dass der Abstand sie schwindeln ließ. Trotzdem war es das, was sie war, der Rest war nur Leere. Wie konnten also die Konturen etwas haben, woran sie Halt fanden? Sie dachte an den Tag, an dem es geschehen war.

»Setz dich zu mir, Helena, wir müssen uns ein wenig unterhalten, du und ich.«

Mit diesen alltäglichen Worten fängt es an. Trotzdem weiß sie sofort, dass sich etwas Bedrohliches nähert. Es ist, als sei die Luft im Raum mit Vorahnungen aufgeladen, ein Gürtel zieht sich um ihren Brustkorb zusammen.

Er hat noch den Blaumann an und wird bald in den Stall hinausgehen und streichen. Sie ist mit einer Einkaufsliste vorbeigehastet, auf dem Weg zum Auto, um zu einem Farbenladen zu fahren.

Ein scheinbar gewöhnlicher Tag.

Das, was noch nicht gesagt worden ist, zittert in einem letzten Augenblick der Zuversicht.

Danach kann sie sich schwer daran erinnern, was eigentlich gesagt wurde. Er hat vom Ende eines Tunnels gesprochen, eine Wirklichkeit beschrieben, von der sie nicht wusste, dass es sie gab. Sie will diese Wirklichkeit nicht akzeptieren, denn wenn sie zugibt, dass sie wahr ist, verliert das Dasein seine Richtung.

Sie steht auf und geht hinaus zum Auto. In dem Farbenladen hakt sie sorgfältig ihre Einkaufsliste ab. Mit geübten Bewegungen nimmt sie Dinge aus den Regalen und legt sie in den Wagen, wechselt alltägliche Worte mit der Frau an der Kasse und tankt das Auto auf dem Heimweg. Die gewöhnliche Wirklichkeit scheint intakt.

In den folgenden Nächten schläft sie schlecht, sie hat einen Druck auf der Brust. Tagsüber versucht sie, sich normal zu ver-

halten. Martin wirkt traurig und will weiterreden, aber sie hat so viel anderes zu tun. Dafür sorgen, dass die Gäste ihr Frühstück bekommen, Zimmer aufräumen und Betten machen, abends das Essen kochen.

Das Dasein aufrechterhalten.

Er folgt ihr durch die Zimmer, auf der Jagd nach einer Fortsetzung des Gesprächs. Sie eilt weiter und sorgt dafür, dass es nicht dazu kommt. Am dritten Tag gibt er auf und beginnt zu packen. Sie sieht seine Kleider aus den Schränken verschwinden, in Taschen und Umzugskartons. Im Regal klaffen Löcher von seinen Büchern und CDs. Alles andere lässt er zurück. Manchmal fragt er etwas, aber sie zuckt nur mit den Achseln. Ihr ist schwindlig von den schlaflosen Nächten. Die Gedanken streben in verschiedene Richtungen, ihr fällt es schwer, den Überblick zu behalten.

Obwohl er niedergeschmettert wirkt, ahnt sie einen verhaltenen Eifer in seinen Bewegungen. Eine schwer zu verbergende Erwartung. Er ist unterwegs. Sie wird zurückbleiben. Allein, in dem Alten.

Am sechsten Tag gelingt es ihr nicht mehr, sich dem Ganzen zu versperren. Sie hört zufällig ein Telefongespräch. Was er gesagt hat, wird plötzlich zur Wirklichkeit, denn der Ton, den sie hört, war früher nur für sie bestimmt. Ihr ganzer Körper schmerzt mit einem Mal. Der Schrecken macht sie stumm, sie kann nicht atmen, und die Gedanken rasen wie eingesperrte Tiere in Panik herum.

Als er ihre Verzweiflung sieht, umarmt er sie. Ihre Arme hängen an der Seite herab, unfähig, sich zu bewegen. Es ist das letzte Mal, dass sie sich berühren.

Alles, was sie will, ist, ihn dazu zu zwingen, das zu empfin-

den, was sie fühlt, er soll an derselben Ohnmacht und Hilflosigkeit zerbrechen.

Als er am nächsten Tag abfährt, steht sie im Zimmer Nummer vier und streicht.

Die Tür zu Emelies Zimmer war verschlossen. Helena legte das Ohr daran, aber alles war still. Sie ließ das Anklopfen zu kleinen Morsesignalen werden. Bitte mach, dass wir uns wieder vertragen, bevor der Schlaf uns trennt.

Als die Antwort ausblieb, öffnete sie die Tür einen Spalt weit, und das Licht der Lampe in der Diele fiel in einem Streifen auf die Decke über Emelies Rücken.

»Dann gute Nacht, wir sehen uns morgen.«

»Mm.«

Emelie blieb mit dem Gesicht zur Wand liegen, und um nicht mit diesem unbehaglichen Gefühl schlafen gehen zu müssen, ging Helena zu ihr hin und strich ihr über den Kopf.

»Es tut mir leid, dass ich vorhin so sauer geklungen habe. Ich bin nur so furchtbar müde, aber es war ungerecht, dass ich das an dir ausgelassen habe.«

Emelie zog die Decke über die Schultern.

»Das ist okay, gute Nacht.«

Helena blieb stehen, obwohl die Antwort klar gewesen war. Es gab so viele ungesagte Worte. Helenas eigene wurden weniger und weniger, sie schafften es nicht, gegen etwas anzukämpfen, das anscheinend nicht erreicht werden wollte. Sie selbst empfand ein tiefes Bedürfnis nach Trost. Sie wollte Emelie sagen hören, sie verstehe, dass sie müde sei. Sie sei dankbar für ihre Anstrengung, ihren Alltag besser funktionieren zu lassen. Alles würde sich bald besser anfühlen, wenn sie nur zusammenhielten. Aber Emelie sagte nie die Worte, die Helena hören wollte, auch wenn sie wusste, dass das zu viel verlangt war.

Emelie hatte selbst genug an ihrer eigenen Trauer zu tragen.

Ihr Handy lag neben dem Bett auf dem Boden, und Helena bekam Lust, es mitzunehmen. Es kam vor, dass sie heimlich auf die Anruferliste schaute, um zu sehen, wie oft Martin angerufen hatte, und heute Abend fühlte es sich besonders dringend an. Irgendwelche Nachrichten hatte sie nie gefunden, weder eingetroffene noch gesendete, doch sie hatte den Verdacht, dass Emelie sie gelöscht hatte. Es war Martin, der ihr das Handy geschenkt hatte. Helena konnte ihr kaum verbieten, es zu benutzen. Aber es störte sie, dass die beiden untereinander Kontakt halten konnten, ohne dass sie selbst beteiligt war. Und dass sie nicht wusste, wie häufig sie miteinander sprachen.

Sie ließ das Handy liegen. Würde sie dabei ertappt werden, wäre Emelie verärgert, und wertvolle Pluspunkte würden an Martin verloren gehen.

Helena ging ins Badezimmer und wusch sich das Gesicht. Die Abendtoilette war schnell erledigt, weil sie kein Make-up trug. Seit sie aufs Land gezogen waren, hatten sich ihre Gewohnheiten geändert. Anfangs hatte es sich befreiend angefühlt, nicht das Make-up und die korrekte Kleidung zu brauchen, die an ihrem früheren Arbeitsplatz erwartet wurden. Mit der Zeit hatte sie ganz aufgehört, sich zu schminken. Hinterher, vor vollendete Tatsachen gestellt, bereute sie es manchmal, dass sie sich nicht mehr angestrengt hatte. Dass sie sich nicht mehr um ihr Aussehen bemüht hatte. Dass sie sich die ausgefransten Spitzen selbst abgeschnitten hatte, statt zum Friseur zu fahren. Nicht versucht hatte, sich manchmal schick zu machen.

Auch wenn es nur für Martin war.

Seine neue Frau war von der Sorte, die sie schon immer beneidet hatte. Klein und feingliedrig und wie gemacht dafür, über Schwellen getragen und sorgsam auf weichen Polstern abgelegt zu werden. Auch wenn Helena immer schlank gewesen war, fühlte sie sich mit ihren hunderteinundachtzig Zentimetern oft groß und plump. Die Neue war eine natürliche Schönheit, scheinbar ganz ungeschminkt, aber Helena hatte sehr wohl das Arsenal an Schminkzubehör gesehen, während der Wochen, in denen sie eine Schmarotzerin im Hotel gewesen war und Helena die Aufgabe gehabt hatte, ihr Zimmer zu putzen.

Sie ließ die Lampe im Badezimmer brennen und die Tür einen Spalt weit offen stehen. Das Licht in dem Spalt gab Orientierung und war für Emelie da. Die Tochter hatte ihre Angst vor der Dunkelheit geerbt. Auch bei Helena war es immer wieder ein Problem gewesen, wenn Martin verreisen musste. Aber seit der Trennung war die Angst einfach verschwunden. In den Ohren, die früher in den Nächten gehorcht hatten, steckten jetzt Ohrstöpsel, das Summen des Heizlüfters wurde ferngehalten, aber auch die Geräusche, auf die sie früher immer als Zeichen für einen fremden Eindringling gelauscht hatte. Mittlerweile schlief sie unbekümmert darum, was auch immer in dem Haus geschah. Es war sowieso alles zerstört, ein paar Einbrecher mehr oder weniger würden kaum einen Unterschied machen.

Sie zog ihren Flanellpyjama an und kroch rasch unter die Daunendecken. Die Ohrstöpsel lagen auf dem Nachttisch, und während sie sorgfältig die gelbe Schaumstoffmasse zusammendrückte, machte sie es sich bequem. Denn gerade wenn die Geräusche verebbten, kurz vor dem Einschlafen, war das Risiko, überwältigt zu werden, am größten. Nachts war die Haut am dünnsten. Rasch einzuschlafen war ein Muss. Manchmal, wenn es lang gedauert hatte, hatte sie sich gefährlich nahe an die Grenze verirrt, die sie unter allen Umständen aufrechterhalten musste. Sie hatte etwas erahnt, was sie nicht überleben würde, wenn es überschritten wurde. Eine Verzweiflung, gegen die sie unbedingt ankämpfen musste, bis sie sich von selbst wieder etwas gelegt hatte. Bis sie es nach und nach geschafft hatte, sich auf den haltlosen Sturz vorzubereiten, der sie so unerwartet überwältigen wollte, hinunter in ein Loch, das tiefer war als alles, was sie bisher gekannt hatte, in dem sie jeder Orientierung beraubt sein würde.

Die Scham über das Versagen.

Über das gigantische Versagen.

Manchmal konnte sie flüchtig die Fünfundzwanzigjährige sehen, die sie einmal gewesen war. So, wie Martin sie kennengelernt hatte, mit einem ganzen Sack voll seelischem Müll, mit dem sie in die Welt hinausgeschickt worden war. In ihrer Kindheit hatte sie gelernt, dass alles unberechenbar war, ihr Leben hatte immer nur um die suchtkranke Mutter gekreist. Und sie hatte gelernt, wie sie diese Tatsache vor der Öffentlichkeit verbergen konnte. Einen Vater hatte es nie gegeben, er war schon lange verschwunden, bevor sie eine Chance gehabt hatte, Erinnerungen an ihn zu haben.

Sie wusste nicht mehr, wann sie zum ersten Mal das Wort Löwenzahnkind gehört hatte, aber sie hatte früh herausgefunden, dass sie eins war, zäh wie Löwenzahn. Vielleicht hatte ein Lehrer in der Schule es gesagt, nachdem er ihre Lügen durchschaut und verstanden hatte, wie es bei ihr zu Hause stand. Während der Schuljahre hatten die Lehrer sich darüber gewundert, dass sie ihre Aufgaben so gut bewältigte, sie war fast immer unter den Besseren. Dass es tatsächlich eine Lebensnotwendigkeit war, davon ahnten sie nichts. Tüchtig und folgsam zu sein war eine Art, ihren Platz zu behaupten. Welchen, wusste sie nicht, nur dass es gute Leistungen waren, durch die sie ihr Überleben sicherte.

Die Leute in ihrer Wohnung kamen und gingen. Wachsamkeit war notwendig. Man konnte unmöglich wissen, auf wen man sich verlassen konnte, ebenso zu wem man gehen konnte, um Schutz zu finden. Wie alle Kinder hatte sie ihre Mutter geliebt und sehnte sich nach den Gelegenheiten, bei denen sie ihre Liebe zeigte. Helena und ihre Schwester lernten beide, wann die Chance dazu am größten war. Es kam selten vor, wenn sie nüchtern war, wenn die klare Sicht auf ihre eigene Unfähigkeit ihre Mutter dazu brachte, sich in ihrer Scham abzukapseln. Auch nicht, wenn sie trank, wenn klebrige Liebesbezeugungen dicht herabregneten, aber nicht zählten, weil sie von einer Fremden kamen. Nein, aber in der Woche danach, wenn sie jämmerlich und reuevoll versprach, dass sich alles ändern würde, wenn sie ihr nur verziehen, dann stiegen ihre Chancen. Verziehen wurde ihr immer, aber die Veränderung blieb aus. Ihre gesamte Kindheit lief darauf hinaus zu versuchen, das allzu Abweichende zu verhindern, zu beschönigen und in der Verzweiflung das zu normalisieren, was zu wehtat.

Mit diesen Lektionen hatte sie sich ins Leben hinausbegeben. Ihre Freunde wählte sie entsprechend aus. Sie fühlte sich zu unzuverlässigen, unglücklichen Männern hingezogen, fand sie spannend und geheimnisvoll. Die Herausforderung bestand darin, ihre Liebe zu gewinnen, ihnen Verständnis und Trost zu spenden und zu versuchen, ihnen zu helfen. Die Beziehung war auf den Bedingungen des anderen aufgebaut, und wollte sie ihre Aufmerksamkeit gewinnen, musste sie sich anpassen. Sie hatte gelernt, dass Liebe so funktionierte. Die egozentrische Launenhaftigkeit der Männer passte genau und erfüllte all ihre Erwartungen.

Aber dann traf sie Martin.

Er war ein ganz gewöhnlicher Junge mit gewöhnlichen Interessen, der an der Stockholmer Universität Soziologie studierte. Er stammte aus einer gewöhnlichen Familie und war in einem gewöhnlichen Reihenhaus in einem Gebiet mit scheinbar gewöhnlichen Menschen aufgewachsen. Es war gerade die Normalität, die ihr Interesse geweckt hatte. Während die anderen Stewardessen, Lehrer oder Schauspieler werden wollten, war es immer ihr Kindheitstraum gewesen, einmal wie alle anderen zu werden.

Es war keine unmittelbare Leidenschaft, eher eine vorsichtige Annäherung, die wieder und wieder aufgrund ihres Unvermögens stagnierte. Von einem anderen Hintergrund geprägt, war Martin zuverlässig, rücksichtsvoll und vorhersehbar, und das führte schnell zu Problemen. Sie hatte immer wieder Erfahrungen mit der Launenhaftigkeit der Menschen gemacht und versuchte, auch an ihm eine Seite zu provozieren, von der sie ausging, dass sie schlecht war und sich hinter seiner einschmeichelnden Fassade verbarg. Aber Martin blieb der, der er war. Als nichts mehr so kam, wie sie es erwartet hatte, war sie verwirrt. Denn er ließ sich nicht provozieren, er war vor allem verwundert und fragte ausgerechnet *sie*, was er machen sollte, damit es ihr gut ging. Mehrmals hatte sie die Beziehung abgebrochen, die Adrenalinkicks, die sie von früheren instabilen Verhältnissen gewohnt war, blieben aus, und sein offenkundiges Interesse empfand sie als suspekt. In der Ruhe, die entstand, war sie niedergeschlagen. Sie wusste nicht, was sie mit dem Raum anfangen sollte, den sie früher nie in Anspruch hatte nehmen dürfen.

Aber Martin gab nicht auf. Zurückblickend war es ein Wunder, dass er diese Jahre ertragen hatte, in denen sie die Verlässlichkeit seiner Liebe immer wieder auf die Probe stellte. Viele Jahre und viele Gespräche später würde Martin erzählen, dass eins seiner Motive sein Studium der Soziologie gewesen war. Dass er fasziniert war von ihrem Verhalten, das sich so deutlich aus ihrer Herkunft ableiten ließ. Insgeheim hatte sie über sein Bekenntnis nachgedacht. Und trotz all der Zeit, die seitdem vergangen war, war sie traurig gewesen, hatte sich zum Studienobjekt degradiert gefühlt. Doch die Enttäuschung hatte sie sorgfältig verborgen, aus Angst, undankbar zu wirken. Denn es war Martin, der ihr geholfen hatte, die Erlebnisse ihrer Kindheit zu verarbeiten. Der sie in Nächten voller Angst in den Armen gehalten hatte, wenn die Verteidigungsmauern eingestürzt waren und sie meinte, innerlich zu zerbrechen. In einer Kombination von Therapeut und Liebhaber hatte er sie durch den Schmerz gelotst, wenn sie sich eng beieinander in das Land ihrer Kindheit begeben hatten, um zusammen die Fesseln zu lösen, die sie gefangen hielten. Jeder Stein wurde umgedreht und jeder Wurm seziert. Als sie schließlich gewagt hatte, das Schwärzeste zu offenbaren, die Erinnerung, die an dem innersten Kern gezehrt hatte, war seine Liebe trotzdem unerschütterlich geblieben. Als der Schmerz abgeklungen war und sie akzeptiert hatte, dass nichts ungeschehen gemacht werden konnte, war sie endlich die geworden, die sie sein wollte. Die Gefühlsstürme, denen sie früher machtlos ausgeliefert gewesen war, hatten sich gelegt. Ihre Karten waren neu gemischt worden.

Die Verwandlung, die sie während ihrer gemeinsamen Jahre durchgemacht hatte, war so tiefgreifend, dass ein Teil ihrer Erinnerungen jemand anderem zu gelten schien. So vieles in ihr hatte sich verändert.

Jetzt, im Nachhinein, als sie über ihre Ehe nachdachte, wurde es deutlich, dass die ersten fünf Jahre ihre intimsten gewesen waren. Manchmal dachte sie, es sei vielleicht das Projekt Helena Alkoholikertochter, dem sein vorrangiges Interesse gegolten hatte. Liebe, verflochten mit leidenschaftlichem Rehabilitierungseifer. Die neue Helena war unter seinen Fingern herausmodelliert worden, und sie hatte versucht, die zu werden, von der sie glaubte, dass er sie haben wollte – eine relativ unkomplizierte Frau, die endlich auf eigenen Beinen stehen konnte. Vielleicht war das Resultat zu einer Enttäuschung geworden. Vielleicht hatte ihm das zu Tode erschrockene Geschöpf gefehlt, das bis zuletzt Distanz gehalten hatte, dann aber von seiner Führung in die dunklen Verstecke der Seele abhängig geworden war. Für sie eine Albtraumreise, für ihn eine Art der Fortbildung. Kundig in Begriffen und ursächlichen Zusammenhängen, aber selbst mit mangelnder Erfahrung war er vollständig unfähig gewesen zu verstehen, wie sie eigentlich empfunden hatte.

Vielleicht war es doch die Anpassung, die ihre größte Begabung war. Die Erwartungen des Umfelds zu lesen und dafür zu sorgen, sie zu bedienen. Ein Chamäleon auf der Jagd nach Gemeinschaft, bereit, die Gestalt anzunehmen, die gewünscht wurde.

Die Scheidung forderte eine neue Verwandlung. Sie befand sich in einem öden Übergangszustand. Diesmal stand sie allein da. Es gab keine Umgebung, nach der sie sich formen, niemanden, der ihr einen einzigen Leitfaden geben konnte.

Die Frage war nur, wie viele Male ein Mensch es schaffte, sich zu verändern.

Dann schlief sie ein, vollkommen erschöpft.

Kapitel 5

Über der Tür des Zimmers, in dem Anders lag, hing eine Uhr. Da er sonst nichts tun konnte, betrachtete er in der Dunkelheit die gleichmäßigen Schritte des Minutenzeigers. In regelmäßigen Abständen wurde eine Minute der Vergangenheit hinzugefügt, in demselben Takt, in dem seine Zukunft verkürzt wurde. Ihm war es egal. Für ihn war der Tod nicht dramatischer, als nicht mehr da zu sein. Was ihn hingegen störte, war, dass die Lebensmüdigkeit, die er empfand, eigentlich nicht bedeutete, dass er aufhören wollte zu leben. Ganz im Gegenteil, er hatte das Gefühl, dass so vieles noch ungetan war, doch sein Tatendrang war durch ein ihm unbegreifliches Gefühl des Scheiterns wie gelähmt. Er verstand nicht, warum, und manchmal fürchtete er, den Verstand zu verlieren.

Da waren all diese Gedanken. Endlose Grübeleien und sinnlose Fragen, die weder er noch sonst jemand beantworten konnte. Alles Mögliche konnte eine verwickelte Gedankenkette auslösen. Sein Blick richtete sich wieder auf die Uhr, auf der die Zeiger weiterhin sein Leben verkürzten.

Wo war die Zeit, die vergangen war? Woher kam diejenige, die wartete? Was war *Zeit* anderes als ein Maß des Abstands zwischen verschiedenen Ereignissen? Zuverlässig war sie nur, solange man mit dem Blick auf die Uhr ihrem Gang folgte. Schaute man weg, konnte die Zeit davonrasen oder sich verlangsamen, je nachdem, womit sie gefüllt wurde. Wie konnte man behaupten, sie sei konstant, wenn gewisse Augenblicke auf all die folgenden abgefärbt hatten?

All diese Entscheidungen, die er getroffen hatte, und diejenigen, die er niemals traf.

Wenn man mit »freiem Willen« die Fähigkeit des Menschen meinte, die Aufmerksamkeit dorthin zu lenken, wo man wollte, wie viel freier Wille blieb dann übrig von dem, was geschah, wenn die Schale noch weich war und die Ereignisse besonders tief prägen konnten?

Man wird erst sehr spät vergessen können, was geschehen ist.

I look at the world and I notice it's turning,
While my guitar gently weeps

Das siebte Stück auf der ersten Seite des weißen Doppelalbums der Beatles. Sein Zufluchtsort, als er mit neun Jahren eingesehen hatte, dass die Welt ein trügerischer Ort war, weil die Fundamente so leicht nachgeben konnten. Nichts würde je mehr so werden, wie es sein sollte. Deshalb schuf er sich mit einem ihrer Lieblingslieder eine Welt, in der alles andere auf Abstand gehalten wurde.

Wie ein Blinder begab er sich in die Melodie hinein. Mit dem Leben als Einsatz tastete er nach den Tönen und ließ sie auf der Gitarre wieder auferstehen. Kein Gedanke durfte entwischen. Monatelang mühte er sich ab, Ton für Ton, die LP wurde von all den Wiederholungen verkratzt, und die Fingerspitzen häuteten sich, aber umhüllt von Eric Claptons Gibson war das Leben erträglich. Was er nicht in Worte fassen konnte, drückte er auf der Gitarre aus, sie wurde sein Zeuge und Übersetzer. Mit ihr in den Händen wagte er zu fühlen. Die Trauer bekam einen Ton und wurde zugleich auch der Kraft beraubt, ihn zu vernichten.

Er ging zur Schule, wie er sollte, aber jeden Nachmittag eilte er nach Hause. Die Treppe hinauf und in sein Zimmer hinein. Die Musik wurde zu einer Atempause, einem Versteck, während die Zeit weiterging. Als er sich schließlich aus dem geschützten Raum der Musik hinauswagte, hatte die Umgebung wieder Farbe bekommen, und zu seinem Erstaunen konnte er die Luft wieder einatmen. Das Neue war das Gewöhnliche geworden.

Damals waren es er und die Gitarre gegen die Welt.

Die Sparbüchse wurde geplündert, und für das Geld kaufte er Schallplatten. Aber er lauschte nicht, er zerlegte sie, zerbrach sie in ihre Bestandteile und setzte sie mit grenzenloser Hartnäckigkeit und irrsinnigem Verlangen auf der Gitarre wieder zusammen. Jimi Hendrix, Jeff Beck, Peter Green, Jimmy Page und Ritchie Blackmore. Jedes eroberte Solo führte auf neue Ebenen und zu neuen Mysterien, die zu enträtseln waren. Die Gitarre war immer da und zog ihn in ihren Bann, es war nicht mehr möglich, Langeweile zu haben. Er war ein Alchimist auf der Jagd nach der richtigen Formel, unterwegs in einem endlosen Reich. Er überschritt Grenze für Grenze, ohne jemals anzukommen. Es gab immer noch etwas zu spielen, etwas Neues zu lernen.

Das euphorische Gefühl, in etwas gut zu sein.

Der Zukunftstraum, eines Tages genauso hervorragend zu

sein wie seine Vorbilder, die Kunst, Tonfolgen herauszuzaubern, die die Welt noch nie gehört hatte. Das Instrument mit solch einer Vollendung zu beherrschen, als wäre es ein Teil seines eigenen Körpers. Geld hatte er keins, aber das, was er sich wünschte, war ohnehin nicht zu kaufen – der Preis war die Zeit und die einzige Begrenzung die Ausdauer.

Und Ausdauer besaß er reichlich.

Sein Gitarrenlehrer war von seiner Begabung beeindruckt. Er spielte auf Konzerten der Kunst- und Musikschule, und ein Traum ging in Erfüllung, als man ihm anbot, in einer der besten Bands der Stadt zu spielen. Immer der Jüngste, aber trotzdem herausragend, und für das Geld, das er bei den Auftritten verdiente, kaufte er sich eine Gibson-Gitarre.

In der Teenagerzeit wurde alles andere beiseitegeschoben. Er hatte seine Berufung gefunden und sah keinen Grund, sie für etwas anderes zu vergeuden. Jetzt waren es Gitarristen wie Angus Young, Eddie Van Halen, Mark Knopfler und Rory Gallagher, die seinen Weg über die Saiten führten. Neue Ikonen und Vorbilder, die ihm vollkommen neue Möglichkeiten aufzeigten. Er lernte alles über Gitarren. Sah sie als Kunstwerke mit ganz besonderer Eigenart und eigenem Ton, jede Einzelheit fand er fesselnd.

Nur manchmal holte ihn ein seltsames Gefühl ein. Der Ursprung für seine Leidenschaft war eigentlich ein schmerzhafter Verlust gewesen, aus dem sich nun ein Glücksgefühl entwickelt hatte. Aber war es dann überhaupt erlaubt, sich darüber zu freuen?

Dann kam die erste Liebe. Nicht vorsichtig, fragend, ob er, der schon so viel verloren hatte, trotzdem dieses Spiel spielen wollte. Nein, vom ersten Moment an ergriff sie Besitz von ihm. Mit weit geöffnetem Herz hungerte er nach Liebe, seine Sehnsucht schien bodenlos, und er ließ sie bedingungslos in sein tiefstes Inneres. Er ließ sich überwältigen, wollte ganz und gar in ihr aufgehen, bis sie beide in eins zusammengeflossen waren und er nicht mehr wusste, wessen Herz es war, das schlug.

Katarina hieß sie, und beide waren sie siebzehn.

Sie stammte aus einem wohlhabenden Elternhaus, in dem im Gegensatz zu dem seinen Leben herrschte. Am Esstisch wurden laute Diskussionen geführt, ohne dass sie deswegen zerstritten waren. Es waren nur verschiedene Ansichten, die geäußert wurden, ohne dass man sich einig sein musste. Die Eltern betrieben eine Kartonagenfabrik und waren, soweit er wusste, die Einzigen in Huskvarna, die auf dem Grundstück einen Swimmingpool hatten. Er kam mit allen in der Familie gut zurecht. Katarina hatte zwei Schwestern, und ihr Vater, der sich auf der Männerfront einsam gefühlt hatte, sah in ihm einen willkommenen Zuwachs. Er gehörte wieder in einen Zusammenhang und verbrachte seine Zeit lieber in ihrem Zuhause als in seinem eigenen.

Mitunter kam die ganze Familie zu seinen Auftritten. Genau wie Katarina bewunderten sie sein Gitarrenspiel, und er genoss es, sein Geschick zu zeigen. Das Gefühl von Stolz, das ihn selten erreichte, ließ sich mithilfe der Gitarre einfangen. Es machte ihn zu etwas Besonderem, Bewundernswertem, die fundierte Kenntnis von etwas, die er nur durch seine eigenen Anstrengungen errungen hatte. Aber am allermeisten genoss er es, wenn er und die Gitarre in einer zeitlosen Sphäre von Magie verschwanden, wo es keine Grenzen der

Musik gab. Dort fanden sich Töne in schimmernden Melodien, von denen er nicht gewusst hatte, dass es sie gab.

Und hinterher, vom Applaus wie aus dem Schlaf gerissen, war er nicht sicher, wer eigentlich gespielt hatte.

Alles, was er wusste, war, dass er ein sonderbares Gefühl von Frieden empfunden hatte.

Mit neunzehn war sein Talent bereits weit über die Grenzen der Stadt hinaus bekannt. An dem Abend, an dem Katarina und er ihr Zweijähriges feiern wollten, hatte er Angebote von Bands in Stockholm und Göteborg bekommen. Zehn Jahre harte Arbeit hatten seinen Traum in Reichweite gerückt, er brauchte nur die Hand auszustrecken und ihn einzufangen.

Vielleicht waren dem Augenblick kleine Zeichen vorangegangen, die er nicht hatte wahrhaben wollen. Wie der abgewandte Blick. Der strenge Mund. Etwas war in ihrem Blick erloschen, was wieder auflebte, wenn die Rede auf Magnus Bergman kam. Magnus, der auf der Handelshochschule in Stockholm angenommen worden war.

Der es ernsthaft zu etwas bringen wollte.

Sie saßen in ihrem Zimmer auf dem Bett, er wie üblich mit der Gitarre auf dem Schoß, als er plötzlich erkannte, dass eine andere Katarina neben ihm saß als diejenige, die er kannte. Eine Katarina, die zwar die Musik mochte, die aber, wenn es drauf ankam, sie nicht als einen richtigen Beruf ansah. In vagen Worten erklärte sie, das Leben, das sie führen wollte, fordere finanzielle Sicherheit. Sie sagte, sie hätten so verschiedene Vorstellungen, ihre Zukunftsträume stimmten nicht mit den seinen überein. Sie wollte studieren, ihren Abschluss machen, ein Familienunternehmen gründen wie ihre Eltern, das würde nicht funktionieren, wenn er ständig auf Tournee war. Und ehrlich gesagt sei sie es leid, mit ein paar an einem Holzstück befestigten Saiten um seine Aufmerksamkeit konkurrieren zu müssen.

Ein Loch wurde in sein Zwerchfell geschlagen. Sein Versuch, eine Lösung zu finden, wurde weggewedelt wie irritierender Rauch. Ihre plötzliche Kälte bereitete ihm Atemnot. Obwohl sie eben noch ihren selbstverständlichen Platz in seinem Herzen gehabt hatte, befand sie sich nun plötzlich außer Reichweite.

Sie schien unerbittlich in ihrem Entschluss. Alles, was er sagte, wurde rasch von neuen Argumenten übertrumpft, die sie lange für diesen Moment vorbereitet hatte. Als er sie anflehte, wurde sie beinahe wütend. Sie schien das Gespräch rasch hinter sich bringen zu wollen, um seine Erniedrigung nicht sehen zu müssen. Bei seiner vergeblichen Jagd nach einer Lösung schwankte er zwischen Zorn und Verzweiflung.

Es vergingen Stunden, die Nacht wurde schon zum Morgen, und alles, was ein Mensch tut, um nicht verlassen zu werden, ohne Rücksicht auf die eigene Würde, tat er in dieser Nacht.

Er bot sogar an, mit dem Gitarrenspiel aufzuhören und sich stattdessen eine richtige Arbeit zu suchen.

Erst im Morgengrauen gab sie erschöpft zu, wie es tatsächlich aussah.

Es gab Augenblicke, die ihn gezwungen hatten, die Richtung zu wechseln. Einige davon waren ihm als tonangebender Bestandteil geblieben.

Einer dieser Augenblicke war es, als ihre Lippen diesen

Namen formten. Als sie erklärte, er sei durch Magnus Bergman ersetzt worden.

Er weigerte sich, den Schmerz zuzulassen. Der Raum voller bodenloser Trauer war seit zehn Jahren verrammelt und verriegelt, jetzt wurde ein Querbalken angebracht, um den neuen Schmerz fernzuhalten. Stattdessen breitete er sich in den Verstecken aus, die sich boten.

Der Sturm legte sich, als hätte er ihn nie betroffen. Ein befreiendes Gefühl von Gleichgültigkeit.

Genau wie Katarina war er ein anderer geworden.

Drei Erinnerungen hielten sich. Die beruhigenden Geräusche des Hauses, das er unvorsichtigerweise zu dem seinen gemacht hatte. Das Schnauben, als sie ihn fragte, was für einen Job er nach dem zweijährigen Musikschwerpunkt auf dem Gymnasium zu bekommen glaubte. Und die Gitarre, die er weggelegt hatte, von einer notwendigen Voraussetzung plötzlich in eine trügerische Zerstörerin verwandelt.

Nein, das Glück *war* nicht erlaubt. Der Ursprung für seine Leidenschaft war ein schmerzhafter Verlust gewesen, aus dem sich nun ein Glücksgefühl entwickelt hatte. Es war an der Zeit zu bezahlen, Verlust gegen Verlust schien gerecht.

Als er ging, um nie mehr jemanden aus der Familie zu sehen, hatte sein Leben eine neue Bestimmung bekommen – Katarina würde ihren Entschluss bereuen und eines Tages einsehen, dass sie die falsche Wahl getroffen hatte.

Irgendwo hat alles seinen Anfang.

Achtundzwanzig Jahre später lag er da und starrte auf eine Uhr in der Intensivstation des Krankenhauses von Sundsvall und dachte, dass es im Nachhinein schwierig sei, das Huhn vom Ei zu unterscheiden. Er erinnerte sich, irgendwo gelesen zu haben, dass es für den Charakter genauso schädlich ist, wenn einem alles gelingt, was man sich vornimmt, wie, wenn man es nie versuchen würde. Und vielleicht war das der Grund, warum seine gesamte Antriebskraft ihn verlassen hatte. Denn erfolgreich war er wahrlich gewesen. Damals, vor achtundzwanzig Jahren, musste er lediglich seine Sturheit beim Üben auf der Gitarre auf ein neues Ziel lenken – in zwei Jahren wollte er seine erste Million verdient haben.

Eine Woche danach verkaufte er die Gitarre, um den Umzug nach Stockholm zu finanzieren. Eine der ersten neuen Bekanntschaften, die er machte, war die mit einem Systemwissenschaftler der Universität von Uppsala. Auf dem Fest, auf dem sie sich begegneten, wurde gelacht, als dieser behauptete, innerhalb von zehn Jahren würde es in Schweden rund zweihunderttausend PCs geben. Aber Anders, der gehört hatte, wie sich Szenetechniker über die Zukunftsaussichten des Computers ausließen, meinte, eine mögliche Nische entdeckt zu haben.

Eilig hatte er es auch.

Und mehr Mut als diejenigen, die glaubten, etwas zu verlieren zu haben.

Zusammen kauften sie eine verlustreiche amerikanische Computerfirma. Mit großer Beharrlichkeit begannen sie damit, sie aufzubauen. Sein Kompagnon stand für die Computerkompetenz, für die finanzielle Leitung des Unternehmens übernahm Anders die Verantwortung, obwohl seine Kenntnisse mangelhaft waren. Aber schon einmal hatte er sich mit etwas hervorgetan, obwohl er bei Null angefangen hatte. Nur die Art des Vorgehens war eine andere. Statt für sich allein zu üben, wurde er ein Meister darin, Kontakte zu knüpfen, die richtigen Leute kennenzulernen und sich an den Orten zu befinden, wo man auf wertvolle Informationen stoßen konnte. Keine Methode war zu hässlich. Rücksichtslos stahl er Ideen und Ratschläge von denjenigen, denen nicht bewusst war, dass sie sie so einfach hergaben. Hinter seiner jugendlichen Hartnäckigkeit hatte wohl schon immer ein skrupelloser Unternehmer gelauert. Mit seiner Kreativität und der mächtigen Antriebskraft, dem nie zu stillenden Rachedurst, setzte das Unternehmen bereits im dritten Jahr 250 Millionen Kronen um. Von da an war es einfach, kundige Vorstandsmitglieder zu gewinnen. Mit ihrer Hilfe wurde die richtige Strategie erarbeitet, und der Erfolg nahm stetig zu. Anders arbeitete Tag und Nacht. Oft reiste er in der Welt herum, um zu sehen, wie es die ausländischen Computerfirmen machten, nahm die besten Ideen mit, fuhr nach Hause und setzte sie um. Die Mitarbeiter wurden sorgfältig ausgewählt. Es brauchte die richtige Attitüde, totales Engagement, Eltern mit kleinen Kindern wurden aussortiert. Die Kompetentesten wurden schamlos mit unwiderstehlichen Vorzugsangeboten gelockt. Nach weiteren fünf Jahren lag der Umsatz bei zwei Milliarden Kronen, aber Anders wollte mehr. Er verkaufte seinen Anteil und gründete ein erfolgreiches Investmentunternehmen.

Mittlerweile hatte er längst vergessen, wo die Reise einmal angefangen und warum er sich davongemacht hatte. Die Erinnerung an Katarina war eine von vielen, eine alte Flamme von ihm, die offenbar Magnus Bergman geheiratet hatte und eine kleine Kartonagenfabrik in Huskvarna betrieb.

Ob sie es je bereut hatte, wusste er nicht, und kaum etwas interessierte ihn weniger.

Kapitel 6

Es war halb neun, die Hotelgäste hatten gefrühstückt und ausgecheckt. Emelie hatte bereits den Bus genommen, und das Haus war leer und still. Keine neuen Gäste wurden erwartet, sie konnte frei über den Tag verfügen. Vielleicht Zimmer Nummer zwölf fertig streichen oder in einem der Badezimmer Kacheln auslegen. Sie warf einen Blick auf die To-do-Liste, blieb aber mit der Kaffeetasse an der Anrichte sitzen. Es gab genug zu tun, aber erst wollte sie frühstücken.

Eifriger Vogelgesang drang durch die Fensterritzen herein und lockte sie zum Fenster. In diesem Jahr hatte sie dieses Geräusch noch nicht gehört, es kündigte den Frühling an. Draußen war der Bodenfrost gewichen, und Schmelzwasser tropfte vom Dach der Scheune. Endlich war es morgens heller. Das Eis lag blaugrau auf dem See, jetzt sang es nicht mehr in den Nächten und klammerte sich nur noch hartnäckig an der Strandkante fest. Doch mit jedem Tag, der verging, würde sich der Griff lockern. In verbissener Stille ging der Kampf um die Wasseroberfläche weiter, als hätte das Eis alle vorhergehenden Niederlagen vergessen, als der Frühling schließlich die Seite wechselte, das Wasser hervorbrechen ließ und den See mit glitzernden Reflexen überzog.

Sie erinnerte sich an die Frühlinge der Kindheit in Vällingby. Diese ersten Abende, wenn das Licht blieb und die Winterschuhe durch leichte Turnschuhe ersetzt wurden, wie sie die Treppen heruntergerannt war, befreit von der Last des Winters. Das Geräusch der Gummisohlen auf dem Kies. Wie die Kinder sich auf dem asphaltierten Hof versammelten, in viel zu dünnen Jacken, die aus den Ecken des Dachbodens hervorgeholt worden waren. Der Duft von erwärmter Erde und der kühle Abend, der zurückblieb, wenn die Sonne hinter den Mietshäusern untergegangen war. Nie war das Leben so nah wie damals, nie so voller Erwartung. Es war, als würde die Hoffnung selbst Anlauf nehmen, blind gegenüber allen Hindernissen. Der bevorstehende Sommer verwandelte sich auf einmal in ein einziges kribbelndes Versprechen.

Diesmal war der Frühling willkommener denn je. Manchmal dachte sie, wenn nur ein Jahr vergangen war, würde sich alles besser anfühlen. Ein Herbst und ein Winter waren rasch überstanden, jetzt fehlten ein Frühling und ein Sommer, und dann wären alle Tage dieses Jahrs vorüber. Danach wäre es dann wieder »wie immer«. Sie und Emelie würden sagen können »letztes Mal haben wir es so gemacht«, und wenn sie wollten, konnten sie wieder dasselbe tun. Neue Traditionen mussten geschaffen werden, damit die anderen nicht mehr vermisst wurden.

Ein paar hundert Meter weiter auf der anderen Seite der Straße lag der Hof der Anderssons. Helena sah, wie die Tür des rechten Wohnhauses geöffnet wurde und Anna-Karin auf die Treppe hinaustrat. Direkt daneben lag ein Haus, das fast genauso aussah. Anna-Karins kleiner Bruder Lasse wohnte dort mit seiner Frau. Zum Hof gehörten ein Stall und ein paar Scheunen. Während Helenas Kindheit war dieser Hof noch in Betrieb gewesen, im Besitz der Tante Helga, die gerade nach acht Jahren im Pflegeheim verstorben war. In dieser Zeit hatten die Kinder ihres Bruders in dem Erbhof gewohnt, doch zwischen den Häusern hatte es kaum viel Hin und Her gegeben. Anna-Karin hatte nicht viel für ihren Bruder übrig, schon gar nicht für ihre Schwägerin. Und soweit Helena es verstanden hatte, beruhten diese Gefühle auf Gegenseitigkeit. Doch sie hielt sich aus dem Konflikt heraus. Lasse kam zu ihr, wenn der Computer abstürzte, und den Winter über hatte er ihr beim Schneeräumen geholfen. Aber Anna-Karin war diejenige, die sie am besten kannte. Auch wenn es eine gut dreißigjährige Lücke in ihrer Bekanntschaft gab. Als sie als Kind die Sommer hier verbracht hatte, war sie ihre beste Freundin gewesen, von Juni bis August hatten sie zusammen gespielt, und Anna-Karin war mit ihren vier Jahren Vorsprung genauso spannend gewesen wie ein Abenteuerroman. Wo sie auftrat, gab es immer ein Drama. Sie besaß die Fähigkeit, einen gewöhnlichen Sturz mit dem Fahrrad zu einem lebensbedrohlichen Unfall zu machen, einen Fremden im Kaufladen zu einem Mordverdächtigen oder ein aufgefundenes Knochenstück zu einem Steinzeitfund. Mit Anna-Karin an ihrer Seite wurden alle Erlebnisse größer, und manchmal, wenn sie Helena erzählen hörte, was sie erlebt hatten, wunderte sie sich, wie viel ihr selbst entgangen war. Mit Anna-Karin war alles verlockend. Was sie hatte, wollte Helena auch haben, selbst wenn es in ihrem Besitz seinen Zauber verlor. Die gleichen Kleider, dieselbe Lieblingsfarbe und David Cassidy als Idol. Sogar den Dialekt hatte sie sich zugelegt, aber den hatte sie sich schnell wieder abgewöhnen müssen, um zu Hause in Vällingby nicht gehänselt zu werden. Zwischen den Sommerferien schrieben sie sich Briefe. Helena sammelte Flaschenpfand und sparte für schönes Briefpapier mit Bildern von Hunden und Katzen. Sorgfältig schrieb sie ihre Gedanken auf, um sie mit Anna-Karin teilen zu können. In Vällingby gab es keine wie sie, und jeden Morgen riss Helena ein Blatt vom Kalender, um verfolgen zu können, wie schnell die Zeit verging, bis sie sich wiedersehen würden. Die Wand über ihrem Bett war mit David Cassidy tapeziert, trotz der höhnischen Kommentare der Schwester von der anderen Seite des Zimmers, dass Helena ihn nicht einmal singen gehört hätte.

Mit dem Unvermögen des Kindes, den Gang der Zeit zu begreifen, war sie völlig unvorbereitet gewesen, als plötzlich alles vorbei war. Sie war elf gewesen und Anna-Karin fünfzehn, und schon beim ersten Blick hatte sie begriffen, dass nichts mehr so werden würde wie zuvor. Helena war bereits am vorigen Tag mit dem Zug eingetroffen, doch Anna-Karin war nicht aufgetaucht. Erst gegen Abend des nächsten Tages wurde sie vom Knattern eines Mopeds zum Fenster gelockt. Dort hatte sie eine junge Frau mit Brüsten und Make-up gesehen, die ihre Arme um die Taille eines Teenager-Jungen gelegt hatte. Instinktiv hatte sie erkannt, dass sie ausgetauscht worden war. Für Anna-Karin waren die Spiele der Kindheit vorüber, und Helena war in diesem Sommer ziellos umhergeirrt, in der Trauer um das, was sie verloren hatte. Sie war zu den Orten gegangen, wo sie früher immer gespielt hatten, und sich selbst mit den Worten gequält: Nie wieder. Da sie das Einzige im Leben, was ihr vorhersehbar erschienen war, verloren hatte, hatte sie sich zeitweise sogar nach Hause gesehnt.

Aus der Ferne hatte sie ihre Anna-Karin bewundert. In ihren Augen nicht nur schön, sondern ständig umschwärmt von knatternden Mopeds. Ein paarmal war Anna-Karin vorbeigekommen und hatte in Helenas Zimmer heimlich am Fensterspalt geraucht, während Helena andächtig an den Erfahrungen teilhaben durfte, von denen sie nur in »Novellen meines Lebens« gelesen hatte. Im folgenden Sommer hatten die Mopeds den Kampf um Anna-Karin aufgegeben und waren von den Sportwagen der Gegend verdrängt worden, und während Helenas letzten Sommerferien auf dem Hof der Lindgrens hatten sie sich überhaupt nicht gesehen.

Zweiunddreißig Jahre waren seitdem vergangen, und jetzt stand sie am selben Küchenfenster und sah, dass Anna-Karin sich ihrem Haus näherte, mittlerweile eine leicht übergewichtige Frau, die ihre ergrauten Haare mit Schwarzkopfs *Brillance Kastanie* verdeckte. Seit der Kindheit hatten sie sich erst wieder an jenem Tag gesehen, an dem sie und Martin eingezogen waren. Anna-Karin hatte sich vorstellen müssen, bevor Helena begriff, dass sie es war. Sie erinnerte sich an Martins Blick. *Ist das die Anna-Karin, von der du erzählt hast, die so schön und unerreichbar war?*

Helena hatte Zeit gebraucht, um das neue Bild aufzunehmen und ihr wieder Vertrauen zu schenken. Anna-Karin hatte sich zunächst abwartend verhalten, sie aus der Ferne beobachtet, war gelegentlich vorbeigekommen, um sich nach ihren Hotelplänen zu erkundigen, die, wie sie bald verstand, nicht allen in der Gegend willkommen waren. Stockholmer zu sein, wurde eher als Manko betrachtet. Martin hatte mehr darunter gelitten, ein Außenseiter zu sein, als sie selbst. Einfach so von Fjollträsk zu kommen und im Hof der Lindgrens ein Hotel zu eröffnen. Für Helena war es leichter gewesen, akzeptiert zu werden, sie war ja immerhin als Kind dort gewesen und hatte sicher etwas mitgebracht, das vernünftig war, aber das Hotel war lange mit misstrauischen Blicken beäugt worden. Monatelang hatten sie ihr Bestes getan, um die Menschen in ihrer Umgebung davon zu überzeugen, dass sie sich nicht für etwas Besonderes hielten. Schließlich hatte man sie akzeptiert.

Aber richtige Norrländer konnten sie natürlich nicht werden.

Vorsichtig hatten sie und Anna-Karin sich einander angenähert. Nach Berührungspunkten getastet, auf die sie sich beide verstanden, aber Unterschiede, die überbrückt werden mussten, gab es viele. Ihre beiden Lebenswege waren so unterschiedlich verlaufen. Während der vergangenen Jahre war Helena rastlos herumgeeilt, hatte das Gymnasium besucht, war als Au-pair in Frankreich gewesen, hatte mehrere Jahre im Ausland verbracht und war dann nach Hause zurückgekehrt, um sich zur Diplomkauffrau auszubilden. Sie hatte Karriere gemacht und konnte schließlich einen Lebenslauf vorweisen, der bewirkte, dass es Angebote hagelte. Anna-Karin dagegen war in ihrem Heimatort geblieben und hatte mit achtzehn ihr erstes Kind bekommen. Dann war man ja festgelegt, wie sie es ausdrückte. Zwei Scheidungen hatte sie bereits hinter sich, und danach standen Männer bei ihr nicht mehr besonders hoch im Kurs, auch wenn sie in regelmäßigen Abständen tanzen ging. Ihre Freundschaft hatte sich intensiviert, seit Martin nach Stockholm zurückgekehrt war. Mit dem Thema Scheidung und treulose Männer hatten sie einen neuen Anknüpfungspunkt gefunden, und ein neues

Zusammengehörigkeitsgefühl war entstanden. Denn mit Anna-Karin war es, wie es war. Bei Misserfolg war sie eine besonders gute Stütze, was auch daran lag, dass ihre Neigung, Probleme zu wälzen, weit größer war als ihre Fähigkeit, sich an den guten Dingen im Leben zu freuen.

Die Küchentür wurde geöffnet, und Helena hörte, wie sie die Diele betrat.

»Hallo!«

»Hallo, komm herein.« Helena nahm einen Becher aus dem Schrank. »Es gibt frisch gebrühten Kaffee.« Anna-Karin stand an der Tür und zog sich die Lederstiefel aus. Immer mit einem kleinen Absatz, bei jedem Wetter, und oft braun von Lehm. Sie glitt in die Arbeitspantoffeln, die in Helenas Flur standen, und betrat die Küche. »Es taut.«

»Ist das nicht herrlich? Jetzt kommt vielleicht endlich ein bisschen Frühling.«

»Das wird noch dauern, noch haben wir nicht alles von diesem Winter gesehen. Es wird bestimmt bald wieder schneien.«

Helena goss Milch in den Kaffee und legte ein Zuckerstück hinein, so wie Anna-Karin es gerne mochte. Sie setzten sich an den Tisch, Anna-Karin rührte in ihrer Tasse.

»Ja, nun ist sie also weg.«

Helena nickte. Sie hatte nur vage Erinnerungen an Helga Andersson, hatte sie als eine wortkarge und emsig arbeitende Person im Gedächtnis, ziemlich uninteressiert an Anna-Karin, obwohl die Nichte viel Zeit auf dem Hof verbracht hatte.

»Jetzt gehört das Haus endlich dir, darauf hast du doch all die Jahre gewartet.«

Anna-Karin schnaubte. »Das werden wir noch sehen. Ich

könnte wetten, dass Lisbeth Probleme macht, jetzt, da wir endlich das Erbe teilen werden. Und Lasse, dieser Pantoffelheld, wird wohl wie gewöhnlich nicht widersprechen.«

Lisbeth war die Schwägerin, die Anna-Karin nicht ausstehen konnte. Helena hatte nie richtig begriffen, wie der Konflikt begonnen hatte, und hütete sich auch sorgfältig davor, sich einzumischen.

»Das weißt du ja noch nicht, es gibt doch wohl nicht viel Grund zum Streiten. Man muss nur das Grundstück in der Mitte teilen, und für den Stall hast du doch kaum eine Verwendung, wenn Lasse ihn nun haben will.«

»Sag das nicht.«

»Was hast du denn damit vor?«

»Ja, es ist ja ein feiner Stall, man weiß nicht, ob man irgendwann in der Zukunft Verwendung dafür hat. Nein, diese Erbteilung wird nicht so einfach sein, wie du glaubst.« Anna-Karin ging zum Fenster und öffnete es einen Spalt weit, zündete sich eine Zigarette an und blies den Rauch hinaus. »Aber es ist nicht der Stall, an den ich in erster Linie denke. Es ist die Kastanie.«

»Welche Kastanie?«

Anna-Karin nickte zu ihrem Hof hin. »Aber Herrgott nochmal, das kann dir doch nicht entgangen sein. Die zwischen den Häusern, der große Baum. Es heißt, es sei die einzige Kastanie, die es hier so weit im Norden gibt. Sie steht genau in der Mitte, ich habe es einmal mit dem Zollstock abgemessen, als sie nicht zu Hause waren. Aber sie soll künftig auf meinem Grundstück stehen, das ist ein für alle Mal sicher, da werde ich niemals nachgeben.«

Helena stand auf, stellte ihren Becher in die Spülmaschine

und sah aus dem Fenster, um den großen Baum zu betrachten. In perfekter Symmetrie streckten sich die Äste zu den Wohnhäusern hin, wie in einem vergeblichen Versuch, eine Verbindung zu schaffen.

»Aber spielt das eine Rolle? Man sieht ihn doch nicht weniger, wenn er auf Lasses Grundstück steht.«

»Er soll auf meinem stehen, so ist es nun mal.«

Manchmal konnte Helena Anna-Karins Schwarzseherei nicht mehr ertragen. Es war, als würde sie sich von Konflikten nähren und sich deshalb keine Gelegenheit entgehen lassen, neue zu schaffen. Aber Helena hielt sich mit Kritik zurück. Die Erneuerung ihrer Freundschaft als Erwachsene hatte eine Umkehrung der Machtpositionen mit sich gebracht, von der keine von ihnen so recht wusste, wie sie damit umgehen sollte. Helena ahnte, dass Anna-Karin sich manchmal unterlegen fühlte. Das zeigte sich an kleinen Nadelstichen von Boshaftigkeiten, die ein Außenstehender möglicherweise als Scherze empfand, von denen Helena jedoch glaubte, dass sie die Balance zwischen ihnen ausgleichen sollten. Trotzdem war sie dankbar dafür, dass Anna-Karin da war, zum einen als eine von wenigen Freundinnen, aber auch als wertvolle Arbeitskraft. Besonders während der Hochsaison im Sommer. Anna-Karin war wegen Nackenschmerzen Frührentnerin auf Halbzeit, aber die restliche Zeit deckte gut Helenas Bedarf an Hilfe. Wenige würden den Lohn akzeptieren, den sie zu bieten hatte. Und auch dadurch hatte Anna-Karin sich eine Überlegenheit verschafft, die sich auf Helenas Dankbarkeitsschuld gründete.

Anna-Karin zog das Fenster zu und warf die Kippe in den Mülleimer. Helena verfolgte ihre Bewegungen.

»Wie kam es eigentlich, dass Helga den Hof geerbt hat und nicht deine Mutter?«

Anna-Karin zuckte die Achseln. »Papa bekam stattdessen Wald. Helga war ja elf Jahre älter und diejenige, die auf dem Hof blieb, als Vater beim Straßenbauamt anfing. Als ich ganz klein war, wohnten wir in dem Haus, in dem Lasse jetzt wohnt, aber dann zogen wir in das Haus hinten bei der Kirche. Du weißt, wo ich wohnte, als du früher hier warst. Ich mochte dieses Haus nicht. Vater starb ja schon früh, und als Mutter ihm dann folgte, haben wir es verkauft. Ich habe mich immer nach dem Familienhof gesehnt.« Sie ging zum Fenster und schaute zu ihrem Haus hinüber. »Ich weiß nicht, warum wir überhaupt von dort weggezogen sind. Es wurde nie geradeheraus gesagt, aber ich glaube, Mutter und Helga vertrugen sich nicht besonders. Vater war es wohl leid, immer dazwischenzugeraten.« Sie trank den Rest ihres Kaffees und ging zur Geschirrspülmaschine. »Wir werden das Kaffeetrinken nach dem Begräbnis wohl hier bei dir veranstalten. Es findet wohl schon am Freitag statt.«

»Das geht in Ordnung.«

»Wir werden das Beerdigungsunternehmen irgendwann in dieser Woche besuchen. Lasse wollte den Termin machen, und er rechnet wohl wie üblich damit, dass ich kann, wenn es ihm passt.« Sie ging hinaus in die Diele und zog sich die Stiefel an. »Brauchst du etwas aus der Stadt?«

Helena sah auf ihre To-do-Liste.

»Neue Sicherungen für den Sicherungskasten. Nimm ruhig vier Packungen mit zwanzig Ampere. Sie fliegen die ganze Zeit raus, wenn es Minusgrade gibt, und du sagst ja, dass es wieder kalt werden wird.«

Anna-Karin nickte. »Da kannst du sicher sein. Wir haben noch nicht alles von diesem Winter gesehen. Bald werden wir wieder Schnee schippen müssen.«

Als Anna-Karin gegangen war, blieb Helena sitzen. Es gab so vieles, was sie zu tun hatte, dass es einfacher war, sitzen zu bleiben.

Während der ersten Monate, nachdem Martin ausgezogen war, hatte sie manchmal für ein paar Sekunden vergessen, dass er weg war. Spontane Gedanken wie *Wenn Martin nach Hause kommt, werden wir das anpacken …* gingen ihr durch den Kopf, bis ihr einfiel, dass er nie mehr nach Hause kommen würde. Das Gefühl der Einsamkeit war in diesen Momenten so verzehrend geworden, dass sie ihren Hass für eine Weile vergessen hatte.

Aber geweint hatte sie nicht.

Sie hatte sich nach einem Martin gesehnt, den es nicht mehr gab, als sei der, der am Leben war, ein Trugbild des richtigen. Ihr war der Gedanke gekommen, dass es einfacher sei, wenn er tot wäre, wenn sie um den trauern könnte, der weg war, statt sich zu fragen, wo er geblieben war. In ihren Erinnerungen hatte sie nach Hinweisen gesucht, wann genau er sich so sehr verändert hatte. Doch es musste schleichend passiert sein. Die Idee mit dem Hotel war ihr gekommen, als sie müde und resigniert von ihrem Alltag gewesen waren, sie hatten sich beide nach Veränderung gesehnt und nach einer Art Ruhe, von der sie glaubten, sie sei auf dem Land leichter zu finden. Das Leben in Stockholm bestand überwiegend aus Stress. Sowohl sie und Martin hatten Vollzeit gearbeitet, oft mehr als das. Als Emelie geboren wurde, hatten sie sich die Elternzeit geteilt, bevor es Zeit für die Kita wurde. Danach war das Leben ein ewiges Puzzle aus Arbeitszeit, Abholen und Bringen, Kochen und Freizeit gewesen und, als Emelie dann in der Schule angefangen hatte, aus Hausaufgaben und Elternabenden. Der Traum war es, über sich selbst bestimmen zu können. Sich keinen Arbeitszeiten mehr unterwerfen zu müssen. Ihr Bekanntenkreis hatte sie um ihren Aufbruch beneidet und sie als mutig bezeichnet. Dass sie Kontakt halten würden, war selbstverständlich, einige hatten sie besucht, doch wenn die Freunde Urlaub hatten, war bei ihnen ja Hochsaison. Jetzt mailte man sich meist nur noch Weihnachtsgrüße. Nur ein paar vereinzelte Freunde waren übrig geblieben, und jetzt, da sie jemanden wirklich gebraucht hätte, wusste sie nicht mehr, wen sie anrufen sollte.

Vielleicht hätten Martin und sie gründlicher darüber nachdenken sollen, was sie suchten, bevor sie von dem aufgebrochen waren, was sie verlassen wollten. Widerwillig hatte sie sich eingestehen müssen, dass die meisten Sorgen geblieben waren, obwohl die Umgebung eine andere war.

Sie stand auf und ging zum Gefrierschrank, um eine Tüte mit Brötchen herauszuholen. Sie würden aufgetaut sein, bis Emelie nach Hause kam. Helena hatte sich entschlossen, sie in das Gesellschaftszimmer zu locken, wo die Gäste gewöhnlich ihren Kaffee tranken. Sie hatten es mit antiken Sitzgruppen ausgestattet, die um kleine Tische herum gruppiert waren. Entlang der Wände hatten sie Regale gebaut und sie mit Büchern gefüllt. Helena selbst fand, dass es der gemütlichste Raum im Haus war. Heute Nachmittag würde sie im Kamin ein Feuer brennen lassen, all die kleinen Teelichter anzünden und heiße Schokolade zu den Brötchen machen. Ihre Pflichten würde sie vergessen und stattdessen versuchen, ein Gespräch in Gang zu bringen, um möglicherweise einen Einblick in Emelies Gedanken zu bekommen, von denen sie mittlerweile nichts mehr wusste. Ihr fehlte die enge Verbindung, die sie früher gehabt hatten und die nun plötzlich verschwunden war.

Mit der Brötchentüte in der Hand wurde sie mit einem Mal von einer Unlust erfüllt, die sie oft überkam, sobald sie innehielt. Emelie war das Wichtigste, sie war bereit, alles für sie zu tun, und trotzdem plagte sie ständig ein schlechtes Gewissen. Das Gefühl, alles, was sie tat, sei nie genug. In den Jahren als Mutter hatte sie sich manchmal gefragt, wie viele Menschen es noch wagen würden, Kinder zu bekommen, wenn sie zuvor schon ganz und gar begriffen hätten, was das wirklich bedeutete. Von dem Augenblick an, als sie Emelies erste, schmetterlingshafte Bewegungen gespürt hatte, hatte sie instinktiv verstanden, dass das Leben sich veränderte, dass etwas Größeres heranwuchs und Form annahm, als sie es bis dahin gekannt hatte. In dem Moment, in dem sie dem Blick des rätselhaften Wesens begegnet war, das sich aus ihrem Körper herausgepresst hatte, hatte sie gelobt, die Mutter zu werden, die ihre eigene nicht zu sein vermocht hatte. Die Liebe, die sie empfand, war unendlich, ungetrübt, sie liebte ihr Kind, wie sie noch nie zuvor jemanden geliebt hatte.

Alles wäre sie bereit zu tun, und auf alles würde sie verzichten wollen.

Ihre Tochter sollte niemals die Verantwortung dafür übernehmen müssen, ob das Essen auf dem Tisch stand, sich in der Nacht ängstigen, weil die Mutter weg war, oder Erbrochenes neben ihrem Bett aufwischen. Niemals Ausreden für

Nachbarn und Lehrer zusammenlügen oder die Wäsche der Familie im Waschbecken waschen. Niemals vor einem halb angezogenen Fremden am Frühstückstisch Angst haben und zugleich zu Gott beten, dass er bleiben würde, wenn es nur die Mutter froh machte. Niemals am Esstisch von Schulkameraden sitzen und so tun wollen, als sei es ihre eigene Familie.

Als Mutter würde sie die Chance bekommen, alles besser zu machen. Diesmal würde es gut werden, sie und Martin würden für Emelie da sein und zusammen eine normale Familie bilden.

Das war das Versprechen, das sie ihrer Tochter an dem Tag gegeben hatte, an dem sie geboren worden war, und das sie hoch und heilig gelobt hatte, niemals zu brechen.

Kapitel 7

Am 8. November des Jahres 1895 befand sich Professor Wilhelm Conrad Röntgen in seinem Laboratorium an der Universität von Würzburg. Ohne etwas von seinem zukünftigen Ruhm zu wissen, hatte er seit einiger Zeit das Phänomen elektrischer Ladungen studiert. An diesem regnerischen Abend kam ihm die Idee, eine Leuchtröhre in lichtundurchlässiges Papier zu verpacken. Er konnte kaum ahnen, dass dieser Einfall die medizinische Wissenschaft revolutionieren und ihm den Nobelpreis für Physik einbringen würde. Als er die Röhre mit Elektrizität verband, flimmerte es auf einem fluoreszierenden Schirm vor ihm auf. Von Wissbegier getrieben, hielt er die Hand vor die Strahlen und erblickte zu seiner Überraschung sein eigenes Skelett. Damit waren die X-Strahlen entdeckt, die später umbenannt wurden, um für immer seinen Namen zu tragen.

Darüber dachte Anders nach, als er 115 Jahre später in der Röhre lag, dem Resultat dieser Erfindung. Er war mittlerweile der Besitzer des Stifts, den der Professor zur Niederschrift seiner Entdeckung benutzt hatte, und hatte sich deshalb mit dem Thema beschäftigt.

Schicht für Schicht wurde sein Gehirn untersucht, und für einen Augenblick lang wurde er von einem Gedanken befallen, der ihm Angst bereitete. Nicht die Angst davor, dass der brummende Apparat eine Schwellung oder Blutung enthüllen würde, sondern vielmehr vor dem Risiko, dass er seine Gedanken registrieren könnte. Er versuchte, mit dem Denken aufzuhören, aber natürlich gelang ihm das nicht. Woraus waren sie gemacht, diese Gedanken? Waren sie genauso handgreiflich in ihrer Existenz wie die Bestandteile, die man seit Wilhelm Conrad Röntgen fotografieren konnte? Wo im Körper befand sich das Bewusstsein, und wo würde es bleiben, wenn die Teile, die geröntgt werden konnten, wieder dem Kreislauf des Planeten übergeben wurden?

Gedanken dieser Art drängten sich in seinem Hirn, während es auf einem Monitor von Sachkundigen studiert wurde. Er hatte schon einen Mietwagen bestellt, fest entschlossen zu verschwinden, sobald die Untersuchung abgeschlossen war.

Die Kopfschmerzen hatten nachgelassen. Umgeben von dem rotierenden Zylinder schloss er die Augen und versuchte, sich zu entspannen. Das surrende Geräusch war einschläfernd. Der Krankenhausgeruch hatte sich in seinem Körper eingenistet und war nicht mehr wahrzunehmen. Er ahnte jedoch, dass es dieser Geruch war, der die längst verdrängten Erinnerungen hervorgelockt hatte. Während der Nacht hatte sich ein Teil ans andere gefügt, Bilder aus vergangenen Zeiten waren mit einem Mal klar erkennbar.

Er sah sich als neunjährigen Jungen, so ahnungslos gegenüber dem, was ihre zunehmende Erschöpfung für ihn bedeuten würde. Wie alle Krankheiten würde auch diese vorübergehen. So, wie sie es ihm versicherte, wenn sie atemlos und mit der Faust auf die Brust gedrückt versuchte, den

Schmerz zu lindern. Wie hätte er es verstehen können? Ihre kleine Familie war seine Welt, eine absolute Selbstverständlichkeit, sie selbst war der Mittelpunkt seines Lebens, der die Welt in Ordnung hielt. Mit resoluten Schritten und festen Handgriffen packte sie das an, was getan werden musste, und mit nachsichtiger Zärtlichkeit ließ sie seinen Vater allein, wenn er sich abgeschirmt von der Wirklichkeit in seine Bücher über Quantenphysik vertiefte. Er war Lehrer für Mathematik und Physik, mit einem Interesse für diese Themen, das über das Notwendige hinausging. Jeden Morgen setzte sie ihn vor dem Gymnasium von Huskvarna ab, unterwegs zu ihrer eigenen Arbeit als Realschullehrerin. Damit er sicher dorthin findet, pflegte sie lächelnd zu erklären. Sie konnte über seine Zerstreutheit scherzen, ohne sich auf seine Kosten lustig zu machen. Eine Zuneigung, die selbstverständlich war. Anders sah sie selten streiten. Es war offensichtlich, dass ihr Vater von ihr abhängig war. Sie war der Anker, der ihn am Boden hielt und nicht erlaubte, dass er vollständig dem Mysterium der Quantenphysik entschwebte. Sein Vater versuchte, so gut er konnte, sich an den Alltagspflichten zu beteiligen, aber mit zwei linken Händen war er selten hilfreich, wenn etwas kaputt gegangen war. Im Gegenteil, nach seinen Versuchen musste oft mehr repariert werden als zuvor, und dann schämte er sich für seine Ungeschicklichkeit.

Er war kein Vater, der Fußball oder Skifahren oder andere sportliche Betätigungen mochte, aber es kam trotzdem vor, dass er vorschlug, sie sollten etwas zusammen unternehmen. Anders machte es Spaß, solange kein anderer dabei war und zusah.

Manchmal schämte er sich für die Unbeholfenheit seines

Vaters, und das war ein Gefühl, das er nicht mochte. Denn was man nicht sah, wenn sein Vater über das Eis stolperte, war, mit welcher Brillanz er sich mit Schrödingers Wellengleichung, der Theorie vom Higgs-Boson und Heisenbergs Unschärferelation auskannte. Die Quantenphysik war eine Welt, von der Anders früh erkannte, dass sie unmöglich zu begreifen war, und es war schwierig, mit der Kompetenz seines Vaters anzugeben, wenn er sie selbst nicht verstand. Daher bat er seinen Vater einmal, sie ihm zu erklären.

»Sieh mal, Anders, die klassische Physik folgt Newtons Gesetzen, die wir in der gewöhnlichen Welt anwenden können, welche wir um uns herum sehen, aber wenn wir auf das Niveau kommen, das kleiner ist als das Atom, stimmen sie plötzlich nicht mehr. Die Quantenphysik öffnet die Tür zu einer unbekannten Welt, da sie einer ganzen Menge von dem widerspricht, was wir bisher zu wissen glaubten. Zeit und Raum, das Grundlegendste, verlieren in der Welt der Quantenphysik auf gewisse Weise ihre Geltung.«

Die Antwort machte Anders nicht klüger, und er verzichtete darauf zu fragen, wer Newton war.

Seine ersten Erinnerungen an ihre Krankheit waren diffus. Anfangs erkannte er nicht die Gefahr, die über ihnen schwebte. Sie schaffte oft weniger als gewöhnlich und musste häufig innehalten und Atem holen, sie schlief mit einem Kissen im Rücken, um Luft zu bekommen. Aber bald würde sie wieder munter sein, versicherte sie ihm immer wieder, wenn ihre Kräfte nachließen. Seine naiven Kinderaugen sahen nicht die Angst, die sie empfunden haben musste, als ihre Herzschwäche nach und nach Nieren und Lunge beeinträchtigte und es ihr trotz ihrer Arztbesuche immer schlechter ging. Schließlich wurde sie krankgeschrieben. Eine Unruhe schlich sich ins Haus, doch anfangs erkannte er noch nicht den Zusammenhang mit ihrer Krankheit. Sie sagte ja immerzu, dass sie gesund werden würde. Trotzdem war sie öfter bettlägerig, außerdem begann es sonderbar zu klingen, wenn sie atmete. Ein röchelndes Geräusch, nach dem er nicht zu fragen wagte, falls kein anderer als er es bemerkt hätte. Die Tage vergingen, aber irgendetwas fehlte. Die Routine im Alltag. Alle Abläufe wurden aufgelockert, und nichts war mehr vorhersehbar. Sie lag da in ihrem Bett, wenn er von der Schule kam, sein Vater war noch zerstreuter als üblich und verzog sich in sein Arbeitszimmer. Anders sehnte sich nach dem Tag, an dem alles wieder so sein würde wie zuvor.

Er erinnerte sich an den Augenblick, als sich der erste Riss in den trügerischen Worten gezeigt hatte, mit denen sie ihn immer beruhigte. Eine einfache Frage danach, was es zum Abendessen geben würde.

Als er älter wurde, hatte er gedacht, dies sei der Moment gewesen, an dem ihre Angst überhandnahm. Ein neunjähriger Junge mit einem Vater, der Kenntnisse über subatomare Teilchen hatte, sich aber nur notdürftig auf Kochrezepte verstand.

Seine Frage war so unschuldig gewesen. Er hatte sich eigentlich nicht für die Antwort interessiert, er wollte nur etwas sagen, was er gewöhnlich sagte, etwas, was zur Normalität gehörte. Die Sprengkraft seiner Worte hatte er nicht vorhergesehen. Denn statt zu antworten, sah sie ihn mit einem Blick an, den er noch nie gesehen hatte, und dann bat sie ihn mit einem fauchenden Atem, seinen Vater zu holen. Anders eilte die Treppe hinunter und fand ihn tief versunken in seinem Lesesessel.

»Mama will, dass du kommst.«

Er erhob sich sofort und eilte die Treppe hinauf, um jäh an der Schlafzimmertür stehen zu bleiben. Das Gesicht in den Händen verborgen saß sie an ihre Kissen gelehnt und weinte. Aus dem Augenwinkel registrierte er die Reaktion seines Vaters, und auf einmal wurde das offenbar, was er eigentlich schon immer gewusst hatte – von ihm war keine Hilfe zu erwarten, auf ihn konnte er sich nicht stützen. Sein Vater war genauso erschrocken wie er, und Anders wurde von einer Angst befallen, wie er sie noch nie zuvor gespürt hatte. Die Welt war ein gefährlicherer Ort, als sie gesagt hatten, und es gab nichts, was ihn schützen konnte.

»Anders, kannst du für eine Weile in dein Zimmer gehen, ich muss kurz mit deinem Vater reden.«

Mit klopfendem Herzen zog er sich zurück, aber statt zu gehorchen, ging er in das Badezimmer und drückte sein Ohr an die Wand. Alles, was er hörte, waren die eigenen Herzschläge, im Schlafzimmer war es still geworden. Dann hörte er sie sprechen.

Ingvar, es ist kein Essen im Haus, und dein Sohn ist hungrig. Wie kommt es, dass du jeden Tag vergisst, dass wir essen müssen?

Wieder wurde es still, und nach einer Weile kam ihre Stimme zurück, diesmal vom Weinen verzerrt und leiser, deshalb konnte er nicht richtig verstehen, was sie sagte. Das redete er sich wenigstens hinterher ein, als er wünschte, er hätte es nicht gehört.

Versprich mir, Ingvar, wenigstens dafür zu sorgen, dass er etwas zu essen bekommt. Es ist an der Zeit, dass du übernimmst, denn ich schaffe es jetzt nicht mehr.

An diesem Abend aßen sie Fleischwurst. Fleischwurst und Makkaroni, die sein Vater zubereitet hatte. Nicht wissend, wie oft er in Zukunft Fleischwurst und Makkaroni bekommen würde, lobte Anders seine Kochkunst. Sein Einsatz war ja nur vorübergehend, es war gut, dass er mehr Verantwortung übernahm, jetzt, da seine Mutter so müde war. Bald würde alles wieder so sein wie immer.

Sie hatte ihm ja versprochen, gesund zu werden.

Eine Stunde und zwanzig Minuten, nachdem die Röntgenuntersuchung abgeschlossen war, befand sich Anders wieder auf der graden Straße, auf der er sich am Tag zuvor dem Schicksal überlassen hatte. Von der Dramatik des Unfalls waren keine Spuren zu sehen, der Ort war wieder ein unansehnliches Stück Autobahn. Würden ihn nicht die Kopfschmerzen plagen, hätte er sich einreden können, dass der Unfall nie passiert wäre.

Gegen den Rat der Ärzte hatte er das Krankenhaus verlassen. Das Schädelröntgen war gut verlaufen, wenn man mit gut nun meinte, dass man nichts gefunden hatte. Aber da kein Angehöriger ihn abholen und beaufsichtigen konnte, war der Arzt der Ansicht, er solle noch eine Nacht bleiben. Anders hatte versprochen, ein Taxi direkt zum Bahnhof von Sundsvall zu nehmen und in den Zug nach Stockholm zu steigen, wo er sofort seinen Arzt kontaktieren würde. Er hatte ein kleines Kuvert mit vier Schmerztabletten gegen die Kopfschmerzen auf der Reise und eine ausführliche Information über die Symptome erhalten, die zu erwarten waren. Danach hatte er sich bedankt und verabschiedet und hatte sich mit dem Taxi geradewegs zu einer Mietwagenfirma bringen lassen. Er war nicht sicher, ob er es aushalten würde, nach Stockholm zurückzukehren, ohne das Norrlandprojekt durchgezogen zu haben. Deshalb saß er jetzt in einem Mietwagen auf dem Weg nach Norden, und das Navigationsgerät folgte den Koordinaten, auf denen sich das Häuschen mit der Gitarre befand. Eine Adresse hatte er nicht bekommen, aber der Nachbar hatte ihm den Ort auf der Karte gezeigt.

Es dauerte, bis das Navigationsgerät ihn bat, die E4 zu verlassen. Von der monotonen Stimme geleitet, ging die Fahrt weiter über Land. Die Stämme der Kiefern flogen an den Seiten vorbei, die Landschaft erschien endlos, aber dann öffneten sich die Weiten und wurden zu Wiesen und Himmel. Ferne Umrisse von wogenden Bergen am Horizont. In Schattierungen sanken waldbewachsene Hänge hinab zu Flüssen und Seen. Hier und da sah man Kahlschläge wie Wunden in der Landschaft, als ob ein Riese vorübergegangen war, eine Faust voll Kiefern herausgerissen und die Erde in Trauer zurückgelassen hatte. Er fuhr durch kleine Orte und an dem einen oder anderen vereinzelten Hof vorbei. Die Kopfschmerzen verschlimmerten sich durch das blendende Licht. Die Frühlingssonne strich über die Erde, auf der Jagd nach dem Schnee, der noch tief war, wo die Natur in Schatten gelegt worden war. Hier und da schaute nackte Erde hervor, verschlafen farblos nach Monaten in der Dunkelheit. Er fuhr durch eine braunweiße Welt, in der selbst die Nadeln an den Bäumen grell erschienen.

»Nach siebenhundert Metern links abbiegen.«

Er zuckte zusammen und sah auf das Display. Schwarze Rechtecke breiteten sich vor ihm aus, unregelmäßig und auf beiden Seiten, manchmal ein gutes Stück von der Straße entfernt. Diese sollte er passieren, bevor der Pfeil abbog. Er hob den Blick zur Wirklichkeit und erblickte ein paar Häuser in der Landschaft, kleine Höfe mit langen Auffahrten, umgeben von offenen Feldern. Eine Kirche, ein Industriegebäude mit dem Schild »Bengts Werkstatt«, einen Pfeil aus Holz mit dem Text »Reit- und Wildpark«. Der Wald war der Bebauung gewichen, nahm aber jenseits der Felder wieder Fahrt auf. Ein Bus stand am Straßenrand, und ein Teenager stieg aus und begann, auf einen der Höfe zuzugehen. Er kam an einem Schild mit dem Text »Lindgrens Hotel & Pension« vorbei und wurde nach ein paar weiteren hundert Metern angewiesen, nach links abzubiegen.

»Nach einem Kilometer haben Sie Ihr Ziel erreicht.«

Anders wechselte instinktiv mit seinem Fuß aufs Bremspedal, plötzlich in seinen Vorsätzen verunsichert. Nachdem das Auto angehalten hatte, holte er das Päckchen mit den Schmerztabletten hervor und nahm sicherheitshalber zwei davon, obwohl der Arzt ihm gesagt hatte, eine Überdosierung würde nicht helfen. Er schloss die Augen und lehnte seinen Kopf an die Nackenstütze. Jetzt spürte er die Übelkeit, vor der er gewarnt worden war, und schluckte. Er war ja so nahe, er musste nur hinein und sich vergewissern, dass es nicht Lucy war, dann würde er nach Hause fahren und … Plötzlich hielt er mit seinen Gedanken inne. Sein Kopf wurde leer, und er empfand einen Zustand der Ruhe. Einen kurzen Augenblick lang war er dankbar. Dann rasten die Gedanken wieder los und machten ihn mehr als düster. Der einzige Grund, warum sie endlich aufgehört hatten, war, dass es keine selbstverständliche Fortsetzung gab.

Der Kiesweg vor ihm war ungepflegt und nur stückweise zu erahnen. Er führte über eine hügelige Wiese und verschwand dann im Wald, wo nur ein erweiterter Abstand zwischen den Bäumen darauf hindeutete, wo es weiterging. Aus Angst, mit dem Auto stecken zu bleiben, entschied er, dass es besser sei, das letzte Stück zu Fuß zu gehen. Die handgenähten Halbschuhe aus Kalbsleder versanken bald in Lehm, bald in Schneepampe. Obwohl er dem schlimmsten Matsch auswich, fühlte er, wie die Nässe eindrang. Verschwitzt, aber mit kalten Füßen, rutschte er weiter. Je größer der Abstand zum Auto wurde, umso deutlicher wurden die Proteste seines Körpers. Der Schmerz pulsierte in seinem Kopf. Und auf einmal wurde er von der Müdigkeit überwältigt, die der Arzt vorhergesagt hatte. Der Mund füllte sich mit Speichel, und er spuckte ein paarmal, aber die Übelkeit blieb. Vorgebeugt, die Hände auf den Knien, blieb er stehen, plötzlich unentschlossen. Er war es gewohnt, einen einmal gefassten Entschluss durchzuführen. Geld hatte die Fähigkeit, die schwersten Hindernisse beiseitezuräumen. Der Einwand von jemandem war nur als letzter Test interessant, um zu beurteilen, wie wichtig es ihm eigentlich war. Diesmal hatte er einen Fehler gemacht, als er die Meinung des Experten übergangen hatte. Die Halbschuhe tief im Schneematsch, verfluchte er die Hartnäckigkeit, die ihm zwar eine einzigartige Karriere verschafft, ihn jetzt aber hinaus in den Wald getrieben hatte. Er wusste nicht mehr, was er sich nach seinem Entschluss vorgestellt hatte, wie er sich für fähig gehalten hatte, ein vernünftiges Gespräch zu führen.

In dem Moment, als er umkehren wollte, hörte er einen Ast knacken. Er stand ganz still, mit dem Blick in die Richtung, aus der das Geräusch gekommen war. Zwischen den Bäumen erblickte er einen Mann. In der plötzlichen Angst, entdeckt zu werden, stellte sich Anders hinter eine Fichte und schob einen Zweig zur Seite. Der Mann ging vorgebeugt mit einem Reisigbündel auf dem Rücken, hier und da blieb er stehen, um noch einen Ast aufzuheben, den er mit erstaunlicher Gewandtheit auf den Rücken schwang, ehe er weiterging. Anders schätzte ihn auf ein gutes Stück über siebzig. Silbergraue Haare umhüllten seinen Kopf wie eine Wolke, der Bart reichte bis zur Brust, wo er auf einer dunkelblauen Fleecejacke ruhte. Seine dunkelbraunen Hosenbeine steckten in schwarzen Gummistiefeln, die sich geübt über den verräterischen Untergrund bewegten. Anders richtete seinen Blick in die Richtung, in die er ging, und nur etwa fünfzig Meter weit entfernt tauchte ein Häuschen zwischen den Baumstämmen auf. Der Wald war so dicht an die Hausecken gekrochen, dass es schwer zu entdecken war.

Nun war er wieder ratlos. Schließlich war er schon so weit gekommen, und die Mühen seiner Anstrengung sollten sich auf irgendeine Art bezahlt machen. Die Ruhepause hatte die Übelkeit gedämpft, und vielleicht hatten die Tabletten ein wenig geholfen. Aber ein Gespräch anzufangen, zumal mit einem Fremden, würde seine Kräfte übersteigen. Der Mann näherte sich dem Häuschen. Anders fühlte sich mit einem Mal wie ein Stalker, und so sah er ja auch aus, wie ihm bewusst wurde. Anders ließ den Zweig los und stand ganz still.

»Hallo, Sie da!«

Die Stimme war freundlich, aber der Zuruf kam so unerwartet, dass Anders ganz aus dem Konzept geriet. Er starrte auf die Fichte vor sich, still und leise, sehr verlegen aufgrund seiner Lage. Jede Sekunde, die er zögerte, wurde die Situation immer peinlicher. Trotzdem blieb er stehen, unfähig, sich zu bewegen.

»Was machen Sie da drüben?«

Als er zu Hause in der Wohnung seine Norrlandreise geplant hatte, war alles so einfach erschienen. Nur die Autofahrt musste organisiert werden, dann würde er einen Blick auf die Gitarre werfen, und wenn sie immer noch interessant war, das Angebot erhöhen, bis sie zu kaufen war. Hinter dem Ast stehend, mit eiskalten Füßen und versunken nicht nur im Schneematsch, sondern auch in einer schwer zu handhabenden Unterlegenheit, erschien die Sache weniger selbstverständlich.

»Ich dachte nur, wenn Sie es schon bis hierher geschafft haben, könnte ich Ihnen eine Tasse Kaffee anbieten.«

Anders schluckte. Wieder bog er einen Zweig zur Seite und sah, wie der Mann sich umdrehte und weiter auf das Häuschen zustapfte. Schließlich verließ er sein Versteck und folgte ihm. Mit jedem schleppenden Schritt versuchte er, sein Selbstvertrauen zurückzugewinnen. Er befand sich auf dem Boden des Sonderlings, das stimmte, und möglicherweise war ihm Anders hier im Wald unterlegen. Aber in zivilisierten Verhältnissen, und vor allem in Verhandlungstaktik, war Anders unschlagbar. Zahlreiche Managementkurse hatte er besucht, und jetzt kramte er seine Kenntnisse hervor.

Verhandeln ist der Prozess, bei dem man von anderen das bekommt, was man haben will, indem man den anderen gibt, was sie haben wollen. Trennen Sie immer den Menschen von seiner beruflichen Rolle.

Besonders Letzteres nahm er sich zu Herzen. Jetzt ging es um Geschäfte. Er war als Geschäftsmann da, und in dieser Rolle würde er nun auch auftreten.

Das Häuschen war einmal rot gewesen, so viel konnte man erkennen, war aber ein paarmal geflickt und ausgebessert worden, offenbar mit dem Holz und der Farbe, die gerade zur Hand gewesen waren. Eine kleine Glasveranda nahm die halbe Vorderseite ein. Einige der Fensterscheiben waren durch Pappe ersetzt worden, an den Fensterrahmen war die Farbe abgeblättert, und ein Brett war gegen die mit Pappe versehenen Löcher gelehnt. Wahrscheinlich ein Katzeneingang, dachte Anders. Entlang der restlichen Wand hingen Vogelhäuschen, Angelgeräte, geflochtene Körbe, Plastikeimer, altertümliche Geräte und andere Utensilien, deren Nutzen schwer zu erraten war. Ein geräumter Pfad führte bis zur kleinen Steintreppe, und aus dem Schornstein stieg blaugrauer Rauch. Der Mann war hinter der Hausecke verschwunden. Anders folgte ihm. Auf der Rückseite gab es einen offenen Holzschuppen, und da stand er nun und stapelte die Äste und Stöckchen, die er im Wald gesammelt hatte. Als Anders auftauchte, unterbrach er seine Arbeit und sah auf.

»Ach, da sind Sie ja doch.«

Anders lächelte und tat die letzten Schritte nach vorn.

»Ich habe Sie da hinter der Fichte geduckt gesehen und dachte, Sie hätten sich vielleicht verirrt oder so. Gleich da drüben verläuft ja ein Wanderpfad, sodass im Sommer dort meist viele Leute unterwegs sind, aber um diese Jahreszeit sind es nicht viele, die vorbeikommen.«

Schritt eins bei der Verhandlung. Entwickeln Sie eine Beziehung zu Ihrem Gegenüber, basierend auf gegenseitigem Vertrauen und Verständnis.

»Hier draußen im Wald haben Sie es gemütlich, muss ich sagen. Es muss schön sein, dem Trubel zu entkommen, man wird in Frieden gelassen, kann ich mir denken.« Er ließ sich von dem Ast inspirieren, der auf den Holzstoß gelegt wurde. »Und Holz gibt es auch reichlich, wie ich sehe.«

Der Mann schaute auf den Stapel. »Oh ja, dieses Holz wärmt dreimal. Zuerst wenn man es sammelt und nach Hause trägt, dann wenn man sägt und hackt. Und dann natürlich, wenn man damit heizt, aber das begreift ja jeder.« Er legte die letzten Äste ab und strich mit den Händen über die Fleecejacke. »Eine Tasse Kaffee wollen Sie doch sicher haben, wenn Sie schon hier sind. Verner heiße ich.«

Anders nahm seine ausgestreckte Hand, deren Griff fest und deren Haut trocken und schwielig war. Er sagte seinen Namen, und Verner hielt ihn eine Spur länger als gewöhnlich fest. Er schaute Anders an, als hätte er etwas Seltenes erblickt.

»Sieh mal an«, sagte er dann wie zu sich selbst und ließ los. Anders dachte, er hätte vielleicht Schmutz im Gesicht.

Schweigend gingen sie zum Häuschen zurück. Verner voran und Anders hinterher, er nutzte die Gelegenheit, kurz unbeobachtet zu sein, und massierte sich die Schläfen. Die Schmerzen hatten jetzt nachgelassen, waren aber immer noch spürbar. An der Haustür begegneten sie einer schwarzweißen

Katze, die sich schnurrend an Verners Beine schmiegte. Er beugte sich hinunter und strich ihr über den Rücken.

»Du kleine Mieze, du hast es gut, du begreifst nur das, was du brauchst.«

Die Katze schlüpfte in das Häuschen, als Verner die Tür öffnete und eintrat. In der Diele war nur Platz für einen, und Verner war stehen geblieben, um sich die Stiefel auszuziehen.

»Kommen Sie nur herein, der Kaffee wird bald fertig sein, ich habe schon Feuer im Herd.«

Das Häuschen war nicht dafür gemacht, Besuch zu empfangen. Das Zimmer, in dem Anders stand, war so vollgestopft, dass man die Möbel kaum erkennen konnte. Krempel und Bücher waren vom Boden bis zur Decke gestapelt, und in dem kleinen Gang, der offen gelassen worden war, hinterließen Anders' nasse Socken Fußabdrücke. Der Geruch war eine Mischung aus Bratenfett und Terpentin, und hin und wieder auch einem Hauch von Schimmel. Erst war er blind für die Details, aber bald entdeckte er Dinge, die im Wald von Norrland überraschend waren. Eine afrikanische Göttermaske aus Holz war an eine kahle Wandfläche gepresst, und an den Bücherstapeln darunter lehnte ein mit japanischen Zeichen verzierter Bronzeschild. In einem Wirrwarr von Einmachgläsern, Tongefäßen, Plastikkanistern und Farbdosen stand eine halbmeterhohe Statue der Freiheitsgöttin. Zuoberst auf einem der Bücherstapel balancierte eine perlmuttschimmernde Schnecke, groß wie der Schädel eines Kleinkinds. Anders versuchte vergeblich, das Bett auszumachen, unter dem der Nachbar die Gitarre entdeckt hatte. Er blieb an einem Bücherstapel stehen, und sein Blick fiel auf einen schön gebundenen Lederband. Er streckte die Hand aus, um ihn herauszuziehen.

»Vorsicht, da ruht das ganze Haus drauf.« Verner stand in der Tür, mit zwei unterschiedlichen Bechern in den Händen. Anders erwiderte sein Lächeln. Schritt eins war ihm gelungen. »Es ist etwas eng, wir müssen in das andere Zimmer gehen, wenn wir Platz haben wollen, um uns zu setzen. Man hat ja einiges gesammelt im Lauf der Jahre.«

»Ja, das sehe ich, Sie haben viele schöne Sachen. Der da sieht richtig wertvoll aus.«

Er nickte zu dem japanischen Bronzeschild hin. Verner ignorierte diese Bemerkung und drängte Anders nach vorn, indem er sich ihm in dem engen Gang näherte.

Das andere Zimmer zeigte mehr von seinem Fußboden, aber nur im Vergleich zu dem ersten konnte es als luftiger bezeichnet werden. Auch hier waren Gegenstände in den kleinsten Raum gepresst, der sich bot, aber immerhin entdeckte Anders das Bett. Eine Gitarre sah er allerdings nicht. Das schuf sofort ein Problem, da er gehofft hatte, einen Blick darauf werfen zu können, ohne sein Anliegen vorbringen zu müssen. Den Grad der Dringlichkeit zu offenbaren, war ein schlechter Startpunkt für eine erfolgreiche Verhandlung. Er war nicht gewillt, mehr zu zahlen als nötig.

Verner gab ihm einen der Becher und bot ihm einen Stuhl an. Anders betrachtete die Henkeltasse. Das Porzellan war braun von eingefressenem Kaffee, und sogleich überkam ihn Ekel bei dem Gedanken, mit den Lippen ihren angeschlagenen Rand zu berühren.

»Danke«, lächelte er und ließ sich auf dem Stuhl nieder.

Verner setzte sich auf das Bett und nippte an seinem

Kaffee, scheinbar unberührt von der Stille im Raum. Anders fror an den Füßen und schloss für eine Weile die Augen. Der Zustand, den er zu verdrängen versuchte hatte, brachte sich zusehends wieder in Erinnerung. Er würde es nicht mehr lange schaffen, die Fassade aufrechtzuerhalten.

»Woher stammen all diese Dinge? Ich meine, ein Teil davon sieht nicht danach aus, als gehöre es in diese Gegend.«

»Ne, man ist ja ziemlich herumgekommen. Als man jünger und dümmer war.«

»Das meiste stammt also von Reisen?«

»Ein Teil davon, es hat sich einiges angesammelt.«

»Wo waren Sie denn überall?«

Verner nahm einen Schluck Kaffee und zuckte mit den Achseln. »Fragen Sie mich lieber, wo ich nicht gewesen bin. Ich bin viele Jahre zur See gefahren.«

Anders tat so, als würde er einen Schluck Kaffee trinken. Jetzt war der pulsierende Schmerz wieder da. »Was ist das Schönste, das Sie mit nach Hause gebracht haben, ich meine, haben Sie ein Stück, das für Sie etwas ganz Besonderes ist?« Die Katze sprang auf das Bett und kuschelte sich auf Verners Schoß. Er strich ihr mit sanften Bewegungen über den Rücken. Die Antwort auf Anders' Frage blieb aus.

»Ich selbst bin ziemlich viel durch die USA gereist, und ich habe gesehen, dass Sie die Freiheitsstatue da draußen haben, da dachte ich, Sie wären vielleicht auch da gewesen. Es ergibt sich ja gewöhnlich, wenn man reist, manchmal taucht etwas auf, von dem man einfach fühlt, dass man es als Erinnerungsstück mit nach Hause nehmen muss.«

Verner nickte. Dann wurde es wieder still. Der Versuch war gescheitert, und Anders' Frist würde bald abgelaufen sein. Jetzt war ihm schwindlig. Es blieb ihm keine Wahl. »Also, ich habe einen Nachbarn, der vor einer Weile Skifahren war. Er erzählte, er hätte im Wald einen netten Mann getroffen, der ihn auf einen Kaffee zu sich nach Hause eingeladen und ihm eine Gitarre gezeigt hätte. Mir kam plötzlich der Gedanke, wo wir hier sitzen und über Reisen reden, ob das nicht möglicherweise Sie sind?« Nochmals musterte ihn Verner mit demselben Blick wie zuvor am Holzschuppen. Dann schaute er auf etwas gleich daneben, und Anders widerstand dem Impuls, den Kopf zu drehen, um zu sehen, was es war. »Es müsste jemand hier in der Gegend sein«, beharrte er, ängstlich, dass auch diesmal die Antwort ausbleiben würde.

Verner nickte. »Das muss dieser Stockholmer gewesen sein. Aber Sie kommen doch nicht aus Stockholm? Es hört sich eher an, als wären Sie aus Göteborg.«

»Huskvarna, aber ich bin Anfang der Achtziger nach Stockholm gezogen. Also waren Sie es, den er getroffen hat, haben Sie diese Gitarre noch?«

Letzteres schlüpfte wie von selbst aus ihm heraus und klang viel zu dringlich. Die Sorge, jemand anders wäre ihm zuvorgekommen, hatte die Macht über seine Zunge übernommen.

»Aber ja, meinen Sie Lucy? Die liegt hier und ruht sich aus.«

Verner beugte sich vor, zog eine Decke unter dem Bett hervor, und ein schwarzes Gitarrenfutteral tauchte auf. Anders folgte seinen Bewegungen mit dem Blick. An vielen Stellen waren die Kanten abgeschabt, und an einem Schloss war der Bügel abgegangen. Anders fühlte sein Herz schneller schlagen. Das Gefühl, das ihn überkam, war beinahe erotisch. Er konnte nicht schnell genug das Futteral öffnen, um zu sehen, was sich darin befand.

Er schauderte beim Klicken des Schlosses, als Verner es aufklappte. Der erste Anblick von ihr, eingebettet in goldgelben Samt, ließ Anders nach Luft schnappen. Der Neunjährige in ihm gewann die Oberhand, und der hatte noch keinen Managementkurs besucht. Für eine Weile saß er ganz still da. Sorgfältig hatte er die Bilder im Netz studiert und sich jedes Detail gemerkt. Schlagbrett, Wirbel, Steg, Sattel, Lautstärkeregler und die eingelassenen Vierecke aus Perlmutt entlang des Halses. Alles schien zu stimmen. Jetzt wusste er nicht mehr, ob der Schwindel von der Gehirnerschütterung kam oder von der Möglichkeit, dass Lucy sich im selben Raum befand wie er.

»Darf ich sie halten?«

Verner hob die Gitarre hoch, überreichte sie ihm, und Anders legte sie auf seinen Schoß. Als Lucy hergestellt worden war, war sie goldfarben gewesen, aber Anfang der sechziger Jahre hatte man sie frisch lackiert, und sie hatte ihre rote Farbe bekommen. Mit den Fingern strich er über den Lack, auf der Jagd nach kleinen Kerben und Schrammen, wo das Gold hervorschimmerte. Er hob sie auf und wunderte sich darüber, wie vertraut sich das anfühlte. Trotz all der Jahre, die vergangen waren, seit er eine Gitarre angefasst hatte. Der Griff drehte die Zeit zurück, plötzlich konnte er wieder die Begeisterung spüren, die er beim Spielen empfand, die Befriedigung, das wunderbare Gefühl von Magie, wenn alle Hindernisse überwunden waren.

Er schaute sich den Rand des Schlagbretts genauer an, wo

die Abnutzung am stärksten war. Beim Anblick der goldfarbenen Streifen bekam er Lust, vor Freude zu schreien, hielt sich aber im letzten Moment zurück, als ihm plötzlich wieder bewusst wurde, dass er einen Zuschauer hatte.

»Sie scheint Ihnen zu gefallen.«

Verner betrachtete ihn interessiert, und Anders bemerkte seinen Fehler. Seine offenkundige Begeisterung würde seiner Brieftasche kaum nützen, aber er tröstete sich damit, dass er sich diesen Schnitzer leisten konnte. Diese Gitarre wollte er haben. Der Rest war eine Frage der Verhandlungstaktik.

Schritt zwei. Äußern Sie deutlich das von Ihnen gewünschte Resultat. Locken Sie das der Gegenseite hervor und prüfen Sie die Kongruenz.

Er hatte keine Ahnung, inwieweit Verner den Wert der Gitarre kannte, das war das Erste, was er herausfinden musste. Die Antwort würde über die Höhe von Anders' erstem Angebot entscheiden, es gab keinen Grund, mehr zu zahlen als nötig. Diese Einstellung hatte ihm ein Vermögen eingebracht, und nur Laien gaben ein erfolgreiches Konzept auf. Er stand auf und legte Lucy auf das Bett, setzte sich wieder hin und holte Luft, bereit, die Verhandlung zu beginnen.

»Sie können sie haben, wenn Sie wollen.«

Als wäre die Zeit plötzlich stehengeblieben, saß Anders mit offenem Mund da. Dieser Kommentar fiel so weit aus dem Rahmen, dass seine Kenntnisse ihm nichts nutzten. Alles, was er tat, war, vor sich hinzustarren, als hätte er nichts gehört.

»Ja, wenn Sie wollen, können Sie sie gerne haben, die Gitarre, sie hat sich bestimmt nach jemandem gesehnt, der sich auf sie versteht.«

Anders räusperte sich, und es gelang ihm, etwas Zeit zu gewinnen. »Aber… ich zahle gern für sie… Ich meine, Sie können sie doch nicht einfach weggeben, ich werde selbstverständlich etwas zahlen… Ich will sie gern haben, aber es ist besser, wenn ich für sie zahle, ein bisschen was, finde ich.«

Anders hörte sein eigenes Gestotter, und seine Verwirrung nahm zu. Da er keinerlei Erfahrungen hatte, die auch nur im Geringsten zu dieser Situation passten, tastete er nach einer angemessenen Strategie. Wie sollte er mit jemandem verhandeln, der von vornherein alle Regeln missachtete?

Verner lächelte und wirkte auf einmal aufgekratzt. »Sie könnten doch was spielen? Es hat kaum jemand auf ihr gespielt, seit sie hergekommen ist, und das hat mir manchmal sehr zu schaffen gemacht. Musikinstrumente sind dafür gemacht, gespielt zu werden, aber hier ist sie meistens liegen geblieben.« Er schlug die Hände zusammen. »Oh, wie gut, dass sie wieder benutzt wird.« Er fasste Lucy am Hals und streckte sie Anders hin. »Spielen Sie was. Sie können es doch.«

Mit langsamen Bewegungen nahm Anders die Gitarre entgegen. Zögernd legte er die Hand um ihren Hals und strich vorsichtig mit den Fingern der rechten Hand entlang der Saiten, vom Sattel über die Bünde des Halses, bis hinunter zum Korpus. Als die Hand den Steg erreicht hatte, blieb sie liegen, enttäuscht darüber, dass er den Reflex unterdrückt hatte, mit dem Stimmen zu beginnen. Angesichts des Zwangs, spielen zu müssen, erinnerte er sich nicht mehr an seine Begeisterung. Nur, dass etwas sehr, sehr wehgetan hatte.

Er brachte es einfach nicht über sich.

»Ich spiele nicht.« Er legte die Gitarre auf den Schoß.

»Was? Sie spielen nicht?« Verners Erstaunen war echt.

»Nein, ich habe das früher getan, aber dann habe ich aufgehört.«

»Werden Sie nicht auf ihr spielen?«

Anders schüttelte den Kopf. Jetzt war ihm speiübel, und es war Zeit aufzubrechen. Er steckte die Hand in die Innentasche seiner Jacke, um die Brieftasche hervorzuholen.

»Was wollen Sie dann mit ihr, wenn Sie nicht darauf spielen? Ne, dann wird sie hier bei mir bleiben und weiter unter dem Bett ruhen.«

Verner streckte seine Hand nach der Gitarre aus, aber Anders konnte sie gerade noch wegziehen. Angesichts der Drohung, mit leeren Händen hier wegzugehen, war er bereit zu einem neuen Versuch. »Okay, okay, ich werde etwas spielen.«

Verner richtete sich auf und sah ihn erwartungsvoll an. Seine Hand war wieder zu der Katze zurückgekehrt.

Sacht legte Anders die Gitarre zurecht. Die Hand zitterte, als sie sich um den Hals legte, und die Finger zögerten, als sollten sie an Feuer rühren. Sie erinnerten sich an jedes Versteck, jede Fingerstellung. Sie wussten genau, wo sich der Akkord befand und wie man ihn hervorlockte. Als wäre die Zeit nie vergangen, lag dieses Wissen noch in seinen Händen, während all dieser Jahre nutzlos. Etwas stieg auf, das im Hals schmerzte. Auf einmal konnte er fühlen, wie unendlich viel Trauer er in das Instrument hineingepresst hatte. Eine solche Menge, dass sie zum Schluss keinen Platz mehr fand.

Er gab auf und legte die Gitarre auf den Schoß. »Ich werde darauf spielen, später.«

»Ne danke, ich will hören, dass Sie es können. Das ist keine Gitarre für Stümper.«

Verner streckte den Arm aus und griff nach dem Gitarrenhals, aber Anders weigerte sich, sie loszulassen.

»Ich kaufe sie Ihnen ab.«

»Sie ist nicht zu verkaufen.«

»Ich zahle hunderttausend.«

Verner schnaubte. »Was soll ich mit hunderttausend?«

»Okay, dann sagen wir zweihunderttausend.«

Verner zog seinen Arm zurück und ließ Anders eine Frist von ein paar Sekunden. Als die Antwort kam, war ein neuer Tonfall in seiner Stimme.

»Wenn ich keine hunderttausend gebrauchen kann, werden Sie doch begreifen, dass ich keine Verwendung für doppelt so viel habe. Ne, ne, jetzt habe ich anderes zu tun.«

Er hob die Katze von seinem Schoß und stand auf. Anders tat dasselbe, die rasche Bewegung verstärkte den Schwindel. Er stützte sich am Stuhlrücken ab und wagte einen neuen Versuch.

»Jetzt hören Sie mir mal zu, Verner. Ich werde etwas tun, was ich noch nie getan habe, ich werde das Angebot für ein einfaches Brett um vierhundert Prozent erhöhen. Sie bekommen eine Million. Eine Million Kronen, Verner, für dieses Holzstück mit ein paar Saiten, das Sie hier unter dem Bett liegen haben. Das ist ein ziemlich gutes Geschäft, oder? Das müssen Sie doch zugeben?«

Jetzt erschien etwas Schwarzes in Verners Augen, zu spät erkannte Anders seinen Fehler.

»Für mich oder für Sie?«

Ein paar Sekunden lang wurde es ganz still. Anders senkte den Blick und spürte zu seiner Überraschung, dass er errötete. Verner war nicht der einfältige Kauz, zu dem Anders' vorgefasste Meinung ihn gemacht hatte, seine Vorurteile hatten ihn aufs Gröbste getäuscht. Er wusste durchaus um den Wert der Gitarre, die er jetzt zärtlich in die Decke packte, und war mit Anders einig, dass er ihn zu täuschen versucht hatte.

Er schaffte es gerade noch bis zur Fichte, bevor die Schmerzen im Hals zunahmen und zu Tränen wurden. Etwas war zerbrochen, etwas, das sie nicht auf einem Röntgenbild gesehen hatten, was aber trotzdem die Voraussetzung für sein Überleben war. Mit neun Jahren hatte er das Tor zu einer bodenlosen Trauer verriegelt, jetzt sprangen alle Schlösser mit einem Krachen auf. Zu Tode erschrocken eilte er zum Auto. Die Schmerzen waren nicht mehr nur in seinem Kopf, sie kamen aus der Tiefe, alles tat weh. Er musste sich hinlegen, eine Schlaftablette nehmen und sich retten. Es gab keine Verstecke mehr. In seiner Ohnmacht schwankte er weiter, und durch die Tränen hindurch erblickte er das Auto und dahinter die Ansammlung von Höfen und Häusern.

Vage erinnerte er sich an das Schild mit dem Text »Lindgrens Hotel & Pension«.

Kapitel 8

Emelie war nach Hause gekommen, und Helena hatte sie zu Brötchen und heißer Schokolade eingeladen. Sie hatte dankend angenommen, wollte aber erst in ihr Zimmer hinaufgehen, um dort etwas zu erledigen. Natürlich begriff Helena, dass es um den Computer ging, doch sie wollte sie nicht davon abhalten. Dieser Moment war viel zu wertvoll, um einen Konflikt zu riskieren.

Im Gesellschaftsraum brannte das Feuer, und sie hatte noch ein paar Teelichter aus dem Esszimmer geholt. Auf dem Tisch und im Erker glühten sie wie farbenprächtige Edelsteine. Sie hatte die beiden großen Tassen mit Untertassen hervorgeholt, die sie und Martin als Hochzeitsgeschenk bekommen hatten und die für die Frühstückstabletts der Geburtstage verwendet wurden. Heute würden sie Teil einer neuen Tradition werden. Von jetzt an waren sie Emelies und ihre Tassen für besondere Gelegenheiten. Die Sahne war geschlagen und die Schokolade in die Thermoskanne gefüllt. Jetzt war es nur noch Emelie, die fehlte.

Während Sie wartete, nutzte Helena die Gelegenheit, um zur Rezeption zu gehen und ihre E-Mails zu lesen.

Von: Martin Berggren
Betreff: ANTWORTE!!!
An: helena@hotellindgren.se

Helena,
jetzt musst du doch endlich aufgeben! Warum antwortest du nicht, weder auf E-Mails noch am Telefon???? Wir müssen eine Lösung für meine Treffen mit Emelie finden! Wir haben tatsächlich geteiltes Sorgerecht!
In sechs Monaten war sie an nur zwei Wochenenden bei mir, aber ich weiß, dass sie eigentlich öfter kommen will, es aber nicht tut, weil du es nicht willst und weil du Lügen über mich erzählst. Warum denkst du nur an dich selbst und nicht an sie????? Gerade du müsstest doch wissen, wie wichtig es für ein Kind ist, eine gute Beziehung zu seinen Eltern zu haben! Wenn du so weitermachst, zwingst du mich dazu, einen Anwalt einzuschalten. Warum tust du Emelie das an????? Du kannst doch wenigstens antworten????!!!!
Martin

Helena überflog die E-Mail, bevor sie sie löschte. Seine Nachrichten wurden immer zahlreicher, und der Ton hatte sich im Takt mit ihren ausgebliebenen Antworten verschärft. Waren sie zunächst diplomatisch, an der Grenze zur Nachgiebigkeit, hatte sich nach und nach zwischen den Zeilen ein zunehmender Zorn eingeschlichen. In letzter Zeit waren sie offen feindlich geworden.

Ihr war es letztlich egal, welchen Ton er ihr gegenüber anschlug. In den ersten Monaten nach der Scheidung hatte er kein größeres Interesse an seiner Tochter gezeigt. Er hatte wohl mit seiner Verliebtheit alle Hände voll zu tun gehabt, und ein trauriger Teenager störte womöglich nur die Idylle. Dann war er aber umso hartnäckiger geworden. Sie hatten ein Zimmer für Emelie eingerichtet und wollten sie jedes zweite Wochenende nach Stockholm hinunterholen. Zweimal war sie gefahren, die Fahrkarten bezahlte Martin. Für Helena waren die Wochenenden eine Last. Mit einem Druck auf der Brust hatte sie sich durch die Stunden gequält, mit Phantasien über das, was sie taten, und alles, was gesagt wurde. Aber am meisten belastete es sie zu wissen, dass Emelie mit der Frau zusammen war, die ihren Platz eingenommen hatte.

Ihr Körper rebellierte in stummem Protest, als sei ihr zerbrechlichster Teil dem Feind anvertraut worden.

Endlich wieder zu Hause war Emelie schweigsam gewesen. Es gab so vieles, was Helena wissen wollte. Wie sie sich zueinander verhielten, wie ihre Wohnung aussah, wie der Ton zwischen den beiden war. Doch ihre unausgesprochenen Fragen blieben unbeantwortet. Emelie erzählte nichts, und die Empörung, die Helena zu teilen gehofft hatte, war ausgeblieben. Drei Monate waren seit Emelies letztem Stockholmbesuch vergangen. Sie sprach nie davon, wieder hinzufahren, und Helena schloss daraus, dass sie es nicht wollte. Ein Anwalt würde ihm kaum helfen können. Bei einer Gelegenheit, als Helena sich von seinen Drohungen hatte einschüchtern lassen, hatte sie selbst mit einem Juristen Kontakt aufgenommen, der sie sofort beruhigt hatte. Die Praxis war, dass Kinder über zwölf selbst bestimmen durften, bei welchem Elternteil sie wohnen wollten, und Emelie wohnte nachweislich noch bei ihr.

Sie hörte ihre Schritte im Obergeschoss und ging in die Küche hinaus, um die Schlagsahne zu holen. Die E-Mail war gelöscht, aber seine Worte blieben hartnäckig zurück.

Seine Anschuldigung, sie würde Lügen über ihn erzählen.

Diese Behauptung war ebenso falsch wie ungerecht. Sie achtete sorgfältig darauf, auszuweichen oder die Stimme zu senken, wenn die Rede auf ihn kam. Nein, die Abneigung seiner Tochter hatte er sich selbst zuzuschreiben. Aber es war wohl einfacher, Helena die Schuld zu geben, als sie sich selbst einzugestehen. Er hatte das abgelehnt, was er satthatte, aber geglaubt, alles andere behalten zu können. Dass Menschen auch ihren eigenen Willen hatten, kam offenbar überraschend.

Sie schloss die Augen. Martins E-Mail durfte sie nicht stören, wenn sie endlich eine ruhige Stunde mit Emelie haben würde. Die Hände um die Schlagsahneschüssel gelegt, nahm sie einen tiefen Atemzug, durch die Nase sollte die Luft hineinkommen und tief hinunter in die Lunge strömen, dort ein Weilchen bleiben und dann langsam den Körper verlassen. Sie hatte in einer zurückgelassenen Gesundheitszeitschrift gelesen, wie man das machte. Ein Artikel darüber, wie man sein Gleichgewicht fand. Darin war auch zu lesen gewesen, wie man es lernte, im Jetzt anwesend zu sein, aber es war nicht daraus hervorgegangen, was man tun sollte, wenn das Jetzt das Einzige war, was man mit Sicherheit aufgeben wollte.

Emelie kam die Treppe herunter, und Helena ging mit der Schlagsahneschüssel zum Foyer. Sie trafen sich im Entree. »Ist es gut gegangen?«

»Was denn?«

»Was du erledigen wolltest.«

Emelie zuckte die Achseln. »Ist es wohl.«

Damit war dieses Gesprächsthema erschöpft, und zusammen gingen sie in den Gesellschaftsraum. Helena stellte die Schüssel auf den Tisch und leckte Sahne von einem Finger. Betrachtete den gedeckten Tisch und fand selbst, dass es gemütlich aussah. »Emelie, kannst du bitte noch ein Holzscheit dazulegen?«

Es war etwas Beflissenes in dem, was sie sagte. Ein gekünsteltes Betteln. Wenn ein Gleichgewicht hergestellt werden sollte, musste sie für einen doppelten Enthusiasmus stehen.

Emelie tat, wie ihr gesagt worden war. Sie legte ein Holzscheit in den Kamin, ein wenig halbherzig, nicht einmal ein paar Stücke mehr, um sicherzustellen, dass das Feuer noch eine Weile brennen würde.

»Bitte. Komm und setz dich her.«

Emelie setzte sich an den Tisch, wo Helena die weinroten Sessel bereitgestellt hatte, von denen sie wusste, dass sie ihr am besten gefielen. Das gehörte zu den Dingen, die sie früher erfahren hatte, als Emelie noch die Gewohnheit gehabt hatte zu erzählen. Als sie jünger war, musste alles beurteilt werden – der feinste Sessel, die schönste Blume, das leckerste Essen. Oft hatten sie und Martin auf Verlangen der Tochter Favoriten auswählen müssen, manchmal auf Gebieten, von denen sie nicht gewusst hatten, dass es möglich war, sie zu bewerten.

Es war der Bezug der Sessel, den Emelie gemocht hatte, wie weich er war, wenn man mit der Hand über den Samt rieb. *Fast wie elektrisch wird es, Mama, fühl doch mal!* Und Emelie hatte mit der Handfläche über ihre Wange gestrichen. Damals war es ihr noch so wichtig gewesen, dass sie alles teilten.

Jetzt saß dieselbe Tochter in demselben Sessel, das Zimmer war dasselbe, aber Emelie war eine andere. Der dünne Körper hatte Formen bekommen, und die Haare, die früher so blond wie Helenas gewesen waren, waren jetzt in einer lilaschwarzen Nuance gefärbt. Sie hatte es gemacht, ohne um Erlaubnis zu bitten. Vor einem Monat war sie einfach aus dem Badezimmer gekommen und hatte genauso fremd ausgesehen, wie sie wirkte.

Hätte sie das doch damals gewusst, in der Zeit von Emelies Kindheit, als sie sich müde und abgearbeitet nach dem Tag sehnte, an dem die Tochter älter und selbständiger werden würde. Jetzt wünschte sie sich nichts mehr, als die Zeit zurückzubekommen, in der sie das Zentrum in Emelies Leben gewesen war.

In dem Moment, in dem sie die warme Schokolade eingoss, hörte man das Geräusch eines Autos auf dem Hof. Nicht jetzt, schaffte Helena noch zu denken, ehe der tiefe Seufzer von Emelie kam.

»Na, wer ist das denn jetzt?«

»Ich habe keine Ahnung, für heute werden keine Gäste erwartet. Auch keine Lieferungen.«

Ihr Tonfall klang verteidigend. So viele Male hatten sie etwas abbrechen müssen, weil die Pflicht rief. Emelie hatte durchaus das Recht, enttäuscht zu sein. Zugleich hatte Helena es zutiefst satt, sich immer wieder entschuldigen zu müssen. Dass jede Zeit mit schlechtem Gewissen durchtränkt schien.

Emelie stand auf und ging zum Fenster. »Ein Typ in einem Saab. Er scheint eingeschlafen zu sein.«

Helena erhob sich widerstrebend, und tatsächlich, da saß ein Mann in einem silberfarbenen Saab auf dem Hof, die

Augen geschlossen und den Kopf zurückgelehnt. Der Anblick schien Emelie neugierig zu machen. »Was macht er da?«

»Das weiß ich nicht, aber er soll da sitzen bleiben. Komm, jetzt trinken wir die Schokolade.«

»Aber wenn er tot ist?«

»Ach was, er ist müde oder so was. Er musste vielleicht anhalten und sich etwas ausruhen, bevor er weiterfährt. Komm, jetzt setzen wir uns.«

Sie gingen zurück zum Tisch. Emelie ließ sich in den Sessel sinken, und Helena betrachtete die Hand, die vor ein paar Jahren den Stoff gestreichelt hatte, jetzt aber damit beschäftigt war, den Perlzucker von einem Brötchen abzupulen. Es knisterte gemütlich vom Kaminfeuer, und Helena bemühte sich, die Ruhe wiederzugewinnen, die das Auto vertrieben hatte.

Die Aufmerksamkeit wieder einzufangen, die durch das Fenster auf den eventuellen Hotelgast gelenkt worden war.

Sie nahm die Schüssel mit Sahne, um Emelie etwas davon zu geben, doch die hob sofort abwehrend ihre Hand.

»Ich esse keine Schlagsahne.«

»Was? Seit wann?«

»Schon lange.«

Die Antwort brachte Helena dazu, den Löffel wegzuziehen, sie hatte erst darauf bestehen wollen, war nun aber völlig aus dem Konzept geraten. Sie stellte fest, dass Emelie oft Antworten wählte, die genau dort trafen, wohin sie vermutlich zielten. Wieder einmal hatte sie ihre Mutter an ihre Schwäche erinnert. Dass es zu wenig Zeit gab, sich alle Einzelheiten zu merken. Trotz der Versuche, Prioritäten zu setzen, fiel das Wichtige manchmal unter den Tisch.

Emelie strich den Zucker zusammen, den sie von den Brötchen gepult hatte, und schüttete den Inhalt der Hand auf die Untertasse. Helena beobachtete sie, wagte aber nicht zu fragen, seit wann sie keinen Zucker mehr aß.

»Du machst doch keine Diät oder so was?«

Zu einer Antwort kam es nicht mehr, denn gerade als Emelie etwas sagen wollte, waren Schritte auf der Veranda des Hauses zu hören. Gleich darauf öffnete sich die Tür, und jemand betrat das Entree. Helena sah zu Emelie, aber sie war schon wieder unerreichbar geworden. »Ich komme gleich. Du kannst doch noch ein Holzscheit dazulegen, wenn es nötig ist.«

Emelie antwortete nicht, und Helena eilte hinaus.

Der Mann stand mit dem Rücken zu ihr, als sie sich der Rezeption näherte. Ein halblanger, dunkelblauer Wollmantel reichte bis zu den Schenkeln, wo Beine in Jeanshosen zum Vorschein kamen. Die halbe Länge bis zu den Knien war der Jeansstoff eine Nuance dunkler, als wäre er durch Wasser gewatet. Neben ihm stand ein Rollkoffer aus dunkelbraunem Leder, klein genug, um ihn als Handgepäck ins Flugzeug mitnehmen zu können.

»Hallo, herzlich willkommen.«

Sie ging hinter die Theke, und er warf ihr einen flüchtigen Blick zu. Sie schätzte ihn auf etwa fünfzig, die Haare waren braun, mit grauen Strähnen an den Seiten. Er erinnerte sie an einen früheren Kollegen, der an einer Pollenallergie gelitten hatte. Im Frühling schwollen seine Augen an und wurden rot, es war, als hätte das ganze Gesicht seine Konturen verloren.

»Haben Sie ein Zimmer frei?«

»Schauen wir mal, aber das wird schon in Ordnung gehen.«

Sie setzte ihre Lesebrille auf und klickte sich in die Reservierungen ein. Natürlich wusste sie, dass es Zimmer gab, aber es fühlte sich besser an, den Anschein zu erwecken, dass sie den Computer befragen musste, um antworten zu können.

»Soll es ein Einzelzimmer sein?«

»Mir ist alles recht.«

»Die Preise sind etwas unterschiedlich. Ein Einzelzimmer mit Toilette und Dusche im Zimmer kostet achthundert, ein Doppelzimmer eintausendfünfzig. Wenn Sie es billiger wollen, haben wir Zimmer mit Toilette und Dusche auf dem Gang, und dann kostet es …«

»Ich nehme ein Doppelzimmer mit Dusche und Toilette.«

Sie hörte den Knall einer Kreditkarte auf der Theke und warf ihm einen flüchtigen Blick zu. Ihr Gast war kein gesprächiger Mann, aber sie war mittlerweile an alle Sorten gewöhnt.

»Es reicht, beim Auschecken zu bezahlen. Soll es eine Nacht sein?«

Er nickte und steckte seine Kreditkarte wieder ein. Helena drehte sich um und nahm den Schlüssel zu einem der Zimmer im Obergeschoss vom Haken.

»Dann geht es hier entlang. Frühstück wird zwischen sieben und neun hier rechts im Esszimmer serviert. Die Küche ist heute Abend leider geschlossen, weil wir zu dieser Jahreszeit meist frühzeitig gebuchte Gäste haben. Wenn Sie wollen, können wir etwas Einfaches machen, aber leider können wir nichts à la carte servieren.«

Das Angebot fand keine Erwiderung, was sie ärgerte. Die menschliche Rasse bot eine Vielfalt an Verhaltensweisen, die ganze Bandbreite war ihr jedoch erst als Besitzerin eines

Hotels bewusst geworden. Manche Gäste hinterließen einen bleibenden Eindruck. Es waren diejenigen, die großzügig ihre Wertschätzung für den Charme und kleine Einzelheiten des Hotels äußerten, deren wohlwollende Einstellung sie mit Stolz und neuer Kraft erfüllte. Dann gab es die große Mehrheit, die unbemerkt blieb, sie checkten ein, waren ein oder zwei Tage im Haus und verschwanden dann rasch aus dem Gedächtnis. Die letzte Gruppe bestand aus den wenigen, die sie Dunkelmenschen nannte, die nach etwas suchten, um sich darüber zu beschweren, und dann die Gelegenheit wahrnahmen, ihrer aufgestauten Wut freien Lauf zu lassen. Wie Ringe auf dem Wasser wurden ihre Worte tagelang immer größer und größer und beeinflussten ihr eigenes Verhalten gegenüber anderen Menschen.

Martin war es schwerer gefallen als ihr, all diese Varianten zu akzeptieren. Sie selbst war von Kindesbeinen an eine Meisterin darin, sich anzupassen.

Sie gingen die Treppe hinauf. Jedes Mal, wenn sie dort war, erinnerte sie sich an die Sommer ihrer Kindheit. Vieles im Haus war verändert, aber die Geräusche der Treppenstufen waren dieselben geblieben. Sie verknüpften das Neue mit dem Alten. Wenn sie die Augen schloss, konnte sie so tun, als sei sie unterwegs zu dem kleinen Zimmer, das in den Sommerferien ihr gehört hatte. Das einzige eigene Kinderzimmer, das sie je besessen hatte. Ihre Ruhepause.

Als sie heraufkamen, blieb sie stehen und steckte den Schlüssel in die Tür des Hotelzimmers.

»Wenn sie Hilfe dabei brauchen, irgendeine Aktivität oder ein Erlebnispaket zu buchen, müssen Sie nur Bescheid sagen. Es gibt eine Reihe von Möglichkeiten zu dieser Jahreszeit.

Reittouren auf Islandpferden, Kleinwildjagd, Angeln. Möglicherweise gibt es auch immer noch Scootersafaris oder Fahrten mit dem Hundeschlitten, aber da müsste ich mich erst umhören, der Schnee ist ja schon dabei zu schmelzen. Wenn Sie irgendwelche Fragen haben, melden Sie sich einfach, und Zugang zum Internet gibt es an der Rezeption.« Die Worte glichen sich wie ein Mantra. Sie trat in das Zimmer, um fortzufahren. »In der Garderobe liegen noch eine extra Decke und ein Kissen, und einen Fernseher finden Sie unten im Gesellschaftszimmer rechts von …«

Sie unterbrach sich, als sie merkte, dass sie allein im Zimmer stand. Verdutzt ging sie zurück in den Flur und sah, dass er auf halbem Weg auf der Treppe stehen geblieben war. Leicht vorgebeugt, mit geneigtem Kopf, stand er da und umklammerte mit beiden Händen das Treppengeländer. Sie wurde ein wenig unsicher, die Frage nach seinem Befinden fühlte sich zu intim an. Stattdessen ging sie ein paar Stufen hinunter, um sein Gepäck zu nehmen, begegnete aber einer abwehrenden Geste. So blieben sie stehen. Sie unentschlossen, er mit einem auf den Boden gesenkten Blick. »Ist alles okay?«

Er nickte. Mit abgewandtem Blick nahm er die letzten Stufen nach oben, sie sah, dass es ihm offenbar Mühe bereitete. Trotzdem fragte sie nichts mehr.

Sie blieb auf der Treppe zurück. Nachdenklich stand sie eine Weile still, nachdem er in seinem Zimmer verschwunden war und die Tür hinter sich geschlossen hatte.

Der Gesellschaftsraum war leer, als sie zurückkehrte. Resigniert ließ sie sich in den Sessel fallen, in dem Emelie gesessen hatte, und strich mit der Handfläche über den Stoff. Emelies Brötchen lag auf dem Teller, und die große Tasse mit der heißen Schokolade war noch voll. Sie blieb mit dem Blick am Kamin hängen. Das Feuer war ausgegangen, und dunkelorange kroch die Glut in der hellgrauen Asche herum, um hier und da ein Stück verkohltes Holz auflodern zu lassen.

Mittlerweile schien es, als würde alles, was sie tat, auf Widerstand stoßen. Nichts ging von selbst oder in die Richtung, die sie sich vorgestellt hatte. Die Welt hatte aufgehört, ihr zu gehorchen, ab dem Moment, an dem Martin ausgezogen war. Jetzt verlangte jeder Tag danach, dass sie einen Kampf durchstand. Sie hatte oft das Gefühl, das Leben ließe sich mit einem Provisorium vergleichen. Eine Notlösung zwischen dem, was gewesen war, und der Zukunft, die sie nicht kannte. Es war unmöglich, nach vorn zu schauen, wenn es nichts zu erwarten gab. Das Schwierige war, die Ungewissheit zu ertragen. Jeder Tag musste an etwas befestigt werden, das kontrollierbar erschien, etwas, das *ihr* Wille lenken oder zurückweisen konnte.

Sie war nicht zu Wort gekommen. Der Entschluss war über ihren Kopf hinweg getroffen worden und sie dazu gezwungen, sich zu fügen, obwohl es ihr Leben genauso betraf wie seins.

Es kam vor, dass sie Rachephantasien entwickelte. Die einzige Möglichkeit, wie sie Martins Leben genauso zerstören konnte, wie er es bei ihr getan hatte. Aber da er es gewesen war, der sie abgelehnt hatte, war er schwer zu treffen, er befand sich sicher im Windschatten ihrer Gefühlsstürme, von seiner neuen Liebe geschützt.

Ihre Überlegungen wurden von einem dumpfen Signal, das draußen ertönte, unterbrochen. Sieben Sekunden lange

Geräuschstöße mit einer kurzen Pause dazwischen. Eine wichtige Mitteilung an die Öffentlichkeit. Eine Aufforderung, ins Haus zu gehen, die Fenster zu schließen und das Radio anzustellen, um sich über die aktuelle Gefahr zu informieren. Rundum in Schweden wurde dieser Alarm ein paarmal im Jahr getestet, um drei Uhr am ersten Montag im Monat.

Sie erinnerte sich an das erste Mal, als sie das Warnsignal im Dorf gehört hatte. Sie waren gerade eingezogen, Martin hatte auf die Uhr gesehen und rasch ein Radio aus den Umzugskartons hervorgekramt. Es war weder drei Uhr noch ein Montag, aber niemand hatte sie darüber informiert, dass in dieser Gegend eine andere Routine herrschte.

Worüber sicher auch niemand ihren neu eingetroffenen Gast im Obergeschoss aufgeklärt hatte.

Sie seufzte und stand auf. Eigentlich hatte sie keine besondere Lust, an seine Tür zu klopfen. Aber es war besser, der Irritation vorzubeugen, auch wenn die Verantwortung für das Alarmsignal alles andere als bei ihr lag.

Den Arm zum Klopfen erhoben, blieb sie vor der Zimmertür stehen. Mit seiner abweisenden Haltung hatte er ihr eigentlich deutlich gezeigt, dass er in Ruhe gelassen werden wollte. Aber dann ertönte das Signal noch einmal und gab ihrer Hand einen Schubs zur Tür. Es war ihre Pflicht als Hotelbesitzerin, ihm wenigstens mitzuteilen, dass sein Leben nicht in Gefahr war.

Es dauerte eine Weile, bis er öffnete. Als er schließlich in der Tür stand, war ihr klar, dass sie ihn geweckt hatte. Die Decke hatte er wie einen Mantel um seinen Körper geschlungen, hinter ihm war das Zimmer abgedunkelt. Sie erkannte sofort, dass er nichts gehört und dass sie ihn ganz unnötig gestört hatte.

»Entschuldigung, ich wollte nur sagen, dass Sie sich nicht um dieses Signal kümmern müssen, aber jetzt sehe ich, dass es Sie vielleicht gar nicht so gestört hat, wie ich befürchtet habe.«

»Was für ein Signal?«

Sie fand die Situation lästig. Wenn er nichts gehört hatte, war das, was sie zu sagen hatte, einfach nur peinlich, als hätte sie nach einem Vorwand gesucht, um an seine Tür zu klopfen. »Es war der Alarm für wichtige Mitteilungen an die Öffentlichkeit, wissen Sie, die der Staat gewöhnlich durchführt. Aber hier draußen in der Provinz haben sie dieses System abgeschafft, und eine Privatperson hat die Aufgabe übernommen. Er startet das Signal manchmal auf eigene Faust, wenn er findet, die Öffentlichkeit sollte etwas erfahren. Einen Teil unserer Gäste hat das beunruhigt.«

Jetzt sah er noch verwirrter aus und fuhr sich mit der Hand durch das Haar. Die Decke glitt von einer Schulter herab, und sie senkte den Blick nach unten, zu ihrem Erstaunen auf einmal verlegen.

»Ich lasse Sie weiterschlafen, bitte entschuldigen Sie, dass ich Sie geweckt habe.«

»Ich verstehe nicht. Soll man dann das Radio und den Fernseher anschalten, denn von da kommt doch wahrscheinlich die Mitteilung?«

»Ja, so ist es ja gewöhnlich, aber so innovativ ist es hier nicht.« Sie wollte gehen, aber er blieb stehen, mit einem Blick, so leer, dass sie sich gezwungen fühlte, die Situation zu erklären. »Er hängt einen Zettel an die Anschlagstafel bei der Kirche, wenn man also wider Erwarten interessiert ist, muss man dort hingehen. Aber Sie können es wirklich mit der Ruhe nehmen, ich habe nie selbst nachgeschaut, für gewöhnlich ist es nicht besonders wichtig, und da habe ich es wohl ein bisschen übertrieben.« Sie lächelte, um das Blödsinnige zu unterstreichen. »Entschuldigen Sie die Störung. Und sagen Sie Bescheid, wenn Sie gegen Abend etwas zu essen haben möchten.«

Er sah so kläglich aus, dass sie Lust bekam, ihn zu fragen, ob er bei irgendetwas Hilfe bräuchte, zögerte aber so lange, bis es zu spät war. Ihr Selbstvertrauen war nicht mehr das, was es einmal gewesen war, der größte Teil war mit Martins Umzugskartons verschwunden.

Sie ging wieder zur Treppe und war schon fast unten, als er fragte: »Sagen Sie, wie heißt denn diese Person?«

»Das ist ein Original, er wohnt ein Stück weit im Wald. Er ist völlig harmlos, hat aber seine kleinen Eigenheiten. Verner heißt er.«

Die Tür ging zu, und sie blieb auf der Treppe stehen. Plötzlich gab es ein bisschen Zeit, mit der sie nichts anzufangen wusste. Sie sah zu der Tür ihrer Wohnung und dachte kurz, dass sie Emelie fragen sollte, ob sie zurück in den Gesellschaftsraum kommen wolle, hatte aber nicht die Kraft, wieder abgewiesen zu werden. Manchmal war es einfacher, wenn jede für sich war, wenn es für das nächste Mal Hoffnung auf eine Veränderung gab.

Sie seufzte und ging weiter hinunter.

Im Gesellschaftszimmer blies sie die Kerzen aus und räumte die Tassen weg, nach dieser besonderen Stunde, zu der es nicht gekommen war.

Kapitel 9

In Zimmer Nummer zwei lag Anders auf dem Rücken und starrte an die Decke, unfähig, wieder einzuschlafen, nachdem die Frau von der Rezeption ihn aus seinem traumlosen Schlaf gerissen hatte. Sobald er das Zimmer betreten hatte, hatte er eine Schlaftablette genommen, sich ausgezogen und war eingeschlafen, aber nachdem er geweckt worden war, wirkte die Tablette offenbar nicht mehr. Der Schlaf hatte sich im letzten Halbjahr zu einer Atempause entwickelt, dem einzigen Zustand, in dem er nicht litt. Nachdem er dieses Versteck entdeckt hatte, brauchte er Tabletten, um dorthin zu gelangen, als würde sein eigenes Bewusstsein gegen ihn arbeiten.

Die Vorhänge waren zugezogen. Das Frühlingslicht drang durch die Ritzen, genauso unwillkommen wie ein Einbrecher. Es kam aus der Außenwelt. Die ohne ihn weiterging. Er hörte die eindringlichen Lockrufe der Vögel wie Fanfaren über die Herrlichkeit der Welt. Ein Gruß davon, dass es Zeit war, sich zu freuen, da der Frühling gekommen war, um allem neues Leben zu schenken.

Für ihn nichts anderes als eine endgültige Bestätigung.

Das Gefühl, alles sei sinnlos, war in die schwärzeste Trostlosigkeit übergegangen. Ein Schmerz, für den es keine Heilung gab. Zeit war vergeudet worden, in Erwartung von etwas, das nie kommen würde. Er konnte es nicht länger ertragen. Alles war ein vergeblicher Versuch, die Zeit hinauszuzögern, die er doch nicht haben wollte.

Jetzt war etwas endgültig zerbrochen.

Ein Tunnel hatte sich zum Mittelpunkt der Trauer geöffnet. Unfähig zum Widerstand wurde er direkt in ihre Dunkelheit hineingezogen. Hinein in alles, was er verdrängt hatte, alles, wofür er im Lauf der Jahre keine Zeit hatte haben wollen, es nur zu sortieren und wegzuräumen. Sein Bewusstsein hatte sich in einen schadenfrohen Henker verwandelt, und jetzt war er gezwungen, innezuhalten und sich die Trauer einzugestehen. Die Trauer, vor der er immer geflüchtet war.

Aber man kann nie schnell genug laufen, wenn der Gejagte zugleich der Jäger ist.

Nie zuvor in seinem Leben hatte er sich so einsam gefühlt. Er befand sich in einem Hotelzimmer, ohne Möglichkeit, von dort wegzukommen. In seinem Zustand würde er es unmöglich schaffen, Auto zu fahren. Die Etagenwohnung, die er als unerträglichen Käfig empfunden hatte, erschien plötzlich wie eine Lebensnotwendigkeit. Er wollte heim, weg, weiter, wohin auch immer, irgendwohin, wo es weniger wehtat. Jemand musste ihn aus diesem geschlossenen Raum retten, aus dem es nicht mehr möglich war zu entkommen. Wen gab es, der ihm helfen konnte? Wer stand ihm so nahe, dass er es wagen würde, sich ihm in seinem Zustand zu offenbaren? Anders Strandberg, ein respektierter Unternehmensstratege und legendärer Finanzmann – jetzt ein Jammerlappen, der jegliche Selbstkontrolle verloren hatte. In Gedanken ging er all die sorgsam geknüpften Kontakte durch, lauter einflussreiche Personen, die jedoch für andere Zwecke da waren, als dieser Augenblick es verlangte.

In dem Leben, das er geführt hatte, hatte er diese Art von Beziehungen nicht gebraucht.

Mit neun Jahren hatte er erkannt, welche Gefahren es in sich barg, wenn man mit jemand anderem rechnete als sich selbst.

Ein Monat war vergangen, seit sie ins Krankenhaus eingewiesen worden war und sein Zuhause sich in einen fremden Ort verwandelt hatte. Für jemanden, der von außen kam, schien sicher alles wie immer, wenn man davon absah, was fehlte. Wie etwa Seife am Waschbecken und Haushaltspapier in der Küche. Es war ein bisschen unordentlicher, und manchmal gab es keine saubere Kleidung, aber im Großen und Ganzen sah es aus wie früher, obwohl letztlich alles anders geworden war.

Es lag etwas in der Luft. Eine ängstliche Stille war eingekehrt. Die wortkargen Gespräche hielten sich auf einer praktischen Ebene, um das herum, was verlangt wurde, um ihre aufgezwungene Zweisamkeit funktionieren zu lassen. Fast stumm brachten sie die Mahlzeiten hinter sich, und danach ging jeder seiner Wege, ohne dass die Mutter mit einem Wort gestreift worden war. Von dem Augenblick an, in dem sie ihr Zimmer im Krankenhaus verließen, gab es sie nicht, und erst wenn es Zeit für den nächsten Besuch war, wurde sie wieder präsent. In der Zeit dazwischen musste das Thema vermieden werden, als würde ihre Abwesenheit zu schwer, wenn man sie auch noch mit Worten belastete. Eigentlich gab es so vieles, was er fragen wollte. Durch die Dunkelheit hindurch, die seinen Vater umschloss, wagte er es jedoch nicht, um Antworten zu bitten. Mittlerweile war sein Vater auch krankgeschrieben, aber Anders wusste nicht, auf welche Weise er krank war. Das Einzige, was er sah, war, dass die Hände zitterten, wenn er das Besteck hielt, und dass er andere Gerüche ausdünstete. Er hatte eine Seife gekauft, wusste aber nicht, ob der Vater sie benutzt hatte. Nachts hörte er Schritte im Haus, zwischen den Zimmern herumtrabend, als suchten sie nach etwas, das nicht mehr zu finden war.

Anders half ihm bei dem, was getan werden musste, nichts geschah mehr von selbst. Manchmal fühlte sich sein Leben an, als sei es in kleine Stücke zerteilt worden, die er zusammenhalten musste. Für das, was früher wie von selbst ohne ihn geschehen war, trug er jetzt die Verantwortung. Wenn er den Vater nicht erinnerte, wurde vieles vergessen. Nach der Schule ging er direkt nach Hause und sagte immer Nein, wenn jemand mit ihm spielen wollte. War er nicht zu Hause, sorgte er sich immer, es war sicherer, mit eigenen Augen zu sehen, dass nichts passiert war.

Seine Aufgabe war es, die Situation ein wenig zu erleichtern. Die eigene Unruhe wurde sorgfältig versteckt, sein Vater würde es vielleicht nicht verkraften, wenn Anders seine Traurigkeit zeigte. Zu jedem Preis musste sein Vater stabil bleiben, denn wenn auch er nicht mehr da wäre, würde die Welt einstürzen. Diese Erkenntnis erschreckte Anders zu Tode.

Um die Stille aus dem Haus zu verjagen, begann er, Musik zu hören. Im Bücherregal gab es ungefähr dreißig Platten, und eine nach der anderen durfte sich auf dem Plattenteller drehen. Es war seine Mutter, die die Beatles schätzte. Wenn die Musik den Raum erfüllte, konnte er so tun, als sei alles normal. Als wäre sie nur in die Küche gegangen und würde gleich mit einem Kaffeebecher und Smålands Folkblad auftauchen und sich auf das Sofa legen, um zu lesen.

Wie sie es immer tat.

Gott sei Dank war die Situation vorübergehend, denn Anders wusste nicht, wie lange er es schaffen würde, den Fröhlichen zu spielen. Er begriff nicht, warum es so viel Zeit brauchte, bis sie gesund wurde. Genauso oft wie sie ihm sagte, dass er tüchtig sei, versprach sie ihm auch, bald wieder nach Hause zu kommen.

Jeden Abend ritzte er eine Kerbe in die Wand seines Kleiderschranks. Teils, um die Kontrolle darüber zu behalten, wie viele Tage vergangen waren, seit das Gewöhnliche verschwunden war, je mehr es wurden, desto weniger blieben. Aber auch, um hinterher auf sie zurückblicken zu können, als heimliche Narbe der Tage, die endlich vorüber waren. Wenn er in Zukunft traurig wäre, würde er die Striche betrachten können und einsehen, dass er vergleichsweise gut dran war. Er hatte geglaubt, ein Brett würde reichen, aber jetzt waren es schon so viele Kerben, dass er bereits auf dem vierten angekommen war.

Es war Zeit für einen neuen Besuch. Jeden zweiten Tag war es derselbe Ablauf, wenn sie pünktlich zur Besuchszeit am Abend den Bus zu Jönköpings Krankenhaus nahmen. Der braune Opel stand mittlerweile ungenutzt da, weil sein Vater keinen Führerschein besaß.

Anders saß auf seinem Bett und sah den Wecker den Zeitpunkt überschreiten, an dem er die Treppen hinuntergehen, links ins Arbeitszimmer einbiegen und sagen sollte, dass es

Zeit zum Aufbruch sei. Sein Vater würde verwundert auf seine Armbanduhr schauen, vom Sessel aufspringen und dankbar beteuern, wie tüchtig er sei. Draußen in der Diele würde er durch Anders' Haare wuscheln und sagen, ohne ihn würde es wohl nicht funktionieren. Dieser Ablauf der Ereignisse war in der Zeit der Kleiderschrankkerben Routine.

Diesmal blieb Anders sitzen. Nichts war aus dem Erdgeschoss zu hören, und er sah den Zeiger immer weiter von dem Punkt wegschleichen, an dem sie noch pünktlich gewesen wären. Sie waren jetzt nah, die Tränen, die er nicht zu weinen wagte, denn solange er tüchtig war, war es leichter, sie herunterzuschlucken. Jetzt war er nicht mehr tüchtig und hatte schon ein schlechtes Gewissen. Trotzdem blieb er sitzen, denn er wollte nicht mehr.

Er hasste die Besuche im Krankenhaus. Hasste den Krankenhausgeruch, der ihnen entgegenschlug, wenn sie eintraten, der seine Mutter imprägniert und ihren Mamageruch vertrieben hatte. Er hasste ihren aufgequollenen Körper und die blauen, gesprungenen Lippen. Er hasste den Mund, der immer offen stand, keuchend und röchelnd, als sei sie am Ertrinken. Sie saß da, auf Kissen gestützt, und ihr Lächeln erinnerte an eine Wichtelmaske, genauso gekünstelt und erschreckend, als sei es nur da, um etwas zu verbergen.

Er wollte nicht mehr dahin gehen. Warum wurde sie nicht gesund, wie sie es versprochen hatte? Er *war* tüchtig gewesen. Hatte alles genauso gemacht, wie sie ihn gebeten hatte. War rechtzeitig in die Schule gegangen und hatte alle Hausaufgaben erledigt und kein einziges Mal den Turnbeutel vergessen. Bei jedem Besuch bekam er Lob und als Belohnung Geld, um sich etwas zu kaufen. Warum nicht anfangen, etwas zu sammeln, vielleicht Briefmarken oder Eishockeybilder?

Wenn du dir etwas kaufst, wirst du sehen, dass du froh bist.

Vorgestern hatte es ihm endgültig gereicht. Es geschah, als er mit dem Geld in der Hand dastand und es Zeit wurde zu gehen. Er war plötzlich wütend geworden auf ihre Lügen, dass sie nie mit ihnen nach Hause zurückkehrte, wie sie es versprochen hatte. Am Ende der Besuchszeit umarmte er sie gewöhnlich immer. Aber vorgestern hatte er es nicht über sich gebracht. Sie hatte ihr Wichtelmaskenlächeln gezeigt und mit ihren bläulich gesprungenen Lippen gesagt, das mache nichts. Aber in ihren Augen hatte er etwas anderes gesehen – er hatte seine Mutter traurig gemacht.

Keine Warnsignale hatten geblinkt. Kein Alarm war ausgelöst worden. Dieser Moment enthielt genauso viele Sekunden wie andere Momente. Trotzdem war es genau dieser Augenblick, den er für den Rest seines Lebens am meisten bereuen würde.

Die Wahl, die er getroffen hatte.

In all den Jahren hatte die Erinnerung in ihm geschabt und war zu einer geschliffenen Klinge geschärft worden, die gefährlich nah am Herzen gelauert hatte. Eine unvorsichtige Bewegung, und sie würde eindringen.

Sein Wunsch war erfüllt worden, und er musste nie mehr dort hingehen.

In der Nacht, am selben Tag, als sie den Bus verpasst hatten, starb sie an einem akuten Lungenödem.

»Du bist so tapfer, Anders. Denk nur, du hast kein einziges Mal geweint.«

Seine Mutter war die einzige, die in einem weißen Sarg mit roten Rosen gelegen hatte, während die anderen Mütter schick gekleidet auf den Kirchenbänken gesessen hatten. Ihre Kinder mussten nicht zu der Beerdigung gehen. Sie blieben stattdessen zu Hause und spielten. Kinder sollten nicht auf Beerdigungen gehen, hatte er die Tanten sagen hören, die mit dem Zug gekommen waren, um zu helfen, wo alles auf den Kopf gestellt worden war. Nur er selbst war dabei gewesen, da es *seine* Mutter war, die beerdigt werden sollte, und fast alle in der Kirche hatten geweint, bis auf ihn.

»Es ist schön für sie, dass sie endlich alle Schmerzen los ist. Sie hat es jetzt gut im Himmel. Sie sitzt bestimmt da oben auf einer Wolke und schaut auf dich hinunter.«

Er selbst hatte gelernt, dass es hässlich war zu lügen, wagte aber nicht zu fragen, ob man wirklich in den Himmel kommen könnte. Denn seine Mutter hatte gelogen, als sie ihm versprochen hatte, gesund zu werden. Er war jedoch nicht sicher, ob man jemandem böse sein durfte, der gestorben und in eine Kiste eingeschlossen war, und er wagte auch nicht, danach zu fragen.

Zwei Wochen lang waren die Tanten geblieben, und während dieser Zeit lag sein Vater im Bett. Außer Sichtweite lauschte Anders den bekümmerten Gesprächen der Tanten, die sofort unterbrochen wurden, wenn er auftauchte. Dann gewann ihr aufmunterndes Lächeln die Oberhand, alles würde gut werden und vielleicht wäre es günstig, wenn er sich mit etwas beschäftigte, damit er an etwas anderes denken konnte.

An dem Tag, an dem sie abreisten, war der Tiefkühlschrank mit vorgekochtem Essen gefüllt, das Haus aufgeräumt und der Wäschekorb geleert. Jetzt war es an der Zeit, dass sein

Vater übernahm. Endlich erhob er sich aus dem Bett, nur um sofort wieder in seiner Bücherwelt zu verschwinden.

»Du bist so tapfer, Anders. Denk nur, du hast kein einziges Mal geweint.«

Zur Belohnung für sein tadelloses Benehmen bekam er eine E-Gitarre geschenkt.

Kapitel 10

Auf dem Hof der Anderssons saß Anna-Karin in der Küche und schaute hinaus auf das Land. Sie hatte sich eine Pause von den Aufräumarbeiten gegönnt und sich eine Tasse Kaffee gekocht. Da waren Kleider, die sortiert werden mussten, ein Projekt, das sie schon lange hatte anpacken wollen. Heute, da viele Gedanken um Helgas Tod kreisten, war es gut, etwas zu tun zu haben.

Das Radio lief wie gewöhnlich. Eine angenehme Gesellschaft. Heute entschied sie sich, es auszuschalten. Für die Gedanken, die aufstiegen, war das Geplätscher die falsche Art von Geräuschkulisse. Die Musik war eine andere gewesen, als Helga in ihren besten Zeiten dort an der anderen Seite des Tisches gesessen und hinunter auf die Straße und oft auf die Kastanie geschaut hatte, die sie so sehr liebte.

Ihr ganzes Leben hatte die Tante auf dem Hof verbracht, unverheiratet und kinderlos war sie eingesprungen, wenn Anna-Karins Großeltern sie ihr überlassen hatten. Anna-Karin war oft mit irgendeinem Anliegen vorbeigekommen. Im unveränderlichen Trott der Tante war alles sicher. Sie hatten da am Tisch gesessen und ihren Kaffee getrunken, hatten dann und wann etwas gesagt, waren aber meistens still gewesen. Helga war nicht diejenige, die Fragen stellte, und viele Male im Leben war Anna-Karin dankbar dafür gewesen.

Sie rührte in ihrer Kaffeetasse. Um sie herum war das meiste unverändert. Die Erinnerung an Helga schwebte über den Dingen, sogar über der Kaffeetasse. Fast alle ihre eigenen Sachen waren in den Umzugskartons geblieben, die sie auf den Dachboden gestellt hatte, als sie einzog. Sie hatte das merkwürdig gefunden, dass das meiste, was sie angesammelt hatte und was so unentbehrlich erschienen war, sich so schnell als verzichtbar erwies, wenn es erst eingepackt war.

Sie schloss die Augen und horchte. Das zuverlässige Ticken der Küchenuhr. Das Schaben des Fliederbuschs an der Außenwand.

Damals wie heute.

Nur Helga war für immer fort und mit ihr eine ganze Generation. Eine Epoche war vorbei, und plötzlich war Anna-Karin die Älteste.

Sie ging mit der ausgetrunkenen Tasse zum Spülstein. Wusch sie ab und stellte sie zum Trocknen hin. So viel Geschirr brauchte man ja nicht, wenn man allein lebte, aber sie hatte überlegt, sich eine kleine Geschirrspülmaschine anzuschaffen. Eine, die man nicht einbauen musste, sondern einfach auf die Anrichte stellen konnte. Die Küche sollte so bleiben, wie sie sie in Erinnerung hatte, in der Einrichtung steckten so viele Kindheitserinnerungen. In den anderen Räumen war es einfacher. Sie hatte Helgas altes Sofa durch ihr eigenes ersetzt, einen kleinen Tisch für den Fernseher gekauft, in den meisten Zimmern die Gardinen gewechselt und ihre Topfpflanzen aus der Wohnung mitgenommen. Aber vieles von Helga war geblieben. Sie hatte es darauf geschoben, dass die Tante noch lebte, aber jetzt, da sie weg war, sollte sie wohl auspacken und einiges austauschen. Vielleicht die Kinder um Hilfe bitten, um ein paar Zimmer neu zu tapezieren. Den Teppichboden entfernen und verborgene Holzböden schleifen. Aber alles selbst anzupacken, war schwer und musste daher erst einmal in die Zukunft verschoben werden.

Sie seufzte. Und dachte daran, dass es eine ganze Menge zu tun gab.

Die Sonne schien durch die grauen Fensterscheiben, die Schicht, die der Frühling immer vom Winter erbte. Es war Zeit zum Fensterputzen, was ein wiederkehrendes Problem war. Vieles konnte sie trotz der Nackenschmerzen machen, aber Fensterputzen gehörte nicht dazu. Die Schmerzen waren ständig da, wurden aber manchmal durch Schmerztabletten gelindert. Der Arzt hatte gesagt, sie sollte Krankengymnastik machen, aber er hatte gut reden, da ihm ja nichts wehtat. Manchmal machte sie zwischendurch die Übungen, spürte aber nie eine Besserung. Helena hatte ihr geraten, zu einem Chiropraktiker zu gehen, aber Anna-Karin glaubte nicht so recht an so etwas. Mit den Schmerzen war es, wie es war. Mittlerweile hatte sie sich daran gewöhnt.

Früher hatte sie ihren kleinen Bruder Lasse um Hilfe beim Fensterputzen gebeten. Doch mittlerweile befürchtete sie, ihm dadurch etwas zu schulden. Lisbeth könnte dann einen Gegendienst verlangen, und oft bestand der darin, dass Anna-Karin ihre Einwilligung geben musste, wenn ihre Schwägerin im Garten etwas Neumodisches versuchen oder die Gebäude des Hofs modernisieren wollte. Es gab ständig Diskussionen. Handelte es sich nicht darum, Beete zu versetzen oder Zäune zu ziehen, dann war es etwas anderes. Zu dem Altan, den Lisbeth bauen wollte, hatte Anna-Karin definitiv Nein gesagt, die Veränderung würde zu sehr von dem Ursprünglichen abweichen. Man hatte gewisse Verpflichtungen, wenn man auf einem Erbhof wohnte, aber das war etwas, was Lisbeth nie begriffen hatte. Über fünf Generationen war der Hof in der Familie weitergegeben worden. Ihre Vorfahren hatten ihr Leben in den Häusern verbracht, die heute noch standen, obwohl es sie selbst schon lange nicht mehr gab. Von Kindesbeinen an hatten sie und Lasse gewusst, dass sie das nächste Glied in dem einzig Beständigen waren, das, worum ihre Ahnen gekämpft hatten, um es hinterlassen zu können. Jetzt waren sie an der Reihe, die Tradition weiterzuführen.

Lisbeth kam aus Luleå. Sie und Lasse hatten seit über zwanzig Jahren dort oben gewohnt, bis Helga krank geworden war und den Hof verlassen musste. Es war nicht direkt gesagt worden, aber Anna-Karin hatte den Verdacht, dass Lisbeth der Umzug nicht gepasst hatte und dass sie lieber in Luleå geblieben wäre. Lasse hatte wohl die Pflicht rufen hören. Oder er war um das Erbe besorgt gewesen.

Sie ging zum Fenster und schaute auf das Wohnhaus der beiden. Verantwortungslos fand sie es, was sie mit dem Haus gemacht hatten. Es war keine Rücksicht darauf genommen worden, etwas zu bewahren. Lasse hatte Lisbeth walten lassen, obwohl sie keine gefühlsmäßige Bindung an den Hof hatte. Wände waren abgerissen worden. Küche und Badezimmer waren nicht wiederzuerkennen. Als Anna-Karin gekommen war, um es sich anzuschauen, hatte sie sich wie in einen neu erschienenen Einrichtungskatalog versetzt gefühlt.

Sie hatte gelitten, als sie sah, wie sich der Baucontainer mit den Erinnerungen der Familie füllte, um auf der nächsten Müllkippe ausgeleert zu werden.

Danach war der Kontakt zwischen ihnen merklich abgekühlt. Besonders mit Lisbeth. Sie bemühten sich, einen höflichen Ton beizubehalten, sahen einander aber nicht öfter als unbedingt nötig. Ein gewisser Kontakt war unausweichlich. Aber es war immer Lasse, der herüberkam, wenn sie etwas wollten, oft mit demselben Anliegen. Den Veränderungen, die sie innerhalb ihres Hauses vornahmen, war schwer etwas entgegenzusetzen, aber für das, was sie außerhalb davon veranstalten wollten, bedurfte es Anna-Karins Zustimmung. Oft bekam sie zu hören, dass zwei Stimmen gegen eine standen, aber tatsächlich hatte Lisbeth keinen Anteil am Erbe und besaß daher keine berechtigte Stimme. Jetzt hatten sie verlangt, dass der Hof bei der Erbteilung durch zwei geteilt werden sollte, aber darüber war das letzte Wort noch nicht gesprochen. Anna-Karin stand immerhin auf der Seite der Familie, der, die nicht mehr lebte und für sich selbst sprechen konnte. Lasse war daran nie besonders interessiert gewesen. Sie war sehr verärgert über ihn, weil er ihre Familiengeschichte auf die leichte Schulter nahm. Verärgert und enttäuscht.

Sie sah auf die Uhr. Mehrere Male hatte sie versucht, ihre Tochter und ihren Sohn zu erreichen, um ihnen von Helgas Tod zu berichten. Schließlich hatte sie die Nachricht auf ihren Anrufbeantwortern hinterlassen müssen. Jetzt nahm sie das Telefon zur Hand und wählte die Handynummer ihrer Tochter, nicht die Festnetznummer, denn da meldete sich selten jemand.

»Hallo, Mama, warte mal eben.« Sie hörte die entfernte

Stimme der Tochter und dann eine Autotür, die zugeschlagen wurde. »Hallo, Mama.«

»Wo bist du?«

»Ich sitze in einem Taxi auf dem Weg zu einer Besprechung. Es eilt, fahren Sie bitte dahinten rechts und dann in die Frejgatan.«

Atemlos und mit gestresster Stimme. Meistens klang es so, wenn Anna-Karin sie anrief.

Ihre Susanna. Immer auf dem Sprung vom einen zum andern. Seit fast zehn Jahren wohnten beide Kinder in Stockholm, führten ihr eigenes Leben und hatten alle Hände voll zu tun. Sie waren schon nach dem Gymnasium ausgezogen, hatten ihre Ausbildungen gemacht und beide gut bezahlte Jobs bekommen. Es gab allen Grund, stolz zu sein, und das war sie auch. Aber es war traurig, dass sie so weit weg waren. Sie hatten nicht oft Zeit heimzukommen, besonders der Sohn nicht. Und die Enkel, auf die sie hoffte, würden Stockholmer werden. Das war schwer zu akzeptieren. Sie fand es nicht gut für die Kinder, in all dem Gedränge, der schlechten Luft und der Kriminalität der Großstadt aufzuwachsen. Da war es besser auf dem Land, wo es ruhig und sicher war und die Leute einander kannten. Wenn es so weit wäre, würde sie versuchen, sie zur Rückkehr in ihr Elternhaus zu bewegen.

Auf nichts freute sie sich mehr als darauf, Enkel zu bekommen. Sie wollte sie in der Nähe haben und sich zur Verfügung stellen, um auszuhelfen. Außerdem würden die Kinder eines Tages den Erbhof bekommen.

»Entschuldige, dass ich es gestern nicht mehr geschafft habe anzurufen, ich habe deine Nachricht von Helga gehört, ich habe Überstunden gemacht, und es wurde so furchtbar spät, dass ich mich nicht getraut habe, dich anzurufen, wie fühlst du dich?«

»Na ja.« Das war alles, was sie sagte, sie wusste nicht recht, wie sie das, was sie empfand, in Worte fassen sollte. »Die Beerdigung wird wohl schon in dieser Woche stattfinden.«

»Am Wochenende?«

»Nein, das glaube ich nicht, Beerdigungen werden meistens an Werktagen abgehalten. Vermutlich wird es der Freitag.«

Es wurde still im Hörer. Nur das Hintergrundrauschen, das vielleicht vom Taxi kam, war zu hören. Sie ahnte, was die Tochter dachte. »Aber es ist doch klar, dass du für eine Beerdigung frei bekommst. Es ist schließlich deine Großtante, die gestorben ist.«

»Ja sicher, es ist nur so, dass ich gerade so furchtbar viel zu tun habe, für jeden Tag sind mehrere Termine reserviert. Es ist nicht so leicht, frei zu bekommen, wenn man Projektleiterin ist.«

»Aber eine Beerdigung ist schließlich eine Beerdigung.«

»Ja.«

»Was ja?«

»Mama, ehrlich gesagt kannte ich Helga nicht besonders gut.«

»Sie ist deine Verwandte. Reicht das nicht?«

Sie hörte die Tochter seufzen. »Es ist doch klar, dass ich auf die Beerdigung gehen will, es ist nur wie gesagt im Moment so viel. Sie können da an dem Hauseingang halten.«

»Hallo?«

»Ja, ich bin dran.«

»Eure Nichten und Neffen kommen bestimmt aus Luleå

herunter. Es wäre wirklich traurig, wenn du und Niklas nicht kommen würden. Hast du schon mit ihm gesprochen?«

»Nein, David und ich gehen heute Abend zu ihm. Jonas hat Geburtstag, es gibt also ein Geburtstagsessen.«

»Ach, wie nett, grüß ihn herzlich und gratuliere von mir.« Jonas war seit einigen Jahren Niklas' Mitbewohner. So schwierig, wie es war, in Stockholm eine bezahlbare Wohnung zu finden, war das eine praktische Lösung. Anna-Karin hatte ihn ein paarmal getroffen, wenn sie da unten zu Besuch gewesen war, und hatte ihn nett gefunden. Gar nicht wie etwas Besseres, obwohl er Oberarzt war. »Wie alt wird er?«

»Siebenunddreißig. Ich glaube, er tut Niklas gut. Er ist jetzt viel fröhlicher. Kann ich eine Quittung haben?«

»Ja, ich kann mir vorstellen, dass es schön sein muss, wenn man sich nicht immerzu um die Miete sorgen muss, so teuer wie es da unten ist. Da ist es doch viel besser, sie zu teilen.«

»Ich muss jetzt aufhören, Mama, weil ich in die Besprechung gehe, ich rufe dich heute Abend an.«

»Vergiss es nur nicht.«

»Danke. Nein, ich kann die Tasche selbst nehmen. Tschüss, Mama.«

Irgendwo in weiter Ferne verschwand ihre Tochter in einer Besprechung. Dreißig Jahre waren vergangen, seit Anna-Karin sie geboren hatte. Achtzehn Jahre war sie damals gewesen, aber ihr Alter hatte niemanden dazu gebracht, die Augenbrauen zu heben. Es war üblich gewesen, jung zu heiraten und Kinder zu bekommen, die Welt war damals kleiner, und die meisten hatten ihre Zukunftsträume dem angepasst, was von ihnen erwartet wurde. Heutzutage war das anders. Niemand musste sich seinem Schicksal mehr unterwerfen. Die jüngere Generation wuchs in dem Glauben auf, das Leben sei ein Buffet von Möglichkeiten, allen zugänglich, und das einzige Problem sei, die richtige Wahl zu treffen. Alles sollte weggewählt werden, bis nur noch eine einzige Möglichkeit blieb, und wenn es dann schiefging, trugen sie selbst die Schuld. Es war kein Wunder, dass sie gestresst waren und nichts jemals genügte, denn versteckt in dem Haufen des Abgelehnten lag meist die eine bessere Alternative, die sie verpasst hatten. Manchmal, wenn sie ihren Kindern zuhörte, dachte sie, dass ihre Erwartungen dessen, was das Leben bieten würde, weit das überstieg, was man vernünftigerweise davon erwarten konnte.

Sie ging hinaus in die Diele. Vorbei an dem ungeöffneten Karton mit dem Computer, den sie von den Kindern zu Weihnachten bekommen hatte. Als sie gesehen hatte, wie erstaunt sie war, hatten sie ihr erklärt, dass sie sich hinaus in die Welt des Internets begeben sollte. Ein paar Kontakte knüpfen, wie sie sagten, damit sie nicht so einsam blieb. Er war noch in seinem Karton. Sie zögerte, Lasse um Hilfe bei der Installation zu bitten. Die Gefahr war zu groß, dass sie zum Dank dafür gezwungen sein würde, den Bau von Lisbeths Altan zu akzeptieren. Da benutzte sie besser Helenas Computer im Hotel.

Sie ging die Treppe hinauf. Im Schlafzimmer stand ein Müllsack voller Kleider, die sie schon aussortiert hatte. Jetzt riss sie einen weiteren Sack von der Rolle. Die Schränke waren vollgestopft. Sie nahmen die ganze Längswand des Schlafzimmers ein, und ganz hinten hingen noch Helgas Kleider. Anna-Karin ließ sie dort. Sie wollte, dass sie dort hingen, auch wenn Helgas Duft längst verschwunden war.

Nein, es war das, was sie selbst hineingehängt hatte, was aussortiert werden musste. Immer wenn sie die Kleider sah, wurde sie daran erinnert, wie sehr sich ihr Körper verändert hatte. Erst kaum wahrnehmbar, aber plötzlich waren alle Kleider geschrumpft. Ein paar Tage nach dem vierzigsten Geburtstag. Nichts an ihren Gewohnheiten hatte sie verändert, sie hatte gegessen wie üblich, aber plötzlich war es, als würde ihr Körper sich Reserven aufsparen. Als sie versuchte abzunehmen, schien er eine geheime List zu ahnen, die er nicht dulden wollte. Wie von einer unbekannten Macht heimgesucht, quoll alles über seinen Rand.

Ein paar Blusen durften hängen bleiben. Sie schob die Kleiderbügel zur Seite, zögerte beim nächsten Stück, einem schwarzen Blazer, den sie oft getragen hatte. Nachdem sie ihn anprobierte hatte, durfte er sich zu den anderen Blusen gesellen, sie konnte ihn immer noch tragen, wenn sie ihn nicht zuknöpfte.

Ihr Spiegelbild stimmte mittlerweile nicht mehr mit dem Bild überein, das sie von sich hatte. Jedes Mal wenn sie sich sah, spürte sie die Unsicherheit. Sie fühlte sich noch so wie früher, war aber in den Körper von jemandem eingezogen, den man leicht für eine Tante halten konnte. Es ekelte sie, dass diejenige, die sie war, sich hinter Falten und Cellulitis verbarg. Sie hatte es mit teuren Cremes versucht. Trotz des Versprechens »total effect« schien keine einzige Falte Schaden zu nehmen, wie von den Ingredienzien genährt, wurde das Netz weitergewebt.

Zwei Jahre blieben, bis sie fünfzig wurde. Eigentlich war das kein Alter, aber es gab doch manches in ihrem Leben, aus dem nichts geworden war und für das es jetzt zu spät schien.

Sie dachte manchmal, vieles sei von selbst geschehen und einfach so geworden, wie es sein sollte. Ein Jahr hatte sich zum anderen gesellt, ohne dass sie bemerkt hatte, wie sie sich häuften. Im Nachhinein waren viele von ihnen schwer voneinander zu trennen, die Zeit war heimlich vergangen, bevor sie gemerkt hatte, dass etwas verschwunden war.

Sie erinnerte sich an die Träume, die sie in ihrer Jugend gehabt hatte. Die Phantasien darüber, wer sie werden und was sie tun würde. Das blinde Selbstvertrauen der Jugend. Das Leben hatte sich so unendlich weit vor ihr ausgebreitet, dass nichts eilig war. Sich für nichts zu entscheiden war wohl auch eine Entscheidung, aber als es Zeit wurde, hatte sich zu viel Ungetanes angehäuft. Ein Haufen, den sie jetzt vor sich her schieben konnte, ein Schutz, um sich dahinter zu verstecken. Das Alter hatte etwas Widersprüchliches. Die Angst schien zu wachsen, je älter sie wurde. Dinge, vor denen sie in der Jugend nie zurückgeschreckt war, wurden jetzt schwieriger. Wie beispielsweise allein nach Stockholm zu fahren. Bisher hatten ihre Reisen zur Ausnahme gehört. Auch wenn die Kinder sie manchmal einluden, fuhr sie selten zu ihnen. Die engen Wohnungen in Stockholm hatten kein Gästezimmer, obwohl sie so teuer waren wie ein norrländisches Herrenhaus. Das gab ihr das Gefühl, im Weg zu sein. Der Freund der Tochter war Journalist und traf so viele spannende Leute, gewiss war er nett, aber was konnte Anna-Karin jemandem wie ihm bieten?

Ein schwarzes Kleid verschwand in der Mülltüte. Eins von ihren Lieblingskleidern. Anschmiegsam wie eine zweite Haut und teurer, als sie es sich gewöhnlich leistete, mit Strassornamenten, die das Licht reflektierten. Sie konnte sich daran erinnern, wie sie sich gefühlt hatte, als sie es trug. Mit selbstverständlicher Sicherheit hatte sie sich von ihrer besten Seite zeigen können.

Ihr fehlte die Aufmerksamkeit. Früher war sie es gewohnt gewesen, sie zu wecken. Wenn die Blicke der Männer hängen geblieben waren und sie sich gegen unwillkommene Verehrer wehren musste. Wenn sie sie mit diesem besonderen Blick angesehen hatte, dem absichtsvollen, hatte sie gewusst, dass er immer beantwortet wurde. Das Leben hatte mehr Spaß gemacht, als sie das Gefühl hatte, selbst wählen zu können. Ohne Vorwarnung war diese Möglichkeit verschwunden. Blicke, die sie früher einfangen konnte, glitten plötzlich vorbei, sahen direkt durch sie hindurch, als gäbe es sie nicht. Der Verlust war verwirrend. Sie hatte es weiterhin versucht, aber schließlich aufgeben müssen. Einer der wenigen Schauplätze, die sie beherrscht hatte, war nicht mehr der ihre. Sie war unsichtbar geworden.

Die Männer waren in ihrem Leben gekommen und gegangen, wurden aber weniger und weniger. Deshalb ging sie manchmal tanzen, auch wenn es nicht mehr so war wie früher. Eine neue Generation hatte die Tanzfläche übernommen. Eigentlich würde sie sich mit so wenig zufriedengeben. Ihre Sehnsucht galt diesen Blicken, die sie einst zu etwas Besonderem erkoren hatten. Sie wollte, dass jemand sie umarmte, wenn er auch nur für kurze Zeit ihren Körper berühren wollte, den keiner mehr begehrte. Mittlerweile war es auch in Ordnung, wenn er betrunken war, mitten im Gedränge auf einer Tanzfläche.

Sie fühlte das Verlangen nach einer Zigarette. Die Kinder hatten sie gedrängt aufzuhören, und natürlich sollte sie das tun. Mittlerweile beschränkte sie sich täglich auf drei. An dem Tag, an dem die Kinder sagen würden, ein Enkel sei unterwegs, würde sie ganz aufhören.

Gerade als sie das Schlafzimmerfenster öffnen wollte, entdeckte sie das silberfarbene Auto, das vor dem Hotel parkte. Das sie draußen auf der Landstraße vorbeifahren und nach Kullmyran einbiegen gesehen hatte.

Alle in der Gegend wussten, dass der Kiesweg in dieser Jahreszeit unbefahrbar war, und tatsächlich – als sie dorthin gegangen war, hatte er oben auf Stenlägda geparkt. Ein Mietwagen aus Sundsvall, wie sie erfahren hatte, als sie angerufen und die Zulassungsnummer kontrolliert hatte. Sie pflegte das bei verdächtigen Autos zu tun, sie hatte in der Zeitung von ausländischen Banden gelesen, die durch Schweden zogen und Einbrüche begingen.

Dieses Auto war aber, wie sie ahnte, aus einem anderen Grund unterwegs. Sie legte die Zigarette weg und griff zum Telefon.

»Lindgrens Hotel und Pension.«

»Ich bin es nur, wem gehört das Auto, das auf dem Hof steht?«

»Du meinst den Saab? Nur einem Hotelgast, er ist vor ein paar Stunden angekommen.«

»Weißt du, wie er heißt?«

»Keine Ahnung, er ist plötzlich aufgetaucht, ohne vorher reserviert zu haben. Warum fragst du?«

»Dieses Auto hat vor kurzem noch oben auf Stenlägda geparkt. Ich könnte wetten, dass er bei Verner war.«

»Nun, das kann sein. Weißt du, was er dort zu suchen hatte, da fahren doch nicht so viele hin?«

»O ja, ich habe so meine Ahnungen.« Anna-Karin dehnte die Antwort aus, um Helenas Neugier auf die Folter zu spannen. »Das Kullmyrstorp gehört ja zum Hof, das ist unser staatliches Lehen. Helga ließ ihn da oben wohnen.«

»Ja, das weiß ich schon.«

»Aber das galt nur, solange sie den Hof besaß, jetzt können wir ihn endlich loswerden.«

Helena sagte nichts, und ihr Schweigen irritierte Anna-Karin. Das passierte manchmal, wenn die Unterschiede zwischen ihnen allzu offensichtlich wurden. Wie so oft, wenn sie Zustimmung suchte, bekam sie keine Unterstützung. Es gab vieles an Helena, was sie mochte, aber auch einiges, was sie störte. Das meiste war in der Kindheit einfacher gewesen, obwohl es schon damals Unterschiede gegeben hatte. Helena war das exotische Ferienkind gewesen, das gleich nach dem Schulschluss auftauchte und von dem alle wussten, dass es in ein fernes Stockholm zurückkehren würde, wenn der Sommer zu Ende war. Mit einem Dialekt, den sie aus dem Fernsehen kannte, phantasierte Anna-Karin über ihren spannenden Alltag in der Großstadt – all die bekannten Menschen, denen sie auf der Straße begegnen konnte, die Kleidergeschäfte mit der aktuellsten Mode. Alles, was für Anna-Karin unerreichbar war, hatte Helena in selbstverständlicher Reichweite. Erst als Teenager hatte sie begriffen, dass Helenas Alltag vielleicht doch nicht so begehrenswert war, da die Gemeinde sie von dort wegholte, wenn die Sommerferien kamen. Aber Helena hatte mit keinem Wort erwähnt, warum, weder damals noch jetzt als Erwachsene.

»Was willst du denn mit dem Häuschen anfangen? Ist es nicht ziemlich verfallen?«

»Ja, das ist es vielleicht, aber ich dachte, ich könnte es renovieren und es Susanna und Niklas geben. Als Sommerhäuschen, es liegt ja schön da oben im Wald.«

»Weiß Verner davon?«

»Nein, aber ich habe das Recht, mit dem Häuschen zu machen, was ich will. Jetzt wird es ja mir gehören.«

»Und Lasse! Was meint er?«

»Ich bin sicher, dass er dasselbe meint wie ich. Es ist doch unangenehm, so einen hier im Dorf zu haben.« Sie hörte Helena seufzen und wurde wütend. »Im Ernst, Helena, du hast mir mehrmals gesagt, dass deine Gäste sich über den Alarm wundern, den er auslöst. Der ging doch erst gerade wieder los, hast du ihn nicht gehört?«

»Ja, aber ...«

»Hör mal. Es gibt viele, die ihn hier weghaben wollen. Ich bin nicht die Einzige, falls du das meinst.«

»Nein, das ist schon möglich. Aber ist es nicht ein bisschen sehr drastisch, ihn einfach rauszuschmeißen? Wo soll so jemand wie er hin?«

»Das ist doch kaum mein Problem. Es ist schließlich nicht das erste Mal, dass jemand umziehen muss. Mir ist es unangenehm, so jemanden in der Nähe wohnen zu haben. Er ist einfach hier aufgetaucht, ja, das ist wohl jetzt fast zehn Jahre her, und niemand weiß, woher er gekommen ist. Aber ich habe natürlich das ein oder andere gehört. Jemand sagte, er sei ein alter Knastbruder, aber ich habe noch bedeutend schlimmere Sachen aufgeschnappt als das.«

Sie steckte die Zigarette in den Mund, schaffte es aber nicht, sie anzuzünden. »Irgendwas stimmt mit dem nicht, das ist doch offensichtlich. Oder findest du es vielleicht normal, so etwas zu machen? Dass alle gestört werden, nur weil ihm etwas eingefallen ist?«

»Nein, das vielleicht nicht, aber …«

»Wie wäre es, wenn alle nur tun würden, was sie selber wollen? Wir könnten uns ja alle so eine Sirene anschaffen, dann wirst du sehen, wie lange du das aushältst. Man muss doch etwas Rücksicht nehmen.«

Sie hörte Helena wieder seufzen und wusste genau, wie sie aussah, wenn sie das tat.

»Und was soll das nun mit meinem Hotelgast zu tun haben?«

»Sieh mal, ich glaube, er ist Anwalt. Dieser Spinner ist listiger, als man glaubt. Niemand hat verstanden, warum Helga ihn da oben wohnen ließ. Sie war ja gewöhnlich eher schroff gegenüber Fremden, wie du dich vielleicht erinnerst. Er muss sie auf irgendeine Weise getäuscht haben. Ich habe versucht, mit ihr zu reden, als sie noch bei klarem Verstand war, aber ich glaube, sie fand es zu peinlich. Sie wollte wohl nicht zugeben, dass sie getäuscht worden war. Jedenfalls weigerte sie sich, darüber zu sprechen.«

»Aber sie fand es vielleicht okay, dass er da wohnte …«

»Jetzt bestimmen ich und Lasse über das Häuschen. Wie lange bleibt dieser Anwalt?«

»Er hat nur eine Nacht gebucht, dann reist er wohl morgen ab.«

»Ruf mich an, wenn er beim Frühstück sitzt. Ich will versuchen, kurz mit ihm zu reden, bevor er verschwindet.«

»Okay. Tschüss.«

Helena legte auf, und Anna-Karin zündete sich endlich ihre Zigarette an. Das war so typisch für Helena. Genau wie

Lisbeth fehlte ihr jedes Gefühl für das Leben hier. Sie verstand nicht, wenn es wirklich an der Zeit war zusammenzuhalten. Anna-Karin war sicher, dass sie von vielen unterstützt werden würde, wenn sie Verner kündigte, aber nach dem Gespräch mit Helena wollte sie vorsichtshalber herausfinden, von wem genau.

Nach dem letzten Lungenzug drückte sie die Zigarette aus und warf sie aus dem Fenster.

Dann ging sie hinunter in die Küche, um ihr Telefonbuch zu holen.

Kapitel 11

In dem Moment, in dem Helena das Gespräch beendete, bekam sie Herzklopfen. Kein solches, bei dem sich der Puls leicht erhöhte, sondern von der Art, die der Körper produzierte, wenn er spürte, dass etwas nicht stimmte. Sie stand an der Anrichte in der Küche. Vorgebeugt stützte sie sich mit den Händen am Rand ab. Die Lungen sogen die Luft ein wie nach einem Lauf, in tiefen Zügen, als gäbe es in der Küche keinen Sauerstoff mehr. Die Reaktion kannte sie bereits, aber seit dem letzten Mal waren viele Jahre vergangen, und obwohl sie es kannte, bekam sie Panik. Die Atemnot war identisch mit der, die sie während der Nächte voller Angst überfallen hatte. Damals, am Anfang, als sie gemeinsam mit Martin zu Tode erschrocken versucht hatte, die Schatten zu vertreiben. Und sie wusste genau, warum sie zurückgekommen war. Denn nachdem die meisten Schatten ins Licht hinausgezwungen worden waren, hatte ein bestimmter Schatten sich ihrem Griff entwunden und war zurück in die Dunkelheit geschlüpft. In all den Jahren war er ihr gefolgt, und während des Gesprächs mit Anna-Karin hatte er Helena verhöhnt, die so hilflos in seiner Gewalt gezappelt hatte.

Die Angst, jemanden wütend zu machen. Jemanden zu reizen, lästig zu sein, gezwungen zu sein, sich einem Konflikt zu stellen. Aus diesem Grund war sie eine Virtuosin der Anpassung geworden. Eine Meisterin darin, etwas, was stören konnte, aufzuspüren und es dann zu vertreiben.

Denn das, was lästig war, würde vielleicht niemand mögen.

Sie hatte sich damit begnügt, teilnehmen zu dürfen.

Martin war der Einzige, der sich so weit hineingedrängt hatte, dass er mit plattgedrückter Nase an der Scheibe all das Hässliche gesehen hatte. Das, was sie so widerwillig beherbergte und von dem sie hoffte, es würde verschwinden, wenn sie nur so tat, als existiere es nicht. Ihre Feigheit. Die Angst, nichts wert zu sein. Der Neid auf diejenigen, die sie für besser hielt. Ängstlich, entlarvt zu werden, versuchte sie das zu verbergen, was in den Händen eines anderen zu einem Schlagstock gegen ihr Bild der Perfektion werden könnte. In all den Jahren mit Martin konnte sie sich nicht daran erinnern, dass sie sich wirklich richtig gestritten hätten. Geschmeidig war sie jedem Konflikt entglitten, hatte folgsam das getan, was von ihr erwartet wurde, und darüber geschwiegen, was sie eigentlich gefühlt hatte. Ihr Handeln nach der Trennung war ganz neu für sie. Zum ersten Mal hatte sie Martin zornig gemacht, doch offensichtlich hatte sie es überlebt. Wenn man ehrlich war, hatte sie sich dem Konflikt nicht gestellt, es ihm aber wenigstens sehr schwierig gemacht, indem sie jegliche Kommunikation verweigerte.

Unfähig, ihren Atem zu beruhigen, öffnete sie einen der Küchenschränke und holte ein Glas heraus, füllte es bis zum Rand mit Wasser und ließ sich auf einen Stuhl sinken. Vorgebeugt, die Beine gespreizt und die Ellbogen auf die Knie gestützt, blieb sie mit dem Kopf in den Händen sitzen.

Es war diese Wut, die sie immer beiseiteschob. Die sie beim Gespräch mit Anna-Karin empfunden, aber wie gewöhnlich nicht zu zeigen gewagt hatte. Und mit diesen unausgesprochenen Worten war das Maß endgültig voll. Die Seite an ihr, die Anna-Karin enthüllt hatte, war genau die, die sie gegenüber Martin hatte verteidigen müssen. Jede Zelle ihres Körpers leistete Widerstand dagegen, sich einzugestehen, dass er Recht gehabt hatte.

Denn Helena hatte es vorgezogen, die Augen zu verschließen.

Sie wollte Anna-Karin mögen. Nun, da sie wieder ihr Leben mit ihr teilen und den größten Teil ihres Freundeskreises bilden würde, wollte sie das Bild der Anna-Karin behalten, das sie als Kind von ihr gehabt hatte. Sie hatte ihre Neigung, sich wie ein Habicht auf die Schwächen ihrer Mitmenschen zu stürzen, jede Abweichung zu kritisieren und ihre eigene Gewohnheit, sie lächerlich zu machen, nicht wahrhaben wollen. Helena hatte Anna-Karins Verachtung für Menschen, die gegen die von ihr festgelegten Normen verstießen, beiseitegeschoben. Auch wenn sie es als Klatsch und Tratsch feige hinter ihren Rücken verbreitete.

Manchmal hatte sie im Stillen darüber nachgedacht, wie es kam, dass Anna-Karin es schaffte, so viel Energie zu verbrauchen, um sich über andere zu ärgern, während sie so unwillig war, sich selbst zu hinterfragen. Aber am meisten hatte sie sich darüber gewundert, wie einfach sie die beleidigenden Worte aussprach, ohne vorher zu überlegen oder Schuldgefühle zu empfinden, als sei sie nur einer zwingenden Naturkraft gefolgt. Den meisten, die sie kannte, war es peinlich, wenn ihre Vorurteile so deutlich ans Licht kamen.

Nur Anna-Karin nicht. Sie war von dem, was sie sagte, überzeugt und an keiner weiteren Analyse interessiert. Schwule waren krank. Muslime Terroristen. Kanaken faul und unzuverlässig und kamen nur nach Schweden, um die Vorzüge eines Wohlfahrtsstaats zu nutzen, für den wir Schweden generationenlang geschuftet hatten. Alle Zigeuner waren Diebe und Außenseiter wie Verner einfach nur störend. Alles war schwarz oder weiß und wurde in vorgefertigte Fächer sortiert. Die Gesetze wurden von Anna-Karin gemacht, und so wurde die Welt leicht zu handhaben.

Martin mit seinem Soziologie-Studium hatte vor Anna-Karins Verhalten gewarnt. Behauptet, es seien Personen wie sie, die die Konflikte dieser Welt schufen. Abends, wenn Anna-Karin etwas besonders Dummes gesagt hatte, hatte er ihr wie ein Pädagoge erklärt, dass sogar Völkermord seinen Ursprung in dem Wunsch hatte, sich in »wir« und »die« aufzuteilen.

»Es beginnt mit einem harmlosen Scherz, so wie die von Anna-Karin, und das gibt den Vorurteilen Nahrung. Je mehr Leute lachen, umso stärker wird das Wir-Gefühl, und dann, wenn die Scherze zu Ansichten gewachsen sind, beginnt man Abstand von denen zu nehmen, die man lächerlich gemacht hat. Man selbst darf dazugehören. Diejenigen, die anders sind, werden außen vor gelassen. So wird das Fundament für jede Form der Diskriminierung und Verfolgung gelegt. Man darf nicht vergessen, dass Deutschland eine Demokratie war, als die Nationalsozialisten an die Macht kamen, es war das Volk selbst, das für sie stimmte. Die Tendenz zu dem, was sie wollten, gab es schon früher, aber erst als sie zur Macht kamen, zeigten sie ihr wahres Gesicht. Es ist so, Helena, wenn man glaubt, im Besitz der Wahrheit zu sein, wird man böse. Dann stellt man nichts mehr in Frage, sondern beginnt stattdessen, seine Wahrheit zu verteidigen.«

Helena hatte natürlich nie gesagt, wie satt sie mit den Jahren seine Erklärungen bekommen hatte. Lange Vorträge, bei denen er ungebeten alles referierte, was er wusste. Ein emsiger Besserwisser, der sich dazu herabließ, anderen die Zusammenhänge zu erklären.

Das war eine seiner Seiten, die sie am meisten irritiert hatte.

Jetzt musste sie ihm Recht geben, was Anna-Karin betraf.

Sie hatte dem, was er zu sehen behauptete, nicht zustimmen wollen – Anna-Karins Position als selbsternannte Fahnenträgerin für die Kleinkariertheit des Dorfes. Bei jedem Anzeichen von Veränderung lief sie von Hof zu Hof, um die Ortsbewohner zum Widerstand aufzuhetzen. Ob es nun galt, eine Straße zu verbreitern oder Änderungen im Busfahrplan vorzunehmen, eine Behindertenrampe in der Kirche anzubringen oder ein Flüchtlingslager zu errichten. Leute, die keinen Grund hatten, Stellung zu beziehen, erschraken über ihre erbosten Argumente, und um einen möglichen Streit und die Rolle als Außenseiter zu vermeiden, unterschrieben viele von ihnen ihre Namenslisten. So entstand ein Zusammengehörigkeitsgefühl, bei dem allem, was neu und unbekannt war, Grenzen aufgezeigt wurden.

Und am meisten regte sich Anna-Karin auf.

Als Martin einmal wirklich verärgert war, hatte er erklärt, dass er, wenn er noch einen einzigen Schwulenwitz hören würde, sich ihr in einem offenen Konflikt gegenüberstellen würde. Helena war es immer wichtig, zu vermitteln und dass alle in ihrer teuer erkauften Provinzidylle zusammenhielten.

»Die Ängstlichen schreien am lautesten, um ihre eigene Angst zu verbergen. Gelingt es einem, sie zu verbreiten, bekommt man die Gemeinschaft, die man so sehr braucht, um sich nicht einsam fühlen zu müssen«, hatte Martin bereitwillig erklärt.

Und vielleicht war das der Grund, warum Helena sich entschlossen hatte, die Augen zu verschließen. Das Bild ihrer Anna-Karin, der Bewunderten, der sie gern gleichen wollte, war immer noch das, was sie sah. Nicht das der Frau, die heute hinter der Rezeption stand, hochrot im Gesicht, während sie auf holprigem Englisch nach Worten suchte. Um hinterher rasch über den ausländischen Gast zu lästern, der sie gezwungen hatte, ihre Unterlegenheit zu enthüllen.

In solchen Momenten kam Helena der Gedanke, Anna-Karin habe Angst, sich selbst zu verlieren, wenn sie eine Überzeugung aufgeben müsste. Denn das Sonderbare war, dass Anna-Karin sich oft über Eigenschaften ärgerte, die sie selbst besaß, als würde sich ihr Unterbewusstsein gegen das Erkennen ihrer eigenen Schwächen wehren.

Mit dem Kopf in den Händen dasitzend, merkte Helena, dass ihr Körper von ihr verlangte, es sich einzugestehen. Ihr Nachsehen mit Anna-Karins Entgleisungen hatte begonnen, an ihrer Gemütsruhe zu nagen. Denn hinter dem Schatten hatte sie bereits die ganze Zeit eine vorwurfsvolle Stimme erahnt.

Du bist so peinlich feige.

Es hatte vieler Ablenkungen bedurft, um nicht hinhören zu müssen. Jetzt war sie gezwungen hinzuhören.

Anna-Karin hatte in hohem Maß zu Martins Unzufriedenheit beigetragen, und ihre eigene einschmeichelnde Gleichgültigkeit hatte er verachtet.

Sie war nur so entsetzlich müde. Stück für Stück zerfiel alles in ihrem Leben, und Anna-Karins Anwesenheit wirkte wie ein letzter Posten, der dem Zerfall noch standhielt. Sie war da wie ein Schutz, gegenüber an der Straße, und für die anstehende Hochsaison im Sommer war Helena von ihr abhängig. Es war die Zeit, in der die Kasse sich füllen musste, um das Überleben für den Rest des Jahres zu sichern.

Aber eigentlich waren das lauter Ausreden.

Was ihr fehlte, war nur Mut.

Durch das Fenster sah sie zum Hof der Anderssons, wo die Kastanie vergeblich ihre Äste zwischen den Höfen ausstreckte. Der Erbhof, zu dem Verners verfallene Hütte gehörte. Das Original da oben im Wald, von dem Helena nichts wusste, den sie aber im Stillen immer bewundert hatte. Mit seiner Weigerung sich anzupassen hatte er seine Chance verpasst, in die Gemeinschaft aufgenommen zu werden. Er hatte weitergelebt, wie es ihm gefiel. Sie selbst hatte alles dafür getan, akzeptiert zu werden, ängstlich nach ungeschriebenen Regeln gesucht und sich bemüht, die zu befolgen, die sie gefunden hatte. Verner hatte sich verweigert, und sie beneidete ihn um seinen Mut.

Sie ahnte eine Lüge, oder zumindest Übertreibung, als Anna-Karin behauptet hatte, ganz viele wollten ihn aus der Gegend weg haben. Wie üblich wollte sie ihre Verantwortung auf eine undefinierbare Gruppe übertragen. Nach Helenas Ansicht nahm der Ort eine nachsichtige Haltung sowohl zu Verner als auch zu seinen Alarmsignalen ein. Sie wurden als eine lokale Eigenart gesehen, von der man in ungezwungenen Worten sprach. Ansonsten machte er sich auch kaum bemerkbar, sondern blieb meist für sich.

Aber es war riskant, zu sehr aus der Menge hervorzustechen. Es provozierte solche Verhaltensweisen, die eine Gruppe aus den Zeiten geerbt hatte, als es darum ging, ihr Überleben durch Wachsamkeit gegenüber dem Unbekannten zu sichern.

Und besonders stark wurde offenbar Anna-Karin provoziert.

Eine Weile blieb Helena mit dem Kopf in den Händen sitzen. Dann stand sie auf und zog sich die Gummistiefel und eine Jacke an, um einen lang ersehnten Spaziergang zu machen.

Mit der geschlossenen Tür und dem Rücken zum Hotel fühlte es sich fast wie eine Flucht an.

Die Luft war von feuchter Erde gesättigt, und die Sonne schickte die letzten Strahlen des Tages über den Bergkamm. Im Osten kroch die Dunkelheit immer weiter den Abhang hinauf, eine verwaschene Decke wurde über den Wald gebreitet, der von düsteren Schattierungen bedeckt wurde.

Sie wählte den Weg hinunter zum See, um der Möglichkeit zu entgehen, von Anna-Karins Fenster aus gesehen zu werden.

Am See bog sie links ein und ging die Wiese entlang, während die Gummistiefel in der lehmigen Erde versanken. Der Schnee hatte sich auf einige zerstreute Flächen zurückgezogen, die dem Frühling noch standhielten. In der Ferne hörte sie Hundegebell. Sie ging zur Kirche hinüber, ohne eine bestimmte Absicht oder ein Ziel. Erst beim Anblick der Kirchenmauer erinnerte sie sich an Verners Alarmsignal und die Mitteilung, die mit Sicherheit an der Anschlagstafel neben dem Parkplatz der Kirche zu finden war. Früher war es nie dazu gekommen, dass sie sich die Mühe gemacht hatte, doch jetzt wollte sie herausfinden, was dort stand. Auf einmal bekam der Spaziergang sowohl eine Richtung als auch ein Ziel, was sich besser anfühlte, als wenn sie nur sinnlos Zeit vergeudete.

Es war einfach zu erkennen, welche Mitteilung an der Tafel von ihm stammte. Zwischen einem Informationsblatt über ein Treffen im Gemeindehaus und den Vorschriften für den Friedhof hingen dort zwei DIN-A4-Seiten mit maschinengeschriebenem Text. Helena, die ihre Lesebrille zu Hause gelassen hatte, trat einen Schritt zurück, um lesen zu können, was dort stand.

Zeit für ein neues Paradigma?

Anfang des 16. Jahrhunderts galt die allgemeine Auffassung, dass Gott die Erde als Zentrum von allem und als Herrn dieser Welt den Menschen nach seinem eigenen Bilde erschaffen hatte.
Diese Behauptung war damals genauso selbstverständlich, wie es heute ist, dass die Erde um die Sonne kreist. Doch der Weg zwischen diesen Weltauffassungen war länger, als wir es uns heute vorstellen können. Alles begann damit, dass Kopernikus, nachdem er jahrelang das Himmelsgewölbe studiert hatte, erkannte, dass

es rein mathematisch besser passte, wenn man statt der Erde die Sonne ins Zentrum stellte. Doch die herrschende Weltauffassung herauszufordern war nichts, was man ungestraft tat. Kopernikus zögerte, seine Entdeckung zu veröffentlichen, und publizierte seine Theorien erst in dem Jahr, in dem er starb. Sicherheitshalber widmete er sein Buch dem Papst, der sich jedoch nicht beeindrucken ließ. Zweihundert Jahre lang wurde Kopernikus' Entdeckung verurteilt und verleugnet.

Diejenigen, die die Wissenschaft durch alle Zeiten vorangebracht haben, vertraten alle einen bestimmten Standpunkt: Nur dadurch, dass man Wahrheiten und Auffassungen herausfordert, die als gegeben gelten, haben wir die Möglichkeit, etwas Neues zu lernen.

In der Geschichte der Menschheit haben wir in verschiedenen Paradigmen gelebt. Ein Paradigma ist etwas, das unser eigenes Denken und das der Wissenschaft während einer gewissen Periode lenkt – eine Kombination von Glaubenssätzen, die im Prinzip unbewusst sind und nie in Frage gestellt werden und die unserer Weltauffassung zugrunde liegen. Die Wissenschaft braucht Zeit, um eine neue Auffassung zu akzeptieren. Manchmal mehrere Jahrhunderte, je nachdem, wie stark sie die seit langem herrschende Meinung herausfordert. Anfangs äußern sich die Skeptiker selbstbewusst und sagen, die Behauptung sei unmöglich, weil sie den Gesetzen der Wissenschaft widerspräche. Dann beginnen sie widerwillig einzugestehen, dass die neue Auffassung vielleicht möglich sein könnte, dass aber die angeführten Beweise offensichtlich mangelhaft seien und dass sie im Großen und Ganzen überhaupt nicht besonders interessant sei. Nachdem weitere Zeit vergangen ist, erkennt die Mehrheit, dass die Entdeckung nicht nur wichtig ist, sondern umwälzender als wir es zuvor verstanden haben. Erst dann öffnet sich die Tür zu einem neuen Paradigma, und mit der Zeit vergisst die Menschheit, dass die neue Auffassung einmal als lächerliche Irrlehre gegolten hat.

The Global Consciousness Project (Das globale Bewusstseinsprojekt) ist eine internationale und interdisziplinäre Forschungszusammenarbeit. Kontinuierlich werden Daten von einem Netzwerk von Zufallsgeneratoren gesammelt, die sich an fünfundsechzig Orten rund um den Erdball befinden. Das Ziel ist, Abweichungen vom Zufälligen zu untersuchen, welche die Anwesenheit und Aktivität des Bewusstseins in der physischen Welt beweisen können. Normalerweise produziert ein Zufallsgenerator ebenso viele Einser wie Nullen. Die Forscher haben bei Ereignissen, bei denen die Aufmerksamkeit von Millionen von Menschen gleichzeitig auf dasselbe Ziel gerichtet war, bei der Messung kleine, aber bedeutungsvolle Abweichungen registriert. Einige Beispiele sind die

Terroranschläge auf das World Trade Center, der Moment, in dem das Urteil über O.J. Simpson im Fernsehen verlesen wurde, die Beerdigung von Prinzessin Diana und die Bekanntgabe, dass Barack Obama die Präsidentschaftswahlen gewonnen hatte. Das deutet darauf hin, dass Effekte in der physischen Welt entstehen, wenn eine große Menge des Bewusstseins der Menschen dieselben Absichten und Gefühle teilt. Es gibt heute solide Testresultate, die dies beweisen, aber die Forscher wissen noch nicht, ob das bedeutet, dass ein kollektives Bewusstsein existiert. The Global Consciousness Project ist seitens der wissenschaftlichen Welt mit einiger Skepsis aufgenommen worden, und die Frage ist, ob die Menschheit für den Paradigmenwechsel bereit ist, der notwendig wäre, wenn die Testergebnisse unwiderlegbar werden. Sind wir bereit, die Verantwortung zu übernehmen, die uns plötzlich auferlegt wird, wenn bewiesen wird, dass unsere Gedanken nicht nur uns selbst beeinflussen, sondern auch eine Auswirkung auf unsere Umwelt haben?

Helena blieb stehen. Eine Weile ließ sie den Blick über den See wandern, in Gedanken noch bei dem, was sie gerade gelesen hatte. Was hatte sie erwartet? Eigentlich nichts, verstand sie jetzt, als sie von dem Inhalt des Textes überrascht worden war. Sie wusste nichts über Verner. Wie eine Selbstverständlichkeit war er da, gehörte aber trotzdem nicht dazu. Er war ein Teil der Gemeinschaft, der, über den geredet und gelacht wurde, der aber nie persönlich dabei war. In den drei Jahren, die vergangen waren, seit sie hierhergezogen war, waren sie selten aufeinander getroffen, sie hatte nie versucht, mit ihm Kontakt aufzunehmen, und sie hatte nie darüber nachgedacht, was in ihm vor sich ging. Sie hatte sein Häuschen flüchtig gesehen, sorgsam darauf geachtet, dass sie im Vorbeigehen Abstand hielt, und jetzt fragte sie sich, was ihre Schritte gelenkt hatte. Dass er mehr oder weniger verrückt war, hatte sie vorausgesetzt. Jetzt wurde ihr bewusst, dass diese Annahme eigentlich von Anna-Karin stammte und dass sie diese unbemerkt übernommen hatte.

Genau wie die Vorurteile über ihre eigene Mutter, die Säuferin aus Apartment Nummer vier, unbemerkt zwischen den Türen des Treppenhauses herumgeschlichen waren. Das, was wahr war und schlimm genug für die beiden Kinder, die auch dort wohnten, ohne dass jemand es schaffte, etwas dagegen zu unternehmen.

Sie machte kehrt, um nach Hause zu gehen, aber als ihr Blick über den Friedhof schweifte, entdeckte sie Verner. Er stand ein Stück weiter weg, in ihre Richtung gewandt, und ihr kam der Gedanke, dass er vielleicht nachsehen wollte, ob jemand kam und seine Mitteilung las. Ein schwaches Unbehagen beschlich sie, dieses Gefühl, heimlich beobachtet zu werden. Eine Weile stand sie ratlos da. Dann hob sie langsam den Arm und winkte, unsicher, als hätten die Muskeln vergessen, wie man das machte. Er winkte sofort zurück, eifrig, als hätte ihr Gruß ihm die Erlaubnis dazu gegeben.

Sekunden vergingen, und der Entschluss, von dem sie gehofft hatte, ihn vor sich herschieben zu können, musste plötzlich eilig gefasst werden. Sie konnte sich dafür entscheiden, Anna-Karin zu trotzen und sich ihm vorzustellen, wie sie es bei den anderen im Ort getan hatte. Der Einsicht des Nachmittags Bedeutung verleihen und sich so verhalten, als hätte sich etwas geändert.

Oder sich abwenden und alles so lassen wie zuvor.

Die Wahl stellte sich ihr nicht. Er war in ihre Richtung unterwegs, und unbewusst schweifte ihr Blick über den Friedhof, um sich zu vergewissern, dass niemand sie sah. Plötzlich schämte sie sich, die Tochter der Schnapsdrossel, mit der niemand etwas zu tun haben wollte. Konnte es sein, dass bei jemandem, dessen einziges Ziel es gewesen war, selbst akzeptiert zu werden, der Instinkt, diesen Platz wieder zu verlieren, bei der geringsten Gefahr die Oberhand gewann?

Verner war fast angekommen, als sie einen Schritt nach vorne tat und ihre Hand ausstreckte.

»Ich glaube, wir haben uns bisher noch nicht einander vorgestellt, Helena heiße ich, ich betreibe das Hotel auf dem Lindgrenhof.«

»Ach, das sind Sie. Helena, sieh mal an. Verner heiße ich.«

Ihre Hand verschwand in seiner großen Faust, und sie fand, dass er sie ein bisschen zu lange festhielt. Sie überwand den Impuls, sie zurückzuziehen.

»Ja, wie gesagt, wir haben uns wohl noch nicht so richtig bekannt gemacht.«

»Ne, das haben wir wohl nicht.«

Haare war das Wort, das ihr in den Sinn kam. Die gab es bei ihm in einer wildwüchsigen Menge, und auch wenn der Kopf von einer verblichenen Kappe von Lantmännen bedeckt war, wurde der Rest von silbergrauen Haaren umschlossen, die ohne deutliche Grenzen in Bart und Schnäuzer übergingen. Die Augenbrauen waren buschig, und ein paar Strähnen hingen über den Augen, die fest in die ihren blickten. Von der Scheu, die sie erwartet hatte, gab es keine Spur. Sie war diejenige, die zuerst den Blick abwenden musste.

Endlich ließ er ihre Hand los, und sie überlegte, was sie nun sagen könnte. Verner schwieg und schaute jetzt auf etwas direkt über ihrem Kopf. Sie strich sich über die Haare, um das zu richten, was seine Aufmerksamkeit erregt hatte.

»Ich habe gelesen, was Sie an die Anschlagtafel gehängt haben. Denn das sind doch Sie, der das gemacht hat?«

Er nickte. Es wirkte fast widerwillig, als er ihren Kopf mit dem Blick losließ. Wieder fuhr ihre Hand hinauf zu den Haaren.

»Ja, das habe ich aufgehängt. Man kann doch eine solche Information nicht für sich behalten, wenn man einmal darauf gestoßen ist?«

»Nein, wirklich nicht. Woher haben Sie sie?«

»Ein alter Freund aus den USA hat sie mir gemailt. Er ist Professor und schickt mir öfter ein paar Dinge, die er interessant findet.«

Wie die selbstverständlichste Sache der Welt.

Helena geriet völlig aus dem Konzept.

»Er sagt, die Vorurteile gegenüber dem Mysterium seien jene, die am schwersten zu überwinden sind. Es gibt so viele, die schon meinen, ausgelernt zu haben, aber die Geschichte hat bewiesen, dass man sich dann eine zu große Bedeutung beimisst. Ich selbst habe mich nur gefreut, daran erinnert zu werden, dass es noch so vieles gibt, was man verstehen lernen muss.« Das Einzige, woran Helena denken konnte, war der Anblick von Verner vor einem Computer. Das Bild war genauso unwahrscheinlich wie Erdbeeren an einer Eiche. »Ich habe den Text auf Englisch bekommen, also habe ich ihn natürlich übersetzt. Nicht alle können ja Englisch, habe ich gedacht.«

Das, was sie immer über Verner gedacht hatte, stimmte schlecht mit dem überein, was sie hörte. Der unangepasste Einzelgänger benahm sich nicht wie erwartet. Er sollte nicht mit Professoren in den USA befreundet sein oder einen Computer und eine E-Mail-Adresse haben.

Verner legte den Kopf schief, als er sich am Nacken kratzte.

»Es ist schön, dass Sie den Text mögen und hierhergekommen sind, um ihn zu lesen.«

Helena fühlte, wie ihr Lächeln erstarrte, um die Peinlichkeit zu verbergen. Genau wie Anna-Karin stets ihre Umwelt mit Augenmaß beurteilte, musste sie sich jetzt eingestehen, dass sie dasselbe getan hatte.

»Sie haben also einen Computer da oben in dem Häuschen?«, war das Einzige, was ihr zu sagen einfiel.

»Ne, Gott behüte, den Strom, den ich aus meinem Dieselgenerator herausquetschen kann, brauch ich für die Lampen und den Kühlschrank. Und für den Heizlüfter, wenn es kalt ist. Ne, ich benutze den in der Bibliothek, wenn ich zum Einkaufen in den Laden geh.« Ein Auto kam zum Parkplatz der Kirche gefahren, und ein älteres Paar stieg aus. »Ich fahre gewöhnlich alle vierzehn Tage. Im Winter nehme ich den Bus, aber jetzt, wo der Boden langsam wieder schneefrei wird, muss ich wohl versuchen, mein altes Moped wieder anzuwerfen.« Er sah sich um. »Sieh mal an, nun ist es wieder Frühling geworden. Obwohl man es eigentlich wissen müsste, kommt er immer wie eine Überraschung.« Das Paar ging den Kiesweg entlang, schien aber beim Anblick von Verner und Helena einen anderen Weg zu wählen. Verner gab sich jedoch nicht geschlagen, sondern winkte grüßend. »Das ist kein sehr gesprächiger Ort, in dem wir wohnen. Hier werden keine unnötigen Worte vergeudet.«

Das hängt davon ab, zu welchem Hof man geht, dachte Helena im Hinblick auf Anna-Karin, deren erstes Projekt als frischgebackene Hofbesitzerin es sein würde, dafür zu sorgen, dass Verner sein Wohnrecht verlor.

»Darf ich Sie etwas fragen, Verner, wenn es Sie nicht stört? Aber dieses Signal, das Sie senden, gibt es viele Leute, die Sie gebeten haben, damit aufzuhören?«

»Viele, das weiß ich nicht, es ist wohl schon mal vorgekommen.«

»Aber das ist nichts, was Sie in Betracht gezogen haben?«

»Doch.« Er stand eine Weile schweigend da. »Aber dann taucht plötzlich etwas Neues auf, und ich finde es schade, dass die Leute es nicht erfahren. Ist es interessant genug, will man es ja so gerne teilen. Die Katze zu Hause scheint es nicht zu kümmern, wie genau ich es auch erkläre.« Die Haut um Verners Augen herum wurde von einem Lächeln gekräuselt. »Und die Mäuse, die sie jagt, auch nicht.«

Helena warf einen Blick auf das Paar, das an einem Grabstein ein paar Gänge weiter stand. »Und wenn sie dann verärgert sind?«

»Die Mäuse?«

»Wenn sich die Leute wegen der Warnsignale über Sie ärgern?«

Verner seufzte, steckte die Hand in die Tasche und kramte ein Taschentuch heraus.

»Die jungen Leute schreien ja manchmal hinter einem her, aber das liegt an etwas anderem als an den Signalen. Ich habe wohl nicht den richtigen Haarschnitt, was weiß ich? Es ist schon mal vorgekommen, dass sie oben um das Häuschen herum allerlei Unfug getrieben haben, aber man kann ihnen kaum böse sein, sie verstehen es ja nicht besser. Wie sollten sie auch, wenn niemand es ihnen beigebracht hat.« Er schnäuzte sich und steckte das Taschentuch wieder ein. »Es war vor allem früher, dass man mich gebeten hat, die Signale einzustellen, heutzutage scheint sie niemand mehr zu hören, jeder ist wohl mit seinen eigenen Angelegenheiten beschäftigt. Gelegentlich hat sich wohl jemand wütend darüber beschwert, aber wissen Sie was, Helena, wenn man so selten mit jemandem redet, ist das besser als gar nichts.«

Helena sah nach unten. Erinnerungen an Ereignisse aus der Schulzeit kamen angeflogen, solche, die sie als Erwachsene mit Scham erfüllt hatten. Stink-Lena, Ekel-Roland, Rotze und die anderen. Diejenigen, die früh ausgesondert wurden, um von denen niedergemacht zu werden, die gemeint hatten, endlich einen Schwächeren gefunden zu haben. Nie ganz vorne mit dabei, aber als notwendige Stütze dahinter hatte sie sich zu der Schar der Feiglinge gesellt und mit ihnen gelacht.

Mit erneuter Bewunderung betrachtete sie Verner. Er hatte das gewagt, wozu sie nie den Mut gehabt hatte. Die Wut, die sie selbst nie zu provozieren gewagt hatte, war für Verner die einzige Möglichkeit, Kontakt aufzunehmen. Auf einmal wurde alles selbstverständlich, als hätte sie nie gezögert. Das, was auf die Zustimmung der Umwelt gewartet hatte, fand seinen gegebenen Platz. Nachdem sie diesen Entschluss gefasst hatte, wurde sie von einer seltsamen Ruhe erfasst.

»Ich habe bei mir im Hotel einen Computer, den Sie benutzen können, wenn Sie Ihre Mails abrufen wollen.« Der Blick, den er ihr zuwarf, war schwer zu deuten. »Oder wenn Sie einfach vorbeikommen und schauen wollen, wie es bei uns aussieht, sind Sie herzlich zu einem Kaffee eingeladen. Ich bin gewöhnlich ab sieben Uhr auf.«

In diesem Moment klingelte ihr Handy. Sie kramte in der Tasche und las Emelies Namen auf dem Display. Eine andere Art des schlechten Gewissens überfiel sie, es war bestimmt höchste Zeit für das Abendessen.

»Entschuldigen Sie, Verner, es ist meine Tochter, die anruft. Hallo, Emelie, warte eine Sekunde.« Sie streckte ihre Hand aus, die wieder in seiner schwieligen Faust verschwand.

»Es war nett, dass wir uns endlich einmal kennengelernt haben. Und Sie sind bei uns herzlich willkommen, wenn Sie Zeit haben.«

»Zeit habe ich schon, aber ich bin es nicht gewohnt, unter einer Menge Menschen zu sein.«

»Diese Gefahr besteht zu dieser Jahreszeit nicht, leider, muss ich wohl sagen, ich bin es also auch nicht so gewohnt.«

»Dann machen wir es nach und nach, damit es nicht zu schockierend ist.«

Mit aufgekratzter Neugier lächelten sie einander zu. Da war ein gemeinsames Gefühl, dass etwas Besonderes geschehen war.

Sie ließ seine Hand los und beeilte sich, nach Hause zu kommen. »Hallo, Emelie.«

»Wo bist du?«

»Ich habe nur einen Spaziergang gemacht, ich bin drüben bei der Kirche, aber ich komme gleich. Bist du hungrig?«

»Dieser Typ, der im Auto geschlafen hat, fragt, ob er was zu essen bestellen kann.«

Zu ihrer Überraschung wurde Helena bewusst, dass sie ihren wortkargen Gast ganz vergessen hatte. »Ich bin in zehn Minuten da.«

Sie warf einen Blick über die Schulter. Verner stand immer noch da. Als sie sich umdrehte, hob er den Arm hoch über den Kopf und winkte. Die Hand zum Gruß erhoben, lief sie zur Straße hin, besser gelaunt als seit langem. Sie eilte die Straße entlang, die zu ihrem Haus führte, ob sie von Anna-Karins Fenster aus gesehen werden konnte, kümmerte sie nun nicht mehr.

Von dieser Begegnung beeindruckt, erkannte sie, dass sie einen willkommenen Wegweiser an die Hand bekommen hatte.

Es war, also ob sie endlich einen Anstoß für eine Veränderung bekommen hatte und nun wusste, welche Richtung sie einschlagen musste.

Kapitel 12

Es war Nacht, und in Zimmer Nummer zwei von Lindgrens Hotel & Pension vertrieb sich Anders die Zeit damit, vom Aussterben bedrohte Pflanzenarten auswendig zu lernen. Die Broschüre hatte er in einer Informationsmappe gefunden, die auf dem Sekretär des Zimmers lag. Vor dem Fenster befand sich außerdem noch ein kleiner Tisch mit zwei antiken Sesseln. Mittlerweile kannte er sich in Möbelstilen aus und stellte fest, dass sie aus der Zeit des Rokoko stammten. Er lag in einem englischen Eisenbett mit hohen Kopf- und Fußenden, jede Ecke war von einem verzierten Messingknopf gekrönt. Die Enden selbst erinnerten an ein Gitter.

Er hob den Blick zur Decke. Von einem Punkt an der Decke direkt über seinem Kopf hing ein Betthimmel bis zur Wand hin. Dort war er mit verschnörkelten Gusseisenbeschlägen befestigt, bevor der Stoff weiter zum Boden hinabfiel. In der Mitte des Zimmers prangte ein Kristalllüster. Das unterste Prisma, das gewöhnlich rund war, fehlte. Er erinnerte sich plötzlich an einen Geschäftsbekannten, der von der Gewohnheit erzählt hatte, diese aus Hotelzimmern zu stehlen. Die Sammlung war mit der Zeit groß geworden, und Anders fragte sich jetzt, ob der Sammlertick für die Mittelprismen weiter verbreitet war.

Den standardisierten Luxus war er mittlerweile überdrüssig geworden und zog kleine persönliche Hotels vor. Daher vermutete er, man könnte das Zimmer als gemütlich bezeichnen. Trotzdem hatte er das Gefühl, die tiefroten Wände würden ihn böswillig in den Wahnsinn treiben wollen, ehe die Sonne aufging.

Er hatte den ganzen Nachmittag verschlafen. Eine Schlaftablette hatte er noch genommen, aber nun war der Vorrat erschöpft. Da er ursprünglich den Plan gehabt hatte, nur eine Nacht fort zu sein, hatte er nur die dafür nötige Ration eingepackt. Damit war er nun seiner Schlaflosigkeit ausgeliefert. In seiner Wohnung war sie schon qualvoll genug, aber nichts im Vergleich damit, sie in einem Hotelzimmer ertragen zu müssen. Nach all seinen Reisen hatte er eine extreme Abneigung gegenüber Hotelzimmern entwickelt. Es gab keinen Ort, den er als isolierter empfand, unabhängig davon, wie viele goldplattierte Sterne sich auch auf den einladenden Schildern zur Straße hin befanden. Die Luftzufuhr vom Rest der Welt wurde abgeschnitten, sobald man eine Hotelzimmertür schloss.

Direkt am nächsten Morgen wollte er nach Hause zurückkehren. Was auch immer das Wort Zuhause eigentlich bedeutete. Er würde zu der Adresse fahren, wo der größte Teil seiner Habseligkeiten aufbewahrt wurde, aber wenn der Begriff Zuhause etwas weiter gefasst werden sollte, gab es keinen Ort, an den er zurückkehren konnte.

Während des Nachmittags hatte er seinen Selbstbetrug durchschaut. Die scheinbar wichtige Reise nach Norrland. Sie hatte eigentlich nichts mit Lucy zu tun gehabt, das Verlangen nach ihr war erloschen, sobald er Verners Häuschen verlassen hatte. Das wahre Motiv war vielmehr gewesen, sich einen Aufschub zu verschaffen. Morgen blieb nur die Fahrt zurück in das Vakuum, vor dem er geflohen war.

Geschützte Arten, die in dieser Provinz vorkommen. Weichkraut. Korallenwurzel. Glanzkraut.

Er schloss die Augen und wiederholte die Namen, aber als er zum vierten Mal das Glanzkraut vergaß, schlug er die Decke zurück und zog sich an. Er musste für eine Weile das Zimmer verlassen, wenn auch nur, um die Treppe hinunterzugehen. Die Jeans drängten sich mit seinen Halbschuhen auf dem Heizkörper, und als er sie holen ging, nahm er den Geruch der Lasagne wahr, die er gegessen hatte. Der Teller stand noch da. Es war nicht leicht gewesen, sie zu bestellen. Wieder und wieder hatte er versucht, die Rezeption anzurufen, bis er merkte, dass das Telefon defekt war. Schließlich hatte er die Tochter der Hotelbesitzerin gefunden, und fünfundvierzig Minuten später war die Frau, die ihn empfangen hatte, mit einem Tablett und einem Schraubenzieher aufgetaucht. Während er angefangen hatte zu essen, hatte sie eine Dose von der Wand abgeschraubt und erklärt, sie wolle nur eine Sache kontrollieren, bevor sie einen Telefontechniker anrief. Nicht ohne Bewunderung hatte er ihr Tun beobachtet, und als sie kurz darauf das Zimmer verließ, war das Telefon repariert.

Die Hose war an den Beinen unten, wo sie getrocknet war, steif, seine Halbschuhe hatten weiße Ränder vom Salz. Um den Lasagnegeruch aus dem Zimmer zu bekommen, nahm er die Reste des Abendessens mit. Der Zimmerschlüssel war an einem geschnitzten Holzklumpen befestigt, der so sperrig war, dass er nicht in die Hosentasche passte. Den Schlüssel in die Tasche gesteckt und das Holzstück am Bein baumelnd, öffnete er die Tür und trat in den verlassenen Korridor hinaus. Es gab nur noch zwei weitere Türen, von denen eine mit PRIVAT beschriftet war. Viele Stunden waren vergangen, seit er jemanden im Haus gehört hatte. Er blieb stehen und warf einen Blick auf seine Armbanduhr. Es war Viertel nach eins. Die teuerste Armbanduhr, die je auf einer Auktion verkauft worden war. Einst von Albert Einstein getragen. Das Genie, das die Quantenphysik missbilligte und sich geweigert hatte zu glauben, dass das Universum sich unvorhersehbar verhielt und unmöglich vorherzubestimmen war. Ein Name, das Datum 16. Februar 1931 und LOS ANGELES waren auf der Rückseite eingraviert. Zeit und Ort, an dem er die Uhr geschenkt bekommen hatte. Siebenundsiebzig Jahre später hatte Anders bei einer Auktion in New York 4 309 000 Kronen dafür bezahlt. Immer wenn er auf die Uhr sah, schickte er einen Gedanken zu seinem Vater.

Er ging zur Treppe und weiter hinunter. Das Holz der Treppenstufen knarrte, und das Geräusch, das bei Tag unbedeutend erscheinen konnte, klang in der Nacht wie Lärm. Vorsichtig tastete er sich Schritt für Schritt vor, und als er endlich unten war, stellte er den Teller auf einem Seitentisch ab. Das Hotel war für die Nacht verdunkelt. Das einzige Licht kam von den Lampen, die noch an den Fenstern brannten. Er befand sich im Entree, und weiter hinten rechts war die Rezeption. Links führte die korridorartige Eingangshalle in einen Raum, in dem die Wände mit Bücherregalen verdeckt waren. Er ging darauf zu, blieb dann aber stehen, um die Naturfotografien, die an den Wänden hingen, zu betrachten. Gerade als er angefangen hatte, die Präsentation des Fotografen zu lesen, hörte er Schritte im Obergeschoss und gleich darauf denselben Lärm auf der Treppe, den er gerade selbst verursacht hatte. Zuerst kamen ein Paar Pantoffeln aus Schaffell zum Vorschein, danach Beine in Flanell. Die Frau, die er am Tag zuvor kennengelernt hatte, jetzt in einem cremefarbenen Morgenmantel. Sie blieb stehen, als sie ihn erblickte, als hätte der Anblick sie erschreckt, aber gleich darauf glätteten sich ihre Züge.

»Ach, Sie sind das.« Sie setzte ihren Weg fort. »Brauchen Sie etwas?«

»Nein, überhaupt nicht. Ich wollte Sie nicht wecken.«

»Das haben Sie auch nicht getan. Es war meine Tochter, die irgendwas hier unten gehört hat.«

Er wendete sich wieder den Fotografien zu, unvorbereitet auf ein Gespräch. »Ich habe nur Schwierigkeiten zu schlafen.«

»Möchten Sie etwas? Whisky, warme Milch, ein Glas Wein?«

»Nein danke, ich brauche nichts.«

Sie tat den letzten Schritt die Treppe hinunter. »Sind die nicht schön? Ein Fotograf hier aus dem Ort hat sie gemacht. Ich finde es wichtig, die Kunst aus der Umgebung hier an den Hotelwänden zu zeigen. Es gibt viele Talente hier draußen, und nur selten wird eines von ihnen entdeckt.«

Er nickte und ging weiter zum nächsten Bild, eine Nahaufnahme von einem Spinnennetz, das von Wassertropfen schimmerte. Er ahnte ihre Nähe hinter seinem Rücken und sah ein, dass er irgendetwas sagen sollte. »Dann sind Sie also Frau Lindgren? Die Hotelbesitzerin persönlich?«

»Lindgren heiße ich nicht, aber ich bin die Besitzerin des

Hotels. Es ist nach den Leuten benannt, denen früher der Hof gehörte, bevor ein Hotel daraus wurde. Ich habe hier meine Sommerferien verbracht, als ich klein war, und damals war es der Großbauernhof der Gegend.«

Er ging weiter in das Zimmer mit den Bücherregalen hinein. Sie folgte ihm und knipste eine Bodenlampe an. Er konnte sich nicht entscheiden, ob er ihre Gegenwart schätzte oder ob er wollte, dass sie wieder verschwand. Ihr Auftauchen kam überraschend. In der letzten Zeit hatte er es sich abgewöhnt, in Gesellschaft zu sein, seine sozialen Kompetenzen schienen verkümmert. Er fühlte sich unwohl, wenn er Konversation betreiben sollte. Dabei hatte er sich früher ständig unter die Menschen gemischt und hätte auf jeder beliebigen Bagatelle ein Gespräch aufbauen können. Doch jetzt ertappte er sich plötzlich dabei, die Worte so sorgfältig zu wählen, dass nichts mehr natürlich klang. Immer wenn er etwas sagte, beobachtete er sich selbst, als stünde er neben sich und hörte zu. Analysierte, bewertete und verurteilte. Verdrehte die Augen und schüttelte verächtlich den Kopf, wenn er etwas herausgebracht hatte, was eigentlich gleichgültig war. Der richtige Anders Strandberg konnte es um so vieles besser.

Die Frage war nur, wo der geblieben war.

Sie nahm eine Streichholzschachtel von einem Tisch und begann, die Kerzen anzuzünden. »Sie müssen meine etwas informelle Kleidung entschuldigen. Normalerweise arbeite ich nicht im Pyjama.«

»Das brauchen Sie wirklich nicht, ich wollte hier nur eine Weile sitzen und dann hinaufgehen und wieder versuchen einzuschlafen.«

»So habe ich das gar nicht gemeint, nur, dass ich mich gewöhnlich anziehe, bevor ich zu unseren Gästen hinuntergehe.«

Sie machte weiter ihre Runde von einem Teelicht zum nächsten, und er ging zum Bücherregal und las die Titel. Vereinzelte Schriftstellernamen sagten ihm etwas, aber die meisten waren ihm unbekannt. Beim Geräusch von Papier, das zerrissen wurde, drehte er sich um, jetzt saß sie vor dem Kamin und machte Feuer.

»Im Ernst, das müssen Sie nicht.«

»In der Präsentation steht, dass man in diesem Hotel vor einem offenen Kamin sitzen kann, und wenn wir auf etwas achten, dann darauf, unsere Versprechen zu halten.«

Sie schenkte ihm ein flüchtiges Lächeln, und er dachte, dass er ihr helfen sollte. Es wäre einfacher, etwas zu tun zu haben, als nur ratlos dazustehen.

»Lassen Sie mich das machen.«

»Das ist nicht nötig, dieses Holz ist so trocken, dass es sich fast von selbst anzündet.«

»Ich habe nicht an Ihrer Fähigkeit gezweifelt. Nachdem ich gesehen habe, wie Sie das Telefon repariert haben, traue ich Ihnen fast alles zu. Ich dachte nur, ich könnte mich vielleicht nützlich machen.«

Als sie nicht antwortete, ließ er sich in den Sessel sinken, der am nächsten stand. Ein grüner Samtsessel, bei dem der Stoff der Armlehnen bereits abgewetzt war. Er sah ihr zu, wie sie die Streichhölzer anzündete und das Zeitungspapier hinter dem Holz aufflammte.

»Das mit dem Telefon war allerdings nur Glück. Es ist schon länger her, da stand ich daneben und habe heimlich zugesehen, wie es repariert wurde. Kann man sich den einen oder anderen Reparateur sparen, tut man das gern, wenn man ein Hotel dieser Größenordnung besitzt.« Sie stand auf und suchte das Zimmer ab, um zu sehen, ob alles in Ordnung war. Dann legte sie die Streichholzschachtel weg und steckte die Hände in die Taschen. »Jetzt wird es etwas gemütlicher. Ist es okay, wenn ich Sie bitte, die Kerzen auszublasen, bevor Sie hinaufgehen?«

»Gewiss, selbstverständlich.«

»Und sind Sie sicher, dass Sie nichts haben wollen?«

»Danke, so ist es wunderbar.«

»Schlafen Sie gut, zumindest nachher.«

»Danke gleichfalls. Und danke für das Feuer.«

Sie ging zur Tür, und zu seinem Erstaunen wollte er, dass sie blieb. Die Anwesenheit eines anderen Menschen hatte sich wie eine Barriere vor seine Angst gelegt, ihn gezwungen, sich anzustrengen und die Aufmerksamkeit auf etwas anderes zu lenken.

Er drehte den Kopf und sah ihr nach, gerade im selben Moment, als sie an der Tür stehen blieb.

»Wissen Sie, auch wenn Sie nichts haben wollen, werde ich etwas machen, das Sie zum Einschlafen bringt, ob Sie wollen oder nicht. Ich weiß, wie es ist, ich habe selbst manchmal Schwierigkeiten einzuschlafen, aber das hier hilft gewöhnlich.«

Im nächsten Moment war sie verschwunden. Sein Blick kehrte zu dem offenen Kamin zurück. Wie vorhergesagt war das Feuer in Gang gekommen, und die Flammen wanden sich um das knisternde Holz. Das Geräusch war mit Stunden des Wohlbehagens verknüpft. Er lehnte sich zurück und schloss die Augen. Zum ersten Mal nach sehr langer Zeit empfand er ein Gefühl von Ruhe. Nur der Moment existierte, der Duft von brennendem Birkenholz und das beruhigende Geräusch, das es von sich gab. Er befand sich an einem fremden Ort, der von seinem eigentlichen Leben weit entfernt war. Ein Zufall, aus jedem Zusammenhang gerissen. Ihm kam der Gedanke, dass es eigentlich die gleiche Situation war wie vorhin im Hotelzimmer. Der einzige Unterschied war, dass er jetzt auf etwas wartete, einen Menschen, diese einzige erbärmliche Kleinigkeit, die anders war. Trotzdem änderte das alles.

Gleich darauf stand sie wieder in der Tür, mit zwei dampfenden Teetassen in den Händen. »Trinken Sie Alkohol?«

»Eh, ja.«

»Ich frage immer. Die meisten nehmen es für gegeben, dass alle Alkohol trinken, aber so ist es ja nicht, oder es sollte jedenfalls nicht so sein. Zu dem Rezept gehört ein Schuss Whisky, aber den habe ich weggelassen. Ich kann welchen holen, wenn Sie wollen.«

Nach kurzem Überlegen lehnte er dankend ab. Angesichts der Gehirnerschütterung und der Schmerz- und Einschlafmittel, die er genommen hatte, sollte er vermutlich Alkohol meiden. Die Kopfschmerzen hatten endlich aufgehört, auch wenn er sich immer noch wie erschlagen fühlte. Wie immer, wenn ein starker Schmerz nachgelassen hatte, war das Gefühl der Dankbarkeit dafür am tiefsten.

Sie reichte ihm eine der Teetassen. »Es ist heiß, also seien Sie vorsichtig.«

»Danke.« Er umfasste den Henkel, schaffte es aber fast, sich eine Fingerspitze an dem heißen Porzellan zu verbrennen.

»Dann gute Nacht. Hoffentlich können Sie jetzt schlafen.«

»Sie hätten nicht Lust, ein Weilchen hier sitzen zu bleiben, während Sie Ihre Tasse austrinken?«

Als er sich selbst hörte, fürchtete er, die Frage würde plump klingen. Dabei wollte er einfach nur Gesellschaft haben, ganz ohne Hintergedanken. Das Unbehagen, das er im Zimmer hinter sich gelassen hatte, würde vielleicht die Treppe heruntergeschlängelt kommen, wenn er allein gelassen würde.

Sie setzte sich auf den Sessel auf der anderen Seite des Tisches und blies auf das Getränk, damit es abkühlte. Für eine Weile sagte keiner von ihnen etwas, aber merkwürdigerweise machte das gar nichts. Wie von der Welt abgeschieden saßen sie da im Feuerschein, eine zufällige Begegnung ohne Erwartungen oder Verpflichtungen. Sie würden nur eine unbedeutende Stunde teilen, und er empfand eine Erleichterung, wie er sie sehr lange nicht mehr gefühlt hatte. Die Anonymität erlaubte es ihm, sich zu entspannen. Es gab nichts zu verteidigen, nichts zu beweisen, er konnte sein, wer er wollte.

Er hatte nichts dagegen, reich zu sein, wollte aber ungern »Der Reiche« sein.

Aus Erfahrung wusste er, dass das Wissen darum das Verhalten seiner Umwelt veränderte.

Er nippte an der heißen Flüssigkeit und sog die Dämpfe durch die Nase ein. »Dass es Milch ist, sehe ich. Ich meine, Honig zu riechen. Ist Basilikum auch dabei?«

»Nein, tatsächlich nicht. Zur Hälfte Milch, zur Hälfte Wasser, Honig stimmt, der Rest ist ein Hexengebräu von getrockneten Kräutern aus meinem kleinen Kräutergarten da draußen. Hopfen, Baldrian, römische Kamille und Katzenminze. Das Rezept habe ich in einem alten Naturheilbuch gefunden.«

»Es schmeckt gut.«

»Das ist nett von Ihnen, ist aber nicht wirklich wahr, oder?«

Er lächelte schuldbewusst. »Vielleicht bringt es mich trotzdem zum Schlafen?«

»Das wird es tun, da können Sie sicher sein. Übrigens habe ich Zitrone vergessen. Die macht es ein wenig leichter, es herunterzubekommen.«

Dann trat wieder Stille ein. Ungezwungen und selbstverständlich, weil keiner etwas zu sagen hatte. Jetzt war er an der Reihe, Holz nachzulegen, und er ging zum Feuer.

»Geht es Ihnen jetzt etwas besser?«

Er saß auf dem Boden mit dem Rücken zu ihr, die Frage brachte ihn aus der Fassung. Unruhig fragte er sich, was an seinem Gesicht abzulesen war. »Wie meinen Sie das?«

»Na ja, als Sie heute ankamen, dachte ich erst, Sie seien krank. Aber meine Güte, das geht mich ja gar nichts an. Ich wollte mich nicht einmischen.«

Er stand auf und ging zurück zum Sessel. »Machen Sie sich deswegen keine Sorgen. Ich hatte nur ein wenig Kopfschmerzen, als ich angekommen bin. Jetzt ist es besser.«

Das war alles, was er zu dieser Sache sagen wollte. Tiefere Einblicke in seinen Gemütszustand oder in die Ereignisse der letzten vierundzwanzig Stunden wollte er nicht geben. Er wollte nur eine Weile dasitzen. Befreit von sich selbst.

»Es war doch Ihr Wagen, der heute oben auf Stenlägda geparkt war?«

Der Besuch bei Verner war ihm im Nachhinein peinlich.

Er wollte lieber still hier sitzen oder über etwas anderes sprechen. »Ich weiß nicht, wo Stenlägda liegt, aber es kann sein, dass er dort eine Weile gestanden hat, wenn es ein Stück weit von dem Kiesweg entfernt ist.« Er verstummte, aber die Neugier nahm überhand. »Woher wissen Sie, dass das Auto dort geparkt war?«

Sie schmunzelte und gab ein halbherziges Lachen von sich. »Gerüchte verbreiten sich schnell in einer Gegend wie dieser. Hier geschieht nicht viel ungesehen. Und was man selbst am liebsten vergessen möchte, ist immer etwas, woran sich jemand anderes gerne erinnert.«

»Das klingt schrecklich.«

»Sowohl als auch. Es bedeutet ja auch eine Art von Sicherheit, wenn sich die Leute umeinander kümmern.«

»Wie lange wohnen Sie schon hier?«

»Drei Jahre. Geboren und aufgewachsen bin ich in Stockholm. Und Sie?«

»Aufgewachsen in Småland, habe aber mein ganzes erwachsenes Leben in Stockholm verbracht. Wie kommt es, dass Sie hierhergezogen sind?«

Sie seufzte oder schnaubte, der Ausdruck war schwer zu deuten. »Oh, das ist eine schwierige Frage. Vielleicht die Krise mit vierzig?« Sie zuckte die Achseln. »Es fühlte sich an, als sei es Zeit gewesen für etwas Neues. Dieses Dorf und dieser Hof waren mein Paradies, als ich klein war, und als ich die Anzeige las, dass der Hof zum Verkauf stand, hatte ich die Hoffnung, all das wieder erleben zu dürfen. Und meiner Tochter zugleich dasselbe bieten zu können. Aber da ich Diplomkauffrau bin, verstehe ich nichts von der Landwirtschaft, und so entstand die Idee, ein Hotel zu eröffnen.«

Es fiel ihm schwer zu entscheiden, ob er sie mutig fand oder tollkühn. Hätte sie sich an seine Investmentfirma gewandt und um Risikokapital gebeten, hätte er zweifellos Nein gesagt. Abseits der großen Straßen war es nötig, mit etwas zu locken, das wirklich herausragte. »Und wie läuft es?«

»Nun, in der Saison richtig gut. Da kommen eine Menge ausländischer Jagd- und Angeltouristen, die von der Wildnis angezogen werden. Man hat Hechte und andere Fische hier in dem See ausgesetzt, und einige davon sind so groß, dass man sich kaum mehr zu baden traut. Aber die Angeltouristen freuen sich natürlich, wenn einer anbeißt. Viele kommen, um in der Natur zu wandern, manche kommen von den Wanderpfaden dort drüben und haben gewöhnlich das Hotel als Etappenziel. Es kommt natürlich auf die Saison an. Aber eigentlich ist das große Problem, dass ich nicht alle Hotelzimmer fertiggestellt habe, und wenn Hochsaison ist, brauche ich sie. Aber meine Tochter ist ehrlich gesagt nicht unbedingt begeistert davon, so weit draußen in der Provinz zu wohnen. Haben Sie Kinder?«

»Nein.«

Er schielte zu ihrer linken Hand, sah aber keinen Ehering. Wenn sie dieses Vorhaben ganz allein gewagt hatte, war sie nur zu bewundern.

Sie lehnte sich zurück und sah sich im Zimmer um. Ließ den Blick zwischen Wänden, Fußboden und Decke umherwandern. »Dieses Zimmer wurde der Saal genannt, als ich klein war. Es war immer verschlossen und wurde nur benutzt, wenn jemand einen runden Geburtstag feierte. Und dann haben sie erzählt, dass sie Weihnachten hier drinnen feiern.«

Für eine Weile wurde es still, und als sie wieder sprach, hatte er das Gefühl, nur ein zufälliger Zuhörer zu sein. »Ich saß zu Hause in Vällingby und dachte darüber nach, was sie an diesen Weihnachtsfeiern machten. Wie es hier drinnen aussah, wenn alle versammelt und schick angezogen waren, der Weihnachtsbaum geschmückt und die Kerzen angezündet. All die Weihnachtsgeschenke. Genauso hatte ich mir vorgestellt, dass die Weihnachtsfeiern meiner Tochter werden würden, wenn wir hierherzögen.«

Er wusste nicht, was er darauf erwidern sollte, das, was sie ihm erzählt hatte, fasste er als Vertraulichkeit auf, und so wählte er als Antwort stattdessen Schweigen. Er war sich seiner eigenen Probleme nur allzu bewusst und versuchte es zu vermeiden, auch nur einen flüchtigen Blick auf die der anderen zu werfen.

Sie lachte, wie von ihrem eigenen Gerede gestört. »Du lieber Himmel, entschuldigen Sie mein langweiliges Gerede. Ich sollte mich wirklich wieder hinlegen.« Sie seufzte. »Leider ist ja morgen auch noch ein Tag.« Er dachte, sie würde aufstehen, aber sie blieb sitzen, und plötzlich hatte er das Gefühl, dass sie zögerte. »Ich muss nur etwas fragen, bevor ich gehe. Jemand sagte, Sie seien Anwalt.«

»Was?« Er war von ihrem plötzlichen Einwurf überrumpelt.

»Jemand hat das jedenfalls angenommen.«

»Ach ja? Ich habe hier mit niemandem außer Ihnen gesprochen, seit ich angekommen bin. Wer kann das gewesen sein?«

Ein Lächeln breitete sich auf ihrem Gesicht aus, und sie hob die Hand in einer abwehrenden Geste. »Sie müssen nichts sagen, das ist ganz okay. Ich freue mich nur, dass er Hilfe bekommt.«

Er fand die Situation verwirrend. »Tut mir leid, aber das verstehe ich jetzt nicht. Wer behauptet, ich sei Anwalt?«

Ihr Lächeln verschwand. »Dann sind Sie kein Anwalt?«

»Nein.«

»Wie schade.«

Auf diesen Kommentar wusste er keine Antwort und wollte auch nicht weiter in dem herumstochern, was er war oder nicht war. Er wollte nur in den anonymen Zustand zurückkehren, in dem er sich gerade befunden hatte. In einem angenehmen Abstand von sich selbst. »Ich bin nur zufällig in der Gegend unterwegs. Auf einem Road Trip, so nennt man das wohl heute.«

»Ach so, ich dachte, Sie … aber dann war das nur ein Missverständnis. Es ist nicht das erste Mal, dass sie sich täuscht. Was machen Sie dann?«

»Gerade gar nichts. Deshalb hatte ich ja Zeit für einen Road Trip.«

Da war er plötzlich wieder. Der Zwang, etwas zu verteidigen, was er weder benennen konnte, noch wusste, wie er es verloren hatte. Der Unterschied war offensichtlich. Wenn auch nur für eine Weile wollte er dorthin zurück, wo er in den Augen eines anderen jemand Neues sein durfte. Wo es keine Vorurteile gab.

»Sie sind also arbeitslos und suchen Arbeit oder befinden sich gerade zwischen zwei Jobs, wie man so sagt?«

Er nickte.

»Gerade jetzt ist es ja nicht ganz leicht auf dem Arbeitsmarkt, aber das hängt natürlich auch davon ab, in welcher Branche man ist. Was haben Sie denn bisher gemacht?«

Eingezwängt in das, was er vermeiden wollte, suchte er

nach Auswegen. »Ich bin in verschiedenen Branchen gewesen, habe ein bisschen mit Computern gearbeitet, es ist schwer zu erklären, es war ein bisschen von allem.«

Sie schaute auf die Uhr und ließ die Arme auf die Sessellehnen sinken. »Ich muss mich wirklich hinlegen, denn bald klingelt schon wieder der Wecker. Emelies Bus geht um acht.«

»Ja, das sollte ich wohl auch tun.«

»Bleiben Sie doch noch sitzen, wenn Sie wollen. Vergessen Sie bitte nur nicht die Kerzen, wenn Sie gehen.«

»Ich gehe jetzt auch. Ich glaube, der Tee hat tatsächlich gewirkt.«

Er stellte die Tasse auf dem Tisch ab, als er aufstand. Sie gingen im Zimmer herum und bliesen die Kerzen aus. Dann nahm er einen Feuerhaken und stocherte im Kamin herum, die Funken sprühten, als das Holz in die Ecken geschoben wurde.

»Sie sind nicht zufällig gut im Schreinern? Oder im Malern?« Er drehte den Kopf und sah sie vorgebeugt über ein Windlicht stehen. »Nicht, dass ich besonders viel zahlen kann, aber einen Job für einen Monat kann ich schon anbieten.«

Was geschah, war fast surreal. Ohne aufzunehmen, was das Auge sah, ließ er den Blick auf der Glut verweilen. Der Teil, der neben ihm stand, fand das Angebot lächerlich, er musste sich abwenden, um sein höhnisches Lächeln zu verbergen. Aber der Anders, der vor dem Kaminfeuer hockte, begriff, dass das Angebot etwas anderem galt.

Ein Aufschub von einem Monat, auf freiem Fuß von sich selbst. Umgeben von Menschen, die sich nichts daraus machten, wie er zu sein hatte.

»Was zahlen Sie denn?«

Der Teil, der höhnisch gelächelt hatte, erschrak über die Frage.

Aber zum Teufel, Anders, bist du nicht bei Sinnen?

»So wenig wie möglich, hätte ich fast gesagt, aber das war es wohl nicht, was Sie hören wollten.«

»Ich nehme das, was Sie bieten können. Eine Weile war es etwas knapp.« Schon heimisch in der Verkleidung klang es ganz glaubwürdig. Der andere Anders gab auf, und nach einem letzten verächtlichen Schnauben verzog er sich.

»Meinen Sie das ernst?« Sie sah erfreut aus.

»Wenn es nur nicht zu anspruchsvoll ist. Ich bin kein Profischreiner, habe aber zum Hausgebrauch ein bisschen gehämmert.« Das eine oder andere Bild hatte er ja aufgehängt, also log er nicht.

»Das Schwierigste ist schon fertig. Die Wände sind gezogen, und alle Fenster und Türen sind da, wo sie sein sollen. Es geht vor allem darum, zu spachteln und zu streichen und ein paar Böden zu legen.« Sie blieben stehen und schauten einander an, überrascht von dieser plötzlichen Wendung. »Aha, so kann es auch kommen. Was für ein Glück, dass ich heruntergegangen bin, um zu sehen, was Sie wollten.« Sie streckte ihre Hand aus. »Herzlich willkommen. Helena heiße ich.«

»Anders.«

»Willkommen Anders.«

Sie lächelten einander zu, bevor sie zum Entree gingen, um gemeinsam die Treppenstufen hochzusteigen. Sie klagten unter dem Gewicht, aber jetzt erschien das Geräusch anders.

»Um wie viel Uhr fange ich dann morgen an?«

Sie lachte. »Schlaf nur aus, dann sprechen wir darüber, wenn du wach bist. Wird man um drei Uhr nachts angestellt, gehört in diesem Hotel das Ausschlafen am ersten Tag dazu.«

Er zog den Zimmerschlüssel aus der Hosentasche und schob ihn in das Schloss. Sie ging weiter zu der Tür mit der Aufschrift PRIVAT.

»Dann sehen wir uns morgen.«

»Das tun wir. Gute Nacht.«

Hinter der Tür blieb er stehen. Verwirrt von dem, was geschehen war, kam ihm der Gedanke, dass vielleicht noch etwas in dem Getränk gewesen war, das sie vergessen hatte zu erwähnen.

Die Broschüre über die vom Aussterben bedrohten Pflanzenarten lag noch auf dem Bett. Er steckte sie zurück in die Mappe und kroch unter die Decke.

Das Einzige, woran er noch denken konnte, bevor der Schlaf kam, waren Weichkraut, Korallenwurzel und Glanzkraut.

Kapitel 13

Am folgenden Tag wachte sie bereits früh auf. Noch halb im Schlaf erinnerte sie sich, dass irgendetwas Besonderes geschehen war. Zu diffus und ungreifbar, etwas fühlte sich nur anders an. Gleich darauf fiel es ihr ein, und sie verspürte eine vage Vorfreude.

Das Ganze erschien unwirklich. Der Vorschlag war ihr bedenkenlos entschlüpft, so untypisch für sie, dass sie selbst erstaunt war. Die verwunderliche Fähigkeit der Nacht, den Augenblick zu intensivieren und die Realitäten des morgigen Tages entfernt wirken zu lassen. Jetzt musste sie schnell hinuntergehen und ausrechnen, ob es überhaupt möglich war. Denn natürlich würde es viele Probleme für den kommenden Sommer lösen, aber ihr Budget war streng begrenzt.

Viele Stunden Schlaf waren es nicht gewesen, aber trotz der Müdigkeit hatte sie nicht die Ruhe, liegen zu bleiben. Stattdessen stand sie auf, machte das Bett, duschte und zog sich an. Nebenbei faltete sie ein paar frisch gewaschene Handtücher. Sie verweilte einen Moment vor dem Badezimmerspiegel. Dann nahm sie ihr Schminktäschchen aus dem Schrank und kramte ihre Mascara hervor.

Unten in der Küche kochte sie Kaffee und bereitete das Frühstück vor. Eine Viertelstunde blieb noch, bis Emelie geweckt werden musste, und Helena nutzte die Gelegenheit, in die Buchführung zu schauen. Zwar hatte er gesagt, er würde sich mit dem begnügen, was sie zahlen konnte, aber unverschämt durfte man ja auch nicht sein. Nachdem sie eine Weile gerechnet hatte, kam sie auf eine annehmbare Summe. Auch wenn es zunächst ein Loch hinterließ, würde es sich wieder füllen, wenn die Zimmer rechtzeitig fertig würden. Schon jetzt hatte sie mehr Buchungen für den Sommer entgegengenommen, als es Zimmer gab, dabei aber versucht sich einzureden, dass sie es schaffen würde, den Rest noch rechtzeitig fertigzustellen. Doch dann waren die Tage nur so vorbeigeeilt. Vielleicht war es ihre eigene Verzweiflung, die sich Gehör verschafft hatte, als sie so unvermutet mit ihrem Vorschlag gekommen war.

Wenn sie ehrlich blieb, hatte Martin ein großes finanzielles Opfer gebracht, als er ihr seinen Anteil an dem Hotel überlassen hatte. Als sie von Stockholm weggezogen waren, hatten sie ihre Vierzimmerwohnung am Rörstrandsvägen verkauft, um den Hof erwerben zu können. Der Überschuss hatte außerdem dafür gereicht, Handwerker anzustellen, die die schöne Glasveranda des Speisesaals und die Grundmauern für den Stall gebaut, elektrische Leitungen gelegt und alle Klempnerarbeiten erledigt hatten. Eine kleinere Summe war noch übrig, und die wollte sie jetzt einsetzen. Papiere für eine Vermögensteilung waren nie unterschrieben worden, aber sein Name war von ihren gemeinsamen Konten gestrichen. Ein paarmal hatte er wegen der Eintragung ins Grundbuch gemailt. Solange er als Besitzer der Hälfte dort stand, musste er auch Grundsteuern zahlen. Auf einem Papier fehlte ihre Unterschrift. Wie alle seine Mails hatte sie auch diese unbeantwortet gelassen. Eine Unterschrift war so endgültig. Das wusste sie, nachdem sie gehorsam ihren Namen unter den Scheidungsantrag gesetzt hatte, den er aus dem Netz geholt und schnell ausgedruckt hatte.

Der Name der Ehefrau. Der Name des Ehemanns. Gemeinsame Kinder.

Sie hatte es getan, während sie noch abgeschnitten war. In einem Versuch, sie zu schonen, hatten ihre Gedanken es verhindert, sie die Bedeutung dieses Textes begreifen zu lassen. Erst als das unansehnliche Papier in einem frankierten Umschlag lag, war ihr klar geworden, woran sie mitgewirkt hatte. Doch da war alles schon erledigt gewesen. Unwiderruflich wie eine Amputation.

Emelie schien tief zu schlafen. Helena blieb in der Stille stehen und genoss den Moment, ihr friedliches Gesicht betrachten zu können. Ihr geliebtes Kind, das jetzt im Begriff war, erwachsen zu werden. In einem halben Jahr schon vierzehn.

Schlafend. So einfach, ihr nah zu sein.

Auf dem Boden lag ihr Handy. Helena hob es auf. Auf dem Display befand sich das Bild von einem Kuvert und der Text »SMS empfangen von: Papa«. Ganz unten befand sich die Frage: »Jetzt lesen?« Ihr Daumen strich über den Ja-Knopf. Die Versuchung war fast unwiderstehlich. Heimlich einen Einblick in die Beziehung zu bekommen, von der sie mittlerweile so wenig wusste. Die zu einem Teil von Emelies Schweigen geworden war. Aber wenn sie die Nachricht las, würde sie in den Eingangskorb geschoben werden, und Emelie würde herausfinden, dass sie bereits gelesen worden war. Ihr war bewusst, dass sie etwas Unverzeihliches tun würde, aber als sie das Handy zurücklegen wollte, bekam der Daumen ein Eigenleben. Die Nachricht erschien, und bevor ein Gedanke gedacht worden war, hatten die Augen gelesen, was dort stand. »Mein geliebtes Kind, sehne mich wie ein Verrückter!!! Hoffentlich hast du einen schönen Tag. Kannst du wie üblich um 8 Uhr heute Abend? Umarmung von Papa.«

Die Worte wirkten wie ein Stoß. Auf der Jagd nach einer vernünftigen Erklärung verbreiteten sich die Gedanken in verschiedene Richtungen. Die Wirklichkeit, wie sie sie kannte, geriet auf einmal in eine Schieflage. Die Worte enthüllten, dass etwas geschah, von dem sie selbst ausgeschlossen war.

Sie fühlte, wie ihre eigene Stellung erschüttert, wie die jetzt schon quälende Kluft zu Emelie abgrundtief wurde.

Geliebtes Kind.

Das, was sie früher zu ihrer Tochter gesagt hatten und was jetzt eine Ewigkeit von dem Vokabular entfernt war, das sie selbst verwenden durfte.

Als sie noch einmal auf das Handy sah, stand dort »Mitteilung gelöscht«, und als hätte sie sich die Finger verbrannt, ließ sie es zu Boden fallen. Sie erhob sich rasch, sah ihre Tochter an und erkannte, dass etwas getrübt worden war. Widerwillig verspürte sie ein Gefühl von Verrat.

»Zeit zum Aufstehen. Es ist gleich Viertel nach sieben.«

Sie ging zum Fenster, und die Jalousie fuhr mit einem Knall nach oben. Als Emelie die Augen öffnete, verließ sie das Zimmer und ging geradewegs hinunter zur Küche. Etwas drehte sich in ihrer Brust. Runde um Runde eines ewigen Rads. Mit den Händen die Kaffeetasse umklammernd, versuchte sie eine Möglichkeit zu finden, wie sie sich nun verhalten konnte. Sie wusste, dass das, was sie fühlte, nicht erlaubt war, dass sie sich brav danebenstellen und alles geschehen lassen sollte. Das, woran sie sich seit einem halben Jahr gewöhnt hatte, nachdem es ihre Aufgabe geworden war, sich dem Beschluss eines anderen zu beugen.

Die Geheimnistuerei hinter ihrem Rücken.

Das Gefühl, ein Außenseiter zu sein, so schwerwiegend, dass es alles andere in den Hintergrund treten ließ.

Sie hörte die Schritte ihrer Tochter oben und wie das Wasser, das sie verbraucht hatte, durch die Rohre schoss. Danach das Geräusch auf der Treppe, und dann tauchte sie in der Tür auf, blieb aber abrupt stehen.

»Hast du dich geschminkt?«

»Nein, ich habe nur ein bisschen Mascara benutzt.«

»Wie schön«, sagte Emelie und ging zur Anrichte, um sich ihre Brote zu streichen.

Helena betrachtete ihren Rücken, erstaunt über dieses plötzliche Kompliment, das so unverhofft gekommen war.

Emelie setzte sich, und Helena goss etwas Saft in ihr Glas. Eine Weile waren sie still, und Helena lag ihre Frage auf der Zunge. Es drängte sie, sie zu stellen, aber sie fürchtete eine unerwünschte Antwort. Sie machte einen Umweg und entschied sich stattdessen, von der Neuigkeit der letzten Nacht zu erzählen.

»Ich habe einen Maler angestellt, der uns helfen wird, den Stall fertig zu machen.« Emelie nahm einen Bissen von dem Butterbrot, sie zeigte kaum Interesse. »Es ist der Gast, der gestern angekommen ist, weißt du, von dem wir glaubten, er säße im Auto und würde schlafen.«

In Emelies Blick erwachte etwas zum Leben. »Warum saß er da?«

»Er hatte offenbar nur Kopfschmerzen.«

Emelie trank ein wenig Saft. »Und wann fängt er an?«

»Heute.«

Zum ersten Mal seit sehr langem zeigte sich ein Lächeln in Emelies Gesicht. Die Reaktion kam so unerwartet, dass auch Helena lächelte, quer durch alles hindurch, was sich in ihrem Inneren abspielte. Eine kleine Annäherung. Eine kleine, ersehnte Annäherung. »Was ist?«

»Deswegen hast du dich geschminkt?«

Helenas Lächeln erstarb so schnell, wie es gekommen war. »Nein, wirklich nicht, ich fand nur, dass ich heute so müde aussehe.«

Trotz des Missverständnisses fühlte sie, wie ihr die Röte ins Gesicht stieg. Die Mascara war nur ein spontaner Einfall, ohne einen Zusammenhang mit dem Neuankömmling. Emelie aß weiter, ohne ihr kleines Lächeln aufzugeben. Aus irgendeinem Grund hatte Helena das Bedürfnis, sie zu überzeugen.

»Ich habe heute Nacht nicht sehr viel geschlafen und dachte, Mascara würde helfen. Ein bisschen repräsentativ muss man doch sein, wenn man ein Hotel betreibt.«

Eine Stille entstand, und Emelie kaute weiter, während Helena Anlauf nahm. Jetzt war die Gelegenheit da, solange Emelie einigermaßen gute Laune hatte. In einem Versuch, nicht allzu eifrig zu sein, verließ sie den Tisch und ging zur Kaffeemaschine.

»Hast du in letzter Zeit etwas von deinem Vater gehört?«

Für eine Weile blieb es still.

»Wieso?«

»Na, ich habe mich nur gefragt, es wäre doch nett, wenn

er sich die Zeit nehmen würde, dich ab und zu anzurufen.« Ohne eigentlichen Grund öffnete sie den Kühlschrank und wurde auf diese Weise von der Tür verdeckt. Sowohl die Wortwahl wie der Ton waren misslungen, und das wusste sie selbst.

»Warum klingst du so sauer?«

»Nein, ich bin nicht sauer, es interessiert mich nur.« Sie schloss die Kühlschranktür und sah Emelie an. »Natürlich verstehe ich, dass er dir fehlt. Darum möchte ich nur wissen, ob er sich ab und zu meldet?«

Emelie nahm das leere Saftglas und ging zur Spülmaschine. »Nein, ich habe lange nichts gehört.«

Dann verließ sie die Küche, und die Lüge ließ Helena sich einsamer fühlen als je zuvor. Was ihr selbst misslungen war, hatte Martin offenbar geschafft, in sicherer Entfernung von den Problemen des Alltags und ohne sich mit der schmutzigen Wäsche oder dem langweiligen Abendessen befassen zu müssen.

Sie schüttete den letzten Rest Kaffee in das Spülbecken. Im gleichen Moment klopfte jemand an die Tür. Sie sah auf die Uhr und fragte sich, wer so früh am Tag zu ihr kam. Es wurden keine Lieferungen erwartet, und Anna-Karin hatte frei. Von sich aus würde sie hier nicht so früh auftauchen, und gerade heute wäre Helena dankbar dafür, wenn sie überhaupt nicht kam.

Sie ging hinaus in die Diele und öffnete die Tür. Auf der Treppe begegnete ihr Verners breites Lächeln. Jacke und Hose waren dieselben wie gestern, aber die verblichene Kappe hatte er ausgetauscht, und die grauen Haare schienen mit Wasser gekämmt worden zu sein. In der Hand hielt er ein Glas Kompott.

»Ich weiß, dass es schrecklich früh ist, aber Sie haben ja gesagt, dass Sie von sieben Uhr an auf sind.«

Sein Besuch kam ihr nicht gelegen. Sie wollte hinaufgehen und wieder einschlafen und den Tag von vorn anfangen. »Hallo Verner. Wie nett, dass Sie mich besuchen. Kommen Sie herein.«

Sie trat zur Seite, aber er blieb auf der Treppe stehen. Er lächelte nicht mehr, sondern sah eher verlegen aus. »Ich kann auch etwas später kommen, ich war nur zufällig in der Nähe. Hier, ich habe ein Glas Blaubeerkompott mitgebracht.«

»Vielen herzlichen Dank.«

Er tat einen Schritt die Treppe hinunter. »Ich komme ein andermal.«

»Nein, kommen Sie doch herein. Es gibt frischen Kaffee. Und Frühstück auch, wenn Sie wollen. Treten Sie ein, bevor die Wärme ganz nach draußen verschwindet.«

Die Füße schon unterwegs nach unten, wirkte er unschlüssig. Er blieb mit einem Fuß im Kies und dem anderen auf der untersten Stufe stehen.

»Kommen Sie jetzt.«

»Aber nur für ein Weilchen.«

Er ging hinauf und trat über die Schwelle, streifte sorgfältig die Schuhe ab und folgte ihr in die Küche. Dort stellte sie das Kompottglas auf die Anrichte und ging zum Schrank, um eine Kaffeetasse zu holen.

»Mögen Sie Zucker oder Milch in den Kaffee?«

»Ne, ich brauche keinen Kaffee. Ich wollte nur mal schauen, wie es in dem Hotel aussieht. Ich habe gerade zu Hause eine Tasse getrunken.«

Gerade sah er sich interessiert um, als Emelie zurückkam. Abrupt blieb sie in der Tür stehen.

»Das ist Verner, und das ist meine Tochter Emelie.« Helena bemerkte Emelies ratlosen Blick. »Wir haben uns an der Kirche getroffen, da habe ich Verner zu einer Tasse Kaffee eingeladen. Und dann muss er manchmal an den Computer, um seine Mails abzurufen.«

Letzteres schien für Emelie natürlicher, als es für Helena gewesen war, an ihrem Gesicht war kein Erstaunen abzulesen. Wohlerzogen kam sie, um ihn zu begrüßen.

»Hallo.«

»Verner heiße ich.«

Helena ging weiter zum Küchenschrank. Als sie sich umdrehte, sah sie, dass Verner immer noch Emelies Hand hielt. Sie schien verlegen und warf Helena einen flehenden Blick zu.

»Sie hat es eilig. So, Emelie, geh schnell, damit du den Bus nicht verpasst.« Emilie glitt an ihm vorbei und hinaus in die Diele. »Hast du deine Gymnastiksachen dabei?«

»Ja. Tschüss dann.«

Bevor Helena antworten konnte, wurde die Tür geschlossen. Verner stand da, den Blick auf den Boden gerichtet, und als er ihn hob, sah er bekümmert aus. Ein schwer zu deutender Ausdruck lag auf seinem Gesicht, der ihr Unbehagen verursachte. Ihr kam der Gedanke, dass sie vielleicht einen Fehler gemacht hatte. Sie wusste nichts von Verner. Wer er war oder woher er kam. Was hatte eigentlich dazu geführt, dass man ihn von vornherein für wunderlich hielt?

Jetzt hatte sie ihn in das Zuhause ihrer Tochter eingeladen. Sie wollte ihn bitten zu gehen, wusste aber nicht, welche

Worte sie gebrauchen sollte. Darauf bedacht, den Besuch hinter sich zu bringen, stellte sie seine unbenutzte Tasse ab und zeigte auf den Speisesaal.

»Wollen wir uns ein bisschen umsehen?«

Die Führung brauchte eine Weile. Er bewunderte die Glasveranda im Speisesaal und die Aussicht auf den See. Im Salon mit all den Bücherregalen lobte er die Atmosphäre und die Farbwahl der Tischlerarbeiten. In den beiden Hotelzimmern im Erdgeschoss studierte er neugierig alle Details und war hellauf begeistert von der Möblierung. Gewisse Komplimente verrieten eine außergewöhnliche Kenntnis von Farbgebung und Möbelstilen, und Helena wurde noch neugieriger auf seinen Hintergrund. Zum Abschluss gingen sie noch zum Stall, wo Verner bedauerte, wie viel noch zu tun blieb. Sein Engagement war beinahe rührend, und als sie den Rundgang beendeten, war sie von all seinen wohlwollenden Worten so ermuntert, dass ihr alles auf einmal leichter erschien. »Wollen wir einen Kaffee trinken?«

»Ne danke, ich bin zufrieden. Aber ich würde gern für eine Minute an den Computer, wenn das geht.«

Seine Antwort enttäuschte sie. Sie hätte so gerne Fragen gestellt und gehofft, dass das Kaffeestündchen ihr die Gelegenheit dazu geben würde. Er war ein absolutes Rätsel. Trotzdem konnte man sich in seiner Gesellschaft entspannen, es war ein ungewöhnliches Gefühl, nichts beweisen zu müssen.

Sie gingen über den Hof und hinauf zur Veranda. In den Ecken lag überall braunes Laub, das darauf wartete, entfernt zu werden. Anschließend musste der Fußrost geölt werden, nachdem er mit der Hochdruckspritze gesäubert worden war. Sie würde bei den Buchungen nachsehen, wann sich das machen ließ. Das Öl brauchte vierundzwanzig Stunden, um zu trocknen, bevor die Leute hinein- oder hinausgehen konnten. Die Sitzgruppen aus Rattan hatten im Vorratshaus überwintert, aber im Frühling und im Sommer standen sie auf der Veranda, wo die Gäste oft ihren Kaffee tranken.

Sie öffnete die Tür und trat zur Seite, um Verner den Vortritt zu lassen. Er war auf halbem Weg der Treppe stehen geblieben und schaute zur Straße hin. Helena folgte seinem Blick und landete auf dem Hof der Anderssons. »Wissen Sie, dass Helga Andersson tot ist?«

Verner drehte sich um und nahm die letzten Schritte. »Ja, ich habe es mitbekommen.«

Er streifte die Schuhe auf der Fußmatte ab und folgte Helena zur Rezeption.

»Haben Sie sie gut gekannt?«

»Ne. Das hab ich nicht.«

»Aber sie war es doch, die Sie da oben im Häuschen wohnen ließ?«

»Was für ein tolles Bild. Das ist ja ein Mordskerl von einem Fotografen, der einen Haufen Elchkot so schön erscheinen lassen kann.«

Helenas Gedanken wechselten abrupt die Richtung. Verner war vor einer der Naturfotografien stehen geblieben. Sie war nie dazu gekommen, genau hinzusehen, aber jetzt sah sie tatsächlich, dass es ein Haufen Elchkot war, in schönem Gegenlicht und mit betauten Grashalmen im Vordergrund.

»Na, so was! Ich habe tatsächlich bisher nicht gesehen, was es ist. Du liebe Güte, es ist vielleicht nicht ganz passend, ein solches Bild hier an der Wand zu haben.«

»Warum nicht? Es ist doch schön.«

»Ausgerechnet vor dem Speisesaal.«

»Es ist doch nichts falsch an Elchkot. Man sieht, was man will. Will man Kot sehen, dann sieht man das. Man kann sich auch entscheiden, es als ein Wunder der Natur zu betrachten. Die Welt ist nichts anderes als die Erfindung jedes Einzelnen, sie wird das, was wir aus ihr machen.«

Helena blinzelte zu dem Bild hin und tat ihr Bestes, meinte aber doch nur, einen Haufen Kot zu sehen.

Sie gingen zur Rezeption, und Helena forderte Verner auf, sich an den Computer zu setzen. Nach einer kurzen Anweisung war er im Internet und schien allein zurechtzukommen. Sie ließ ihn in Ruhe und ging hinaus in die Küche. Das Frühstück stand noch da, ein flüchtiger Gedanke ging zum Obergeschoss. Sie hatten nichts über das Frühstück vereinbart, aber andererseits, wenn er einen Monat hier sein sollte, müsste er sich selbst versorgen. Sie würde ihm zeigen, wo sich alles befand, aber ein Hotelservice gehörte nicht zur Anstellung.

Sie gähnte. Der verlorene Schlaf der Nacht und die Erlebnisse der Morgenstunden hatten an ihr gezehrt. Um den Tag zu bewältigen, sollte sie eine Weile schlafen. Sie müsste einen Zettel für Anders schreiben, falls er unterdessen aufwachen sollte.

Sie stand mit der Butterdose in der Hand da, als Schritte auf der Küchentreppe zu hören waren. Ziemlich sicher, wer es war, warf sie durch die Türöffnung einen Blick auf Verner. Viel zu früh stand das Zusammentreffen mit Anna-Karin bevor. Es war so vieles mehr, was sie wissen wollte, ehe sie offen Stellung bezog. So viele Fragen, die sie hatte stellen wollen, um sicher zu sein, dass sie richtig handelte. Doch nun würde ihre Entscheidung schon jetzt offenbar werden. Angesichts dieses Konflikts war ihre Angst wieder da. Ohnmächtig schaute sie zur Tür. Die Klinke wurde heruntergedrückt, und im nächsten Moment schien Anna-Karin die gesamte Diele einzunehmen.

»Es war so, wie ich vermutet habe, ich wusste, es würde Probleme geben. Nicht wahr, das habe ich doch gesagt?«

Helena schwieg. Sie verstand nicht, worauf Anna-Karin hinauswollte.

»Ich habe doch gesagt, dass es Probleme mit dem Erbe geben würde, oder nicht?«

»Doch.«

»Lasse kam heute Morgen herüber und sagte, die Grundstücksgrenze sollte so gezogen werden, dass die Kastanie auf ihrem Grundstück liegt. Und weißt du warum? Lisbeth hat sich in den Kopf gesetzt, im Stall eine Töpferwerkstatt zu bauen, wo sie Kurse geben und irgendeinen verdammten Keramikshop aufmachen will. Hast du schon mal so was Dummes gehört? Und dann muss der Weg hinauf zum Stall über ihr Grundstück führen.« Anna-Karin war an der Tür stehen geblieben, zu empört, um ihre Jacke auszuziehen. Jetzt beugte sie sich hinunter und zog die Stiefel von ihren Füßen. Helena sah vorsichtig zur Rezeption hinüber. Verner saß noch da und schien keine Notiz von ihr zu nehmen.

»Keramikverkauf! Also …« Anna-Karin schüttelte den Kopf, als ob ihr keine Worte mehr einfielen, um ihre Entrüstung auszudrücken. »Sie ist ja nicht ganz bei Trost. Du hast doch selbst die Schale gesehen, die ich zu Weihnachten geschenkt bekommen habe, du weißt, diese schiefe, hellblaue, die ich für die Igel benutze. Jetzt glaubt sie anscheinend, dass sie eine Art Künstlerin ist, die dieses Zeug verkaufen kann, das sie macht.«

Anna-Karin betrat die Küche, stand aber in einem Winkel, von dem aus die Rezeption nicht zu sehen war. Helena schnappte sich die Tasse, die sie für Verner hingestellt hatte, goss rasch Kaffee und Milch hinein und kam so Anna-Karins Gang durch die Küche zuvor. In der Hoffnung, sie mit zum Tisch zu locken, setzte sie sich und legte ein Zuckerstück in die Tasse.

Innerlich verfluchte sie ihre Feigheit. Wozu diese sie brachte. Sie befand sich in ihrem eigenen Haus und hatte das Recht zu tun, was sie wollte. Trotzdem fürchtete sie sich vor Anna-Karins Reaktion, als wäre sie ein ungezogenes Kind, das bald ertappt werden würde.

»Wir fahren heute in die Stadt und treffen den Bestattungsunternehmer und einen Anwalt. Aber eins sage ich dir, die Kastanie gehört mir, und wenn sie eine Töpferwerkstatt bauen wollen, müssen sie das in ihrem Teil des Stalls tun. Irgendwelche Keramikkunden sind nicht willkommen, über mein Grundstück zu fahren, das ist ein für alle Mal sicher.« Anna-Karin ging zum Tisch, aber statt sich zu setzen, öffnete sie das Fenster. Mit geübten Bewegungen steckte sie eine Zigarette an und blies den Rauch durch den Fensterspalt hinaus. Sie wollte gerade etwas sagen, als sie zufällig einen Blick auf Helena warf. »Nanu! Hast du dich geschminkt?«

Helena, die ihr ungewöhnliches Unterfangen schon bereute, machte eine vage Geste. »Nur ein bisschen Mascara. Ich habe heute Nacht schlecht geschlafen und fand, das sei nötig.«

Anna-Karin tat einen Lungenzug. »Wenn es Probleme gibt, muss ich mir wohl einen eigenen Anwalt nehmen. Lasse meint, einer würde reichen, weil das billiger wird. Übrigens, ist er schon aufgewacht, der Anwalt, der gestern kam?«

»Nein, und außerdem ist er kein Anwalt.«

»Was ist er dann?«

»Zurzeit Maler. Er wird für einen Monat bleiben und mir helfen, den Stall fertigzustellen.«

Anna-Karins Arm unterbrach die Bewegung zum Fensterspalt. Sie schaute Helena an, als würde sie sie gerade erst richtig wahrnehmen, und ihr Mund kräuselte sich zu einem Lächeln. »Na so was, Helena, das geht ja geschwind, diese Seite hast du aber sorgfältig versteckt.« Sie tat einen Zug an der Zigarette. »Mascara und alles.«

Helena schluckte. Unter dem Tisch ballten sich die Fäuste, und die Nägel bohrten sich in die Handflächen. »So ist das wirklich nicht. Er ist arbeitslos und brauchte einen Job, und ich brauche einen Maler.«

»Mhm, so klingt es immer. Und schlecht geschlafen habt ihr auch schon.«

Der Zorn pochte in ihren Schläfen. Sie war die Übergriffe von Anna-Karin so leid, ihre Art, nie zuzuhören, ihre aufgeblasene Selbstherrlichkeit. Helena hörte förmlich das Klicken, als sich in ihr ein Schalter umlegte.

»Im Ernst, Anna-Karin. Ich bin hundemüde und nicht gut aufgelegt. Eine Sache, die du anscheinend nie verstanden hast, ist, dass man mit einem Mann sprechen kann, ohne ihn unbedingt ins Bett kriegen zu wollen. Du solltest es vielleicht mal probieren, dann müsstest du nicht so enttäuscht sein.«

Es war schwer zu sagen, wer am meisten verblüfft war.

Helena saß regungslos auf dem Stuhl, ihr Körper fühlte sich schwer und steif an. Warum sie gerade diese Worte gewählt hatte, wusste sie nicht.

Die Farbe schoss in Anna-Karins Wangen, als hätte sie eine Ohrfeige bekommen. Für eine kurze Weile wurde alles still. Dann zog sich ihr Mund zusammen, und sie drückte rasch die Zigarette auf dem Fensterbrett aus. Helena sah, dass sie auf den Mülleimer zusteuerte, und schloss die Augen in Erwartung des Klappens. Als sie aufschaute, stand Anna-Karin in der Mitte der Küche, mit freier Sicht auf die Rezeption. Mit langsamen Schritten ging sie weiter, und als sie die Kippe weggeworfen hatte, drehte sie sich um. Kein Wort sagte sie, sah Helena nur mit einem Blick an, der ihr furchtbare Angst einjagen sollte. Doch von ihrer Wut gestärkt, vermochte sie, ihm zu begegnen und standzuhalten.

Stille. Kein Wort wurde gesagt, es gab ohnehin nichts hinzuzufügen.

Anna-Karin ging zur Diele. Helena hörte das Knistern der Jacke und die Reißverschlüsse der Stiefel. Als die Küchentür geschlossen wurde, wusste sie, dass etwas vorbei war. Wie in der Mitte gespalten, tat sie einen abgehackten Atemzug. Die eine Hälfte wollte hinterherlaufen, um Verzeihung bitten, sich vergewissern, dass Anna-Karin sie immer noch gern hatte.

Dass alles so blieb wie zuvor.

Die andere Hälfte war fest entschlossen, empfand eine schwindelerregende Erleichterung darüber, endlich zu Wort gekommen zu sein. Sie lehnte den Kopf in die Hände, wünschte, sie könnte mit jemandem reden. Aber die Person, auf die sie in der letzten Zeit angewiesen gewesen war, hatte gerade ihr Haus verlassen. Jetzt stand sie allein da, ihr Leben schien ihr immer mehr zu entgleiten. Durch das Fenster sah sie Anna-Karin zu ihrem umstrittenen Hof hin laufen.

»Ja, Helena, ist es nicht das eine, dann ist es das andere.« Verner hatte die Küche betreten. Sie wusste, dass er jedes Wort, das gesagt worden war, gehört haben musste, hatte aber weder die Kraft noch die Lust, etwas zu erklären. Auf der anderen Seite der Straße sah sie Anna-Karin in ihrem Haus verschwinden. »Es ist einfacher mit Tieren und Pflanzen, die machen nicht so verdammt viele Schwierigkeiten. Aber wir Menschen meinen, mal von dem einen und mal von dem anderen betroffen zu sein.« Sie wollte, dass er ging, schaffte es nicht, höflich zu sein. Immerhin war er es, der das Chaos ausgelöst hatte, auch wenn er nur der letzte Tropfen gewesen war.

»Sehen Sie, es gibt so viele traurige Menschen. Wir sind die einzigen Geschöpfe, die mit dem Vorzug geboren sind, weinen zu können, trotzdem ziehen viele es vor, zu leben wie in einem verschlossenen Dampfkochtopf. Entweder endet es mit einer Explosion, oder man muss sich in seiner Bitterkeit verstecken. Schauen Sie, sehen Sie den Elch?«

Auf dem Feld drüben am Wald stand eine prächtige Elchkuh. Ganz nah am Waldrand, als zögere sie angesichts des kahlen, ungeschützten Terrains. Langsam ging sie über das Feld und blieb an der Einfahrt des Hotels stehen. Schade, dass keine Gäste da waren, die das Schauspiel verfolgen konnten, dachte Helena, viele kamen in der Hoffnung, gerade so etwas zu sehen.

»Es sind wenige, die begreifen, dass man selbst entscheidet, ob man Weinessig werden will oder ein Jahrgangswein.«

Das große Tier wurde von einem Auto aufgeschreckt und lief schnell zurück zum Wald. Helena war nicht empfänglich für eine Analyse von Anna-Karins Verhalten. Und für die Antworten auf die Fragen, die sie Verner hatte stellen wollen, gab es keinen Platz mehr. Das musste bis zu einem andern Mal warten. Sie stand auf, kraftlos sowohl in den Beinen wie innerlich. »Wissen Sie, wer sie ist?«

»Wer?« Die Frage überraschte ihn.

»Sie, von der Sie reden, die gerade hier war.«

Er sah sie mit einem Gesichtsausdruck an, den sie schwer deuten konnte. »Ach so, die.«

»Das war Helgas Nichte. Ihre neue Vermieterin.«

»Ich weiß. Und das wird vielleicht nicht so lustig.«

»Nein, Verner, das wird es wohl nicht, fürchte ich.«

Verner seufzte. »Aber sie hat wohl das Ihre zu schleppen wie wir anderen auch.«

Sie gingen in die Diele. Verner legte die Hand auf die Klinke. »Ich möchte mich bedanken, dass ich an den Computer durfte. Und dafür, dass Sie mir das ganze Hotel zeigen wollten.«

»Das ist nicht der Rede wert. Sie wissen, wo er steht, falls Sie ihn wieder brauchen.«

Er lächelte ein bisschen, aber Helena fand, dass er traurig aussah. Als wollte er etwas sagen, zögerte aber. Er trat auf die Treppe hinaus. »Bis dann, Helena, und viel Glück.«

Sie schloss die Tür und lehnte die Stirn an den Türrahmen. Von Müdigkeit überwältigt, ging sie zurück und setzte sich. Alles befand sich in Auflösung, halb und entgleitend, unterwegs zu etwas, was sie nicht kannte. Sie wollte etwas, woran sie sich festhalten konnte. Etwas Unveränderliches, auf das man sich verlassen konnte. Stattdessen ging sie wie auf Sumpfland, und alles, was sie befürchtet hatte, hatte sich angesammelt.

Sie rieb sich die Augen, hielt aber inne, als sie sich an die verflixte Mascara erinnerte.

Hätte es nur jemanden gegeben, den sie anrufen könnte. Jemanden, der ihr zuhören und Ratschläge geben würde. Ihr Freundeskreis war seit langem zerstreut. Sie hatte keinen Einzigen von ihren alten Freunden angerufen, seit Martin sie verlassen hatte. Die Scham hatte eine Mauer gebildet. Sie wusste nicht, wer Martins Seite gewählt und vielleicht angefangen hatte, mit der Neuen zu verkehren. Jedenfalls hatte keiner etwas von sich hören lassen.

Mit ihrer Schwester war es, wie es war. Sie war dem Weg ihrer Mutter gefolgt, hatte also sozusagen den Staffelstab von ihr übernommen, aber wenigstens hatte sie keine Kinder. Gekünstelt und verlogen war der Kontakt aufrechterhalten worden, bis ihre Mutter schließlich starb. Als sie nicht mehr da war, gab es keinen Grund, weiter in Verbindung zu bleiben. Nur einmal während der vergangenen zehn Jahre hatten sie sich gesprochen. Da hatte die Schwester angerufen und Geld leihen wollen.

Sie seufzte tief und beugte sich über den Tisch. Sie sollte gehen und sich ausruhen. Die Arme ausgestreckt, schloss sie die Augen, und gleich darauf schlief sie tief.

Kapitel 14

Nachdem Anders noch eine Weile im Halbschlaf vor sich hingedämmert hatte, fiel ihm wieder ein, was letzte Nacht geschehen war. Reue über den Entschluss empfand er keine, im Gegenteil, er hatte das Gefühl, Platz für etwas Neues geschaffen zu haben. Was er jedoch sehr sonderbar fand, war die Art, wie er geantwortet hatte. Es war, als sei der Entschluss, von einem Ort in seinem Bewusstsein gekommen, den er kaum kannte. Anders Strandberg als Maler. Ein Glück, dass hier niemand der Wirtschaftszeitung Dagens Industri einen Tipp geben konnte.

Gerade das war so verlockend gewesen. Dass er befreit von jeglicher vorgefasster Meinung machen konnte, was er wollte. Er war für einen Monat vollkommen frei und würde sich das Leben eines anderen ausborgen können.

Als er aufstand, war er voller Tatendrang. Er wurde erwartet. Ein so entscheidender Unterschied gegenüber all diesen Morgen, an denen er ohne Ziel aufgewacht war. Nicht einmal die Steifheit, die er nach dem Unfall immer noch empfand, konnte ihm die Laune verderben.

Doch sein Entschluss verlangte auch gewisse praktische Maßnahmen. Am wichtigsten war es, dass er sich Kleidung besorgte. In der kleinen Reisetasche, die er dabeigehabt hatte, war die saubere Wäsche bereits aufgebraucht. Normalerweise hätte Anders Strandberg nur eine Einkaufsliste an sein Büro mailen müssen. Er hatte immer noch vier Angestellte, die sein Vermögen verwalteten, und gewöhnlich spannte er sie für allerlei Aufgaben ein. Diesmal aber nicht. Den kommenden Monat würde er inkognito leben. Verriet er seinen Aufenthaltsort, würde die Magie verloren gehen. Er wollte niemandem von seinem Vorhaben berichten. Und somit blieb ihm nichts anderes übrig, als in einen Laden zu gehen oder im Internet einzukaufen. Er zog Letzteres vor, und mithilfe seines iPhones bestellte er, was er brauchte. Die Adresse des Hotels fand er in der Informationsmappe auf dem Sekretär. Als er fertig war, stellte er das Handy ab, fest entschlossen, es ausgeschaltet zu lassen, solange seine Schonfrist noch dauerte.

Im Haus war es still. Die Zimmer im Erdgeschoss waren verlassen und Helena nirgendwo zu sehen. Er ging zur Rezeption. Da er jetzt zum Personal gehörte, wollte er nicht die kleine Messingglocke auf der Theke benutzen. Er blätterte in ein paar Touristenbroschüren und las die Infoblätter an einer Pinnwand, schaute sich die Naturfotografien an und spähte in den Speisesaal. Als nichts geschah, ging er zur offenen Tür hinter der Rezeptionstheke. Eine Küche, ging ihm durch den Kopf, bevor er Helena über den Tisch gebeugt sah. Der Kopf ruhte in den Händen, das Gesicht war in seine Richtung gedreht. Dass sie schlief, war offensichtlich. Ein Speichelfaden lief von ihrem Mund auf den Tisch herab, wo er sich zu einer kleinen Pfütze gesammelt hatte.

Für eine Weile stand er ratlos da. Sie wirkte in gewisser

Weise ausgeliefert, wie sie dort lag, der Anblick brachte ihn dazu, umkehren zu wollen. Er befürchtete, dass sie sich genieren würde, wenn sie aufwachte. So leise wie möglich schlich er zurück zur Rezeption, räusperte sich vernehmlich und wartete eine Weile, bevor er ihren Namen rief. Sogleich hörte man das Scharren von Stuhlbeinen, und kurz darauf tauchte sie in der Tür auf, mit verwirrtem Gesichtsausdruck und einem Abdruck auf der linken Wange. Für einen Augenblick schien sie sich nicht zu erinnern, wer er war.

»Entschuldigung, habe ich dich geweckt?«

»Was, ja, nein, ich hab nur …« Sie rieb sich das Gesicht, und danach hatte sie einen schwarzen Rand unter ihren Augen. »Du liebe Güte, ich glaube, ich bin eingeschlafen. Komm, es gibt Frühstück.«

Er ging um die Rezeptionstheke herum und folgte ihr in die Küche.

Während er frühstückte, entschuldigte sich Helena wieder und wieder für den lausigen Stundenlohn, den sie anbieten konnte. Obwohl er versicherte, er würde genügen, fuhr sie fort, und ihm ging durch den Kopf, dass sie kein geschickter Verhandlungspartner war. Wären sie sich unter anderen Umständen begegnet, hätte Anders Strandberg sie wie eine Fliege zerquetscht.

Nachdem er fertig war, zeigte sie ihm die Küche. Ausgesprochen sicher bewegte sie sich zwischen den Schränken, das Einzige, was daran erinnerte, dass sie gerade geschlafen hatte, war der Abdruck auf ihrer Wange. Die ganze Zeit musste er sich bemühen, das Schwarze unter ihren Augen zu übersehen. Sollte er vielleicht etwas sagen? Aber wenn er sich entscheiden musste, sie entweder verlegen zu machen oder abzuwarten, dass sie in einen Spiegel sah, wählte er feige das Letztere.

»Wie steht es mit Arbeitskleidung?«

»Nicht so toll, muss ich gestehen. Kann ich mir von dir etwas ausleihen, bis ich dazu komme, mir etwas zu besorgen?«

»Im Vorratshaus hängt ein Blaumann. Den kannst du gerne haben.«

»Wem gehört er denn?«

»Niemandem, der ihn bräuchte.« Es war offensichtlich, dass das alles war, was sie dazu sagen wollte, und er fragte nichts mehr. Sie stand schon in der Tür. »Wollen wir dann in den Stall gehen?«

Der Anblick, der sich ihm von der Veranda aus bot, ließ ihn innehalten. Als sähe er alles zum ersten Mal. Die Landschaft war mit Raureif bedeckt, und das Gras vom Vorjahr lag funkelnd in weißen Wellen auf den Feldern. Jede Himmelsrichtung bot ein anderes Panorama. Sein Stockholmblick, der daran gewöhnt war, von Hausfassaden behindert zu werden, hatte die Möglichkeit, frei zu schweifen. Bis hinauf zu den Berggipfeln, wo das Ende der Welt wartete, und zurück hinunter über Wald und Felder. Der Himmel selbst schien weiter zu reichen.

»Kommst du?« Helena schien diese Pracht gar nicht mehr wahrzunehmen und war zu einer Scheune vorgegangen. Dort öffnete sie eine schwarz gestrichene Doppeltür, und Anders ging die Verandatreppe hinunter. »Das hier ist das Vorratshaus, und hier haben wir Holz und Werkzeug und sonst noch einiges, was du brauchen kannst. Das meiste liegt schon im Stall, aber wenn dir etwas fehlt, würde ich zuerst hier danach suchen.«

Anders überquerte den Hof. Er empfand eine Leichtigkeit, als wäre er berauscht. Plötzlich erinnerte er sich daran, wie er als Fünfzehnjähriger seinen ersten Ferienjob angefangen hatte. Vier Wochen lang Putzmann im Hotel Ramada.

»Hier.«

Helena reichte ihm den Blaumann. Sie hielt ihn zwischen Zeigefinger und Daumen, sichtlich bemüht, die Berührung zu meiden. Er nahm ihn entgegen, jetzt ein wenig zögernd, und als sie sich abgewandt hatte, roch er heimlich daran, konnte aber nichts Besonderes wahrnehmen.

»Da drüben stehen ein Paar Gummistiefel in Größe 43, falls du welche brauchst. Wollen wir in den Stall gehen und uns die Baustelle ansehen?«

Der Stall war in einem Winkel gebaut, sie betraten ihn von der einen Schmalseite her. Hinter der Tür begann ein Korridor mit Türen, die an beiden Seiten abgingen, und es war klar, dass er durch den alten Mittelgang des Stalls führte. Auf dem Steinboden war noch die Spülrinne zu sehen, hier und da sah man Balken von den alten Boxen. Über jeder Tür hingen Griffeltafeln und erinnerten an die früheren Kühe. Blenda, Rosa, Bella. Und dann plötzlich Greta Garbo, was ihn zum Lächeln brachte.

»Wie hübsch das ist. Toll, dass du so viel von der Atmosphäre des Stalls bewahrt hast.«

»Ja, es ist schön geworden.«

Sie waren am Ende des Korridors angelangt, bogen um die Ecke und standen vor einer Wand mit Bauplastik. Auf der anderen Seite wartete sein neuer Arbeitsplatz. In einem Wirrwarr von Holzstücken, Sägespänen, offenen Schraubenkartons, Farbeimern und gestapelten Dielen und Leisten durchfuhr ihn kurz ein Gefühl der Unlust. Direkt vor ihm stand ein Metalltisch mit hochgeklapptem Sägeblatt. Er betrachtete die scharfen Zacken und schauderte.

»Es sieht tatsächlich schlimmer aus, als es ist, ich habe nur noch keine Zeit gehabt aufzuräumen, nachdem die Schreiner da waren.«

Natürlich wäre es am einfachsten zu gehen. Den Wahnsinn zuzugeben, in den er sich hineinbegeben hatte, und sich zurückzuziehen. Doch danach müsste er der sein, den er so leicht aufgegeben hatte. Der sich aus purer Bequemlichkeit gegen die Möglichkeit entschieden hatte, die ihm momentan als die einzig mögliche Rettung erschien. Wenn er jetzt umkehrte, blieb nur eine Alternative, die nicht mehr vernünftig wirkte. Es gab so vieles, was er noch tun wollte. Er wusste nur nicht, was und wie er da hinkommen sollte. Deshalb stand sein Entschluss fest.

Er ging zu einer offenen Tür und schaute in ein Zimmer, das mit Gipsscheiben ausgekleidet war. Die Fugen waren weiß gespachtelt und alles bereit zum Anstreichen.

»Das Beste wäre, sich die Zimmer der Reihe nach vorzunehmen, statt hier und da etwas zu machen. Der Korridor muss vor dem Sommer fertig sein und mindestens drei von den Zimmern.«

Er nickte.

»Was meinst du?«

»Ja.«

»Ist es mehr, als du angenommen hast?«

»Aber nein, ich werde alles erledigen, so gut ich kann.«

Sie lächelte, und er ahnte ihre Dankbarkeit.

»Du musst es wohl einfach versuchen und sagen, wenn du es bereust. Wir rechnen pro Stunde ab, wie wir es vereinbart haben.«

Anders ging in das Zimmer und zu einem der Farbeimer. »Ist das für die Wände?«

Sie nickte. »Ja, und die am Fenster ist für die Täfelung.«

»Okay. Dann bleibt mir wohl nichts anderes, als loszulegen.«

Nachdem Helena gegangen war, zog er den Blaumann an und goss etwas Farbe in den Farbbottich. Er erinnerte sich an seine erste Wohnung in Stockholm, die er untergemietet hatte. Eine kleine Einzimmerwohnung mit Dusche im Keller. Er hatte die verräucherten Wände weiß gestrichen, es genossen, alles zu renovieren und etwas anpacken zu können. Er erinnerte sich an das Gefühl danach, als er das Resultat betrachtet und sich stolz und zufrieden gefühlt hatte. So würde es heute sicher nicht mehr sein.

Voller Entschlossenheit ging er ans Werk. Die Rolle fuhr über die Wand und wurde wieder in die Farbe getaucht. Bald ging die Bewegung mechanisch, und seine Gedanken konnten sich mit etwas anderem beschäftigen. Erst dachte er, dass das gefährlich sei, aber seine Stimmung hatte sich inzwischen verändert. Der Blaumann war seine Hülle geworden. Überlegungen und Erinnerungen fühlten sich weniger erschreckend an. Jetzt konnte er sich ihnen neugierig nähern, als würde er für jemand anderen denken.

Er schaute auf die Wand vor sich. Jeder nicht gestrichene

Quadratzentimeter glich einer Frist. Die Oberfläche mal die Farbe mal die Zeit. Die Gleichung führte weiter zu seiner Armbanduhr, er nahm sie ab und steckte sie in seine Tasche. Einsteins Uhr brauchte nicht mit Malerfarbe bekleckert zu werden.

Wieder war er mit den Gedanken bei seinem Vater. Der Physiklehrer Ingvar Strandberg, in den Schul-Korridoren nur »das Proton« genannt. Er hatte nicht mehr erfahren können, dass sein Sohn Albert Einsteins Armbanduhr tragen würde. Das Genie, das die Quantenphysik ablehnte. Er fragte sich plötzlich, ob er deswegen so gern die Uhr hatte besitzen wollen, billig war sie ja nicht gerade gewesen. Jetzt kam ihm der Gedanke, dass dieser Kauf eine verzögerte Trotzhandlung war. Dass er die Uhr als Symbol dafür am Arm trug, Abstand von seinem Vater zu nehmen.

Anders und Einstein gegen das Proton.

Das wäre in jedem Fall äußerst kindisch.

Der geborgte Blaumann erlaubte eine wohltuende Distanz zu seinen gewöhnlichen Gedankenpfaden. Er konnte sich ein wenig abseits stellen und dadurch Dinge erkennen, die er sonst übersehen hatte. Erinnerungen, die im Hintergrund geblieben waren. Die wehgetan hätten, wenn er ihnen erlaubt hätte, sich ungehindert auszubreiten. Doch da war noch mehr. Dinge, die er aus irgendeinem Grund zu vergessen beschlossen hatte.

Abgelegte Erinnerung:

Gespeichert: 1978. Ort: Klassenzimmer A 2:10 im Gymnasium von Huskvarna.

Er sitzt ganz hinten im Chemie- und Physiksaal. Der Geruch ist derselbe wie immer, scharf und muffig von Chemikalien und verbranntem Metall. Die Ausdünstungen der Experimente, die in dem Raum gemacht wurden, haben sich im Inventar festgesetzt. Der Geruch ist untrennbar mit den Laborbänken und ihrer dunkelgrünen Platte verbunden, an denen die Schüler auf hohen Stühlen sitzen, auf denen es leider schwierig ist zu kippeln, wenn man besonders lässig wirken möchte. In dieser Unterrichtsstunde fühlt sich das besonders wichtig an, da der Lehrer krank ist und die Klasse das Proton als Aushilfslehrer bekommen hat. Anders hat sich einen Platz nahe der Tür gesichert. Er hat überlegt zu schwänzen, sich dann aber entschieden, dass es für ihn einfacher ist, selbst Zeuge des Debakels zu werden, als es erst hinterher beschrieben zu bekommen. Auch wenn sein Image in der Schule gut ist, da er in einer Rockband spielt, gibt es sicher Grenzen für das, was eine E-Gitarre überbrücken kann. Alle im Saal wissen, dass es sein Vater ist, der auf dem Katheder sitzt. Bekleidet mit der braunen Cordjacke, die er immer bei der Arbeit trägt.

»Willkommen, ihr alle. Ich heiße Ingvar und möchte diese Stunde der Quantenphysik widmen. Oder der Quantenmechanik, wie man auch sagt.«

Einer dreht den Kopf und sieht Anders an. Er lässt sich nichts anmerken und richtet den Blick auf eine Grundstofftabelle. Er kann ein bisschen mit dem Stuhl kippeln, wenn er es nur vorsichtig anstellt.

»Nun sollt ihr nicht enttäuscht sein, wenn ihr nichts von dem, was ich euch in dieser Stunde erzähle, versteht. Ein großer Teil dessen, was die Quantenphysik beweist, liegt nämlich jenseits der Grenzen, die unsere Vernunft bewältigen kann. Niels Bohr, der 1922 den Nobelpreis für Physik bekam, hat gesagt, jeder, der nicht schockiert ist, wenn er zum ersten Mal auf die Quantentheorie stößt, kann sie unmöglich verstanden haben. Und Richard Feynman, der 1965 den Nobelpreis erhielt, sagte Folgendes: Ich wage es ruhig zu behaupten, dass niemand die Quantenphysik versteht.«

Jonny hebt die Hand. »Wozu brauchen wir dann diese Stunde? Wenn wir auf jeden Fall nichts begreifen werden, ist sie doch völlig sinnlos?«

Es wird gekichert, und Jonny sieht zufrieden aus. Der Störenfried der Klasse mit dem selbst gewählten Auftrag, die Lehrer zu provozieren, besonders Aushilfslehrer. Anders schaut sehnsüchtig zur Tür.

»Gute Frage!«, sagt das Proton und springt vom Katheder auf. Engagiert und mit einem Bewegungsmuster, das Anders noch nie zuvor gesehen hat. »Aber was sinnlos ist und was nicht, ist nur eine Frage der Perspektive. Wenn wir etwas als sinnlos oder dumm empfinden, kommt das nur daher, dass wir an unsere eigenen Grenzen erinnert werden. Dann haben wir etwas gefunden, was nicht zu unserer gewöhnlichen Art zu denken passt. Das Neue fühlt sich immer schwierig an, denn dadurch werden wir gezwungen, etwas zu verändern, woran wir uns gewöhnt haben.« Sein Zeigefinger fährt in die Luft. »Aber genau in diesem Punkt unterscheidet sich das Genie. Ein Genie lässt sich nie von dem begrenzen, was er oder sie schon zu wissen meint. Fragst du einen Erfinder, einen Wissenschaftler oder einen wahren Künstler, was sinnlos ist, würden sie antworten, es sei das, was gerade in diesem Moment unbegreiflich erscheint, aber sinnvoll werden wird, sobald man den richtigen Blickwinkel gefunden hat.«

Jonny macht einen erneuten Versuch. Die Arme gekreuzt und mit einer Miene von durchtriebenem Desinteresse. »Ich kapiere überhaupt nichts.«

»Gut, dann wirst du es vielleicht sein, der in ein paar Jahren den Nobelpreis bekommt.«

Es wird gelacht, und Jonny windet sich. Anders schaut verwundert zu seinem Vater hin. Wie er dort vorne steht, lebhaft und mit eifrigen Bewegungen. Nahezu charismatisch.

»Wenn wir nun alle vorgeben, Genies zu sein, uns nicht von dem begrenzen zu lassen, was wir schon wissen, werde ich euch eine kleine Kostprobe des Mysteriums geben. Dann ist es an euch, ob ihr weitersuchen wollt. Aber eins müsst ihr wissen: Wofür ihr euch auch entscheidet, es wird da sein, ihr tragt es mit euch herum, buchstäblich bis in euren kleinsten Bestandteil hinein.« Er macht eine Kunstpause und lässt seinen Blick über die Klasse schweifen. Danach eine Bewegung mit den Armen, um das ganze Klassenzimmer mit einzuschließen. »Ihr und alles andere, was ihr um euch herum seht. Und es ist dort, auf der subatomaren Ebene, wo das wirklich Bemerkenswerte geschieht.«

»Was bedeutet subatomar?«

»Das, was kleiner ist als das Atom. So unendlich kleine Partikel, dass unsere Augen sie nicht wahrnehmen können. Lasst uns ein Wasserstoffatom vergrößern, dann versteht ihr, wovon ich spreche.« Er geht zur schwarzen Tafel, nimmt ein Stück Kreide und beginnt zu zeichnen. »Wenn wir uns vorstellen, dass ein Atom so groß ist wie ein Basketball. Dann wäre das Elektron, das ihn umkreist, ungefähr dreißig Kilometer entfernt. Dazwischen gibt es nichts, aber Gott sei Dank ist der Zwischenraum nicht leer, sondern voller starker Energie. Und das ist ein Glück, denn sonst wärt ihr alle und die Stühle, auf denen ihr sitzt, nur ein Vakuum. Und nun kommen wir zum ersten Mysterium.«

Er schaut über die Klasse hinaus und streift sich unsichtbaren Kreidestaub von den Händen.

»Lasst uns das mit diesem Elektron etwas näher untersuchen. Jetzt, da ich ihm den Rücken zugekehrt habe, tritt es wie eine Welle auf, es verbreitet sich also wie eine Geräusch- oder Wasserwelle. Es hat keine exakte Position.« Seine Hand macht eine wellenartige Bewegung in der Luft. »Aber! Was geschieht, wenn ich es betrachte?« Er sieht verschmitzt aus, dreht sich rasch um und schaut auf die Tafel, wie in einem Versuch, das Elektron zu überrumpeln. »Nun, plötzlich ist es ein Partikel. Auf einmal ist es solide und hat zugleich eine exakte Position.« Er nimmt die Kreide, macht einen Ausfall gegen die Tafel und hinterlässt einen kleinen weißen Punkt. »Was haben wir also gelernt? Nun, dass das Elektron sich unterschiedlich verhält, je nachdem, ob wir es betrachten oder nicht. Und erinnert euch jetzt an das, was ich gesagt habe, dass sowohl ihr selbst wie alles, was ihr um euch her seht, aus subatomaren Partikeln besteht. Das sollte also bedeuten, dass wir nichts betrachten können, ohne es zugleich zu verändern. Noch Fragen?«

Keiner sagt etwas. Sogar Jonny ist still. Anders selbst ist stumm vor Staunen. Weniger über die Quantenphysik als über den Aushilfslehrer. Er trägt dieselben Züge wie sein Vater, benimmt sich aber wie eine völlig andere Person.

»Wie kann etwas sowohl eine fließende Welle als auch ein solides Partikel sein?«

Keiner hebt die Hand. Schließlich wird ein Schüler aufs

Geratewohl gewählt. Anders weiß, dass der heutige Aushilfslehrer keinen einzigen Namen kennt. Außer möglicherweise den seinen.

»Ich weiß nicht.«

»Gut! Denn das weiß auch niemand sonst. Unsere Gehirne scheinen nicht fähig, einen solchen Widerspruch zu begreifen. Jahrhunderte lang haben wir es gelernt, rational und logisch zu denken. Alles muss entweder das eine oder das andere sein. Etwas muss messbar sein und untersucht werden können, um als wirklich zu gelten. Hier ist die Quantenphysik so schwierig geworden, dass man nur mit Wahrscheinlichkeiten rechnen kann. Was uns zum nächsten Mysterium führt.«

Im Raum könnte man eine Stecknadel fallen hören. Sein Vater besitzt die Aufmerksamkeit der gesamten Klasse.

»Wenn die Welle nun ein Partikel geworden ist, tritt die nächste Unmöglichkeit ein. Wir können es auch Sinnlosigkeit nennen, da wir noch nicht verstehen, wie es geschieht. Ohne jede Vorwarnung verschwindet das Partikel nämlich plötzlich und taucht woanders wieder auf, an einem Ort, den niemand hätte vorhersehen können. Und wohlgemerkt, ohne sich je irgendwo dazwischen zu befinden. Das widerspricht unserer grundlegenden Weltauffassung, die zurzeit auf Albert Einsteins Relativitätstheorie basiert, und gemäß dieser kann nichts schneller reisen als das Licht. Die Quantenphysik hat bewiesen, dass subatomare Partikel sich augenblicklich bewegen, ohne je unterwegs zu sein.«

Anders spürt, dass er lächelt. Plötzlich wird ihm etwas bewusst, was er bisher entweder nicht sehen wollte oder konnte. Zum ersten Mal erkennt er sich selbst in seinem Vater wieder, das, was ihn geprägt hat. Von ihm hat er seine Hartnäckigkeit, seinen Willen, mehr zu lernen, sein Verlangen, neue Ebenen zu erreichen. Sie sitzen zu Hause, jeder für sich in seinem Zimmer, aber unterwegs auf derselben Reise. Zwei Alchemisten auf der Jagd nach der goldenen Formel. Er in der Sphäre der Musik und sein Vater in der der Quantenphysik. Das Klassenzimmer ist die Bühne seines Vaters, der Ort, an dem er brillieren darf. Genau wie Anders mithilfe seiner E-Gitarre auf anderen Bühnen. Der Unterschied ist unerheblich.

»Niemand weiß, warum die Partikel sich so verhalten oder welcher Prozess es geschehen lässt. Alles deutet darauf hin, dass die Partikel eigene Entschlüsse fassen. Aber um Entschlüsse fassen zu können, müssen sie irgendeine Art von Information bekommen. Und woher kommt diese in dem Fall?« Er verstummt und macht eine Miene, die zeigt, dass er keine Antwort hat. »Außerdem scheinen Partikel mit anderen Partikeln kommunizieren zu können, obwohl sie sich in riesigen Abständen voneinander befinden. Es scheint, als seien alle Partikel auf einer Ebene verbunden, die jenseits von Zeit und Raum liegt. Dass alles im Universum zu einem allumfassenden Muster gehört.«

Erika hebt die Hand und fragt. »Wo kommt Gott in alldem vor?«

Sein Vater zuckt die Achseln. »Was glaubst du selbst?«

Erika denkt eine Weile nach. Anders weiß, dass sie zu einer der vielen freikirchlichen Gemeinden von Huskvarna gehört, hat sich aber nie die Mühe gemacht herauszufinden, zu welcher. »Könnte er es sein, der den Partikeln diese Information gibt?«

»Vielleicht. Oder sie kommt von uns selbst.«

»Wie meinen Sie das?«

»Durch die Art und Weise der Betrachtung, die wir wählen.«

Für ein paar Sekunden wird es still, bevor Erika fortfährt: »In diesem Fall behaupten Sie ja, dass wir mehr Macht hätten als Gott.«

»Ich behaupte gar nichts. Ich erzähle von der Quantenphysik, und diese besagt, dass wir die Wirklichkeit nicht betrachten können, ohne sie zugleich zu verändern. Forscher meinen, es gäbe kein *da draußen*, das unabhängig von *hier drinnen* ist.« Er klopft sich mit dem Finger an den Kopf. »Unser Gehirn wird in jeder Sekunde mit einer ungeheuren Menge von Sinneseindrücken bombardiert. Uns wird nur ungefähr ein Prozent von all diesen Informationen bewusst, der Rest wird aussortiert. Daher lautet die Frage vielleicht eher, wie wir uns entscheiden, Dinge zu fokussieren.«

»Wie meinen Sie das?«

»Wenn man von reinen Überlebensinstinkten absieht, bevorzugt das Gehirn das, was du ihm beigebracht hast zu bevorzugen. Der Gedanke reicht nie über den Referenzrahmen hinaus, den du selbst aufgebaut hast, da gibt es ganz einfach keine Kopplungen. Das Gehirn vergleicht alles damit, was es schon weiß, und sucht immer nach Logik. Und es ist ein Meister darin zu verallgemeinern. Nehmen wir dies als Beispiel.« Er dreht sich um und schreibt eifrig an die Tafel.

Wsa its Scnedhews gtößre Sdtat? Sotklchom.

»Wie viele können lesen, was da steht?« Alle außer Jonny heben die Hand. Ob er es wirklich nicht lesen kann oder nur einen letzten Versuch macht, sein Desinteresse zu zeigen, ist schwer zu sagen.

»Zusammenfassend kann man wohl sagen, dass das, was du wahrnimmst, gerade durch deine eigenen Lebenserfahrungen, Überzeugungen und Bewertungen gefiltert worden ist. Wenn du dich umschaust, ist es nicht die Wirklichkeit, die du siehst, sondern die Wirklichkeit, welche gerade *deine* Sinne zu bemerken wählen. Das, was in *deine* Gedankenmuster passt, was *dein* Glaube zulässt und was *deine* Gefühle wahrnehmen möchten. Du kannst sicher sein, der Mitschüler neben dir hat ganz andere Filter und nimmt daher eine ganz andere Deutung vor. Wer von euch kann also behaupten, dass gerade seine Auffassung wahr ist?« Für eine Weile wird es still. »Hier ist die Erklärung für jeden kulturellen oder religiösen Konflikt in der Welt. Wir stecken fest in unserer eigenen Konstruktion der Wirklichkeit und versuchen andere davon zu überzeugen, dass die ihre falsch ist, während in Wirklichkeit unsere eigene Version begrenzt ist.« Er legt die Kreide ab und setzt sich auf das Pult. »Alles, was wir unser Ich nennen, ist ein Resultat dessen, was wir gedacht haben. Und was wir denken, das werden wir.«

Erika spricht ausnahmsweise, ohne die Hand zu heben. »Es ist Gotteslästerung, so etwas zu sagen.«

»Nicht nach meiner Auffassung, aber wie gesagt haben wir alle verschiedene Ansichten.«

Erika steht vom Stuhl auf. »Ich finde es respektlos gegenüber uns Gläubigen, dass wir uns so etwas im Unterricht anhören müssen.«

Einige stöhnen, der eine oder andere verdreht die Augen. »Erika, hör auf.«

Sein Vater breitet die Hände aus. »Es war nicht meine Absicht, respektlos zu wirken. Das Leben läuft vielleicht nicht darauf hinaus zu wissen, vielleicht geht es darum zu staunen? Vielleicht liegt ein totales Verständnis der Wirklichkeit jenseits des Vermögens, rationell zu denken. Wenn du an einen unsichtbaren Gott glaubst, sollten du und ich in diesem Punkt einig sein.«

Erika geht zur Tür, und Anders sieht, dass sie rot im Gesicht ist. Gerade als die Tür hinter ihr zufällt, klingelt die Schulglocke. Die Stunde ist vorbei. Nur Jonny steht auf, bleibt aber am Stuhl stehen, als er sieht, dass alle anderen sich nicht rühren. Auch Anders nicht, der spürt, wie ihn ein Gefühl streift, das er bisher nicht kannte. Ein Gefühl, das er als Kind so gern gehabt hätte, als alle seinen Vater Schlittschuh laufen sahen. Wie sehr hatte er es sich damals gewünscht, sich seinem Vater nicht mehr überlegen zu fühlen. Seinem Vater, der nichts konnte, nicht einmal kochen. Der unfähig war. Die Verachtung, die er empfunden hat, wird plötzlich von einer willkommenen Bewunderung aufgewogen. Er steht da vorn, die Jacke genauso hässlich wie zuvor, aber plötzlich macht das nichts.

»Jepp, das war ein bisschen was über die Quantenphysik. Lasst mich die Stunde mit ein paar Worten von Albert Einstein abschließen. Hört genau zu, denn wenn ihr euch an das hier erinnert und es als einen Rat nehmt, wird euer Leben einfacher zu meistern sein.« Er dreht sich um und schreibt einen Satz an die Tafel: »Die Definition von Wahnsinn ist, immer wieder das Gleiche zu tun und andere Ergebnisse zu erwarten.«

Viele Jahre später hielt Anders mit seiner Malerrolle inne. In stiller Verwunderung blieb er stehen. Auf einmal wurde ihm klar, warum das Gehirn diese Erinnerung hervorgeholt hatte, der Entschluss der Nacht schien mit einem Mal gar nicht mehr so merkwürdig. In der Tiefe seines Bewusstseins schlummerten letztlich noch alle Erinnerungen. Einige waren sehr intensiv gespeichert worden, andere dagegen hatten sich in Fragmente aufgelöst. Wie die Wahl getroffen wurde, wusste er nicht. Nur dass die Erinnerungen, die ihn geschmerzt hatten, sorgfältig gepflegt worden waren, während anderes mit der Zeit verblasst war. Er hatte seine Wirklichkeit gewählt. Wobei nichts die Enttäuschung darüber mindern sollte, die er gegenüber seinem Vater empfunden hatte, weil dieser nie für ihn da gewesen war.

Jetzt, als er es gebrauchen konnte, hatte sich eine der verworfenen Erinnerungen nach vorne gedrängt.

Albert Einsteins Definition des Wahnsinns.

Er senkte den Kopf und betrachtete seinen Körper in dem Blaumann. Immerhin konnte niemand behaupten, dass er nicht etwas Neues ausprobiert hatte. Und auf diesem Weg, nur auf diesem, war er bereit weiterzugehen.

In diesem Moment schloss er ein Abkommen mit sich selbst.

Während des Gnadenmonats, der vor ihm lag, durfte er nicht Nein sagen, wenn sich eine Gelegenheit bot, etwas Neues auszuprobieren.

Kapitel 15

In dem Haus, das momentan noch zu Helga Anderssons Nachlass gehörte, stand Anna-Karin in der Diele bereit. In Mantel und Stiefeln, die Handschuhe in die Tasche gesteckt. Die Haustür war angelehnt, und durch den Spalt rauchte sie die sechste Zigarette des Tages. Die Ration von zwei Tagen war damit verbraucht. Doch die Empörung wollte immer noch nicht nachlassen. Helenas unerwarteter Ausbruch hatte sie tief verletzt. Was sie von sich gegeben hatte, war so bösartig wie ungerecht, sie konnte nicht begreifen, was sie getan hatte, um diese Beleidigung zu verdienen. Sie hatte gedacht, sie wären Freundinnen. Zwar hatten sie manchmal etwas verschiedene Ansichten, aber Helena hatte nie auch nur einen Ansatz von der Seite gezeigt, die heute ganz unverhüllt zu Tage getreten war. Ihr Blick war nahezu herablassend gewesen. Sie hatte Helena noch nie wütend gesehen, nichts hatte sie provozieren können. Aber gerade heute, als Anna-Karin sie wirklich gebraucht hatte, war sie überraschend explodiert.

Der Anblick von Verner an der Rezeption. Helenas durchtriebene Provokation. Dieser Verrat war eine tiefe Enttäuschung.

Sie hörte, wie die Tür im Nachbarhaus geschlossen wurde. Sie drückte die Zigarette auf der Außentreppe aus, ging hinaus und sperrte die Tür ab. Lasse hatte den Wagen schon gestartet, langsam glitt er auf das Gattertor zu. Sie machte keine eiligen Schritte, er musste warten, denn die Termine mit dem Anwalt und dem Bestattungsbüro konnten nicht ohne sie stattfinden. Als sie ihn eingeholt hatte, stieg sie auf der Beifahrerseite ein und legte den Gurt an. Keiner von ihnen sagte etwas, denn es gab nichts zu sagen. Ein weiterer Streit um die Kastanie und die Töpferwerkstatt musste warten, bis sie einen Anwalt eingeschaltet hatten.

Unten an der Straße bogen sie nach links ab, und Anna-Karin sah zum Hotel hin. Weiß mit grauen Holzverzierungen thronte es dort auf dem Hügel, mit der besten Aussicht des Ortes.

Der frühere rote Großbauernhof des Dorfes.

Das Wohnhaus hatten sie nun weiß gestrichen.

»Ich möchte nicht, dass der Beerdigungskaffee im Hotel stattfindet. Wir müssen eine Zeit im Gemeindehaus buchen.«

»Es war doch vereinbart, dass wir zum Kaffee ins Hotel einladen.«

»Nein, das werden wir nicht.«

»Warum denn nicht?«

»Es ist besser so.«

Lasse seufzte. Seine behandschuhten Finger trommelten gegen das Lenkrad. Sie hatte keine Lust, etwas zu erklären. Wurde nur noch einmal an Helenas mangelndes Einfühlungsvermögen erinnert. Verner, der plötzlich wie selbstverständlich dort gesessen hatte. Sie fragte sich, wie lange er und Helena hinter ihrem Rücken bereits Kontakt hatten. Jetzt, nachdem sie ihre wahre Seite gezeigt hatte, war das auch nicht mehr so erstaunlich. Sie hatte es manchmal flüchtig gesehen, das, was ihr an Helena nie gefallen hatte. Besonders diese Selbstgefälligkeit, die manchmal hervortrat, wenn sie über die Leute im Dorf sprach. Sie erinnerte sich, wie sie sich beschwert hatte, als sie eingezogen waren, wie sie gesagt hatte, sie hätten sich nicht willkommen gefühlt. Aber was verlangte sie? Schon in der nächsten Woche hatte ihr Mann es geschafft, sowohl mit dem Klempner als auch mit Olsson, dem das Feld zum See hinunter gehörte, aneinanderzugeraten. Martin hatte ihn gebeten, die weißen Gärfutterballen zu entfernen, welche die Aussicht vom Hotel aus störten. Als Olsson zur Antwort noch eine Ladung dazugelegt hatte, fassten sie das als Beweis dafür auf, dass man sie nicht akzeptierte. Dass die Leute ihren Landwirtschaftsarbeiten nachkommen mussten, war nichts, worauf sie Rücksicht nahmen. Helena hatte sich darüber beschwert, dass so wenige Ortsbewohner ihr Restaurant besuchten. Aber als Anna-Karin ihr zu einer Speisekarte mit etwas mehr Hausmannskost geraten hatte, hatte sie nicht auf sie hören wollen. Sich den Sitten und Gebräuchen anzupassen, war nichts für Helena. Nein, es wäre einfacher, wenn alle anderen sich ändern würden.

Sie erinnerte sich, dass Helena einmal das Wort »engstirnig« von sich gegeben hatte. Das war ganz am Anfang, als sie gerade eingezogen waren. Die Gemeinde hatte Pläne, die alte Schule, die ein paar Meilen entfernt lag, zu einem Flüchtlingslager umzubauen, und nicht nur Anna-Karin hatte protestiert. Natürlich hatten Helena und Martin zu denen gehört, die sich geweigert hatten, ihre Namen auf die Unterschriftenliste zu setzen. Diese beiden mit ihrer toleranten Einstellung und ihrem angeblichen gesellschaftlichen Engagement. Es war unbegreiflich, dass es möglich war, mit so komplizierten Worten zu heucheln, wie Martin sie in der Diskussion gebraucht hatte. Denn irgendein gesellschaftliches Engagement hatte Anna-Karin in anderen Zusammenhängen nicht gesehen. Alles, was sie kümmerte, war das Hotel. Damals hätten sie sich fast zerstritten. Martin und Helena waren der Meinung gewesen, dass es so viel ungenutzten Platz hier in Norrland gäbe. Anna-Karin hatte Martin blauäugig genannt, und sie selbst hatte zu hören bekommen, sie sei fremdenfeindlich. Was sie so geärgert hatte, war, dass sie die Probleme so blind verleugneten. Alle wussten, dass es Konflikte geben würde, wenn Ausländer mit sonderbaren Gewohnheiten und Verhaltensweisen sich mit den hier geltenden Traditionen vertragen sollten. Es wurden viel zu geringe Forderungen nach Anpassung gestellt. Wenn sie selbst in deren Länder hätte ziehen müssen, hätte sie bestimmt nicht tun und sagen können, was sie wollte. Und was sollten sie hier auf dem Land den ganzen Tag tun? Es fehlte jetzt schon an Arbeitsplätzen, viele Jugendliche mussten die Gegend verlassen. Da war es besser, wenn sie irgendwo landeten, wo es günstigere Voraussetzungen gab. Vielleicht im Haus des Schwedischen Reichstags, bei denen, die von Anfang an die Beschlüsse über die Einwanderung gefasst hatten. Aber das hatte sie nie zu Martin gesagt. Denn natürlich fand auch sie, dass man denen helfen sollte, die in Not waren. Auch wenn es zu viele waren, die ins Land gelassen wurden.

Es war eigentlich beklemmend, wie wenig Helena verstand und es trotzdem schaffte, ihre Ansichten als mustergültig gelten zu lassen. Sie beklagte sich über die Mühe, ein Hotel zu betreiben, trotzdem blieb sie, obwohl es für sie ein Leichtes wäre wegzuziehen. Sie hatte eine Ausbildung und hätte keine Schwierigkeiten, an einem anderen Ort eine Arbeit zu bekommen. Sie wusste nichts darüber, wie es war, sein Leben an ein und demselben Ort zu verbringen und sich mit den Gegebenheiten abzufinden. Die Traditionen zu pflegen. Mit welchem Recht wurde Anna-Karin engstirnig genannt? Nur, weil sie das bewahren wollte, was sie immer als das Ihre betrachtet hatte? Es gab schon genug aufgezwungene Veränderungen – die kleinen Landwirtschaftsbetriebe, die stillgelegt worden waren, und alle, die hatten wegziehen müssen, oder die großen Supermärkte an den Zufahrten zu den Städten, die kleinere Lebensmittelläden in der Provinz vernichtet hatten. Mittlerweile musste sie mehrere Meilen weit fahren, um einen Liter Milch zu kaufen.

Innerhalb kurzer Zeit war vieles verschwunden. War es dann verwunderlich, wenn die Leute an dem festhalten wollten, was noch geblieben war?

Es war nicht viel, was sie beeinflussen konnte, aber über den kleinen Flecken, der ihr gehörte, hatte sie immer noch eine gewisse Kontrolle.

»Ich habe überlegt, ob wir das Kullmyrstorpet renovieren sollten.« Aus dem Augenwinkel bemerkte sie Lasses schnellen Blick.

»Warum denn? Hat Verner darum gebeten?«

»Ich dachte, unsere Kinder könnten es bekommen. Es wäre gut für sie, ein eigenes Heim zu haben, wenn sie zu Besuch nach Hause kommen.«

»Machst du Witze?«

Anna-Karin öffnete die Handtasche und zog ein Papiertaschentuch heraus. Schnäuzte sich, statt zu antworten.

»Meinst du, irgendeins unserer Kinder würden da oben

schlafen wollen? Bist du in letzter Zeit mal dort gewesen und hast gesehen, wie es da aussieht?«

»Wir würden es ja erst noch renovieren.« Sie sah sich nach einem Müllbeutel um, blieb dann aber mit dem Taschentuch in der Hand sitzen.

»Es wäre billiger, dieses Häuschen dem Erdboden gleichzumachen und ein neues zu bauen. Woher das Geld dafür kommen sollte, weiß ich aber nicht. Und wo meinst du eigentlich, sollte Verner bleiben?«

Anna-Karin verfolgte ein strebsames Rinnsal an der Scheibe. Die Frage, die er gestellt hatte, hatte sie bereits gehört, sowohl von Helena als auch bei den Telefonaten, die sie am gestrigen Tag geführt hatte. Keins davon hatte die Reaktion hervorgerufen, die sie erwartet hatte. Nach diversen Umwegen war sie schließlich auf Verner zu sprechen gekommen, aber die Entrüstung, die sie erhofft hatte, war ausgeblieben. Man hatte nur ein wenig über seine Alarmsignale gekichert, einer hatte erzählt, dass Verner bei Bedarf als Sargträger bei Begräbnissen auftrat, eine andere, dass sie mit Interesse seine Mitteilungen an der Anschlagstafel der Kirche las. Zu ihrem Erstaunen hatte keiner von ihnen besonders empört reagiert. Eigentlich hatte sie diese Sache bis auf weiteres auf sich beruhen lassen wollen, aber Helenas Verrat hatte es zu einer reinen Prinzipiensache gemacht. »Ich finde trotzdem, dass wir mit den Kindern über das Häuschen sprechen sollten. Vielleicht wollen sie sich an den Kosten der Renovierung beteiligen.«

»Das glaube ich kaum, meine jedenfalls nicht. Wozu brauchen sie das Häuschen, wenn sie uns besuchen?«

Sie wollte eine Zigarette anzünden und wünschte, sie könnte sich ein eigenes Auto leisten. Das letzte hatte sie vor acht Jahren bei der Scheidung abgeben müssen, als sie das Vermögen aufgeteilt hatten. Sie war froh gewesen, ihn, der am meisten gefahren war, los zu sein, aber das Auto hätte sie gern behalten. Im Nachhinein verstand sie nicht, wie sie es so lange mit ihm hatte aushalten können, aber die Gewohnheit war eine Macht, die leicht unterschätzt wurde. Seine Trunksucht hatte die Wochenenden in eine immer wiederkehrende Plage verwandelt.

Die Kinder kamen aus der ersten Ehe, die sie geschlossen hatte, als sie achtzehn war. Von vornherein zum Scheitern verurteilt. Für ihre jungen, wissbegierigen Hände war es schwer, sie von dem zu lassen, was nach der Hochzeit verboten war. Ihre Fehltritte schob sie auf jugendlichen Unverstand. Aber als sie herausfand, dass ihr Mann ein Verhältnis mit der Nachbarin hatte, war er einen Schritt zu weit gegangen, und mit der Ehe war es vorbei. Danach mussten die Kinder zwischen den Reibungsflächen aufwachsen, die entstehen, wenn zwei Hälften nicht mehr zusammenpassen. Er war schon seit langer Zeit wieder verheiratet, hatte weitere Kinder bekommen und wohnte mittlerweile in Göteborg.

Manchmal überfiel sie die Einsamkeit, schwer und drückend. Vor allem an den Abenden, wenn die Dunkelheit anbrach und niemand nach Hause kommen würde. Ein Gefühl, ihrem Schicksal ausgeliefert zu sein. Sie war übrig geblieben, nachdem alle anderen sich entschieden hatten und das Gesetzliche geregelt war. Eine wie sie wurde nur geduldet.

Das Auto bremste vor dem Anwaltsbüro. Lasse steuerte den Parkplatz an, und nachdem das Auto gehalten hatte, stieg er mit raschen Bewegungen aus. Er ging zur Haustür, ohne sich zu bemühen, auf sie zu warten. Anna-Karin blieb sitzen. Sie fühlte plötzlich, dass sie den Tränen nahe war.

Nach dem Treffen würde Lasse nach Hause zu Lisbeth fahren, erzählen, was gesagt worden war, und alles mit ihr teilen. Sie konnten in ihrer hässlichen Küche sitzen und zusammen eine Tasse Tee trinken, besprechen, was geschehen war, sich über das weitere Vorgehen einigen und danach über andere Dinge aus ihrem Leben reden.

Das konnte Anna-Karin nicht.

Keiner war da, um zuzuhören, und es gab nichts anderes zu besprechen.

Und von jetzt an würde sie nicht einmal mehr zu Helena hinübergehen können.

Kapitel 16

Ein Zimmer, irgendwo. Das Haus gehört ihr, aber alles erscheint ihr so unbekannt. Sie erinnert sich, dass in einem der Kartons eine Hochdruckspritze liegt, weiß aber nicht mehr, wo sich der Vorratsraum befindet. Diese verdammte Hochdruckspritze, sie weiß, dass sie schon monatelang in dem Karton vor sich hin rottet. Aber gerade jetzt hat sie keine Zeit. Sie steht mitten im Zimmer und wartet auf etwas, in einem altmodischen, weißen, bestickten Kleid. Herausgeputzt und voller Erwartungen.

Ein Fenster steht offen, und draußen leuchtet ein goldgelber, blendender Schein. Eine hauchdünne Gardine flattert in das Zimmer, sie weiß nicht, warum sie sie in dieser Länge genäht hat. In wellenartigen Bewegungen schwebt sie durch die Luft. Im Fußboden öffnet sich ein Spalt, und heraus windet sich eine schöne Schlange. Die Schuppen schimmern in Rot und Orange, als das Licht vom Fenster über sie streicht. Die Schlange lockt sie zu einer unbekannten Tür, nur so groß wie eine Luke. Sie weiß, was sie erwartet, geht in die Hocke, um hineinzukommen, und findet eine Steintreppe, die hinunter in den Keller führt. Das lange Kleid raschelt auf den Treppenstufen. Die Schlange ist dicht hinter ihr, sie nimmt ihre Nähe wahr, ahnt eine Zungenspitze im Nacken. Sie weiß, wer es ist, und Begehren erfüllt sie. Ihr Körper zittert vor Erregung. Sie fühlt sich vollständig sicher, sie spielen ein Spiel. Bald wird sie seine Hände spüren, sie werden begierig nach ihr greifen, sie kann es kaum erwarten, sich der Kraft seines Verlangens hinzugeben. Sie fühlt, wie er …

Mama.

Helena erwachte mit einem Ruck. Es war ganz hell im Zimmer, und neben dem Bett stand Emelie, fertig angezogen und mit dem Schulranzen in der Hand.

»Schläfst du?«

Helena setzte sich auf. »Wie viel Uhr ist es, haben wir verschlafen?«

»Mama, es ist fünf nach drei am Nachmittag.«

»Herrgott, ich wollte mich nur für eine Weile hinlegen, ich muss eingeschlafen sein.«

»Du bist schwarz unter den Augen.«

Emelie ging, und Helena strich mit dem Zeigefinger unter den Augen entlang. Nach einem Blick auf die Uhr wurde ihr klar, dass sie vier Stunden lang geschlafen hatte.

Nachdem sie sich das Gesicht gewaschen hatte, eilte sie die Treppe hinunter, gerade als Anders zur Tür hereinkam. Angesichts des Blaumanns stutzte sie, gewohnt, ihn an einem anderen Körper zu sehen.

»Hallo, wie läuft es?«

»Ganz gut. Ich bin mit den Wänden im ersten Zimmer fertig und fange gleich mit den Leisten an. Ich wollte mir nur ein Butterbrot machen.«

»Selbstverständlich. Entschuldigung, ich hätte etwas zu

essen machen sollen, ich bin bei der Buchführung hängen geblieben.« Sie ging an ihm vorbei zur Küche, schämte sich für ihre Nachlässigkeit. Sie konnte sich nicht erinnern, wann sie zuletzt mitten am Tag geschlafen hatte. »Ich kann dir ein Omelett machen.«

»Nein danke, ich esse bloß ein Butterbrot und mache gleich weiter. Ich möchte mit dem ersten Anstrich fertig werden, damit er über Nacht trocknen kann. Morgen kommt der zweite, und dann ist das Zimmer fertig.«

Sie lächelte. »Wow, du hörst dich an wie ein richtiger Profi.«

»Das ist wohl ein bisschen übertrieben, ich habe bloß die Anleitung auf dem Farbtopf gelesen. Aber es macht tatsächlich richtig Spaß.«

Sie betrachtete ihn heimlich, erinnerte sich an den Mann, den sie am Vortag empfangen hatte, der ihr nun wie ein ganz anderer erschien. Etwas mit dem Blick, ein anderer Glanz. »Hier.«

Butter, Käse und Schinken wanderten durch Anders' Hände, bevor sie auf der Anrichte landeten. Er ging zum Schrank, in dem sich das Brot befand, sie genoss den Anblick, wie er es hervorholte. Das Beisammensein fühlte sich einfach an. Unter alltäglichem Geplauder schmierten sie ihre Brote, und sie holte zwei Dosen leichtes Bier aus dem Kühlschrank. Dann setzten sie sich an den Tisch.

Er biss in das Brot. »Wie läuft es denn mit der Buchführung?«

»Na ja, irgendwie wird es wohl auch für diesen Monat reichen. Jetzt ist ja die schlimmste Nachsaison, aber zum Juni hin wird es besser.«

»Betreibst du das auch den ganzen Sommer über allein?«

»Nein, für Juli und August stelle ich einen Koch an.« Unwillkürlich schaute sie durch das Fenster zu Anna-Karins Haus. »Außerdem habe ich eine Aushilfe, die bei Bedarf einspringen kann, aber sie steht vermutlich nicht mehr zur Verfügung.«

Die Frage ließ sich an seinen hochgezogenen Augenbrauen ablesen.

»Es ist noch etwas unklar, ob sie weiterarbeitet oder nicht. Möchtest du einen Kaffee?«

»Nein danke.« Er aß weiter, saß eine Weile da und schaute zum Fenster hinaus. »Übrigens, ich habe mich da drüben im ersten Stock umgesehen, wozu ist der gedacht?«

»Du meinst den Heuboden? Da sollten Konferenzräume hinkommen, aber das ganze Dach muss neu gedeckt werden, und das ist momentan noch zu teuer. Ich musste es auf später verschieben.«

»Den Raum oben könnte man wirklich schön herrichten, mit all den Balken unter dem Dach.«

»Ja, ich weiß.«

Er beugte sich vor und sah begeistert aus. »Mit einem Konferenzraum könntest du deinen Kundenkreis auf Unternehmen ausweiten, denn wenn ich es recht verstanden habe, liegt der Schwerpunkt jetzt auf den Touristen, und die kommen ja nur im Sommer. Wenn du ein paar Konferenzräume anbieten und alle Zimmer fertigstellen könntest, würde sich dein potentieller Umsatz …« Mitten im Satz brach er ab, und die mit Farbe bekleckerten Hände, die gerade noch gestikuliert hatten, sanken rasch auf den Schoß. »Aber was verstehe ich schon davon?«

Sein Blick wandte sich nach innen, und er schien sich für sein Verhalten zu schämen.

»Nein, du hast ja Recht. Auf die Dauer könnte ich daran verdienen, wenn ich den Platz oben herrichten würde, aber im Moment ist es einfach nicht möglich.«

Er steckte sich den letzten Bissen des Butterbrots in den Mund und nahm einen Schluck Bier. »Danke für das Essen. Dann mache ich mal weiter.«

Er stand auf und ging zur Anrichte, drückte den Deckel auf die Butterpackung und räumte die Lebensmittel zurück in den Kühlschrank. Es geschah auf so natürliche Weise, dass sie selbst sitzen blieb. Sie beobachtete ihn, während er zwischen Anrichte, Kühlschrank und Geschirrspülmaschine hin und her ging. Ihr kam der Gedanke, wie wenig sie von ihm wusste.

Der erste Eindruck war ein ganz anderer gewesen. Sie hatte einen unglücklichen Mann kennengelernt, der sich offenbar verlegen gefühlt hatte; jetzt schien er die Selbstverständlichkeit in Person zu sein. Es war diese Eigenschaft von Männern, die ihre Neugier weckte.

In der Tür blieb er stehen und drehte sich um. »Wir sehen uns dann später, tschüss.«

»Abendessen um sieben, ist das okay?«

Er nickte lächelnd. »Perfekt. Was kochen wir?«

Als er gegangen war, nahm sie eine Schweinelende aus dem Tiefkühlschrank. Sie hatten beschlossen, sie zu gratinieren, mit roh gebratenen Kartoffeln als Beilage. Durch das Fenster sah sie ihn den Hof überqueren und im Stall verschwinden. Ein Blaumann, von den Toten auferstanden. Der Anblick erinnerte sie an Emelies Lüge am Vormittag, und sie wusste, dass das alles nicht von Dauer sein würde. Wo die Lösung lag, wusste sie nicht.

Drüben auf der Straße sah sie das Auto von Lasse und Lisbeth angefahren kommen und in die Auffahrt des Hofs der Anderssons einbiegen. Sobald es gehalten hatte, stieg Anna-Karin aus und ging mit raschen Schritten zu ihrem Haus. Lasse blieb anscheinend sitzen, es dauerte, bis die Fahrertür geöffnet wurde. Seine Schritte schienen weniger zielbewusst als die seiner Schwester.

Helena seufzte und ging hinaus zur Rezeption. Die Umsatzsteuererklärung dieses Monats war schon längst überfällig, sie setzte sich an den Computer. Über den Bildschirmschoner schlängelte sich eine Reihe bunter Kreise, und sie erinnerte sich auf einmal an ihren Traum. Zurzeit hatte sie oft erotisch aufgeladene Träume. Immer wieder war sie überrascht, da sie angenommen hatte, dass dieser Trieb in ihr schon längst verkümmert sei. Bereits seit vielen Jahren hatte das Liebesleben von Martin und ihr auf Eis gelegen. Aber wie bei so vielem in ihrer Beziehung hatte sie geglaubt, es sei vorübergehend. Es lag nur an der vielen Arbeit, dass sie gestresst und müde waren, dass sie befürchteten, Emelie könnte aufwachen. Immer gab es etwas, worauf man es schieben konnte. Stillschweigend hatten sie der Entwicklung ihren Lauf gelassen, anfangs so zögernd, dass es schwer zu erkennen war. Erst mit etwas Abstand wurde die Veränderung deutlich.

In den ersten Jahren hatten ein Blick oder eine besondere Berührung genügt. Sie waren immer bereit gewesen. Die Sexualität war eine gemeinsame Reise, erfüllt von Abenteuern und sinnlicher Entdeckungsfreude. Ein Treffpunkt, abgeschirmt von der Umwelt. Im Nachhinein war es schwer zu sagen, wann, aber nach und nach hatte sich eine störende Höflichkeit eingeschlichen. Ein ängstlicher Wunsch, sich von vornherein zu vergewissern, dass die Einladung willkommen und die Gelegenheit gut gewählt war. Nichts war mehr spontan geschehen, in der Hitze des Moments. Im Gegenteil, dem Liebesleben schien eine neutrale Übereinkunft voranzugehen. Ein eingeplantes Soll im Kalender. Die Erotik wurde auf den Freitag- oder Samstagabend verschoben, wenn die Kleider des Tages im Wäschekorb gelandet waren und sie mit frisch geputzten Zähnen ins Bett gingen. Dort unter der Decke wurde erwartet, dass die Lust auf eine wundersame Weise von selbst aufflammen würde. Sie machten es so, wie sie es gewöhnt waren, sorgfältig geplant und zielstrebig. Ihre Lust kämpfte verzweifelt gegen Gewohnheit und Wiederholung an. Ihr fehlte ein Maß an Ungewissheit. Zugleich war sie unendlich dankbar für die Stabilität, die Martin geboten hatte, und diese Ambivalenz war der Nährboden für Schuld und Scham. Sie brachte sie dazu, sich undankbar zu fühlen. Aber ihr Verlangen wollte sich überrumpeln lassen, in einem unvermuteten Augenblick von jemandem geweckt werden, der sie hier und jetzt wollte, von jemandem, der unfähig war, sich zu beherrschen. Sie phantasierte, wie es wäre, frei von Verantwortung zu sein, wollte, dass seine sicheren Hände sie bis zu einem Punkt erregten, an dem sie sich hingeben musste und ausnahmsweise die Kontrolle verlieren durfte. Aber Martin war nicht der unbeherrschte Typ. Wohlerzogen bat er um Erlaubnis, während sie einfach nur genommen werden wollte.

Das Ganze war widersprüchlich. Während die platonische Vertrautheit gewachsen war, schrumpfte die Neigung, sexuelle Wünsche zu enthüllen. Eine Scheu, die nicht der Nacktheit galt, sondern den geheimsten Phantasien. Ein innerer Zensor schaltete sich ein, um ihre schöne Liebe rein und frei von unanständigen Wünschen zu halten. Schließlich hatte ihre Lust aufgegeben. Sie hatte sie nicht einmal vermisst. Sie wurde in einen Winkel ihres tiefsten Inneren verbannt. Nach der Trennung hatte sie noch schwache Lebenszeichen von sich gegeben, als sie frei wurde, sich an wen auch immer zu richten.

Aber nur in ihren Träumen.

Sie schaute auf ihre Hände, die auf der Tastatur ruhten. Die kleine Einbuchtung am linken Ringfinger, wo der Ehering gesteckt hatte, war jetzt nicht mehr zu sehen. Stück für Stück löschte die Zeit alle Spuren. Sie wucherten zu. Nur die Wut blieb unverändert. Sie steckte wie ein Pfahl direkt in der Brust und nagelte sich in einer hoffnungslosen Erwartung besserer Zeiten fest. Auf einmal wurde ihr bewusst, dass sie feststeckte, denn würden diese besseren Zeiten an die Tür klopfen, wäre sie nicht in der Lage, sie zu öffnen. Die Scham der verschmähten Frau, verwandelt in die Strafe, die sie verdiente.

Sie fragte sich, ob ihr die gemeinsamen Jahre mit ihm irgendwann nur noch wie eine diffuse Episode erscheinen würden. Etwas, das sie hinter sich gelassen hatte, wie ein Paar aus Zerstreutheit vergessene Handschuhe.

Es war sechs Uhr, und die Umsatzsteuererklärung war schon längst fertig. Sie war oben gewesen, hatte sich flüchtig gewaschen und umgezogen. Länger als gewöhnlich hatte sie vor dem Kleiderschrank gezögert. Ausnahmsweise freute sie sich auf das Abendessen, wie lange war es her, seit sie einen erwachsenen Gast gehabt hatte. Jetzt stand sie unten in der Küche, in ihrer schwarz geblümten Schürze von Marimekko, und fing an, die Kartoffeln zu schälen.

»Emelie! Wir essen heute um sieben Uhr.« Sie schaute zur Treppe, aber von oben war nichts zu hören. »Emelie!«

»Ja, ich habe es gehört.«

»Gut. Und Anders, du weißt, der den Stall streicht, isst mit uns.«

»Okay.«

Er war in seinem Zimmer und duschte. Sie hatten ein paar Worte gewechselt, als er vor einer Stunde hereingekommen war und mit seinem Tagwerk zufrieden schien. Fast widerwillig gestand sie sich ein, dass seine Anwesenheit ihr guttat. Das übliche Grübeln hatte weniger Spielraum, wenn es den Fortschritten im Stall Platz machen musste.

Sie wollte gerade in die Küche zurückgehen, als sie ein Auto im Hof vorfahren hörte. Durch das Fenster sah sie einen Kastenwagen von FedEx und ging verdutzt zur Eingangstür. Seit sie aus Stockholm fortgezogen war, hatte sie keinen FedEx-Wagen mehr gesehen. Das Auto hielt vor dem Haus. Ein Mann sprang aus der Fahrerkabine und ging mit raschen Schritten zur Hintertür.

»Tag, hier ist ein Paket für Anders Strandberg in Lindgrens Hotel. Das ist doch hier, oder?«

»Ja.«

Er öffnete die Hintertür und hob das Paket heraus, etwas kleiner als ein Umzugskarton. »Soll ich es hier auf die Veranda stellen?«

»Gern. Was ist es denn?«

»Keine Ahnung.« Er ging die Treppe hoch und zog eine elektronische Schreibplatte aus der Tasche. »Ich brauche eine Unterschrift.«

Sie schrieb ihren Namen, und er ging wieder hinunter zum Wagen, stieg in das Fahrerhaus und verschwand genauso schnell, wie er gekommen war. Sie folgte dem Wagen ein Stück weit mit dem Blick. Dann schaute sie sich den Karton an. Hob ihn zur Probe hoch. Nicht so schwer, als dass sie ihn nicht hätte tragen können.

Er hatte ein Handtuch um die Hüften geschlungen, als er die Tür öffnete. Seine Haare waren tropfnass. Bevor sie ihr Anliegen vorbringen konnte, machte ihr Blick sich selbständig. Er hatte eine Gänsehaut von der Kälte, und unterhalb der linken Schulter befand sich ein blauer Fleck. Die dunklen Haare auf der Brust waren kraus mit einem Einschlag von Grau, und hier und da glänzten kleine Wassertropfen. Verlegen hob sie den Blick zu seinem Gesicht. Entkleidet erschien er fremd.

»Das hier ist für dich gekommen.« Sie deutete auf den Karton und kehrte zur Treppe zurück.

»Wie gut, ich habe ein paar Anziehsachen bestellt. Aber du hättest ihn nicht bis hier rauftragen müssen.«

»Ich bin es gewohnt zu tragen.«

»Ich weiß, aber diesmal wäre es nicht nötig gewesen. Ich will mich nur anziehen, dann komme ich gleich.«

Helena war schon halb die Treppe hinunter. Als sie die Tür zuschlagen hörte, blieb sie stehen. Die Lieferung verwirrte sie. Das Bild, das sie sich unbewusst von Anders gemacht hatte, vertrug sich nicht dem FedEx-Auto. Die Sachen musste er am Morgen bestellt haben und noch dazu per Express. Sie fand ihn widersprüchlich. Mit dem miserablen Lohn einverstanden, den sie ihm bot, und zugleich Geld für eine extravagante Expresslieferung auszugeben. Schnell wie der Wind flog der Gedanke zu ihrer Mutter. Ein Verhalten, das sie so gut kannte. Unfähig, die Konsequenzen zu erkennen, wenn man mit dem Geld Bingo spielte, das eigentlich für das Abendessen gedacht gewesen war.

Sie ging in die Küche hinunter und schälte weiter die Kartoffeln. Ein störender Stich von Zweifel dämpfte ihre gute Laune. Martin hatte immer ihren tief verwurzelten Argwohn gerügt – die Tendenz, den Menschen zu misstrauen, bis sie das Gegenteil bewiesen. Was in der Kindheit überlebenswichtig gewesen war, stellte sich oft als ein Hindernis für die Gemeinschaft im Erwachsenenleben heraus. Sie beschloss, den Zweifel beiseitezuschieben. Wenn auch nur, um Martin nicht Recht geben zu müssen.

Die Gedanken zerstreuten sich rasch, als jemand an die Haustür klopfte. Sie warf einen Blick auf die Uhr, legte eine halb geschälte Kartoffel weg und griff nach dem Küchenhandtuch, mit dem in den Händen sie hinaus in die Diele ging, um zu öffnen. Zu ihrer Verwunderung fand sie Lisbeth auf der Treppe, gleich darauf entdeckte sie Lasse ein Stück weiter weg in der Dunkelheit. Besuch von den beiden war selten, und als das erste Erstaunen verflogen war, wurde sie unruhig. Hatte Anna-Karin etwas von ihrem Streit erzählt? War sie verärgert? Sie tat einen tiefen Atemzug, um sich zu beruhigen. »Hallo.«

»Hallo, Helena, bist du beschäftigt, oder hast du kurz Zeit?«

»Natürlich, kommt herein, ich bin nur gerade dabei zu kochen.«

Lisbeth wandte sich Lasse zu. Er blieb stehen, mit gebeugten Schultern, die Hände tief in den Jackentaschen. Anscheinend war es Lisbeth, die die Idee für den Besuch gehabt hatte, Lasse schien eher gezwungenermaßen mitgekommen zu sein. Schließlich ging er die Treppe hinauf, und Helena bat sie ihre Jacken abzulegen. Sie wollten nicht lange bleiben, sagten sie und behielten ihre Jacken an. Die Gummistiefel streiften sie ab, und Helena lud sie in die Küche ein.

»Kann ich euch etwas anbieten?«

»Nein danke, wir wollten nur kurz mit dir reden.«

Helena fühlte den Schatten wachsen. Ihre sensiblen Antennen ahnten Probleme. »Wollen wir uns setzen?«

»Ja, aber nur kurz.«

Sie ließen sich am Küchentisch nieder. Helena auf der einen Seite, die Gäste auf der anderen. Lasse mied ihren Blick und sah nach draußen. Vom Hof der Anderssons konnte man nur die erleuchteten Fenster erkennen. Helena wartete in atemloser Spannung, spürte ihren Herzschlag.

Ein unsicheres Lächeln überflog Lisbeths Gesicht. »Wir kennen uns ja nicht so gut, aber ich … oder wir müssen etwas besprechen.«

»Okay?«

Lisbeth warf ihrem Mann einen Blick zu, doch der hatte sich immer noch dem Fenster zugewandt.

»Ist Anna-Karin hier gewesen und hat etwas über Lasses Besuch heute bei der Anwältin gesagt?«

»Nein.«

»Aber du weißt vielleicht, worum es geht?«

»Ja, doch, sie war heute Morgen hier und hat ein bisschen erzählt.«

»Was hat sie gesagt?«

»Es ging um Pläne für einen Keramikladen und um den Weg an der Kastanie vorbei.«

»In erster Linie habe ich mir eine Töpferwerkstatt vorgestellt.«

»Ja, das habe ich verstanden. Ich finde, es klingt nach einer guten Idee.«

»Das ist ein Traum, den ich ein paar Jahre lang gehabt habe, aber vielleicht ging aus dem Gespräch hervor, was Anna-Karin dazu meint?«

Helena nickte. Die Einleitung des Gesprächs ließ ihre Unruhe abflauen. »Ja, doch. Wenn Anna-Karin eine Meinung hat, bleibt es ja selten ein Geheimnis.«

Von Lasse kam ein Schnauben. »Ne, weiß Gott nicht.«

Auf einmal sah Lisbeth traurig aus. »Wir verstehen uns nicht so gut, sie und ich, das hat sie vielleicht gesagt. Es war mein Wunsch, dass wir hierher zu dir kommen. Lasse fand, wir sollten dich nicht mit unseren Problemen belasten, aber ich dachte, da du sie besser kennst … Ich weiß einfach nicht, was ich tun soll.«

Lisbeth schaute auf ihren Schoß herab und legte die Hand über die Augen. Eine beklemmende Stille füllte den Raum, wie sie oft entstand, wenn jemand vor Fremden weint. Lisbeth, die das Gespräch eröffnet hatte, ließ die anderen im Stich, jetzt trafen sich ihre umherirrenden Blicke, aber keiner war im Stande, die Initiative zu ergreifen. Schließlich legte Lasse seine Hand auf die von Lisbeth, und die Berührung löste einen gepressten Atemzug bei ihr aus. Helena stand auf und holte eine Rolle Haushaltspapier, legte sie vor Lisbeth auf den Tisch und setzte sich wieder.

Lasse seufzte tief, und sein Blick kehrte zum väterlichen Hof zurück. »Ich wusste es eigentlich schon von Anfang an, wir hätten nicht herziehen sollen.«

Helena betrachtete sein düsteres Gesicht. Erinnerte sich an ihn als Kind, mit dünnen blanken Beinen in kurzen Hosen. Obwohl sie gleichaltrig waren, hatte sie ihn kindlich gefunden, da sie selbst mit seiner großen Schwester spielen durfte. Helena wusste nicht viel von ihm, außer dass er im Winter von sich aus die Auffahrt und den Hof von Schnee freigeräumt und widerstrebend eine Flasche Whisky als Dank entgegengenommen hatte. Aber richtig miteinander gesprochen hatten sie nie. Das bisschen, das sie wusste, hatte sie von Anna-Karin.

»Ist es so schlimm?«

Lasse nickte sacht und kreuzte die Arme, er wirkte etwas verkrampft, sein ganzes Verhalten drückte Unwillen aus. Ob es daher kam, dass er Helena etwas berichten musste, oder ob es der Situation insgesamt galt, war schwer zu sagen. Er rückte sich auf dem Stuhl zurecht.

»Weder ich noch Lisbeth wollten eigentlich Luleå verlassen. Wir taten es Anna-Karin zuliebe, weil wir wussten, dass sie den Hof nicht allein bewirtschaften konnte, mit dem Garten und dem Schneeräumen und dem ganzen Unterhalt, sie war ja frisch geschieden und alles. Wir wollten verkaufen, aber es schien unmöglich, sie so zu enttäuschen. Also haben wir nichts gesagt, wir wissen ja, wie viel der Hof ihr bedeutet.« Zum ersten Mal sah er Helena direkt an und ließ die Schultern sinken. »Aber es gab ja nur Streit, seit wir hergekommen sind. Über alles und jeden.«

Helena nickte sacht. »Ich habe gemerkt, dass es mit dem nachbarlichen Verhältnis ein bisschen gehapert hat.«

Er schnaubte, ehe er das Wort ergriff. »Das ist noch milde ausgedrückt. Es gibt nur eine Meinung, die zählt, und das ist Anna-Karins.« Er strich sich mit den Händen über die Wangen und seufzte. »Nach dem Treffen mit der Anwältin heute ist mir klar geworden, dass es immer so weitergehen wird. Der Streit um diese Kastanie war sozusagen der Tropfen, der das Fass zum Überlaufen gebracht hat, ich kann nicht mehr.«

»Was hat die Anwältin denn gesagt?«

»Nicht sehr viel, sie ist ja mit der ganzen Sache noch nicht vertraut. Sie wollte sich nächste Woche melden, wenn sie alle amtlichen Unterlagen über das Erbe zusammen hat.«

Für eine Weile wurde es still. »Wir können hier nicht wohnen bleiben, wenn es so weitergeht.«

Helena war klar, was das bedeuten würde. Der Erbhof war das, was Anna-Karin am Leben hielt. Aber allein würde sie es nicht schaffen, ihn zu erhalten. »Um Himmels willen, habt ihr mit ihr darüber gesprochen?«

Lasse schüttelte den Kopf.

Lisbeth räusperte sich und wischte sich mit dem Haushaltspapier über die Augen. »Ich habe es wirklich versucht, auf alle möglichen Arten, aber es spielt keine Rolle, was ich auch mache. Die Töpferwerkstatt war ein letzter Versuch, um es hier auszuhalten. Wir haben ja einen Enkel da oben in Luleå und möchten nichts lieber, als dahin zurückzuziehen, aber wie wir es auch anstellen, ist es falsch. Wir sind eine Voraussetzung dafür, dass Anna-Karin weiter hier wohnen kann, trotzdem bekommen wir nur Vorwürfe von ihr zu hören. Entschuldigung, Lasse, aber dieser verdammte Erbhof ist wie ein Gefängnis.« Lasse sah hinunter auf den Tisch, und Lisbeth fuhr fort. »Es ist nicht so, dass wir verlangen wollen, dass sie uns auszahlen soll, wir wissen, dass sie das nicht kann. Aber es ist schlimm genug, wenn wir wegziehen, sie kann sich ja nicht einmal ein eigenes Auto leisten.«

Man hörte Schritte auf der Treppe, und alle Blicke richteten sich auf die Rezeption. Einen Moment später betrat Anders die Küche. Mit nassen Haaren, in Jeans und einem gestreiften Hemd mit deutlichen Falten von der Verpackung, in der es eben noch gesteckt haben musste. Helena ahnte das Erstaunen, das sein Auftritt weckte, sowohl am Tisch wie in der Tür. Aus dem Augenwinkel fing sie den Blick zwischen Lisbeth und Lasse auf.

»Das ist Anders, der mir dabei hilft, den Stall zu streichen, und das sind Lisbeth und Lasse, die auf dem Hof gegenüber der Straße wohnen.«

Anders ging zum Tisch hin, und die Gäste standen auf und gaben ihm die Hand.

»Hallo, Anders heiße ich, sehr erfreut.«

»Wir sind sehr froh, dass Helena endlich etwas Hilfe bekommen hat. Willkommen im Dorf.«

»Danke.«

»Wir sind nur kurz herübergekommen, um etwas mit Helena zu besprechen.«

Anders machte eine unsichere Bewegung zur Tür hin. »Ich kann hinaufgehen und warten, wenn ihr unter euch bleiben wollt.«

»Nein, nein, setzen Sie sich doch.«

Helena war dankbar, dass Lisbeth ihr Dilemma gelöst hatte. Alle setzten sich wieder, Anders auf den einzigen Stuhl, der noch frei war.

»Wir haben über Lasses große Schwester Anna-Karin gesprochen. Wir teilen den Erbhof mit ihr, und, ja, es hat sich als schwieriger erwiesen, als wir dachten. Helena kennt sie inzwischen etwas besser als wir.«

Helena warf Anders einen kurzen Blick zu.

»Eigentlich sind wir gekommen, um zu fragen, ob Helena vielleicht mit ihr reden könnte. Wir hatten gehofft, das Treffen mit dieser Anwältin würde etwas bringen, aber das hat es nicht, ganz im Gegenteil. Ich dachte, wenn ich Kurse in meiner Töpferwerkstatt gebe, könnten die Leute ja hier im Hotel wohnen. Das müsste doch gut für uns alle sein, sogar für Anna-Karin, die hier ja arbeitet. Wir sind bereit, einen letzten Versuch zu machen, aber dann muss sie auch zu Zugeständnissen bereit sein.«

Helena seufzte. »Ich glaube leider nicht, dass es helfen würde, wenn ich mit ihr rede. Ehrlich gesagt weiß ich nicht, ob sie noch für mich arbeiten will.«

Diese Auskunft traf auf Bestürzung. »Was sagst du da? Warum denn nicht?«

»Wir sind heute Morgen ein bisschen aneinandergeraten, und sie war verärgert, als sie von hier wegging.«

Wieder schnaubte Lasse. »Aha, darf man fragen, worum es ging?«

Die Unruhe, die sich gelegt hatte, flammte wieder auf. Noch einmal musste sie Stellung zu Verner beziehen, ohne zu wissen, wie es ankommen würde. Diesmal verließ sie der Mut. »Ach, das war nur eine Lappalie.«

Lisbeth schüttelte den Kopf. »Das erklärt, warum sie den Beerdigungskaffee im Gemeindehaus veranstalten wollte. Aber Lasse und ich möchten, dass er hier im Hotel stattfindet, und das macht zwei gegen einen.« Sie wandte sich

Anders zu. »Es geht um Lasses Tante, die gestorben ist. Die Beerdigung ist am Freitag um zwei Uhr, und das wollte ich dich auch fragen, Helena. Ginge es gegen drei Uhr?«

»Das ist in Ordnung. Wie viele werden es ungefähr?«

»Fünfzehn, zwanzig, nehmen wir an. Es ist schwer zu sagen, wie viele Dorfbewohner kommen, die meisten, die Helga kannten, sind ja schon verstorben.«

»Wenn es viele werden, brauche ich ein bisschen Hilfe beim Servieren. Gewöhnlich springt Anna-Karin ja ein.«

»Ich kann helfen.« Alle Augen richteten sich auf Anders. Als keiner etwas sagte, hoben sich seine Augenbrauen, und er breitete die Hände aus. »Was ist? Wie schwierig kann das sein?«

Helenas Blick schweifte über die Gäste, sie erhaschte einen verschmitzten Blick des Einverständnisses, und dass sie errötete, machte die Sache nicht besser.

Lasse schlug sich mit den Händen auf die Schenkel. »Nun, wir wollen wieder gehen, damit ihr in Ruhe kochen könnt. Aber nun wisst ihr wenigstens, wie die Dinge stehen.«

Das Wort »ihr« bestätigte für Helena das, was sie gerade flüchtig zu sehen geglaubt hatte. Es störte sie, da sie schon als Sommerkind im Dorf gelernt hatte, wie Nichtigkeiten sich aufblähen konnten, obwohl sie eigentlich gar nicht der Wahrheit entsprachen.

Lasse stand auf und streckte Anders seine Hand entgegen. »Es war nett, Sie zu treffen. Hoffentlich wird es Ihnen hier oben gefallen. Dann sehen wir uns am Freitag.«

»Ja, das tun wir.«

Betreten verfolgte Helena das Geschehen, erstaunt über Anders' Bereitwilligkeit, das Missverständnis zu unterstützen. War ihm nicht klar, wie schnell das Gerücht sich verbreiten würde? Wenn er in ein paar Wochen wieder abreiste, würden alle glauben, sie sei wieder von einem Mann verlassen worden.

Sie begleitete ihre Gäste in die Diele, während Anders in der Küche blieb.

»Wenn du mit Anna-Karin redest, dann sag nichts davon, dass wir hier gewesen sind. Wir brauchen noch Zeit zum Nachdenken, und vor allem wollen wir die Beerdigung abwarten.«

»Ich wünschte nur, es gebe etwas, das ich tun könnte.«

»Für mich war es eine große Hilfe, sich ein bisschen aussprechen zu dürfen. Es ist schrecklich, das zu gestehen, aber es hat mich ein wenig getröstet, dass es auch andere gibt, die mit ihr nicht zurechtkommen.«

Helena erwiderte Lisbeths Lächeln. Ein trauriges Einverständnis. Lasse öffnete die Tür, und die abendliche Kälte beschleunigte ihren Abschied. »Dann sehen wir uns am Freitag.«

In der Küche hatte Anders das Kartoffelschälen übernommen. Sie stellte rasch fest, dass er ein Rückwärtsschäler war wie Martin. Sie hatten ein bisschen darüber gestritten, welche Richtung die beste wäre. Martin hatte behauptet, ihre Art, vorwärts zu schälen, sei nicht präzise und würde unnötig viel Wasser verspritzen. Sie hatte gemeint, seine Art sei ineffektiv und dabei ginge es nur darum, sich darin zu übertreffen, wie lange Kartoffelschalenstreifen man zustande brächte. Nach einer Weile behielt der Schäler seine Schärfe nur in der Richtung, an die er gewöhnt war. Sie zog die Schublade heraus und suchte nach dem, der seit einem halben Jahr ungenutzt war. »Dieser funktioniert bestimmt besser.«

Er ließ seinen los und machte mit dem neuen weiter. »Danke.«

Kartoffelschalenstreifen von beträchtlicher Länge fielen in den Ausguss. Selbst Martin wäre beeindruckt gewesen.

»Willst du eine Schürze? Es wäre doch schade, wenn das neue Hemd schmutzig wird.«

Es lag etwas Scharfes in ihrer Stimme, aber Anders' Ohren schienen das nicht wahrzunehmen.

»Fällt das so auf? Ich habe versucht, die schlimmsten Falten zu glätten, aber sie müssen mit einer Dampfwalze über die Verpackung gefahren sein.«

Sie nahm eine Schürze vom Haken, und er neigte den Kopf, sodass er sie überziehen konnte. Zubinden musste er sie selbst. Sie ging zum Kühlschrank und blieb mit der Hand am Griff stehen.

»Ich hoffe, dir ist klar, dass es Gerüchte geben wird.«

»Wie meinst du das?«

Sie nahm die Champignons heraus. »Du solltest wohl ein bisschen deutlicher machen, dass du nur für ein paar Wochen zum Arbeiten hier bist.«

»Wieso, was spielt das für eine Rolle?« Seine Hände hielten inne, und der Kartoffelschäler klirrte gegen den Rand des Spülbeckens. »Ach so, Entschuldigung, das meinst du.« Er wandte sich zu ihr hin. »Hab ich dir jetzt Probleme bereitet?«

Sie seufzte und zuckte die Achseln. »Ich weiß nur, wie hier getratscht wird.«

Sie legte ein Schneidebrett auf die Anrichte und griff nach einem Messer. Er wischte sich die Hände an der Schürze ab.

»Ich kann ihnen nachgehen und die Sache erklären, wenn du willst?«

»Nein, absolut nicht. Das würde sie wirklich überzeugen.«

Er seufzte und fuhr mit dem Schälen fort. Sie ging zur Spüle, um die Champignons zu säubern, und er rückte zur Seite. Sie schnitt ein Loch in die Tüte und füllte sie mit Wasser.

»Gibt es etwas, das ich tun kann?« Er zog den Schäler über die Kartoffel, hielt aber inne. »Ich könnte vielleicht einen Zettel an diese Anschlagstafel bei der Kirche hängen und eine Erklärung abgeben.«

Sie lächelte und quetschte den letzten Rest Wasser aus der Tüte. »Ach, wahrscheinlich ist es gar nichts. Man wird nur etwas überempfindlich, wenn man so isoliert lebt.« Sie hielt die Hand unter den Beutel, als sie zurück zum Schneidebrett ging. »Es läuft so, dass man oft mehr übereinander als miteinander spricht. Man weiß das meiste darüber, was alle anderen machen, obwohl man einander eigentlich nicht kennt. Es ist schwierig, sich daran zu gewöhnen, wenn man nicht damit aufgewachsen ist.«

»Beim nächsten Mal werde ich vorsichtiger sein, versprochen. Ich befinde mich auf unbekanntem Terrain, du musst mich nach und nach anlernen.«

Noch einer von diesen Kommentaren, die sie verwirrten. Scheinbar harmlos, aber mit unterschiedlichen Inhalten, je nachdem, wie man sie deutete. Sie bekam ihn nicht zu fassen. Immer wenn sie ein Puzzlestück fand, versuchte sie, das Bild zu ergänzen, aber keins schien mit den anderen zusammenzupassen.

Sie legte eine erste Schicht Champignonscheiben auf die

gebräunten Schweinefiletstücke in der feuerfesten Form. Zu spät fiel ihr ein, dass auch die Pilze gebraten werden sollten, und sie musste sie wieder herausnehmen. Ihre Konzentration hatte nachgelassen. Sie war gerade dabei, den Rest der Pilze in Scheiben zu schneiden, als Emelie die Küche betrat.

»Hallo, was gibt es zu essen?«

»Gratinierte Schweinelende mit gebratenen Kartoffeln.«

»Lecker. Kann ich irgendwie helfen?«

Das Messer blieb auf halbem Weg in einem Champignon stecken. Es war lange her, seit Emelie unaufgefordert ihre Hilfe angeboten hatte, aber Helena sah ein, dass offene Verwunderung eine schlecht gewählte Reaktion wäre. »Sicher, du kannst hier weitermachen, wenn du willst.«

Emelie übernahm sofort das Messer. Sie selbst stand eine Weile unbeholfen da, bevor sie darauf kam, eine Bratpfanne hervorzuholen.

Anders lächelte Emelie zu. »Hoffentlich ist es okay, wenn ich mit euch esse?«

»Klar, soll ich die Pilze hier in die Bratpfanne tun?«

Unter Geplauder über die praktischen Dinge wurde das Essen vorbereitet und die Form in den Ofen geschoben. Helena schnitt die Kartoffeln mit der Küchenmaschine in Scheiben, und Anders und Emelie kümmerten sich gemeinsam um den Salat. Sie wuschen und schnippelten, und wenn er fragte, wo die Sachen sich befanden, zeigte Emelie es ihm. Helena hielt sich im Hintergrund und verfolgte verwundert ihr Gespräch. Endlich hatte sie wieder die Tochter, die ihr so lange gefehlt hatte, die Emelie, die von sich aus am Beisammensein teilnahm. Bald hörte man sogar Gekicher drüben am Schneidebrett. Helena genoss die lang ersehnte Normalität, die sich in der Küche breitgemacht hatte. Sie kochten zusammen, ein Gespräch wurde geführt, niemand brauchte auf Zehenspitzen zu schleichen. All das war mittlerweile so erbärmlich selten geworden. Die Stimmung fühlte sich geradezu gemütlich an. Sie dachte an das Gespräch am Morgen, fragte sich, ob Emelies Verwandlung ein Versuch war, ihre Lüge wiedergutzumachen.

Jetzt stand sie am Küchenschrank und wählte Gläser aus. »Willst du nicht einen Wein aufmachen? Das hast du doch früher immer, wenn wir Gäste zum Essen hatten.«

Helena wendete die Kartoffeln. Sie verstand, dass Emelie es nur gut gemeint hatte, trotzdem schämte sie sich über den deutlichen Unterton, dass Essensgäste ein abgeschlossenes Kapitel waren. Die arme gescheiterte einsame Mama. »Ja, das sollte ich vielleicht.« Sie wandte sich Anders zu. »Magst du ein Glas Wein?«

»Gern.«

Emelie lächelte und nahm zwei Weingläser, ehe sie zum Schrank mit den Tellern ging. »Ich decke draußen auf der Glasveranda.«

Helena holte den Wein.

Seit letztem Sommer hatten sie nicht auf der Glasveranda gegessen, als Martin und sie ihren fünfzehnten Hochzeitstag gefeiert hatten.

Es wurde ein gemütliches Essen. Emelie hatte jedes Teelicht angezündet, das sie auftreiben konnte, und Helena genoss es, wie schön das Hotel war. Die Glasveranda war das Glanzstück von allem.

Emelie war in ihrem Element. Eine Geschichte nach der

anderen sprudelte aus ihr heraus, Dinge, die in der Schule passiert waren, Eigenheiten von Lehrern, kleine Episoden, die Helena noch nie gehört hatte. Es war, als sehe sie endlich eine verlorene Tochter wieder. Während Emelie und Anders sich ablösten, saß sie selbst meist schweigend da und freute sich. Zum ersten Mal seit Ewigkeiten sah sie ihre Tochter lachen. Obwohl sie wusste, dass Emelie vom schlechten Gewissen getrieben war, wollte sie nur für ein Weilchen so tun dürfen, als sei alles normal und so, wie es sein sollte.

»Möchte jemand Eis?« Emelie wartete gespannt auf eine Antwort.

Anders lehnte sich zurück und legte die Hände auf den Bauch. »Ich für mein Teil habe genug, danke, es war wirklich sehr lecker, aber ich habe schon mehr gegessen, als ich sollte.«

»Wieso, du bist doch nicht dick. Und du, Mama?«

»Nein danke. Aber nimm du dir welches.«

Helena machte einen Ansatz, die Teller einzusammeln, als Emelie aufstand. »Nein, bleibt nur sitzen. Ich kann abräumen. Wollt ihr Kaffee?«

Helena blickte liebevoll auf ihre Tochter. Jetzt hatte Emelie mehr als genug getan, um ihre Reue zu zeigen. »Es ist nicht nötig, Emelie, ich kümmere mich darum.«

»Nein, lass mich. Wollt ihr Kaffee?«

Anders lehnte dankend ab, und Helena trank abends nie Kaffee. Schweigend betrachteten sie Emelie, als sie abräumte und mit dem ersten Geschirrstapel in der Küche verschwand.

»Was für eine tolle Tochter du hast.«

Helena lächelte. »Ja, sie ist klasse.«

Sie nahm einen Schluck Wein und sah, dass die Flasche leer war. Gerade heute Abend hätte sie gewünscht, sie hätte etwas länger gereicht. Der Alkohol machte alle scharfen Kanten weich, und das Dasein wurde etwas erträglicher. Es war so verführerisch. Sie hatte immer sehr maßvoll getrunken, mit großem Respekt vor der Wirkung des Alkohols. Denn er war ein trügerischer Trost, den sie schon als Kind durchschaut hatte, und für diese Erfahrung hatte sie teuer bezahlt. Aber gerade heute Abend, nach diesen verwirrenden vierundzwanzig Stunden, und als alles sich ausnahmsweise gut anfühlte, könnte sie es sich wohl doch gönnen. Zugleich fürchtete sie, was Anders denken würde, wenn sie vorschlug, eine weitere Flasche zu holen.

Sie lächelten einander zu, ein bisschen scheu, in dem Bewusstsein, dass es still geworden war, nachdem diejenige, die am meisten geredet hatte, verschwunden war. Es war Zeit, in neue Rollen zu schlüpfen, nachdem ihre Regisseurin sie verlassen hatte. Anders strich mit der Hand über das Tischtuch und fegte ein paar Krümel zusammen.

»Diese Anna-Karin, von der ihr gesprochen habt, das klang ja nicht so lustig.«

Helena seufzte und schnaubte in einem Atemzug. »Nein, es ist nicht so lustig. Oder ja, was soll man sagen?«

Emelie tauchte auf, um den Rest zu holen. »Sag, wie es ist. Dass sie ein hinterhältiges Miststück ist.«

»Aber Emelie!«

»Aber das ist sie doch. Ich habe noch nie jemanden so viel Mist über andere Leute sagen hören wie sie, sie ist sogar schlimmer als Emma in meiner Klasse.« Emelie räumte das restliche Geschirr ab und hob die leere Weinflasche. »Soll ich noch eine holen?«

Zuerst erstaunt über Emelies Vorschlag, danach ratlos,

spielte Helena den Entschluss zur anderen Seite des Tisches hinüber.

Anders zuckte die Achseln. »Von mir aus gern. Wenn du willst?«

»Klar, warum nicht?«

Emelie lächelte und ging zur Küche.

»Nimm eine von den Flaschen rechts aus dem Regal in der Mitte.« Sie lächelte Anders zu und senkte die Stimme. »Den Wein aus dem untersten Regal serviere ich nur garstigen Gästen.«

»Das fasse ich als Kompliment auf.«

»Du musst ja noch alles fertig streichen.« Sie hob das Weinglas an die Nase und roch daran. »Kennst du dich mit Weinen aus, ich meine, bist du ein Weinkenner?«

»Na ja, ein paar Sorten habe ich wohl schon probiert.«

Emelie kam mit der Flasche und einem Korkenzieher zurück, überließ Anders aber das Öffnen. Helena holte zwei neue Gläser vom Nebentisch, und Emelie kehrte in die Küche zurück. Sie hörten sie mit dem Geschirr klappern.

Anders schenkte ein. »Skål, und danke für einen sehr netten Tag und für einen noch netteren Abend.«

»Danke dir.« Sie nahmen einen Schluck. »Das hätte ich gestern zu dieser Zeit nicht gedacht. Dass wir heute Abend hier sitzen würden.«

»Nein, man kann sagen, dass das ein wenig unerwartet kam.«

Sie entdeckte seine Armbanduhr. Eine altmodische, in Gold und länglich und mit einem Armband aus abgewetztem Leder. »Was für eine schöne Uhr, sie sieht alt aus. Ist es ein Erbstück?«

»Ja, das könnte man vielleicht sagen.« Er strich mit den Fingern über das Glas des Zifferblatts. »Von meinem Vater.«

»Lebt er noch?«

»Nein. Er ist jetzt seit fünf, sechs Jahren tot. Und deine Eltern, sind die noch am Leben?«

Sie schüttelte den Kopf. »Nein, meine Mutter hat sich vor zehn Jahren totgesoffen, und meinen Vater habe ich nie kennengelernt.« Sie lachte auf. »Was für ein Familienidyll.« Sie merkte auf einmal, dass sie beschwipst war. Das war keine Sache, die ihr gewöhnlich so leicht über die Lippen ging. Anders wirkte plötzlich verlegen, und sie lächelte, um es herunterzuspielen. »Ach, ich habe jetzt meine traurige Kindheit hinter mir gelassen. Auf Mord steht ja fünfundzwanzig Jahre Verjährung, da kann ich doch nicht weiter darüber nachgrübeln. Das nutzt schließlich niemandem.«

Eine diffuse Episode. Etwas, das sie hinter sich gelassen hatte, wie ein Paar aus Zerstreutheit liegen gelassene Handschuhe.

Sie verstummte. Die Gedanken gingen ihre eigenen Wege, gelenkt von dem Wein, den sie getrunken hatte. Denn jetzt war es ja tatsächlich so, dass die Kindheit mit einer diffusen Episode verglichen werden konnte. Aber sie hatte ein paar Jahre dazu gebraucht, sich von ihr zu befreien, alle Gefühle zu formulieren und zuzugeben, wie weh es getan hatte. Angefeuert von Martin. Seither war die Erinnerung mit der Zeit ihrer Macht beraubt worden.

Zum zweiten Mal an diesem Tag betrachtete sie ihren linken Ringfinger. Die ausgelöschte Spur. Die sichtbar gemachte Veränderung.

»Diese Anna-Karin, du willst nicht über sie sprechen, nicht wahr?«

»Was? Doch, natürlich.« Sie kratzte sich hinter dem Ohr. »Was willst du wissen?«

Er warf ihr einen amüsierten Blick zu. »Nein, nichts Besonderes, ich dachte nur, du würdest ein bisschen erzählen wollen. Ich habe von diesem Gespräch in der Küche nicht so viel verstanden, als deine Nachbarn hier waren.«

Der Damm brach, und die Worte strömten aus ihr heraus. Während der Weinpegel in der Flasche sank, erzählte sie von Anna-Karin, davon, warum Lasse und Lisbeth es nicht mehr schafften, dort wohnen zu bleiben, und von ihrer neuen Bekanntschaft mit Verner. Sie verstrickte sich in belanglose Einzelheiten, verlor den Faden und kam wieder in Fahrt. In regelmäßigen Abständen bekam sie Angst, dass sie ihn langweilte, und entschuldigte sich für ihren Redeschwall. Doch er versicherte ihr, das mache nichts, für ihn sei das eine gute Art, mehr über diese Gegend zu erfahren. Ihr Bedürfnis zu reden schien unerschöpflich. Es war so lange her, seit es jemanden gegeben hatte, der ihr zuhörte. Die Worte drängten sich, um zur Sprache zu kommen. »Meine Güte, was rede ich da.«

»Das ist absolut okay.«

»Ich glaube bestimmt, dass der Wein nachgeholfen hat, mittlerweile kommt das ja nicht mehr so oft vor.«

»Was? Der Wein oder das Reden?«

Vielleicht sah sie verlegen aus, aber es war egal. »Beides, wenn ich ehrlich sein soll.«

Er lächelte ihr zu. Es war ein gutes Gefühl, dass jemand ihr zulächelte. »Man wird ja ziemlich neugierig auf Verner.«

»Stimmt. Er ist ein wandelndes Rätsel.«

Die Geräusche aus der Küche waren schon lange verstummt. Emelie war nach oben in ihr Zimmer gegangen. Sie hörten ihre Schritte im Obergeschoss. Helena schloss die Augen und wurde in die Sommer ihrer Kindheit zurückversetzt. Die Geräusche waren damals die gleichen gewesen. In ihrem Kopf drehte es sich.

»Wie wunderbar Emelie ist. Ein tolles Mädchen.«

Er saß da und schaute zur Decke. Vielleicht bildete sie sich nur ein, einen Hauch von Trauer zu sehen. Er hatte gesagt, er habe keine Kinder, das war eins der wenigen Dinge, die er ihr erzählt hatte. Abermals kam ihr in den Sinn, was sie alles nicht von ihm wusste. Wo er herkam, wo er wohnte, wie er lebte.

»Bist du verheiratet?«

»Was, nein.«

»Geschieden?«

»Nein, nicht einmal das.« Er nahm einen Schluck Wein. »Ein paarmal war ich kurz davor zu heiraten, aber ehrlich gesagt waren es immer die Frauen, die das wollten. Mir selbst reichte das Zusammenleben. Das Juristische wird viel komplizierter, wenn man verheiratet ist.«

»Wie meinst du das? Ich dachte, das Gegenteil sei der Fall.«

»Nicht, wenn man sich scheiden lässt.«

»Nein, das ist klar, aber das ist ja kaum der Grund dafür, dass man heiratet.«

Er zuckte die Achseln, lächelte ein bisschen resigniert. »Ich war wohl ganz einfach nicht besonders gut in Liebesbeziehungen. Und du? Warst du mit Emelies Vater verheiratet?«

Sie nickte.

»Ist er von hier?«

»Nein, aus Stockholm. Wir sind zusammen hierhergekommen, aber er ist vor einem halben Jahr wieder zurückgegangen.« Sie griff nach der Weinflasche und goss den Rest in die Gläser. Ein Tropfen lief am Flaschenhals herunter und wurde von ihrem Zeigefinger aufgefangen. Es wäre zu schade, ihn zu vergeuden. Sie leckte den Finger ab. »Die Scheidung wird in vier Tagen rechtskräftig. Wenn man gemeinsame Kinder hat, werden einem sechs Monate Bedenkzeit aufgezwungen.« Sie hob das Weinglas zum Mund, und der Schluck wurde größer als geplant.

»Vier Tage, sagst du. Hast du es nicht inzwischen bereut?«

»Wie meinst du das?«

»Bevor die Bedenkzeit abläuft.«

Sie lachte auf. »Was bringt dich auf den Gedanken, dass ich es bin, die es bereuen muss?«

Sie entdeckte Erstaunen in seinem Gesicht.

»Oh, Entschuldigung. Ich weiß nicht, warum ich davon ausgegangen bin, dass du diejenige warst, die … Es kam mir nur seltsam vor, dass … na ja, okay, hat *er* es nicht bereut?«

Sie kniff die Augen zusammen, in einem Versuch zu erkennen, ob sie gerade ein Kompliment bekommen hatte. Sicher war sie sich nicht, es war viel Zeit seit dem letzten Mal vergangen, und ihre Ohren waren nicht mehr daran gewöhnt. Außerdem waren sie gerade von einem angenehmen Rauschen erfüllt. »Jedenfalls nicht, dass ich wüsste.«

Er beugte sich vor und stützte das Kinn auf die Faust. »Hättest du gern, dass er es täte, es bereuen?«

Nein, war ihr erster Gedanke. Woher er kam, war ihr weniger klar. Denn natürlich wollte sie, dass Martin es bereute, es war ja sein Entschluss, der sie so wütend gemacht hatte. Das Versprechen, das er gebrochen hatte, der Pakt, den sie geschlossen hatten, die Verpflichtung gegenüber Emelie. Die Zukunft, die er ihr geraubt hatte. Aber der Gedanke war seinen eigenen Weg gegangen.

»Ich weiß nicht recht.«

Er machte eine vage Geste zum Inneren des Hauses hin. »Stell dir vor, die Tür würde aufgehen und er käme jetzt herein. Er würde sagen, er habe es bereut und wolle nichts lieber, als zurückzukommen. Was würdest du dann sagen?«

»Geh zum Teufel, vermutlich.«

Er lachte. »Aber wäre das dein Ernst?«

»Ach, ich weiß nicht. Die Wahrscheinlichkeit ist nicht sehr groß, dass das passieren wird, deshalb ist das nichts, worüber ich nachgedacht habe. Müssen wir über ihn reden?«

Die Gedanken an Martin störten sie. In diesem Zusammenhang war er nicht vorhanden. Und sie wollte es so, dass er nicht vorhanden war. In überhaupt keinem Zusammenhang.

Sie sah, dass er sie betrachtete, einen Arm auf dem Tisch ruhend, den anderen als Stütze für das Kinn. Er schaute sie nachdenklich an, ein leichtes Lächeln umspielte seine Lippen. Sie hatte sich vor ihm entblößt und verspürte nun das Bedürfnis, das Gleichgewicht wiederherzustellen. »Warum warst du nicht gut in Liebesbeziehungen?«

Das saß, das sah sie. Er richtete sich auf, und der Blick, der gerade noch offen gewesen war, schien sich ihr plötzlich zu verschließen. »Hoppla! Und schon ändern wir das Gesprächsthema.«

»Nein, wir haben nur den Fokus etwas nach Westen verschoben.«

Er zeigte mit dem Daumen über die Schulter. »Ist das Westen?«

»Na, erzähl du mir was von Themawechsel.«

Ihre Blicke verhakten sich eine Spur zu lange ineinander. Seiner ließ zuerst los. Er richtete sich auf etwas in der Ferne und nahm dann einen Umweg rings um die Glasveranda. Seine Hand lag auf dem Tisch und drehte das Weinglas. Hin und her, jeweils eine halbe Drehung. Sie betrachtete seine langen Finger mit den sorgfältig geschnittenen Nägeln. Hier und da ein Fleck Farbe aus den Hotelzimmern, bei deren Fertigstellung er ihr half. Er war ein Verbündeter, ein Helfer in der Not. Aus dem Nirgendwo war er aufgetaucht, und in diesem Moment spielte es keine Rolle, dass sie nichts von ihm wusste. Es genügte, dass er dort an der anderen Seite des Tisches saß und ihr seine Aufmerksamkeit schenkte. Dass sie diesen Abend mit ihm hatte.

Plötzlich wünschte sie, dass diese Hände die ihren berührten. Dass sie sie berühren *wollten*, sie anziehend fänden. Sie wünschte, diese Finger würden sich mit den ihren verhaken, sie nicht loslassen, und wenn, dann nur, weil es so vieles mehr zu entdecken gab. So unendlich viel Zeit war seit dem letzten Mal vergangen.

Das Licht in der Laterne erlosch, und ihr Blick glitt zurück zu seiner Hand. Da war der Trost, den sie ersehnt hatte. Der das Gefühl der Minderwertigkeit durchdringen und sie davon überzeugen würde, dass sie noch etwas wert war.

Für einen anderen als Martin.

Kapitel 17

Die Frage, ob er verheiratet sei, kam unerwartet. Rasch rutschte er von den geruhsamen Gedanken über Verner und die anderen, von denen Helena erzählt hatte, direkt in sein eigenes Privatleben hinein. Ziemlich verwirrt war er mit einem Mal, denn mittlerweile schien es so fern. Nicht nur die tatsächlichen Meilen, die zwischen ihm und seiner gewöhnlichen Umgebung lagen, sondern auch ein angenehmer Nebel hielt es auf Abstand.

Er trank von dem Wein.

Sie wirkte aufrichtig erstaunt über seinen Kommentar zu den Frauen in seinem Leben. Dass er sich nie hatte binden wollen. Er dachte über seine spontane Antwort nach und erkannte, dass er mehr preisgegeben hatte als beabsichtigt. Denn das war eigentlich der Schlüssel zu seiner ganzen Persönlichkeit. Sich immer eine Hintertür offen zu lassen. Wenn Menschen angefangen hatten, langfristige Pläne zu schmieden und Garantien für die Zukunft zu verlangen, war das ein Zeichen dafür, dass sie an dem gemeinsamen Projekt zweifelten. So hatte er gelebt und dabei so viele Hintertüren benutzt, dass er jetzt allein in einem verschlossenen Innenhof stand.

Zu sagen, er sei schlecht in Liebesbeziehungen, war eine Untertreibung. Mehrere von seinen Frauen hatten das behauptet. Mia war besonders überzeugend gewesen, obwohl sie länger ausgeharrt hatte als die anderen. Sie hatte versucht, auf einer psychologischen Ebene Verbindungen zu dem Tod seiner Mutter zu ziehen, und die These aufgestellt, dass alle das schützen wollten, was bereits beschädigt worden war, niemand wolle dort schlagen, wo es schon wehtat. Aber schließlich hatte auch sie aufgegeben. Was im Nachhinein verständlich war. Ein Mensch schafft es nicht, immer wieder vernachlässigt zu werden, ohne selbst unterzugehen. Darüber hatte sie ihn auch informiert, als er vergessen hatte, von London aus anzurufen, wohin er trotz des Versprechens, sie zu ihrem Geburtstag zum Essen einzuladen, gefahren war. Als er nach Hause kam, hatte sie ihre Sachen gepackt und war ausgezogen.

Wahrscheinlich war sie trotzdem diejenige, die ihm am nächsten gekommen war. Sie war es, die er fast geheiratet hätte. Aber nachdem sie ihn verlassen hatte, war es ihr Körper, der ihm am meisten fehlte. Vielleicht nicht der Sex selbst, aber sie nachts an seiner Seite zu haben, eine Gesellschaft in der Einsamkeit der Dunkelheit. Er hatte es nie gemocht, allein zu schlafen.

Als das Gespräch auf Helenas Ehe gekommen war, leerte sie den Rest des Weins. Ihr Finger fing einen flüchtenden Tropfen auf, und er verfolgte, wie sie ihn zu ihrem Mund führte, wo er die Spitze ihrer Zunge ahnte. Das Thema schien sie zu stören, ihre Gesten wurden ausholend und ihre Stimme schroff.

Sechs Monate Bedenkzeit, um sich scheiden zu lassen. Für jemanden wie sie musste es schwer sein, sich zu gedulden, so rationell und zielstrebig wie sie war. Er hatte angenommen, dass sie es war, die den Entschluss gefasst hatte. Die Frau, die wusste, was sie wollte, die sich nie mit etwas Mittelmäßigem zufriedengeben würde. Ihre ganze Person schien aus Willenskraft zu bestehen. Bei näherer Betrachtung kam ihm in den Sinn, wie wenig er eigentlich von ihr wusste. Mit seinen eigenen Angelegenheiten beschäftigt, vielleicht aus Mangel an Interesse, hatte er nur das wahrgenommen, was er auf den ersten Blick sah.

Jetzt hatte sie seine Neugier geweckt. Eine ganz neue Seite zeigte sich hinter dem, was so offensichtlich schien. All ihre Geheimnisse waren mit einem Mal so verlockend, das, was sich hinter ihrem kontrollierten Verhalten versteckte. Bisher hatte er sie nicht besonders spannend gefunden, nicht so genau hingesehen, sein Interesse war an ihrem Drang, sich selbst zu behaupten, abgeprallt. Sie hatte etwas Stacheliges, einen automatischen Selbstschutz. Er bekam Lust, die Person herauszufordern, die sich dahinter versteckte. Er beugte sich vor, stützte das Kinn auf die Faust und fragte sie, was sie tun würde, falls der Ehemann es bereute.

Ihr Seufzer kam aus der Tiefe. Das Gesicht fiel in sich zusammen und enthüllte ein trauriges Mädchen, das er in eine Ecke gedrängt hatte. Er nahm die Veränderung wahr und verfluchte im Stillen seine Plumpheit. *Entschuldigung,* wollte er sagen, *du musst nicht über ihn reden. Wir müssen nicht über etwas reden, was wir nicht selber wollen. Das ist der Grund dafür, dass ich hier bin, dass wir nicht Rechenschaft ablegen oder etwas erklären müssen.*

Stattdessen saß er schweigend da und beobachtete die Verletzlichkeit, die er hervorgelockt hatte. Plötzlich bekam er Lust, die Hand auszustrecken und ihr Gesicht zu berühren, mit dem Finger über die ersten vagen Anzeichen des Alters zu streichen. Die Linien auf ihrer Stirn, die kleinen Fältchen um die Augen herum. Erfahrungen, die vorbeigezogen waren und Spuren hinterlassen hatten.

Doch sein Impuls wurde von ihrer Frage schroff zur Seite gedrängt: »Warum warst du nicht gut in Liebesbeziehungen?«

Er sah, dass sie wieder da war, die Frau mit der automatischen Selbstverteidigung. »Hoppla! Und schon ändern wir das Gesprächsthema.«

»Nein, wir haben nur den Fokus etwas nach Westen verschoben.«

Er zeigte mit dem Daumen über die Schulter. »Ist das Westen?«

»Na, erzähl du mir was von Themawechsel.«

Ihre Blicke verhakten sich eine Spur zu lange ineinander. Er wusste, was das bedeutete, und entschied sich dafür auszuweichen. Wenn sie miteinander ins Bett gingen, wäre alles zerstört. Er wollte es rein halten, frei von Komplikationen, sich nicht in andere Verpflichtungen verstricken, als Hotelzimmer zu streichen. Alles war schon verwirrend genug, so wie es war.

Mit dem Blick auf den Tisch drehte er das Weinglas in seiner Hand. Das Licht in der Laterne erlosch.

Er musste sich eingestehen, dass es verlockend war. Dachte an das Versprechen, das er sich selbst gegeben hatte, es nicht abzulehnen, etwas Neues zu probieren. Die Wahrheit war, dass der Verzicht das Neue wäre. Der gewöhnliche Anders Strandberg hätte kaum gezögert. Er hätte sich vom Stuhl erhoben, seine Hand ausgestreckt und sie wortlos die Treppe hinaufgeführt. Morgen früh hätte er seine Tasche gepackt und wäre bereits auf dem Weg nach Stockholm, wenn sie aufwachte.

Doch der neue Anders wollte nicht verlieren, was er gefunden hatte.

Er lehnte sich im Stuhl zurück. »Es ist spät geworden. Ich glaube, es ist für mich an der Zeit, ein bisschen zu schlafen. Ich habe morgen ja noch ein paar Hotelwände zu streichen.«

Sie schaute auf die Uhr. »O je, ich hätte nicht gedacht, dass es schon so spät ist.« Sie stand sofort auf, und es klirrte, als sie die Weingläser einsammelte. Mit raschen Schritten ging sie herum und blies die Kerzen aus. »Um wie viel Uhr willst du frühstücken?«

»Darum musst du dich nicht kümmern, das mache ich mir selbst.«

»Dann gute Nacht, und danke für heute Abend.«

»Ich habe zu danken.«

Ihr Blick wich ihm aus. Er hatte sie in den Arm nehmen wollen, hielt aber inne. Sie verschwand in die Küche, und er blieb noch eine Weile sitzen, bevor er die Treppe hinaufstieg.

Obwohl er sehr langsam ging, holte sie ihn nicht ein.

Die Farbrolle tanzte vor seinen Augen. Der optische Eindruck, der seinen Tag erfüllt hatte, war noch zurückgeblieben. Dann schlief er ein – die Belohnung für das, was er am Tag geleistet hatte.

Die Nacht ging, und die Dämmerung kam. Wie immer, wenn er zu viel Wein getrunken hatte, wachte er früh auf. Ein leichtes Kopfweh ließ ihn die Nachwirkungen des Alkohols spüren. Mittlerweile vertrug der Körper weniger als früher. Ein Glas zu viel oder ein paar verlorene Stunden Schlaf hinterließen tiefere Spuren. Früher war so etwas leicht abzuschütteln gewesen.

Er lag eine Weile da und dachte an den Vorabend. Wie wohl er sich gefühlt hatte. Sowohl beim Kochen als auch beim anschließenden Essen. Eine angenehme Ruhe, für Helena und Emelie eine Selbstverständlichkeit, für ihn war sie nur geborgt. Der Blick, den sie ihm gegen Ende des Abends zugeworfen, den er abgelehnt und von dem er sich zurückgezogen hatte, beschäftigte ihn noch immer.

Er hoffte nur, dass nichts zerstört worden war.

Dieser Gedanke trieb ihn aus dem Bett. Er ging zum Fenster und zog den Vorhang zur Seite. Das Tageslicht drang ein, und er blinzelte, der Himmel war klar, und die ersten Strahlen der Sonne sickerten durch den Wald auf die Gipfel in der Ferne. Es versprach, ein schöner Tag zu werden.

Im Badezimmer wusch er sich, übersprang aber das Rasieren. Er wollte in den Stall und mit seiner Arbeit anfangen. Sich unentbehrlich machen. Er wollte noch einige Zeit hierbleiben, die Erfahrung auskosten zu sein, wer er wollte. Helena und der fremde Ort waren die Voraussetzung dafür. Im Zusammenspiel mit ihr konnte er sich selbst spiegeln und seine neue Verhaltensweise erproben. Er zog den Blaumann an und schlich hinunter in die Küche. Dort füllte er die Kaffeemaschine und bereitete das Frühstück für Helena und Emelie vor, strich ein paar Butterbrote und trank ein Glas Milch. Danach ging er zum Stall.

Als er über den Hof lief, entdeckte er Verner. Mitten auf dem Acker, vor einer Staffelei und einer Malerleinwand, mit einer Palette in der einen Hand und einem Pinsel in der anderen. Auf dem Boden standen ein kleiner Rucksack und ein Klappstuhl. Anders blieb stehen. Der Besuch in Verners Häuschen schien bereits weit entfernt, so viel war in der Zeit danach passiert, dass sie ihm viel länger vorkam, als sie es tatsächlich war. Er erinnerte sich an das peinliche Angebot, das er für die Gitarre gemacht hatte. Eine Habgier, die er bisher betäubt hatte, regte sich bei der Erinnerung daran. Vielleicht wäre es doch einen neuen Versuch wert? Ein anderer Teil von ihm war von diesem Gedanken empört und wollte lieber hingehen und sich entschuldigen. Unentschlossen blieb Anders stehen. Sein altes festgefahrenes Ich wehrte sich zum ersten Mal gegen all das Neue und Ungewohnte. Wer war dieser Fremde, der sich seiner bemächtigt hatte, Wände strich und sich bei allen einschmeichelte? Zumindest jemand, dem es sehr viel besser ging.

Fest entschlossen ging er hinaus auf den Acker, setzte den Weg fort, den er zuvor bereits gewählt hatte.

Er sprang über einen Graben, folgte einer Ackerfurche und stieg über Büschel von Stoppeln. Die Erdkruste war hart, aber zu dünn, um ihn zu tragen, die Gummistiefel versanken in lehmiger Erde. Verner stand mit dem Rücken zu ihm. Der Atem kam wie Rauch aus seinem Mund. Ein Vogelschwarm erschrak über Anders' Schritte, hob mit erregtem Geschrei vom Boden ab und suchte in dem Baum auf dem Hof der Anderssons Zuflucht. Das brachte Verner dazu, sich umzudrehen. Beim Anblick von Anders hob er grüßend die Hand. Anders war beruhigt, wäre Verner wütend, würde er ihm wohl kaum winken. Am einfachsten wäre es wohl, wieder von vorne anzufangen, so zu tun, als hätte es ihre frühere Begegnung nicht gegeben. Verner hatte ihm wieder den Rücken zugedreht und sich wieder seiner Staffelei zugewandt.

»Hallo Verner, so früh schon am Werk?«

»Sie sind also noch hier in der Gegend? Letztes Mal hatten Sie es so eilig, dass ich geglaubt habe, Sie würden bis nach Stockholm laufen.«

Anders, der gerade bei ihm angekommen war, schaute zu Boden. Er erinnerte sich, wie er auf dem rutschigen Boden durch den Wald gerannt war. Die Trauer, die ihn überwältigt hatte. Ein merkwürdiges Gefühl, als sei es ein anderer gewesen, der geflüchtet war. »Ich habe mir ein Zimmer im Hotel genommen, und jetzt bin ich dort als Maler angestellt.«

Verner ließ den Pinsel sinken, drehte sich um und unterzog ihn einer gründlichen Prüfung. Ein bisschen sehr ausführlich, fand Anders. »Sieh mal an.« Verner wandte sich wieder der Staffelei zu. »Sie sind es also, der Helena bei der Fertigstellung hilft. Schön zu sehen, dass es Ihnen besser geht.«

Anders sah zum ersten Mal auf das Bild. Schon auf dem Weg über den Acker hatte er sich ein paar passende Worte überlegt, um Verners Malkunst zu ermuntern, aber die reichten nun nicht mehr. Das Gemälde war herausragend. Er war in der Kunst nicht ganz unbewandert, aber selbst ein Laie konnte erkennen, dass es mit großem Geschick gemalt worden war. Anders hob den Blick zu dem Vorbild seines Motivs. Die beiden Wohnhäuser und der große Baum auf dem Hof der Anderssons, schräg gegenüber der Straße, die etwa hundert Meter von dem Platz entfernt waren, an dem sie standen. »Das ist ja ganz phantastisch.« Sein Blick kehrte zu dem

Bild zurück. Die Häuser, die eigentlich rot waren, hatten auf dem Gemälde einen grauen Ton bekommen. Geschundene Skelette, wie aus Asche gebaut. Mit verzerrten Winkeln schienen sich die Häuser im Zorn voneinander weg zu lehnen. Die Fenster waren schwarz vor Trauer. Der mächtige Baum war das Einzige, was Farbe trug. In vollster Pracht mit weißen Blüten übersät schien er fast aus sich selbst heraus zu leuchten. Die Farben der Blätter brachten Anders dazu, auf Verners Palette zu schielen, in Verwunderung darüber, wie viele grüne Schattierungen es tatsächlich gab. Er kehrte zu dem Gemälde und zu der trügerischen Schönheit des Baums zurück. Denn unter dem Boden verborgen streckten sich vermodernde Wurzeln zu beiden Häusern hin und erfüllten sie mit Bosheit. »Na so was, Verner, ich wusste gar nicht, dass Sie Maler sind. Dieses Bild kaufe ich gern, wenn es fertig ist.«

Die Worte kamen von Herzen. Selten empfand er etwas für Kunst ohne beglaubigten Wert, aber dieses Bild wollte er weiter betrachten können, wenn auch nur als Erinnerung an eine besondere Zeit.

Er hörte Verner schnauben. »Sie sind ja sehr erpicht darauf, Sachen zu kaufen.«

Da kam also doch eine Erinnerung. Auch Verner hatte sie nicht vergessen.

»Ich dachte nur, falls Sie verkaufen wollen, dann würde ich es gerne haben.«

»Es steht nicht zum Verkauf.« Verner besserte eine sich schlängelnde Wurzel nach.

Anders dachte, es wäre vielleicht trotzdem gut, den Kauf eines Bildes anzubieten, auch wenn es nicht gerade dieses war. Allein schon um seine Wertschätzung zu zeigen.

»Ich würde gerne eins von Ihren Bildern kaufen. Sie haben kein anderes, das Sie verkaufen wollen?«

»Ne, das ist das einzige Bild, das ich habe.«

Anders schaute erst das Gemälde an und dann Verner. »Wie bitte, wie meinen Sie das?«

»Das ist das einzige Bild, das ich habe.« Verner beugte sich hinunter und tauchte den Pinsel in eine Dose mit einer durchsichtigen Flüssigkeit. »Erst male ich, dann kratze ich das meiste ab und überpinsele es mit Deckweiß. Wenn es nur einen Tag trocknet, ist es ganz leicht, etwas Neues zu malen.« Er nahm einen Lappen aus dem Rucksack und wischte sorgfältig den Pinsel ab, ehe er ihn in neue Farbe tauchte.

Anders tat sein Bestes, um eine Logik in Verners Erklärung zu finden. »Sie meinen also, Sie wollen das hier übermalen?«

»Nein, wirklich nicht. Gerade dieses will ich behalten.«

»Aber warum tun Sie das? Sie könnten Ihre Bilder doch verkaufen?«

»Ich weiß.«

»Ja aber, warum tun Sie es dann nicht? Was Sie da machen, ist doch reine Zeitverschwendung.«

Verner sagte nichts.

»Wenn Sie dieses eine verkaufen, könnten Sie sich eine Menge Leinwände anschaffen. Sie könnten sie ausstellen und Ihre Kunst in Galerien zeigen. So gut, wie Sie sind, könnten Sie bestimmt eine Menge Bilder verkaufen.«

»Ich weiß.«

Genau wie beim letzten Mal, als sie sich trafen, geriet Anders in immer größere Verwirrung. Ein Gespräch mit Verner folgte keiner vernünftigen Ordnung. Unversehens wich es auf ein Gebiet aus, in dem keine Regeln mehr galten. Keine Antwort war vorhersehbar. Alles musste nach Wahrscheinlichkeiten berechnet werden.

Er machte einen neuen Versuch zu verstehen. »Aber warum tun Sie es dann nicht?«

Verner hob den Pinsel und hielt ihn vor das Motiv, schloss ein Auge und verglich die Farben. Obwohl keine auf dem Bild der Wirklichkeit nahekam. »Weil es das Malen ist, das Spaß macht.«

»Aber wenn Sie Ihre Bilder verkaufen würden, könnten Sie ja die ganze Zeit malen.« Verner lächelte, und Anders fasste das als eine Ermunterung zum Fortfahren auf. »Und wenn auch nur, um ein paar Groschen zu verdienen.«

Verner ließ eine tückische Wurzel über die Vortreppe des einen Hauses schlängeln. »Was lässt Sie glauben, dass ich einen Groschen brauche?«

Jetzt erkannte Anders, dass er sich auf demselben dünnen Eis befand, auf das er bei ihrem letzten Treffen geraten war. Deshalb entschied er sich, nicht zu antworten. Stattdessen stand er still da und betrachtete Verner, der angefangen hatte, seine Malerutensilien einzusammeln. Es blieb eine ganze Weile still, bis Verner plötzlich das Wort ergriff.

»Ich habe gezeichnet und gemalt, so lange ich denken kann. Als Kind hatte ich immer einen Bleistiftstummel und ein Stück Papier in der Tasche. Ich wurde früh ein Betrachter, einer, der oft danebensteht und beobachtet, das Zeichnen wurde zu meiner Art, die Welt in den Griff zu bekommen. Wenn mich etwas traurig machte oder wenn ich etwas sah, das ich nicht verstand, wurde es stets leichter, wenn ich es zeichnete. Und ehrlich gesagt gab es damals vieles, was mich traurig gemacht hat.« Er stellte alle Pinsel, die er benutzt hatte, in die Dose mit der Flüssigkeit. Einer nach dem anderen wurde an dem Lappen abgewischt. »Meine Mutter war erst vierzehn Jahre alt, als ich geboren wurde, und das war natürlich ein Skandal, aber damals gab es ja keine Verhütungsmittel. Wer mein Vater war, habe ich nie erfahren. In den Kirchenbüchern steht ›Vater unbekannt‹.« Ein Pinsel nach dem anderen verschwand im Außenfach des Rucksacks. »Dass ich außerdem war, wie ich war, machte die Sache noch viel schlimmer. Damals nannte man das Behindertenanstalt, wo man Kinder hinschickte, bei denen man fand, dass sie eine Macke hätten. Im Volksmund sagt man immer noch Irrenanstalt. Ich war sieben, als sie mich weggeschickt haben, sie haben sich nicht getraut, mich in der Dorfschule vorzuzeigen. Aber ich hatte meinen Bleistift und meinen Block, und das hat mir dabei geholfen, die Jahre zu überstehen.« Anders stand mucksmäuschenstill da und hörte ihm aufmerksam zu, ängstlich, dass Verner verstummen würde, wenn er auch nur die kleinste Regung zeigen würde. Er freute sich darauf, Helena davon erzählen zu können. »Mit vierzehn fuhr ich zur See, zu Hause war ich nicht willkommen, und es gab auch nichts, was mich hielt, also brach ich auf, um die Welt zu entdecken. Aber auf See zu sein, ist ein hartes Leben für einen dünnen kleinen Jungen. Sobald ich ein Stündchen für mich hatte, habe ich gezeichnet. Es gab keinen Knoten oder Seemann an Bord, die nicht in meinem abgegriffenen Skizzenblock abgebildet worden sind. Und die ganze Zeit hatte ich den Traum, irgendwann von meiner Kunst leben zu können, eines Tages ein angesehener Maler zu sein. Dieser Traum hat mich durch viele schwere Tage und Nächte getragen, wenn die Muskeln schmerzten.« Er seufzte und stemmte seine Hände ins Kreuz, richtete sich mit einer Grimasse auf. »Aber man muss vorsichtig sein mit dem, was man sich wünscht, denn es kann sein, dass es in Erfüllung geht.« Verner betrachtete sein Gemälde, kniff die Augen zusammen und tippte mit seinem kleinen Finger auf einen Fleck, an dem die Farbe klumpig war, gleich neben der Eingangstür des einen Hauses. »Bei mir dauerte es zwanzig Jahre. Aber dann hatte ich meinen Durchbruch nach einer Kunstausstellung in New York. Ich wohnte damals da drüben, und meine Bilder waren so gefragt, dass ich nicht in dem Takt liefern konnte, in dem sie sich verkauften. Es gab eine ewige Quengelei von den Galerien, ich malte, so schnell ich konnte, und wurde dabei ziemlich reich. Aber das Seltsame war, je besser es lief, desto größer wurde meine Angst, alles zu verlieren. Es gefiel mir, mich erhaben zu fühlen, bewundert zu werden und eine besondere Behandlung zu genießen. Endlich war ich jemand. Ich mühte mich also ab und nahm neue Aufträge an, malte immer mehr Dinge, von denen ich glaubte, dass die Leute sie haben wollten, und benutzte spezielle Techniken, um die Kunstkritiker zu beeindrucken. Ich malte und malte und wurde schlechter und schlechter, aber die Bilder verkauften sich wie verrückt. Solange meine Signatur in der Ecke stand, schien niemand zu sehen, wie schlecht sie waren. Doch zum ersten Mal in meinem Leben fing ich an, es langweilig zu finden. Ich musste mich zur Staffelei zwingen, das Einzige, was mich antrieb, war diese Angst, alles zu verlieren. Die Macht der Eitelkeit ist größer, als man denkt, also hielt ich ein paar Jahre durch, bis ich es eines Tages nicht mehr aushielt. Ich hatte meine Fähigkeit verloren, wirklich zu sehen. Aber die Lust am Malen zu verlieren, bedeutete, die Fähigkeit zum Atmen zu verlieren. Es war, als wäre ich meines Lebens beraubt worden.« Verner schraubte die Leinwand von der Staffelei ab, stellte sie auf den Rucksack und lehnte sie an sein rechtes Bein. »Es sind fünfunddreißig Jahre vergangen, seit ich ein Bild verkauft habe, aber wenn Sie nur wüssten, wie viel Spaß es nun wieder macht zu malen.«

Eine Tür schlug drüben im Hotel zu. Das Geräusch brachte beide dazu, sich umzudrehen, und gleich darauf tauchte Emelie auf, eilig ging sie hinunter zur Landstraße. Sie grüßte, und die beiden winkten zurück, Anders noch in Gedanken daran, was Verner erzählt hatte. Das letzte Stück musste sie rennen, als der Bus sich näherte. Sie standen beide still da und sahen, wie er an der Haltestelle auf sie wartete. Als die Tür sich schloss, klappte Verner seine Staffelei zusammen. »Um dieses Mädchen muss man sich Sorgen machen.«

Anders wurde aus seinen Gedanken gerissen. »Wie meinen Sie das?«

Aber auf einmal sah Verner verlegen aus. Zum ersten Mal wich sein Blick ihm aus, und mit raschen Bewegungen streifte er den Rucksack über. Die Staffelei legte er über die Schulter, und das Bild nahm er in die andere Hand. Er nickte zum Abschied und ging mit bestimmten Schritten davon. Anders blieb stehen, verdutzt über Verners abrupten Aufbruch. Der Abstand zwischen ihnen wuchs, und alles, was er fragen wollte, kam zu spät. Auf halbem Weg zum Wald verlangsamte Verner plötzlich seine Schritte, machte kehrt und ging zurück. Je näher er kam, desto größer wurde Anders' Erwartung. Es waren ungefähr zehn Meter zwischen ihnen, als Verner stehenblieb.

»Ich mache das dem Mädchen zuliebe und für niemanden sonst. Ich hätte gestern etwas sagen sollen, aber mir fehlte der Mut. Sie können Helena einen schönen Gruß ausrichten, sie soll im Lauf des Tages vorbeikommen, denn dieses Mädchen braucht Hilfe.«

Das war alles, was er zu sagen hatte, denn nach diesen Worten drehte er sich um und ging wieder davon. Die vielen Fragen, die in Anders rumort hatten, gerieten ins Stocken. Verblüfft blieb er stehen, die Arme an den Seiten herabhängend. Lange stand er so da und sah, wie Verner den Acker verließ und an dem Platz vorbeikam, an dem er einmal mit dem Auto angehalten hatte, um die Schmerztabletten zu nehmen. Er sah ihn den Kiesweg entlanggehen, vorbei an der Wiese, an der er selbst einmal geparkt hatte. Und schließlich, wie einen Punkt in weiter Ferne, sah er ihn zwischen den Bäumen verschwinden.

Ein Auto kam auf der Landstraße vorbei. Es ließ ihn sich wie eine alte Vogelscheuche fühlen, auf dem gepflügten Acker vergessen, ohne Nutzen. Er drehte sich um und ging zurück zum Hotel, vollständig ratlos, wie er Verners Gruß an Helena formulieren sollte.

Kapitel 18

Helena saß in der Küche und sah auf das Frühstück, das Anders schon vorbereitet hatte. Besonders hungrig war sie nicht, im Gegenteil, ihr war übel vom Wein, den sie am Abend zuvor getrunken hatte. Sie war den Alkohol nicht gewohnt, und der Magen hatte entsprechend reagiert.

Emelie war bereits auf dem Weg zur Schule. Am Morgen war ihr Ton wieder so kratzbürstig gewesen, als hätte es den letzten Abend nicht gegeben. Schuld wegen ihrer Lüge verspürte sie also offenbar keine mehr.

Sie seufzte und schaute aus dem Fenster. Ein neuer Tag mit neuen Stunden. Und dort oben schräg gegenüber der Straße saß vermutlich Anna-Karin und war zornig. Früher oder später musste sie zu ihr gehen und fragen, wie sie es in Zukunft machen sollten. Ob Anna-Karin überhaupt noch für sie arbeiten wollte. Sonst müsste sie schon bald eine Anzeige schalten, um nach jemand anderem zu suchen.

Gerade als sie aufstehen wollte, tauchte Anders hinter der Ecke des Vorratshauses auf, anscheinend nach einem Spaziergang auf dem Acker. Sie beugte sich vor und öffnete das Fenster. »Guten Morgen!«

Er schien beinahe erschreckt. »Hallo, danke für das Essen gestern, ich mache jetzt mit dem Streichen weiter.«

Ohne stehen zu bleiben ging er weiter über den Hof und verschwand im Stall. Sofort wurde ihr mulmig zumute, im Gegensatz zu gestern hatte er offensichtlich keine Lust, mit ihr zu plaudern. Es war also das eingetreten, was sie bereits befürchtet hatte, als sie zu Bett gegangen war. Sein Blick, den sie einen Moment zu lange festgehalten hatte. Er hatte ihre Absichten überinterpretiert, jetzt fühlte er sich gezwungen, sein Desinteresse deutlich zu zeigen, um ihr keine Hoffnungen zu machen.

Die Verlegenheit brachte sie dazu aufzustehen, das Frühstück abzuräumen und mit dem Geschirrspültuch die letzten Spuren zu beseitigen. Kein Fleck oder Krümel blieb zurück, nachdem sie fertig gewischt hatte. Sie verspürte ein irrsinniges Bedürfnis danach, ihn davon zu überzeugen, dass das Ganze ein Missverständnis war. Wenn das nicht gelang, würde sie ihn bitten müssen abzureisen. Sie wollte es sich nicht antun, als schmachtende, verschmähte Scheidungsmutter dazustehen, so verzweifelt, dass sie sich an jeden Mann, der über die Schwelle trat, gleich heranschmeißen musste.

Sie ging die Treppen hinauf und stellte sich unter die Dusche. Lange stand sie da, in der Hoffnung, die Verlegenheit wegzuspülen. Als sie herauskam, war der Badezimmerspiegel beschlagen, sie trocknete sich schnell ab und zog sich an. Das Spiegelbild, das sich hinter dem Wasserdampf verbarg, verlockte weder sie noch irgendjemand anderen. Jetzt war es ein für alle Mal bestätigt.

Der Vormittag verging. Eine weitere E-Mail von Martin war gekommen, aber sie löschte sie ungelesen. Stattdessen bestellte sie die Dinge, die sie für den Begräbniskaffee am folgenden Tag brauchen würde, rief beim Blumenladen an, um weiße Lilien zu ordern, und deckte die Tische mit Kaffeetassen und Untertellern, obwohl das eigentlich noch Zeit hatte. Sobald sie untätig war, würde ihre Unlust überhandnehmen. Sie hatte während des gestrigen Abends geglaubt, ihr entkommen zu sein, tatsächlich war sie aber nur beiseitegeschoben worden.

Der trügerische Trost des Weins. Trotz ihrer Erfahrung hatte er sie so leicht verführt.

Eine kurze Zeit künstlicher Beatmung.

Eine so willkommene Zerstreuung.

Das war es, was Anders mit seiner Anwesenheit bewirkt hatte. Während einiger Stunden hatte sie es geschafft, die meisten ihrer Probleme zu verdrängen und ihre volle Aufmerksamkeit auf ihn zu lenken. Jetzt, da sie auch mit ihm Probleme verband, gab es keine Fluchtwege mehr für sie.

Ihr Leben war ein Chaos, das musste sie sich nun eingestehen. Ein Bündel ungelöster Probleme.

Gegen Nachmittag war ihre Rastlosigkeit so groß, dass sie es nicht länger aushielt. Sie musste unbedingt das Gespräch mit Anders hinter sich bringen, um wenigstens eine Unannehmlichkeit aus der Welt zu schaffen.

Sie zog die Stiefel an und ging in den Stall. Die Wände waren bereits fertig, und er war gerade dabei, die Fensterrahmen zu streichen. »Wie läuft es?«

»Gut. Ich wollte gleich anfangen, den Boden zu verlegen.«

Sie schaute auf den eingeschweißten Stapel Escheparkett.

Martin und sie hatten es zusammen ausgewählt, obwohl sie eigentlich Walnuss vorgezogen hätte. »Schaffst du das denn?«

Er warf ihr einen unsicheren Blick zu, wie um zu sehen, ob sie scherzte. »Wie, was meinst du?«

»Den Boden zu verlegen?«

»Ja, ich glaube schon. In dem Paket liegt eine Anleitung, und lesen kann ich ja.«

»Gut.«

Sie erwiderte sein Lächeln nicht. Stattdessen sammelte sie ein paar Holzleisten zusammen, die die Schreiner zurückgelassen hatten. Es war ein gutes Gefühl, die Distanz offen zu zeigen. Sie war die Chefin, und er war angestellt, was er darüber hinaus zu sehen gemeint hatte, war nur seine eigene Einbildung. Nach einer Runde durch das Zimmer, während der sie seine Arbeit kontrolliert hatte, kehrte sie in den Gang zurück.

»Hör mal, Helena.«

Sie wollte weitergehen, musste aber stehen bleiben. Es gab eine Andeutung in seiner Stimme, von der sie nicht wusste, wie sie sich zu ihr zu verhalten hatte. Jetzt sollte offenbar das geklärt werden, was eigentlich nicht einmal etwas gewesen war.

»Ich habe Verner draußen auf dem Acker getroffen.«

Die Worte fühlten sich an wie eine Rettung. Darauf konnte sie sachlich reagieren, ohne dass etwas erklärt werden musste. Sie ging zurück und stellte sich in die Tür. Lächelte ein wenig, um sich für ein neutrales Gespräch offen zu halten. »So, was hat er denn gesagt?«

»Tatsächlich eine ganze Menge. Jetzt weiß ich etwas mehr über ihn. Er erzählte eine völlig phantastische Geschichte. Er ist Maler, und wie sich zeigte, ein unglaublich guter. Ich habe ihn mitten auf dem Acker entdeckt, wo er stand und malte.«

Anders nahm sich viel Zeit, um Verners Geschichte zu erzählen. Je länger er sprach, desto besänftigter wurde sie. Da war es wieder, das zwanglose Beisammensein, das sie schon verloren geglaubt hatte. Sie musste sich eingestehen, dass es ihr wichtig geworden war. In nur kurzer Zeit war es ihm gelungen, einen Platz in ihrem Leben einzunehmen. Vielleicht vor allem, weil einer frei war.

Früher hatte sie so einen großen Bekanntenkreis gehabt, wie hatte sie es da schaffen können, so einsam zu werden?

»Übrigens, ich soll dir einen Gruß von ihm ausrichten.«

»Danke.«

»Nein, also er … er wollte, dass du im Laufe des Tages vorbeikommst.«

»Aha, warum denn?«

Anders drehte sich um und fing wieder an zu streichen, ohne den Pinsel zuvor in die Farbe zu tunken. Sie hatte das Gefühl, er zögere mit seiner Antwort. Und das machte sie neugierig. »Hat er gesagt, was er wollte?«

»Ich weiß nicht recht, was ich sagen soll. Ja, das hat er eigentlich, aber es ist besser, wenn du selbst mit ihm sprichst.«

»Was hat er denn gesagt?«

»Ach, es war nur komisch. Vielleicht ist er doch nicht so ganz richtig im Kopf.«

»Erzähl mir, was er gesagt hat.«

Der Pinsel stockte am Rahmen, und sie schaffte es noch zu denken, dass ein hässlicher Abdruck zurückbleiben würde. Dann drehte er sich um. »Okay, du musst es nehmen, wie du meinst. Er hat was davon gesagt, dass es Grund gibt, sich um Emelie Sorgen zu machen, etwas davon, dass sie Hilfe bräuchte.«

Erst erreichten die Worte sie nicht. Dann kam die Wut. »Was zum Teufel hat er damit gemeint?«

Seine Hände breiteten sich in der Luft aus. »Ich habe keine Ahnung, es scheint völlig unsinnig, aber ich gebe nur wieder, was er gesagt hat.«

»Was hat er denn gesagt?«

»Ungefähr das, was ich gerade gesagt habe. Ich weiß es nicht mehr wörtlich.«

Helenas Gedanken rasten in alle Richtungen. Nirgends gab es eine vernünftige Erklärung. Wie konnte Verner behaupten zu wissen, wie es Emelie ging? Er kannte sie nicht. Die Behauptung, Emelie bräuchte Hilfe, war nichts weiter als eine Beleidigung. »Was zum Teufel sollte er davon wissen?«

»Keine Ahnung, er sagte, er hätte schon gestern etwas sagen sollen, aber ihn hätte der Mut verlassen.«

Gestern? Was war gestern passiert? Während der letzten Tage war so vieles geschehen. Aber dann erinnerte sie sich plötzlich an Verner in der Küche, Emelies flehenden Blick, als er ihre Hand gehalten hatte. Schon da hatte Helena gespürt, dass etwas nicht stimmte. Hatte Emelie Verner schon vorher getroffen? War es Angst, die sie in ihrem Gesicht gesehen hatte? Ein Schreckensszenario fuhr durch ihre Gedanken.

Der Außenseiter Verner.

War das der Grund, warum Emelie so verändert war? Weil etwas geschehen war, wovon Helena nichts wusste? Sie bekam plötzlich Atemnot und musste sich am Türrahmen abstützen. »Was hat er noch gesagt?«

»Er hat nur das gesagt. Das Ganze war sehr merkwürdig.

Wir sahen Emelie zum Bus hinunterlaufen, und danach hatte er mir dann das gesagt. Vielleicht war es dumm von mir, überhaupt davon zu erzählen. Möglicherweise hat er ja auch nur gemeint, dass man sich Sorgen machen müsse, weil sie sich die Haare schwarz gefärbt hat.«

Aber um wieder atmen zu können, musste Helena sich vergewissern. Im tiefsten Inneren wusste sie, dass es etwas anderes war. Dass es etwas gab, was sie nicht hatte sehen können.

Anders legte ihr eine Hand auf die Schulter, eine Berührung, so ungewohnt, dass sie erstarrte.

»Ich kann dich begleiten, wenn du willst.«

Sie war ihm zutiefst dankbar.

Anders stand auf der Vortreppe, bereit anzuklopfen. Sie hielt etwas Abstand und hatte Herzklopfen. Eigentlich wollte sie Verners Häuschen nicht betreten, von ganzem Herzen bereute sie es, auf ihn zugegangen zu sein. Ihr blöder Heldenmut, als sie für den Schwachen Partei ergriffen hatte.

Jetzt konnte Anna-Karin dasitzen und triumphieren.

Sie spürte die Vorahnung einer kommenden Katastrophe. Was auch immer sie innerhalb der vier Wände dieses Häuschens zu hören bekommen würde, es würde in jedem Fall wehtun. Es gab keinen Platz für diesen Schmerz. Wenn er sie traf, würde sie über die Grenze gestoßen werden und in die Tiefe stürzen. Ob sie das überleben würde, wusste sie nicht. Ein halbes Jahr lang war es ihr gelungen, diese Gefahr von sich fernzuhalten. Jetzt schaffte sie es nicht mehr.

»Bist du okay?«

Sie nickte, und Anders klopfte an die Tür.

Der Verner, der ihnen die Tür öffnete, war ein anderer als zuvor. Das Lächeln war einer mürrischen Miene gewichen, und ihr wurde klar, dass keiner von ihnen sich auf den Besuch freute. Er ließ die Tür offen stehen und verschwand wieder hinein, Anders drehte sich um. »Komm jetzt.«

Ohne Anders wäre sie nicht hineingegangen. Dankbar dafür, dass er das Kommando übernahm, ging sie zur Treppe, ihre Beine zitterten. In einer kleinen Diele zogen sie ihre lehmigen Gummistiefel aus, eine schwarzweiße Katze strich schnurrend um ihre Beine. Verner war außer Sichtweite, sie hörte ihn in der Küche hantieren.

»Ihr könnt schon reingehen, der Kaffee kommt gleich.«

»Nein danke, für mich nicht.« Anders warf Helena einen Blick zu, und sie schüttelte den Kopf. »Helena ist auch zufrieden.«

Jetzt fühlte sie seine Hand im Kreuz, die sie vorwärtsschob. Die Geste war beschützend, aber verheerend für ihre Selbstkontrolle. Seine Fürsorge brachte sie fast zum Weinen.

Sie saß mit Anders auf dem karierten Überwurf eines Bettes. Das Zimmer war so überladen, dass die niedrige Decke auf den hohen Stapeln zu ruhen schien. Schubladen, Kartons, Bücher und Zeitungen. Zwei kleine Sprossenfenster. Trotz der strahlenden Sonne draußen wirkte das Zimmer dunkel. Ein Radio, eine Kuckucksuhr, eine alte Schreibmaschine. Kleiderbügel mit verschiedenen Sachen hingen hier und da, wo etwas herausragte, woran man sie festhaken konnte. Das typische Haus eines Außenseiters. Er stand mit einer Tasse Kaffee in der Tür.

»Das Dorf, in dem ich geboren wurde, war so ähnlich wie dieses.«

Sie überwand ihren Widerwillen und drehte den Kopf in seine Richtung. »Was hat das mit Emelie zu tun?«

»Wenn Sie sich ein wenig beruhigen, werde ich es erklären.«

»Ich bin nur gekommen, um zu erfahren, warum Sie das über Emelie gesagt haben. Wo haben Sie sie getroffen?«

Er seufzte. »Wenn Sie wissen wollen, warum ich Sie bat vorbeizukommen, müssen Sie sich gedulden. Es gibt keine schnelle Art, das zu erzählen. Es gibt übrigens überhaupt keine Art, das weiß ich seit langem, es ist also das erste Mal seit sehr langer Zeit, dass ich darüber rede.«

Er stellte die Kaffeetasse auf einem Bücherstapel ab, ging zu einem Stuhl neben dem Bett, zog ihn ein Stück heran und setzte sich. Das Schweigen, das darauf folgte, schien endlos. Helena wollte die Frage wiederholen, sie herausschreien, ihm eine Antwort entreißen.

»Es gibt Dinge, die man von sich selbst nicht erzählen sollte. Jedenfalls nicht, wenn man jemand ist wie ich. Aber für gewisse Sachen kann man nichts, man wird so geboren, wie man ist. Ich habe ziemlich viele Leute vergrault, bevor ich gelernt habe, den Mund zu halten.«

»Sagen Sie, was Sie mit Emelie gemacht haben.«

Sein Zorn kam augenblicklich. »Ich habe nichts mit Emelie gemacht.«

Die erhöhte Tonlage ängstigte sie. Vielleicht spürte Anders das, denn er kam ihr zu Hilfe. »Nur mit der Ruhe, Verner, es gibt keinen Grund, zornig zu werden. Sie verstehen doch, dass Helena beunruhigt ist, nach dem, was Sie gesagt haben.«

Sie spürte seinen Arm im Rücken und war dankbar, dass er bei ihr war. Verner schien sich wieder zu entspannen und beugte sich vor, die Ellenbogen auf den Knien und die Hände gefaltet.

»Ich muss das in meinem eigenen Tempo erzählen.« Die Katze strich um seine Füße, und er hob sie auf den Schoß. »Ich bin zornig geworden, weil es eine Zeit gab, in der man mir so viele dumme Dinge vorgeworfen hat, dass ich wohl etwas überempfindlich geworden bin.« Die Katze schnurrte und legte sich auf seinem Schoß zurecht. Verner strich ihr mit der Hand über den Rücken. Dann begann er zu erzählen, mit langen Gedankenpausen. »Wie gesagt, ich wurde in einem Dorf geboren, das diesem nicht unähnlich war, aber das ist ja lange her, vieles war damals anders. Oder auch nicht, wenn man es genauer bedenkt.« Er gab ein Schnauben von sich, oder vielleicht war es ein Seufzer. »Ich hätte ein normaler Bauernjunge sein sollen, aber ich habe schon ziemlich früh verstanden, dass ich anders bin. Nicht einmal in meine eigene Familie habe ich hineingepasst. Manchmal dachte ich, die anderen seien verrückt, aber ziemlich bald habe ich begriffen, dass mit mir etwas nicht stimmte.«

Die Unruhe stieg in Helenas Brust hoch. Es stimmte, was Anna-Karin behauptet hatte. Etwas war nicht normal, und jetzt hatte es Emelie getroffen.

»Erst haben sie gesagt, ich hätte eine lebhafte Phantasie. Dann haben sie behauptet, ich würde lügen und Dinge erfinden. Ich wurde traurig und zornig, und es gab keinen einzigen Menschen, den ich um Rat fragen konnte. Die Welt erschien mir immer sonderbarer. Für mich war es ja genauso deutlich wie die Wärme dieser Katze oder dass ich die Tür dahinten sehe. Aber alle wollten mich davon überzeugen, dass ich mir das nur einbilde.« Er verstummte für eine Weile, und das Schnurren der Katze war das Einzige, was zu hören war. Helena spürte die Wärme von Anders' Arm, sie war ihm unendlich dankbar, dass er sie begleitet hatte.

»Aber ich, dumm wie ich war, beharrte darauf. Und als sie eingesehen haben, dass es stimmte, hatten sie stattdessen Angst vor mir. Sie waren außer sich vor Sorge darüber, dass jemand im Dorf merken würde, was mit mir los war, und mir wurde verboten, den Hof zu verlassen. Wenn jemand zu Besuch kam, musste ich mich verstecken.« Er senkte den Blick und schaute zu Boden, sichtlich gequält von den Erinnerungen. »Ihr könnt es euch ja selbst vorstellen, ein Kind, das Farben rings um die Menschen sieht, in einem kleinen Dorf, in dem nichts andersartig sein durfte.«

Die plötzliche Wendung ließ seine Bekenntnisse in eine ganz andere Richtung gehen, als Helena vermutet hatte. »Was für Farben?«

Verner sah zum Fenster hin. »Wir werden geboren, wie wir sind, mit verschiedenen Mängeln und Fähigkeiten, manche offensichtlicher als andere. Einige werden mit dem absoluten Gehör geboren, andere mit einem fotografischen Gedächtnis. Ich bin mit dem geboren, was man Synästhesie nennt. Es ist eine Menge darüber geforscht worden, aber man weiß nicht, woher es kommt, nur, dass unsere Gehirne anders arbeiten.« Er kraulte die Katze unter dem Kinn. »Es ist eine Art Überlappung der Sinne. Das, was ein Sinn wahrnimmt, wird auf einen anderen übertragen. Manche verbinden Farben mit verschiedenen Buchstaben oder Wörtern. Andere nehmen verschiedene Arten von Geschmack wahr, wenn sie Musik hören. Bei einer Frau, von der ich las, brannte es auf der Haut, wenn sie auf ein kariertes Muster blickte, ein anderer spürte einen Zug an den Fußgelenken, wenn er eine Gitarre spielen hörte.«

»Sie haben also eine Art Gabe, Farben um die Leute herum zu sehen?«

»Ich weiß nicht, ob man es Gabe nennen kann. Oft in meinem Leben hat es sich wie ein Fluch angefühlt.« Verner tat einen tiefen Atemzug, sodass die Katze sich erhob. Er strich ihr mit langen, ruhigen Bewegungen über den Rücken. »Leg dich nur hin, du kleine Mieze, du weißt das ja schon alles.«

»Ich verstehe nicht, was das mit Emelie zu tun hat?«

Ihre Stimme war spitz, von Argwohn geprägt. Verner stand auf und setzte die Katze behutsam auf den Stuhl. Sie warf ihm einen missgelaunten Blick zu und sprang auf den Boden hinunter, mit hoch erhobenem Schwanz trippelte sie davon. Verner ging zum Fenster.

»Als Kind habe ich es selbst nicht verstanden. Ich sah nur, was ich sah, und fühlte, was ich fühlte. Seitdem habe ich eine Menge gelernt und andere Menschen getroffen, die sind wie ich. Jetzt weiß ich also etwas mehr darüber.«

»Und zu welchem Ergebnis sind Sie gekommen?«

Verner zupfte etwas abgeblätterte Farbe vom Fensterrahmen, seufzte und zögerte mit der Antwort. »Auch wenn ihr nicht das seht, was ich sehe, behauptet ihr doch auch, dass verschiedene Menschen eine unterschiedliche Ausstrahlung haben. Ihr sagt, gewisse Menschen würden euch Unbehagen bereiten, während andere etwas Besonderes ausstrahlen. Manchmal könnt ihr spüren, dass jemand euch anschaut, ihr könnt wahrnehmen, ob es gute oder schlechte Vibrationen im Raum gibt. Aber nur wenige suchen eine logische Erklärung dafür, ihr akzeptiert, dass es ist, wie es ist.« Er beugte sich vor, die Hände auf dem Fensterbrett, als wolle er sich hinausstemmen. Im Gegenlicht wirkte es so, als würden die Haare wie eine Wolke um den Kopf herum schweben. »Aus irgendeinem Grund kann ich diese Vibrationen sehen, die die meisten nur fühlen. Besser gesagt weiß ich gar nicht, ob ich sie sehe, aber ich habe Farben davon im Kopf, und diese Farben lösen verschiedene Empfindungen in mir aus. Ich fühle ganz einfach, wie es den Menschen geht.«

Helena und Anders wechselten einen Blick. Mit der Hand vor dem Mund versuchte er, ein Lächeln zu verbergen. Ihr gemeinsamer Argwohn wurde zu etwas, das sie verband.

Verner drehte sich um, ging zum Stuhl zurück und setzte sich. »Es gibt ein Energiefeld um alles herum, was lebt.« Er streckte die Hand mit gespreizten Fingern aus, drehte sie hin und her, als sei das ein seltener Anblick. »Das ist ja eigentlich nichts Merkwürdiges, alles besteht ja tatsächlich nur aus Energie, und jedes Atom vibriert, nichts befindet sich je in Ruhe.«

Anders zog plötzlich seinen Arm von ihrem Rücken zurück und änderte die Position. Seine Hände landeten auf den Schenkeln, wo die Finger rastlos zu trommeln begannen. »Diese Vibrationen, die für mich zu Farben werden, kommen wohl von all den elektrischen Impulsen im Gehirn oder den Gedanken und Gefühlen, wenn ihr es lieber so nennen wollt. Ihr ahnt nicht, wie viele Farbnuancen es um einen Menschen herum gibt.«

Anders' Ungeduld steckte sie an, und sie erhob sich. »Sie meinen also, Sie können die Gedanken der Menschen lesen?«

»Ne, das kann ich nicht. Aber die Farben bewirken, dass

ich sehen kann, welche Gefühle diese Gedanken bei ihnen auslösen.«

Anders gab ein Geräusch von sich, vielleicht ein Räuspern.

Verner seufzte, als er ihr herablassendes Einverständnis sah. »Warum ist das nur immer so provozierend. Die Leute sperren sich in ihre eigene Vorstellungswelt ein, und wenn etwas Neues dort hineindrängt, werden sie böse. Ihr akzeptiert ohne weiteres, dass es verschiedene Arten von Strahlung gibt, wie Mikrowellen oder Radioaktivität, obwohl ihr sie nicht mit eigenen Augen seht. Den meisten ist sogar bewusst, dass Menschen eine unterschiedliche Ausstrahlung haben. Aber wenn ich sage, dass sie damit Recht haben, wehren sie das ab und behaupten, ich sei verrückt. Ich bin übrigens noch gar nicht dazu gekommen zu erzählen, dass es oft noch deutlicher wird, wenn ich jemanden berühre, denn wenn eine Gemütsverfassung stark genug ist, wird sie auf mich übertragen.« Er stand auf und machte ungeduldig ein paar Schritte durch den Raum, kehrte dann wieder zum Stuhl zurück und setzte sich. »Man kann es nicht so erklären, dass es vernünftig klingt, keinem, der es nicht selbst erlebt hat. Es ist, als versuche man jemandem zu beschreiben, wie es sich anfühlt, Äpfel zu essen, der noch nie welche gegessen hat.«

Anders räusperte sich erneut, diesmal kräftiger.

»Wie Sie sicher merken, fällt es Helena und mir etwas schwer, das hier anzunehmen, aber es gibt ja eine einfache Art, uns zu überzeugen. Sie können ja erzählen, wie wir uns fühlen.«

»Warum sollte ich das tun, wissen Sie das nicht selbst?«

»Ja, aber … dann könnten wir vielleicht glauben, was Sie sagen.«

»Es ist mir vollkommen gleichgültig, was ihr glaubt oder nicht glaubt. Ich habe Helena aus einem einzigen Grund hierhergebeten, weil ich mir nämlich Sorgen um das Mädchen mache.« Er betrachtete Anders für eine Weile, mit schräg gelegtem Kopf und einem nachdenklichen Gesichtsausdruck. »Ich muss sagen, Sie erstaunen mich etwas. Heute Morgen auf dem Acker sah es so aus, als hätten Sie es sich überlegt, aber da muss ich mich getäuscht haben. Das erste Mal, als ich Sie sah, waren Sie nämlich kein schöner Anblick. Es ist eine Sache, wenn man so krank ist, dass man keine Verantwortung für sein Handeln übernehmen kann, aber im Übrigen mag ich keine Menschen, die glauben, gerade ihre Bürde sei so schwer, dass sie sich das Leben nehmen müssten. Das muss der Gipfel des Größenwahnsinns sein.«

Helena blickte verblüfft auf Anders, dem die Röte ins Gesicht gestiegen war.

»Und die Antwort auf Ihre Frage, Helena, falls Sie Ihr Selbstmitleid loslassen und eine Weile zuhören können, ist so, dass ich Ihre Tochter nur ein Mal getroffen habe, gestern, in der Küche des Hotels. Es hat mich sehr bekümmert, aber ich wollte nichts sagen, weil ich so froh darüber war, dass Sie und ich uns getroffen haben. Und von meiner Fähigkeit zu erzählen, ist gewöhnlich der schnellste Weg, eine Bekanntschaft zu beenden.«

Diese Kritik wirkte wie ein Peitschenschlag.

»Wieso Selbstmitleid?«

Verner schnaubte. »Da sehen Sie es selbst, nicht einmal jetzt kommt Ihre Tochter an erster Stelle.«

Helena blieb mit offenem Mund stehen. Als sie seine Worte aufgenommen hatte, sank sie auf das Bett. Sie war tief getroffen. Das Bedürfnis, sich zu verteidigen, war stark. Was wusste er von Martins Verrat, ihrem Kampf um das Hotel, damit Emelie hier wohnen bleiben könnte. Was wusste er von der Sorge, die sie um ihre Tochter empfand? Er hatte sie mit seinem Geschwätz hereingelegt und nahm sich obendrein das Recht heraus, sie zu beleidigen. Sie schielte nach Anders. Er saß da, den Blick auf den Schoß gerichtet, diesmal bekam sie keine Hilfe.

»Was hat Sie denn an Emelie so bekümmert?«

»Warum fragen Sie, wenn Sie doch nicht daran glauben, was ich sage?«

Sie öffnete den Mund, stellte aber fest, dass sie keine Antwort hatte. Alles, was in ihrem Kopf widerhallte, war das Wort Selbstmitleid. Ihr ohne Grund eine so schlechte Eigenart vorzuwerfen.

»Zu zweifeln ist ganz in Ordnung, dort nehmen alle Fortschritte ihren Anfang. Zu verurteilen ist dagegen nur eine Möglichkeit für den Faulen, seine Bequemlichkeit zu schützen. Es ist ziemlich mutig zu meinen, man habe einen so hervorragenden Verstand, dass man sich erlaubt zu verachten, was man nicht begreift. Aber Ihrer Tochter zuliebe werde ich Ihre Frage doch beantworten, denn sie ist der einzige Grund, warum ich das alles erzähle. Ihre Tochter hat keine Farben. Ich habe nichts gesehen, absolut nichts, und wenn einem Menschen die Aura fehlt, gibt es allen Grund, sich Sorgen zu machen. Außerdem, als ich ihre Hand nahm, spürte ich eine solche Ohnmacht, dass mir der Atem stockte. So soll sich ein Kind nicht fühlen müssen. Was Sie betrifft, habe ich ja gestern in der Küche schon gesagt, was ich sehe, auch wenn Sie zu beschäftigt waren, um zuhören zu können. Ich habe gesagt, dass wir selbst entscheiden, ob wir Weinessig oder ein Jahrgangswein werden wollen, denn nicht einmal eine schöne Frau wie Sie kleidet diese Bitterkeit. Das ist eine der hässlichsten Farben, die es gibt.«

Kapitel 19

Es gab Augenblicke, die ihn dazu gezwungen hatten, die Richtung zu wechseln. Einige davon hatten sein Leben in den Grundsätzen erschüttert und nachhaltige Auswirkungen gehabt. Vielleicht enthielten sie genauso viele Sekunden wie andere Augenblicke, vielleicht war es nur die Gewichtung, die anders war. Das Einzige, was Anders wusste, war, dass er für den Rest seines Lebens den Begriff »vielleicht« mit sich herumschleppen musste.

Ein kurzer Augenblick, in einen Scheideweg verwandelt.

Seine hundert Milliarden Hirnzellen wollten weiter in ihren gewohnten Bahnen fortfahren, logisch und sicher, ohne Bedrohung von etwas Unbegreiflichem. Denn unbegreiflich war das, was Verner ihm ohne eine vernünftige Erklärung präsentiert hatte.

In seinem Verstand fand ein Kampf statt.

Auf der einen Seite standen seine Wirklichkeitsauffassung und seine gesamte Lebenserfahrung, eifrig von der allgemein herrschenden Akzeptanz angefeuert. Auf der anderen Seite ein einziger kleiner Zwischenfall, leicht auszulöschen, wenn sich nur eine Ausrede dafür fände.

Sein Gehirn suchte nach Logik. Für den gesunden Menschenverstand gab es keine Erklärung. Was geschehen war, widersetzte sich und wollte Zustimmung. Doch das Gehirn kämpfte noch dagegen an. Denn jenseits der Vernunft wartete unbekanntes Terrain, wo nichts für gegeben gelten konnte, wo sich das Wissen in Fragen verwandelte.

Als er das erkannte, überkam ihn Angst, eine Angst davor, was das Neue bedeutete. Wenn er es als wahr akzeptierte, was hatte er dann noch alles nicht verstanden? Er würde alles neu bewerten müssen. Alles, was selbstverständlich erschienen war, würde sich in einem Chaos auflösen.

Er erinnerte sich an Verners Worte auf dem Acker. *Man muss vorsichtig sein mit dem, was man sich wünscht, denn es kann sein, dass es in Erfüllung geht.*

Es war so leicht gewesen, sich selbst zu versprechen, zu etwas Neuem nicht Nein zu sagen. Solange er selbst wählen konnte, war es ein harmloses Versprechen. Doch jetzt war er mitten in einer Prüfung. Bitte sehr, du hast um Veränderung gebeten – was willst du mit dieser anfangen? Helena saß neben ihm, Arme und Beine gekreuzt. Eine unbezwingbare Festung.

»Okay, dann weiß ich Bescheid. Danke, dass wir Sie besuchen durften.« Sie stand auf, und man musste nicht die Fähigkeit besitzen, Farben um die Menschen herum zu sehen, um zu erkennen, wie gekränkt sie war. In ihrer Stimme zeigte sich, wie sauer sie war. »Ich habe eine schwierige Scheidung durchgemacht, falls Sie das nicht schon in meiner Aura gesehen haben.« Ihre Hände zeichneten zwei wütende Anführungszeichen um das Wort Aura in die Luft. »Man wird etwas müde, wenn alles zusammenbricht und sich jeder gegen einen wendet. Ich bitte um Entschuldigung, wenn ich es nicht geschafft habe, mich so zu benehmen, wie Sie es anscheinend für passend halten.«

Verner breitete die Hände aus. »Warum entschuldigen Sie sich?«

Sie holte Luft wie für eine Antwort, aber nachdem die Lippen sich kurz bewegt hatten, kniff sie sie zusammen und ging zur Tür. »Ich gehe jetzt, Anders, kommst du mit?«

Ihre Frage machte ihn zu einem unfreiwilligen Schiedsrichter. Unschlüssig blieb er sitzen. Was fängt ein armes Gehirn mit einer unbestreitbaren Information an, die in kein Muster passt?

Helena blieb in der Tür stehen. »Kommst du?«

Verner seufzte. »Liebe Helena. Wenn alles gegen Sie zu sein scheint, gibt es dann nicht Anlass, den Grund bei sich selbst zu suchen?«

Das war der Tropfen, der das Fass zum Überlaufen brachte, Helena drehte sich um und ging. Anders schenkte Verner ein unsicheres Lächeln, und nach einem letzten Blick auf eine Ecke von Lucy unter dem Bett erhob er sich und folgte ihr.

Er blieb vor Verners Tür stehen. Helena war schon ein Stück weit gekommen, er sah sie an der Fichte vorbeigehen, hinter der er sich selbst einmal vor Verner versteckt hatte. Vielleicht hätte er dahinter bleiben sollen. Er seufzte und sah Helena mit raschen Schritten davongehen. Wenn er sie einholen wollte, müsste er laufen, aber wollte er das wirklich?

»Helena, warte!«

Sie blieb abrupt stehen und drehte sich um. Ungeduldig wartete sie auf ihn. Ein paar Meter blieben noch, ehe sie wieder losging, mit ihm auf den Fersen. »Was für ein Idiot. Als wir da hingegangen sind, hatte ich eine Scheißangst davor, was er über Emelie sagen würde, und dann bekommt man so was zu hören. Jetzt verstehe ich wirklich, warum er allein in einem Häuschen im Wald wohnt und niemand etwas mit ihm zu tun haben will.«

Anders sagte nichts. Eine Antwort schien überflüssig zu sein. Sie fuhr fort, blind vor Empörung. Er hörte ihr eine Weile zu, wurde es aber bald leid. Er hatte genug mit sich selbst zu tun.

Auf getrennten Wegen gingen sie durch denselben Norrlandwald. Mit demselben Ereignis hinter sich, aber mit verschiedenen Erlebnissen.

Bereits als Verner das Wort Atome erwähnt hatte, hatte er den Impuls verspürt zu gehen. Sein Geschwätz über Auren war leicht zu verwerfen, aber als er mit der Partikelphysik ankam, war es Zeit, sich in Acht zu nehmen. Dort war alles weniger selbstverständlich, wie er aus Erfahrung wusste. Das Wort Atome hatte blitzschnell die Erinnerung an seinen Vater hervorgeholt und ihn überwältigt.

Wie sehr würde die Welt sich verändern, wenn wir alle abends für eine kurze Zeit lang den Blick auf die Sterne richten und der Unendlichkeit des Universums einen Gedanken widmen würden. Die Welt ist ein Mysterium, aber wir nehmen sie für gegeben hin und haben uns so an sie gewöhnt, dass wir ganz vergessen haben zu staunen.

Solche Dinge hatte er manchmal gesagt, wenn Anders sich nichts mehr gewünscht hätte, als ihn bei einem seiner Auftritte im Publikum zu sehen. Jetzt kam Verner mit etwas an, das ihn an diese verdammte Quantenphysik erinnerte, die seine Kindheit von innen ausgehöhlt hatte. Und dann noch auf eine Art, der er nicht entrinnen konnte.

Bitte sehr, hier hast du eine Veränderung.

Sie waren bis zum Hof des Hauses gelangt, als Helena plötzlich stehen blieb. Sie schien den schlimmsten Zorn abgeschüttelt zu haben, jetzt schien sie eher entmutigt zu sein. Sie seufzte tief, als sie den Blick auf den Hof der Anderssons richtete. »Ich muss zu Anna-Karin gehen und sie um Entschuldigung bitten.«

»Warum solltest du das tun?«

»Weil ich sie nicht unterstützt habe, als es um Verner ging. Jetzt verstehe ich besser, warum sie ihn nicht da oben haben will.«

»Wieso, was meinst du?«

Sie betrachtete ihn schweigend, also ob sie verblüfft wäre über seine Frage. »Erstens ist er ja furchtbar bösartig, ich verstehe, warum Anna-Karin es unangenehm ist, mit ihm zu tun haben zu müssen. Und dann all das andere, was er behauptet, die ganze Sache mit den Farben.« Sie schüttelte den Kopf. »Oder glaubst du etwa daran?«

Vielleicht war es eigentlich keine Frage, sondern eine Art, das Unsinnige in Verners Erzählung zu betonen. Es schien ihr nicht bewusst zu sein, dass sie Anders in ein Dilemma brachte.

Sollte er sie anlügen oder ihr die Wahrheit sagen? Seine Feigheit gewann leichter die Oberhand, als er gehofft hatte. »Nein, nein. Aber was spielt das für eine Rolle, dass er glaubt, Farben zu sehen. Das macht ihn ja nicht besonders gefährlich. Außerdem hast du ja gesagt, dass er meistens für sich bleibt.«

Feigling, rief der neue Teil von ihm, der noch nicht in die eingefahrenen Gedankenbahnen hineingerutscht war. Der alte Anders kämpfte um sein Leben, im Bewusstsein der Bedrohung. Wenn er offen Stellung bezog, würde diese neue, unangenehme Verhaltensweise überhandnehmen. Niemals wieder würde er zu dem zurückkehren können, der er zuvor gewesen war. Anders fühlte sein Herz dumpf pochen.

Helena sah zu Boden und pflügte mit dem Stiefel durch den Kies. »Mich hat er so furchtbar traurig gemacht.«

»Warum eigentlich?«

Sie schnaubte. »Du hast doch selbst gehört, was er gesagt hat?«

»Warum macht dich das so wütend? Wenn er doch so sehr im Unrecht ist, wie du sagst, muss man sich doch darüber nicht ärgern?«

Es war eine bewusste Provokation. Wenn das, was Verner über ihn gesagt hatte, stimmte, dann war auch die Sorge um Emelie berechtigt. Doch ihre Mutter versteckte sich hinter den selbstgezogenen Grenzen. Unfähig, sich ihre eigenen Schwächen einzugestehen, hatte sie die Kritik nur schroff zurückgewiesen, und so stand Emelie weiterhin ohne Hilfe da.

»Du bist also nicht wütend geworden, als er behauptet hat, du wärst ein größenwahnsinniger Selbstmordkandidat?«

»Nein, wirklich nicht.«

Vielmehr wachgerüttelt, erkannte er erstaunt, natürlich nur still für sich selbst. Es fühlte sich plötzlich peinlich an, was er noch ein paar Tage zuvor gedacht hatte. Es gab wahrhaftig einen Grund dafür, dass der Mensch das einzige Tier war, das die Fähigkeit hatte zu erröten.

Ich schließe die Augen und zähle bis dreißig. Mach mit meinem Leben, was du willst.

Was er getan hatte, wirkte absurd. Es war nur dem Zufall

zu verdanken, dass er überlebt hatte und nicht mit einem anderen Autofahrer zusammengestoßen war. Die Verantwortung gegenüber anderen hatte er leichtfertig zur Seite geschoben. Er sah zu dem Mietwagen. Wie anders ihm alles noch erschienen war, als er ihn hier geparkt hatte. Ohne jegliche Zuversicht war er im Hotel angekommen, und nur eine plötzliche Eingebung, Ja zu Helenas Frage zu sagen, statt ein selbstverständliches Nein, hatte eine unmittelbare Wirkung auf sein Leben gehabt. Wie die Teile eines Puzzles hatte sich das eine zum anderen gefügt. Alles fühlte sich anders an.

Dieses eine unwahrscheinliche Ja hatte alles verändert.

»Wenn ich Anna-Karin um Entschuldigung bitte, wird sie vielleicht weiter bei mir arbeiten. Ich brauche sie den Sommer über.«

Plötzlich sah er sie mit neuen Augen. Wie krampfhaft sie an dem Glauben festhielt, alles wäre gegen sie gerichtet. Zugleich verspürte er Neid. Sie konnte den einfachen Weg wählen und Verners Kritik abtun. »Willst du Anna-Karin diesmal also mit ihren Protestlisten helfen?«

»Wieso, was meinst du?«

»Gegen Verner, um ihn aus dem Häuschen zu vertreiben.«

»Dazu braucht es keine Protestlisten, es ist doch ihr Häuschen. Ich verstehe tatsächlich, dass sie es lieber ihren Kindern geben will.«

»So klang es gestern nicht.«

»Nein, aber was heute geschehen ist, hat mich zum Umdenken gebracht. Ich finde ganz einfach, dass er unangenehm ist, ich will ihn nicht so in der Nähe haben. Mit Emelie und alldem.«

»Warum denn nicht? Er schien Emelie doch vielmehr schützen zu wollen.«

Wieder schnaubte sie, wischte sich verlegen die Nase. »Ich weiß selbst, dass es Emelie schlecht geht. Nach einer Scheidung ist das bei Kindern normal. Jeder Mensch hier im Dorf weiß, dass Martin abgehauen ist, es war also nicht schwer für Verner sich auszurechnen, dass Emelie traurig ist.« Sie verstummte und legte den Kopf schief. »Ich verstehe wirklich nicht, wieso du ihn verteidigst.«

Die Geschehnisse der letzten Stunde hatten sich zwischen sie gelegt. Sie war unfähig, über ihre eigene Mauer, die sie sich als Schutz aufgebaut hatte, hinwegzusehen. Das Wort »engstirnig« ging ihm durch den Kopf. Ihm wurde bewusst, dass er enttäuscht war. Am letzten Abend hatte sie eine sanftere Seite enthüllt, eine Feinfühligkeit. Zum ersten Mal seit vielen Jahren war es einer Frau gelungen, sein Interesse zu wecken. Doch die Seite, die sie jetzt zeigte, ließ den Funken, der aufgeblitzt war, verglühen.

Er brauchte etwas Zeit für sich. Wollte die Möglichkeit haben, über das Geschehene nachzudenken und die passenden Worte zu finden. Er war nicht bereit, seine Glaubwürdigkeit zu riskieren.

»Ich gehe hinein und mache mit dem Streichen weiter.«

Ihren Blick im Rücken spürend, ging er zum Stall. Sie fehlte ihm schon jetzt, die Zusammengehörigkeit, an die sie sich herangetastet und die noch keinen Namen bekommen hatte. Heute Morgen hatte er sich nach einer Fortsetzung des Gesprächs von gestern Abend gesehnt, jetzt war ein Teil des Zaubers verloren gegangen.

Der Teil, den sie vor ihm verbarg, lockte ihn, nicht die unattraktive Kratzbürstigkeit, die er bereits vom ersten Moment an gespürt hatte.

Vielleicht war es aber auch Bitterkeit, obwohl er keine hässliche Farbe sah.

Kapitel 20

Wenn an der nächsten Haltestelle ein Mann einsteigt, wird alles gut werden.

Emelie lehnte den Kopf gegen die Sitzlehne und machte die Augen zu. Drei lange Jahre schon war sie diesen Weg gefahren und kannte jeden Hang und jede Kurve. Ewig ging die Fahrt weiter, ohne dass der Bus abbremste. Sie passierten eine Haltestelle nach der anderen, schließlich war es Zeit auszusteigen.

Wenn ich den Atem anhalte, bis ich ausgestiegen bin, wird alles gut werden.

Sie füllte die Lungen mit Luft und ging zur Tür, bewusst darüber, wie kindisch sie war. Sie versuchte ungerührt zu wirken, fand aber doch, dass einige Leute sie anstarrten. Etwa hundert Meter blieben noch. Als der Bus endlich hielt, rang der Körper nach Luft. Mit einem Zischen ging die Tür auf, zwei Schritte, und sie war draußen. Dann erst tat sie einen Atemzug. Ein kleiner Erfolg, der eigentlich egal war. Es war ein einfacher Zeitvertreib. Ein blödes Spiel, bei dem sie so tun konnte, als hätte das, was sie tat, irgendeinen Einfluss.

Der Bus fuhr los, und sie blieb stehen. Es gab keinen Grund, sich zu beeilen. Die Wut stieg in ihr hoch, sobald sie das Hotel sah. Jeden Tag, wenn sie nach Hause kam, lag es da und triumphierte, ohne dabei je zufällig abzubrennen.

Ein Scheißhotel in einer öden Gegend, in den Mittelpunkt des Universums verwandelt.

Ein Auto kam angefahren. Sie blieb stehen, als es sich näherte. Einen Schritt hinaus auf die Fahrbahn, und dann nur peng! Das würde zumindest eine Veränderung erzwingen.

Das Auto fuhr vorbei, und ihr Blick folgte ihm, bis es verschwand. Mit einem Seufzer überquerte sie die Straße. Der Kiesweg hinauf zum Hotel hatte sich in lehmigen Matsch verwandelt, sie versuchte, die schlimmsten Pfützen zu meiden. Einige in der Schule fanden es lustig, dass die Stockholmerin so weit draußen auf dem Land wohnte und oft lehmige Schuhe hatte. Er pappte fest wie Zement, obwohl sie jeden Morgen versuchte, ihn mit nassen Papierhandtüchern abzureiben.

Einfach nur von hier wegfahren dürfen.

Alles hinter sich lassen und atmen können.

Wenn es dir da oben nicht gefällt, ziehen wir wieder zurück nach Stockholm.

Ein Versprechen, so leicht wie Luft.

Denn was konnte wichtiger sein als das Hotel?

Aber die eigene Mutter war die eigene Mutter, egal wie die eigene Mutter sich auch benahm. Und traurige Mütter konnte man nicht ihrem Schicksal überlassen. Eine unvermeidbare Pflicht, eine klebrige Verantwortung, ob man wollte oder nicht, man steckte fest.

All das Gequatsche mit Anna-Karin über ihren Vater. Leise Gespräche, von denen niemand annahm, dass sie etwas davon hörte. Aber das tat sie, und sie staunte. Anfangs hatte sie geglaubt, ihre Mutter würde nur lügen, verstand aber ziemlich bald, dass das, was sie sagte, ihre Sicht der Wahrheit war. Dass sie tatsächlich selbst daran glaubte. Den Worten, die ihr Vater gesagt hatte, wurde ein anderer Inhalt gegeben, sie wurden aus ihrem Zusammenhang gerissen und in neue Richtungen geschoben. Alles wurde verzerrt, um den Zwecken ihrer Mutter zu dienen. Und damit sie keine Schuld tragen musste. Mit jedem Tag, der verging, wurde Emelie wütender. Dass ihre Mutter ein verlogenes Bild der Wahrheit erschaffen hatte, war schlimm genug, aber das Bild, das sie gewählt hatte, verwandelte Emelie auch noch in eine Verräterin. Eine Reise nach Stockholm über das Wochenende wurde zu einem Verrat. Ein Telefongespräch, eine SMS, ihr Chat auf Facebook. Jeder Kontakt mit ihrem Vater musste geheim gehalten werden. Nichts wurde geradeheraus gesagt, aber das verbitterte Schweigen sprach umso lauter.

Ihr Märtyrertum war zu einer Vollzeitbeschäftigung geworden.

Für sie beide.

Und die Wut im Inneren wuchs.

Denn Emelie hatte auch gehört, was an diesem Tag in der Küche gesagt worden war.

»Setz dich zu mir, Helena, wir müssen reden, du und ich.«

Sie ist gerade in die Diele gekommen, aber niemand scheint sie gehört zu haben. Der Bus war schon abgefahren, als sie die Straße hinunterkam, jetzt ist sie zurück, um sich in die Schule bringen zu lassen. Sie weiß nicht, was sie neugierig macht. Vielleicht ist es der besondere Ton in der Stimme ihres Vaters.

Ein Stuhl wird in der Küche zurechtgerückt.

»Ich weiß nicht, wo ich anfangen soll.«

»Ist etwas passiert?«

Für eine ganze Weile wird es still. Emelie versteht, dass das, was jetzt gesagt werden wird, nicht für ihre Ohren bestimmt ist, aber der Augenblick, in dem sie sich hätte bemerkbar machen können, ist vorbei.

»Glaubst du, dass du mich kennst?«

»Wie meinst du das?«

»Ich möchte nur wissen, ob du glaubst, mich zu kennen.«

»Natürlich tue ich das, ich verstehe die Frage nicht.«

»Okay, dann lass mich die Frage so stellen. Was glaubst du, was ich gegenüber dem Umzug hierher nach Norrland empfinde, für das Hotel und dafür, dass wir hier oben wohnen?«

»Ich weiß, dass du gesagt hast, dass du dich hier nicht besonders wohlfühlst.«

»Das hast du immerhin verstanden. Wie kommt es dann, dass wir überhaupt nie darüber sprechen, dass ich am liebsten nach Stockholm zurückziehen würde?«

»Darüber haben wir doch gesprochen.«

»Haben wir? Wann?«

»Als du das gesagt hast, dass du dich nicht wohlfühlst.«

»Das ist jetzt bald ein Jahr her. Seitdem hast du kein einziges Mal gefragt, ob sich etwas daran geändert hat.«

Eine kleine Hoffnung flammt in Emelies Brust auf. Vielleicht bedeutet das hier, dass sie wieder nach Stockholm ziehen werden. Nach Hause nach Stockholm, wo all ihre Freunde sind.

»Im Ernst, Helena, was haben wir eigentlich geglaubt, hier

oben zu finden?« Sie meint, Resignation in der Stimme ihres Vaters zu hören.

»Aber wir haben doch das Hotel noch nicht einmal fertiggestellt. Wir können doch nicht aufgeben, ohne ihm überhaupt eine Chance zu geben?«

»Es geht nicht um das Hotel. Wir wohnen seit zweieinhalb Jahren hier, und ich finde, damit haben wir dem Ganzen eine gerechte Chance gegeben. Ich fühle mich hier nicht wohl. Ich fühle mich einsam. Unsere Freunde fehlen mir.« Er seufzt. »Ich will nicht hier wohnen, Helena. Ich will wieder nach Hause nach Stockholm ziehen.«

»Und wenn ich das nicht will?«

»Das ist es, was ich zu sagen versuche. Wir haben ein Problem.« Jemand steht auf und geht durch den Raum. So leise wie nur irgend möglich öffnet Emelie die Speisekammertür und schlüpft hinein. Der Wasserhahn wird aufgedreht, dann wieder Schritte, danach Stühlerücken und Schweigen. Emelie lässt die Tür einen Spalt weit offen. »Ich weiß, dass dieser Ort dein Kindheitstraum ist, und ich wollte so gern, dass du ihn wiedererleben könntest, diesen Traum. Ich dachte, es wäre gut für uns, wenn sich die Dinge verändern würden … aber das haben sie ja nicht getan.«

»Das kommt doch daher, weil es noch nicht fertig ist, es wird anders, wenn alles getan ist.«

»Was willst du mit diesem Hotel beweisen? Warum nicht den Tatsachen ins Auge sehen und sich eingestehen, dass das Ganze ein Fehler war? Wir werden nicht davon leben können, jedenfalls nicht, wenn wir es uns leisten wollen, etwas anderes zu tun, als zu arbeiten. Einer von uns muss eine andere Arbeit annehmen, und damit sind wir wieder genau dort angelangt, was wir in Stockholm eigentlich hinter uns lassen wollten. Nur noch schlimmer, im Hinblick darauf, wie viel Arbeit noch vor uns liegt.«

»Wenn wir die Konferenzräume oben auf dem Heuboden ausbauen, werden die Finanzen stimmen.«

»Sind es unsere Freunde, gegenüber denen du es peinlich findest?«

»Was denn?«

»Einzugestehen, dass der Umzug und das Hotel ein Fehler waren.«

»Warum sollte ich das tun?«

»Niemand wird dich für gescheitert halten, nur weil wir zurückziehen.«

»Ist mir doch egal, was sie meinen.«

»Aha, seit wann denn das?« Es wird still. Ihre Mutter antwortet nicht. »Was ist es sonst? Warum willst du unbedingt hier wohnen bleiben? Was ist es, was du so phantastisch findest? Ist es die Nähe zur Natur, obwohl wir die nie genießen können? Anna-Karin, die vorbeikommt und einen widerlichen Schwulenwitz erzählt? Vielleicht die herrliche Ruhe hier auf dem Land? Wir schaffen es ja nicht einmal mehr, miteinander zu reden, wir arbeiten mehr, als wir es daheim in Stockholm getan haben.«

»Und Emelie? Jetzt, da sie endlich angefangen hat, Fuß zu fassen?«

»Du weißt genauso gut wie ich, dass Emelie am liebsten zurückziehen will. Das hat sie zuletzt noch vor ein paar Tagen gesagt.«

»Nicht zu mir.«

»Nein, vielleicht hat sie eingesehen, dass das keine gute

Idee ist.« Es wird so lange still, dass Emelie sich fragt, was da draußen geschieht. Ob sie es vielleicht verpasst hat, dass die beiden gegangen sind. Dann spricht ihr Vater wieder. »Helena, lass uns ehrlich sein, Stockholm war nie das Problem.«

»Wie meinst du das?«

»Wir wollten eine Veränderung. Wir dachten, ein Hotel in Norrland wäre die Lösung. Aber sieh nur, was daraus geworden ist. Was hat sich eigentlich verändert, außer der Umgebung? Es war nicht Stockholm, nicht unsere Berufe, nichts von alldem, worauf wir es geschoben haben, war das eigentliche Problem. Es waren du und ich, Helena, wir, und unsere Beziehung.«

»So empfinde ich das nicht, was sollte daran falsch sein?«

Ihr Vater schnaubt, ein unangenehmer Laut, der sie genauso erschreckt wie seine Worte.

»Wir können ja mit einem so kleinen Detail wie unserem Sexleben anfangen.« Emelie zieht die Tür zu, denn das will sie nicht hören. Aber die Wand zur Küche ist zu dünn. »Wie lange ist das jetzt her? Ein paar Jahre? Damals habe ich aufgehört, mich dir zu nähern, ich habe genau gespürt, dass du es eigentlich nicht willst. So ist es doch, oder?« Sie hält die Hände über die Ohren, aber das steigert ihr Unbehagen nur. Etwas Bedrohliches geschieht auf der anderen Seite der Wand, sie muss sich vergewissern, wie gefährlich es ist. Lautlos öffnet sie die Tür einen Spalt weit.

»Ich habe versucht zu akzeptieren, dass du nicht willst, ich habe gehofft, dass es vorübergeht. Aber mir fällt es vielleicht schwerer als dir, ohne jede Zärtlichkeit zu leben. Mir fehlt unser Sexleben, und mir fehlt deine Aufmerksamkeit.« Stille. Nur das Geräusch ihres eigenen Herzschlags. »Antworte mir ehrlich, Helena, wozu brauchst du mich eigentlich? Außer zum Tischlern und Streichen oder um einfache Besorgungen zu erledigen?«

»Empfindest du das so?«

»Ja. Ich empfinde es so.«

»Du bist doch mein Mann, wir sind eine Familie.«

»Du hast meine Frage nicht beantwortet.«

»Wozu ich dich brauche. Ich … ich bin gerne mit dir zusammen. Du bist klug und witzig und ein toller Vater.«

»Aber wir machen doch nie etwas zusammen. Mehr als den Alltag zu bewältigen.«

»Ist das denn so schlecht?«

»Weiß du, was ich glaube? Ich glaube, dass ich mehr eine alte Gewohnheit geworden bin, jemand, den du gewohnt bist um dich zu haben, der aber eigentlich nicht besonders interessant ist.«

»Warum sagst du das? Ich kann mir kein Leben ohne dich vorstellen.«

»Bist du dir da so sicher? Geht es nicht eher darum, dass du dir kein Leben ohne unsere kleine Familie vorstellen kannst?«

»Das ist doch wohl dasselbe?«

»Nein, das ist es nicht. Jedenfalls nicht für mich.« Das Telefon klingelt, aber das scheint niemanden zu kümmern. Schon das ist beunruhigend. Eine Ewigkeit vergeht, ehe das Klingeln aufhört. »Wenn ich nun so wichtig für dich bin und du weißt, dass ich mich nicht wohlfühle, wie kommt es dann, dass wir weiter hier oben wohnen?«

»Ich wusste ja nicht, dass du das so empfindest.«

»Aber jetzt, da du es weißt, bedeutet das, dass wir nach Hause zurückziehen?«

Es wird ganz still in der Küche. Emelie zuckt zusammen, als der Kühlschrank plötzlich losbrummt.

»Ich finde nur, wir sollten dem Hotel eine Chance geben.«

»Auf Kosten von was?« Ihr Vater klingt plötzlich wütend. »Emelie will zurück, ich will zurück, nur du willst hier oben wohnen. Ich habe dem Plan eine ehrliche Chance gegeben, aber es klappt nicht. Unsere Ehe ist dabei, den Bach runterzugehen! Ich weiß, dass du phantastische Kindheitserinnerungen von hier hast, aber das, was damals hier war, lässt sich nicht wieder heraufbeschwören, es gehört der Vergangenheit an. Antworte mir ehrlich, Helena, liebst du mich wirklich?«

»Was?«

»Ich frage, ob du mich liebst.«

»Ja.«

»Warum sagst du es dann nie?«

Jetzt war es ihre Mutter, die schnaubte. »Niemand kann behaupten, du würdest es selbst besonders oft sagen.«

»Nein, und weißt du, warum? Ich kenne dich nicht. Ich weiß nicht, was du denkst und fühlst, welche Träume du hast, was dir Spaß macht. Denn wir machen ja nichts mehr zusammen, außer uns in unseren Blaumännern hier abzurackern. Ich habe versucht, ein Gespräch in Gang zu bringen, aber das ist, wie wenn man versucht, einen mit Wasser gefüllten Ballon gegen eine Wand zu werfen. Es macht nur platsch, und nichts kommt zurück. Nur ich bin es, der redet und redet und redet. Ich bin es so verdammt leid, meine eigene Stimme zu hören und dass du nie sagst, was du denkst.«

»Ich habe doch gerade gesagt, was ich denke!«

Es ist das erste Mal, dass Emelie sie streiten hört. Die Angst flattert in ihrer Brust, denn sie weiß nicht genau, was das bedeutet. Zugleich kommt ihr in den Sinn, wie selten sie die beiden zusammen lachen sieht. Sie reden meistens über Tapeten und Farben an den Wänden. Über Leitungen, die gezogen werden müssen. Sie hört eigentlich nie so genau hin, sondern hat einfach vorausgesetzt, dass es so was ist, worüber ihre Eltern reden.

»Warum sagst du das alles gerade jetzt?« Ihre Mutter klingt enttäuscht.

»Du meinst, da wir so viel anderes zu tun haben?«

»Nein, ich finde nur, dass …«

»Was denn? Dass ich unrecht habe? Es ist etwas passiert, das mich zur Einsicht gebracht hat, dass wir unsere Probleme anpacken müssen. Jetzt, auf der Stelle.«

»Ach so?«

»Es wird dich vielleicht traurig machen, Helena, aber leider muss ich es sagen, wie es ist. Ich habe einmal vor langer Zeit versprochen, dass ich es erzählen würde, wenn so etwas passiert. Und jetzt ist es passiert, auch wenn ich es nur als eine …«

»Du hast eine andere getroffen.«

»Nein, so möchte ich es nicht nennen. Aber ich habe mich verliebt.«

Eine Großpackung Basmatireis wird lange mit diesem Augenblick verbunden sein. Das ist es, was ihre Augen sehen, als sie diese schwindelerregenden Worte hört. Dann verliert sie den Halt. Sie kann nicht glauben, dass es wahr ist. Sie und ihre Freundinnen verlieben sich, nicht fünfzigjährige Väter. Besonders nicht ihr Vater. Ihn interessiert so etwas nicht. Alles andere wäre eklig.

»Aha, dann verstehe ich. Das erklärt, warum du die letzten Wochen so guter Laune warst. Als Mikaela hier war.« Die Stimme ihrer Mutter hat sich verändert. Sie ist nicht traurig, nicht wütend, sondern einfach nur fremd.

»Ja, leider ist es so, ich müsste lügen, wenn ich etwas anderes sagen würde. Aber es bedeutet nicht, dass etwas geschehen ist.«

»Aha, du meinst also, dass nichts geschehen ist?« Eine Nähmaschinennadel. So klingt ihre Stimme. Spitz und effektiv.

»Ich meine zwischen Mikaela und mir. Wir haben uns ein paarmal unterhalten, das ist alles. Und wenn das reicht, damit ich mich verliebe, stimmt doch wohl irgendwas nicht.«

»Okay, dann ist es also meine Schuld, wenn du fremdgehst. Ist es das, was du mir sagen willst?«

»Es ist ja genau das, was ich nicht getan habe. Wenn du zuhören würdest, dann könntest du vielleicht hören, dass ich unsere Ehe zu retten versuche, da ich ganz offensichtlich dabei bin, sie zu verlieren.«

»Das war es wohl, was ich die ganze Zeit schon wusste.«

»Hör mal, komm jetzt nicht und gib mir die Schuld für alles. Ich weiß, dass du glaubst, alle würden dich früher oder später verraten, aber halt mich da raus. Ich bin weder untreu gewesen, noch habe ich etwas hinter deinem Rücken getan. Ich sitze doch hier und erzähle. Entweder entscheiden wir uns dafür zu versuchen, das alles gemeinsam durchzustehen, oder wir müssen uns vielleicht …« Der Satz wird abrupt beendet, und darauf folgt ein tiefer Seufzer. Die Stille breitet sich in der Küche aus, als wäre ihren Eltern die Luft ausgegangen. Emelie steht ganz still. Niemand darf sie entdecken und wissen, dass sie gelauscht hat. »Können wir nicht einfach diesen verdammten Hof verkaufen, nach Hause ziehen und in eine Familientherapie gehen? Wir könnten wenigstens den Versuch wagen, wieder zueinanderzufinden?«

»Und Mikaela? Soll sie auch bei dieser Familientherapie dabei sein?« Die Nähmaschinennadel rast weiter.

»Mikaela ist doch nur ein Symptom, kapierst du das nicht? Wenn es nicht einen Riss gegeben hätte, wäre das ja nicht passiert.«

»Ein Symptom dafür, dass ich dir nichts mehr bedeute, wie? Oder was?«

»Meine Güte, Helena, du klingst ja wie eine verdammte Fünfjährige. Ich bin doch verdammt nochmal derjenige, der dir anscheinend nichts mehr bedeutet! Du willst mich ja nicht mal anfassen!«

Wäre sie nur fünf Minuten früher aufgestanden. Nur fünf jämmerliche kleine Minuten. Dann hätte sie den Bus noch erwischt und bräuchte das hier nicht zu hören. Jetzt weiß sie Dinge, die sie nie hätte erfahren wollen. Von denen sie ab jetzt vorgeben muss, sie nie gehört zu haben.

Es ist ihr Vater, der fortfährt. »Wenn wir das hier schaffen wollen, müssen wir es zusammen tun, wir müssen es beide wollen.«

»Ich dachte, du hättest gerade gesagt, wir wären zu dritt.«

»Okay, soll ich diese Antwort so deuten, dass es dich nicht interessiert?«

»Du kannst das hier deuten, wie zum Teufel du willst. Ruf Mikaela an, was sie meint.«

»Hör jetzt auf, Helena. Wir haben uns nur ein paarmal unterhalten. Sie hat keine Ahnung davon, dass ich mich verliebt habe.«

»Das müssen ja interessante Gespräche gewesen sein.«

»Ja, das waren sie! Zur Abwechslung gab es mal jemanden, mit dem man reden konnte! Jemand, der sogar meine Gesellschaft zu schätzen schien. Es war richtig verwirrend. Aber das Beste von allem, weißt du, das war, dass sie den Mut hatte, zu ihren Ansichten zu stehen.« Ein Stuhl wurde mit einem wütenden Geräusch zurückgeschoben. »Entschuldige, Helena, das war dumm gesagt, geh jetzt nicht, da wir uns gerade hingesetzt und angefangen haben zu reden.« In der Diele sind Schritte zu hören, und die Küchentür wird mit einem Knall geschlossen. Andere Schritte folgen, und die Tür wird wieder geöffnet. »Okay, dann geh doch, verdammt nochmal, dann weiß ich wenigstens, woran ich bin.«

Eine Autotür wird zugeschlagen, und der Motor startet. Emelie bleibt stehen und hält den Atem an. Die Küchentür wird geschlossen, und alle Geräusche verschwinden. Sie sinkt zu Boden, dort in der Speisekammer. Erst als sie sicher ist, dass niemand sie sieht, schleicht sie hinauf in ihr Zimmer. Dort versteckt sie sich, bis es Mittag wird. Als der Bus unten auf der Straße vorbeigefahren ist, wartet sie eine Weile, ehe sie wieder hinuntergeht und so tut, als sei sie gerade nach Hause gekommen.

Ein paar Tage ziehen vorbei. Ihre Eltern tun das, was sie gewöhnlich tun. Von außen wirkt alles normal, aber sie täuschen sie nicht mehr.

WutUnruheEkel. Alles, was sie empfindet, gerät durcheinander.

An den Abenden schleicht sie um sie herum, hört aber nichts als Schweigen. Sie scheinen sich selten im selben Zimmer aufzuhalten. Das Abendessen wird eilig verzehrt, sie ist diejenige, die am meisten redet, die beiden sagen nichts zueinander. All die fehlenden Blicke sind greifbar. Die Leere über dem Tisch füllt sich stattdessen mit Unbehagen. Ihre Mutter beginnt mit dem Abräumen, bevor sie fertig gegessen haben.

Am dritten Tag kommt ihr Vater, um mit ihr zu reden. Er setzt sich auf das Bett in ihrem Zimmer, scheint aber ausnahmsweise Schwierigkeiten zu haben, die richtigen Worte zu finden. *Es tut mir leid, Emelie*, sagt er schließlich, *aber deiner Mutter und mir fällt es im Moment schwer, uns zu verstehen. Sie will hierbleiben, aber ich möchte zurückziehen. Erst werde ich bei deinen Großeltern wohnen, aber dann, wenn ich eine Wohnung gefunden habe, kannst du selbst entscheiden, ob du hierbleiben willst oder zu mir nach Stockholm ziehst.*

Mikaela erwähnt er nicht.

Erst einen Monat später, als Emelie für ein Wochenende zu ihm fährt. Er wohnt noch immer bei den Großeltern, aber ihr wird klar, dass etwas geschehen ist. Ihr Vater ist anders. Fröhlicher, irgendwie. Das Wochenende füllt sich mit Dingen, die sie lange nicht gemacht haben. Es gibt keine Verpflichtungen, die sie stören, die Zeit gehört ihnen allein. Am Samstagabend sind sie bei Mikaela zum Essen eingeladen, Mikaela, die Gast im Hotel gewesen war. *Können wir ja machen,* sagt Emelie und tut so, als ob sie von nichts wüsste. Sie will gern einen genaueren Blick auf die Zicke werfen, die ihren Vater verhext hat. Aber der Abend wird nicht so, wie sie es erwartet hatte. Ihr Hass wird plötzlich von einer unerwünschten Sympathie gestört.

Am Sonntag, im Zug nach Hause, lastet das schlechte Gewissen auf ihr. Sie hat Spaß mit Papa gehabt, während ihre Mutter allein und traurig war. Und wenn sie ehrlich ist, hatte sie tatsächlich auch Spaß mit Mikaela.

Wenn ich den Atem anhalte, bis ich zur Küchentür komme, wird alles gut werden.

Emelie ging weiter auf das Hotel zu, hielt eine Weile den Atem an, wurde es dann aber leid. Das da war nur Quatsch, denn jetzt gab es ein richtiges Projekt, das sie vorantreiben konnte. Dieses Projekt hieß Anders Strandberg. Er würde ihre Rettung sein. Sie musste ihn dazu bringen, sich wirklich wohlzufühlen. Ihn überreden zu bleiben und ihr die Verantwortung abzunehmen.

Wenn ich dafür sorge, dass sie sich verlieben, wird jetzt alles gut werden. Dann kann ich endlich nach Stockholm ziehen und bei Papa und Mikaela wohnen.

Kapitel 21

Partylichter brannten auf den Zaunpfählen vor dem Hof der Anderssons. Anna-Karin war draußen gewesen und hatte sie angezündet, damit die Kinder sich willkommen fühlten. Endlich kamen sie nach Hause zu Besuch, und Anna-Karin wollte jeden Augenblick genießen. Ein gemeinsames Wochenende, das letzte war schon so lange her. Obwohl Helgas Beerdigung der Anlass war, spürte sie die Vorfreude. Auch das war mittlerweile eine Seltenheit geworden. Und weder Lasse noch Lisbeth oder Helena würden die Freude über diese kostbaren Tage dämpfen, drei Tage lang würden die Kinder ihr gehören. Der Kühlschrank war mit Leckereien gefüllt. Mit solchen, von denen sie annahm, dass sie ihnen schmeckten. Am Nachmittag war sie mit dem Bus zum Laden gefahren, die Kinder hatten versprochen, unterwegs den Wein zu besorgen.

Aus der Küche duftete es nach Pfifferlingen, auf dem Herd köchelte ein Elchragout, die Kartoffeln lagen geschält im Topf, und der Tisch war festlich gedeckt. Johannisbeerengelee von der Ernte des Vorjahrs und selbstgezüchtete, eingelegte Tomaten. Während des Nachmittags war sie oben auf dem Dachboden gewesen und hatte in ihren Umzugskartons gekramt. Hatte das Geschirr hervorgeholt, das sie aus ihrer

Kindheit kannte, und Helgas im Schrank stehen gelassen. Ein bisschen Nostalgie könnte dem Heimweh der Kinder auf die Sprünge helfen.

In der Erwartung ihrer Ankunft saß sie am Fenster und schaute hinaus. Nebelschwaden schwebten über den Feldern, wie Atem aus der warmen Erde. Der Himmel spielte noch in allen Farben, im Westen glühte er rosa. Der Schimmer strich über das Land, und im letzten zitternden Moment der Dämmerung verwandelte sich die Welt dort draußen. Alles bekam einen anderen Glanz. Sacht ermattete das Licht, und der Zauber wurde in dem Moment gebrochen, als der letzte Sonnenstreifen verschwand und die abendliche Dunkelheit die Oberhand gewann.

Ihr Handy piepste. Eine SMS von Susanna.

Wir sind in etwa 30 Min. da. Sollen wir noch etwas anderes einkaufen?

Sie tippte eine Antwort. *Nein. Fahrt vorsichtig. Denkt an die Elchgefahr! Willkommen!*

Sie hatte sie seit Weihnachten nicht gesehen. Niklas traf sie nur bei den seltenen Gelegenheiten, wenn sie selbst nach Stockholm fuhr, aber er rief jeden Monat an. Susanna hingegen kam mehrmals im Jahr. Sie hatte gestern angerufen und gesagt, David könne sich nicht freinehmen. Er war selten dabei, wenn Susanna nach Hause kam, was für sie teilweise auch eine Erleichterung bedeutete. Höflich und an Großstadtfinessen gewöhnt, machte er Anna-Karin oft nervös. Sogar die Wahl des Essens wurde zur Qual, was konnte sie einem wie ihm anbieten? Sie rief Susanna vorher immer an, aber ihre Besorgnis wurde von der Tochter nur abgewimmelt. Sie war eher irritiert und behauptete, dass ihm alles recht wäre. Zugleich ärgerte es Anna-Karin, dass David fast nie mitkam. Besonders jetzt zu Helgas Beerdigung. Aber er war sich wohl zu gut für das Norrlandspack, ob sie nun lebten oder tot waren. Jonas hingegen würde mitkommen. Niklas hatte angerufen und gesagt, er kenne sich mit Computern gut aus und könne ihr dabei helfen, den zu installieren, den sie ihr zu Weihnachten geschenkt hatten. Das kam jetzt gerade wie gerufen, denn an Helenas Computer im Hotel wollte sie nun wirklich nicht mehr.

Jetzt blieben nur noch ein paar Minuten. Sie zündete die Kerzen am Fenster und auf dem Tisch an. Mithilfe einer Gabel spießte sie ein Stück Elchfleisch auf, um sich zu vergewissern, dass es gar war, und in diesem Moment hörte sie den Wagen auf dem Hof. Rasch wechselte sie das Wasser im Kartoffeltopf und stellte die Herdplatte an.

Ihr Herz schlug voller Vorfreude. Endlich Leben und Bewegung.

»Wie gemütlich du es hier hast, und wie gut es riecht.«

»Ich habe Niklas' Lieblingsgericht gekocht, und jetzt hoffe ich, ihr seid richtig hungrig.«

»Ist es Elchragout?«

Stapfen von Füßen und Klappern von Kleiderbügeln in der Diele. Gedränge von Taschen und Menschen und Klirren von den Tüten mit Wein. In munterer Stimmung wurde das Haus besetzt, und Anna-Karin genoss die Geräusche, die die Stille durchbrachen.

»Kommt, ich zeige euch, wo ihr schlafen werdet.«

Für Susanna hatte sie das Bett in der Kammer gerichtet, für Niklas im Wohnzimmer. Jonas bekam das Extrazimmer im Obergeschoss, das sie zum Arbeitszimmer machen wollte, wenn der Computer installiert war. Noch war es spärlich möbliert, nur Helgas Ungetüm von Webstuhl thronte in der Mitte. Darüber hinaus passte nur noch das Bett hinein, in dem Jonas schlafen sollte, und die Bodenlampe, die sie hineingestellt hatte. Sie hatte sich gedacht, dass einer wie er vor dem Einschlafen sicher lesen würde.

»Vielleicht nicht unbedingt das gemütlichste Zimmer, aber ich hoffe, es ist trotzdem recht. Ich werde mit der Zeit den Webstuhl abbauen, aber noch bin ich nicht dazu gekommen.«

»Es ist wunderbar.« Jonas stellte seine Tasche ab, und Niklas, der ihnen gefolgt war, stand in der Tür und sagte, das wäre doch ein gutes Projekt für die nächsten Tage, jetzt, da sie da wären und mithelfen könnten.

»Wenn ihr das wollt, bin ich mehr als dankbar, aber in erster Linie brauche ich Hilfe beim Fensterputzen. Dann machen wir so viel, wie wir schaffen.«

Sie gingen hinunter in die Küche, wo Susanna stand und im Ragout rührte. Niklas öffnete eine Flasche Wein, und jeder bekam ein Glas zum Nippen, bis die Kartoffeln fertig waren. Die Worte flogen durch den Raum. Das Gespräch zog in verschiedene Richtungen, und zwar so schnell, dass Anna-Karin Schwierigkeiten hatte, ihm zu folgen. Gerade wenn sie etwas sagen wollte, waren sie bereits wieder bei einem anderen Thema. Es machte ihr nichts aus, sie war zufrieden damit, sie hier zu haben. Und mit vielem von dem, was sie sagten, hatte sie sowieso nichts zu tun. Die Wohnungspreise in Stockholm, neu eröffnete Restaurants, Kunstausstellungen und Filme. Das Leben, das sie dort unten führten, war so anders als ihr eigenes.

»Und du, Mama, wie geht es dir?«

»Nun, es ist wie üblich. Ich habe vor, ein bisschen was am Haus zu machen, jetzt, da es richtig meins geworden ist.«

»Was willst du denn machen?«

»Nichts Besonderes. Vielleicht die Holzböden freilegen und sie abschleifen.«

»Das wäre sehr hübsch. Apropos renovieren, wie geht es Lasse und Lisbeth?«

»Na ja, wohl ganz gut. So, ich glaube, die Kartoffeln sind jetzt fertig. Kannst du sie abgießen, Niklas, dann nehme ich den Untersetzer.«

Sie wollte nichts zu dem Streit wegen der Kastanie sagen. Oder zu ihrer Beziehung zu Lisbeth überhaupt. Einmal, als die ersten Meinungsverschiedenheiten aufgetreten waren, hatte sie Susanna angerufen und ihr davon erzählt. Aber die Tochter hatte nicht das gesagt, was sie hören wollte. *Weißt du was, Mama, wenn du nicht so viel Zeit hättest, würdest du dich über solche Dinge gar nicht aufregen. Warum legst du dir kein Hobby zu?* Danach wollte sie ihr dieses Problem nicht mehr anvertrauen. Bei Niklas hatte sie es nicht einmal versucht. Er mochte keinen Streit und versuchte immer, Lösungen zu finden. Auch in Situationen wie dieser, in der es keine Lösung gab.

»Bitte greift zu, und gnade euch Gott, wenn etwas übrig bleibt. Jonas, fang du an.«

Die Teller füllten sich, und alle aßen mit gutem Appetit. Anna-Karin wurde gelobt, besonders von Jonas, dem Niklas das Gericht beschrieben hatte und der jetzt verstand, dass er nicht übertrieben hatte.

»Hat Lasse gejagt? Anständig von ihm, dass er dir was vom Fleisch abgibt.«

»Der Wald gehört ja genauso mir.«

»Ja, aber Elche erschießen und zerstückeln sich ja nicht von allein.«

»Gibt es noch mehr Wein?«

Jonas stand auf und holte eine weitere Flasche. Anna-Karins Glas wurde gefüllt, und sie fühlte sich bereit.

»Hört mal, erinnert ihr euch an das Kullmyrstorpet hier oben im Wald?«

»Nein, was ist das?« Susanna schüttelte den Kopf. Sie waren in dem Ort aufgewachsen, in den Anna-Karin mittlerweile zum Einkaufen fuhr, und so weit hatten sich ihre Kindheitsspiele nicht erstreckt.

»Du meinst dieses baufällige Häuschen, wo wir immer heimlich geraucht haben?«

»Habt ihr das?«

»Ja, wir sind mit dem Moped hingefahren.«

»Das hast du nie erzählt.« Jonas lächelte Niklas zu.

Anna-Karin fuhr fort. »Es gehört jedenfalls mit zu diesem Hof, und wenn Lasse und ich jetzt erben, gehört es uns. Ich wollte euch fragen, ob ihr daran interessiert seid. Freilich braucht es eine gewisse Renovierung, aber es liegt schön da oben im Wald.«

Blicke kreuzten sich über dem Tisch. Zum ersten Mal wurde es still.

»Was meinst du mit interessiert?« Susanna nahm einen Schluck Wasser.

»Als Sommerhäuschen hier in eurer Heimat, das ihr ganz für euch haben könnt.«

»Aber wir sind ja nicht so oft hier. Und wenn, dann wohnen wir doch bei dir. Wir kommen doch her, um dich zu treffen.«

»Ich dachte nur, wenn ihr etwas hättet, das euch gehört, würdet ihr vielleicht ein bisschen öfter herkommen wollen.«

Niklas füllte sein Glas nach. Susanna sah zum Fenster. Jonas' Gabel schob ein übrig gebliebenes Stück Zwiebel über den Teller.

»Ich kann ja nur für David und mich sprechen, und für uns kommt es nicht in Frage.« Susannas Blick ruhte noch auf der dunklen Fensterscheibe.

Anna-Karin trank einen Schluck Wein. »Eines Tages wird der Hof hier euch gehören, und es wäre schade, wenn ihr davor den Kontakt mit dem Ort ganz und gar verloren hättet.«

In diesem Moment hörte man ein Klopfen an der Haustür. Anna-Karin seufzte. Die alltäglichen Kümmernisse drängten sich auf, und eins davon stand da draußen auf der Treppe und störte. Jemand anderes hatte hier wohl kaum etwas zu suchen. Anna-Karin stand widerwillig auf, um zur Tür zu gehen. Wenn sie nicht aufmachte, würden die Kinder sich wundern.

In der Diele bahnte sie sich ihren Weg zwischen Stiefeln und Schuhen und bekam nasse Strümpfe. Sie öffnete die Tür, und ihr Gesicht verfinsterte sich. Der Anblick von Helena reichte aus, um sie wütend zu machen. Aber diesen Abend sollte niemand zerstören dürfen. »Ich habe gerade keine Zeit, ich habe die Kinder hier, und wir sitzen beim Essen.«

»Das habe ich mir gedacht, ich habe die Partylichter gesehen und will nicht stören. Ich wollte nur vorbeikommen und mich entschuldigen für das, was ich gesagt habe, und weil ich dich nicht unterstützt habe, was Verner angeht.«

Erst wurde Anna-Karin noch ärgerlicher. Herkommen und sich entschuldigen, als wäre damit alles gut. Es gab allerdings einiges, was sie auch sagen wollte. Aber nicht vor den Kindern, das musste warten. »Wir müssen ein anderes Mal darüber sprechen.« Danach wollte sie die Tür schließen, aber die Kinder waren schon in die Diele gekommen, um Guten Tag zu sagen. Susanna streckte ihre Hand aus. »Das ist lange her.«

»Hallo, Susanna, geht es euch gut?«

»Alles bestens. Und du, wie läuft es mit dem Hotel?«

»Danke, ich schlage mich durch, so gut es geht, mit der tollen Unterstützung eurer Mutter.«

Anna-Karin sah Helenas geheucheltes Lächeln, das in ihre Richtung geschickt wurde. Sie wandte den Blick ab. Nichts würde zwischen ihnen je wieder so sein, wie es gewesen war, das spürte sie jetzt deutlich. Helenas Entschuldigung änderte nichts. Etwas war zerstört, wenn es überhaupt von Anfang an heil gewesen war.

Niklas drängelte sich vor. »Hallo, ich bin Niklas.«

»Helena. Nett, dich wiederzusehen.«

»Helena. Schön, dich endlich zu treffen.«

»Willst du nicht auf ein Glas Wein hereinkommen?«

»Nein, nein, ich will wirklich nicht stören, ich bin gerade zu Hause am Kochen.«

Jonas war in der Küchentür stehen geblieben, es war kein Platz mehr in der Diele. Jetzt streckte er seine Hand in dem Gedränge vor.

»Hallo, Jonas heiße ich, ich bin Niklas' Freund. Also ich meine … ich teile die Wohnung mit Niklas.«

Die Handblumen für die Beerdigung. Sie hatte den Blumenladen doch gebeten, sie bei der Kirche abzuliefern? Doch, das hatte sie getan, zusammen mit dem Kranz. Unterlage aus Eichenblättern, weiße Lilien, weiße Rosen, weiße Nelken, weißes Schleierkraut. Warum starrten alle sie an? Alle außer Jonas, der schaute zu Niklas hin.

Anna-Karin klatschte in die Hände. »Nein, jetzt gehen wir hinein und essen fertig. Es gibt selbstgemachtes Eis und Moltebeerenkompott, tschüss dann, Helena.«

Sie drängte sich vor und ging in die Küche. Mit raschen Bewegungen räumte sie den Tisch ab, und die Anrichte füllte sich mit Abwasch. Es war komisch, dass die Teller umgetauft wurden, sobald sie gebraucht worden waren. Man deckte doch den Tisch nicht mit Abwasch? Und genauso war es mit den Kleidern. Sobald sie den Körper verließen, wurden sie Wäsche genannt, aber wieder zurück in Schubläden und Kleiderschränken waren sie wieder Kleider. Wieso Freund, daran ist doch nichts Komisches? Alle hatten ja verschiedene Geschlechter, Freunde also auch. Helena konnte man ihre Freundin nennen. Jedenfalls war das vor kurzem noch so gewesen. Sie versenkte die Teller im Spülwasser. Genau, sie wollte ja das Moltebeerenkompott holen. Am besten wurde es, wenn sie es ein bisschen anwärmte, und am einfachsten machte sie das in der Mikrowelle.

»Mama, komm lieber her und setz dich.«

»Ich will nur das Gröbste abspülen.«

»Das machen wir später, komm und setz dich.«

»Aber der Nachtisch. Wollt ihr nicht Eis mit Moltebeerenkompott haben? Ich hab beides selbst gemacht, das Eis und das Moltebeerenkompott, und in die Sahne habe ich ein bisschen Zitrone getan, damit ...«

»Mama, bitte, komm und setz dich.«

Aber die Beine verweigerten ihren Dienst. Jemand legte

ihr die Hand auf die Schulter, eine unerwünschte Berührung. Susanna nahm ihr die Spülbürste aus der Hand.

»So. Ich mache das.«

Einer von den beiden, die am Tisch saßen, gab einen deutlichen Seufzer von sich. Sie weigerte sich, sich umzudrehen.

»Anna-Karin, es tut mir leid, dass Niklas es nicht über sich gebracht hat, es zu erzählen, bevor …«

»Sag nichts! Ich will nichts wissen.«

»Aber Mama, du kannst dich doch wenigstens für ein Weilchen hinsetzen.«

Der flehende Ton in Susannas Stimme ließ sie explodieren. Als wäre sie es, die etwas falsch gemacht hatte. Ein Zorn ohnegleichen brach hervor und brachte ihr Gesicht zum Glühen. Die Hände wurden in das Spülbecken gesenkt und umfassten den Tellerstapel. Im nächsten Moment lagen sie auf dem Boden, in Scherben und Splittern.

Sie drehte sich um, und sogar der Blick wehrte sich. »Wie kannst du es wagen hierherzukommen, hier an meinem Tisch zu sitzen, nach dem, was du Niklas angetan hast! Das musst du dir klarmachen, solche wie du, solche wie du sind in diesem Haus nicht willkommen.«

Niklas sprang vom Stuhl auf. »Jetzt hältst du den Mund, Mama, so etwas sagst du nicht zu Jonas, es geht nicht um ihn, es geht um mich.«

»Er hat dich hereingelegt, verstehst du das nicht?«

»Lieber Himmel, Mama, aus welchem Jahrhundert kommst du eigentlich?«

Jonas stand auf. »Ich lasse euch für eine Weile allein.« Er verließ die Küche, und sie hörten seine Schritte auf der Treppe nach oben.

»Wie lange treibst du das schon?«

Niklas schnaubte. »Du meinst, wie lange ich schon die Schwulerei betreibe, wie du zu sagen pflegst? Nun, ich war ungefähr elf, zwölf Jahre alt, als ich anfing zu ahnen, dass ich ein Homo war, oder krank im Kopf, wie ich glaubte. Es war wirklich ermunternd, musst du wissen, hier herumzuschleichen und dir zuzuhören. Erinnerst du dich zum Beispiel an den Alten, der erschlagen auf dem Parkplatz beim Fußballfeld gefunden wurde, der, von dem alle annahmen, er sei schwul? Alle wussten ja, dass es Rocker gewesen waren, die ihn erschlagen hatten, aber die Polizei führte keine ordentliche Untersuchung durch. Es hieß nur, er sei betrunken Rad gefahren und gestürzt. Und erinnerst du dich, was du gesagt hast? Erinnerst du dich? Du hast gesagt, er sei selbst schuld daran, so, wie er sich benahm.«

»Das habe ich nie gesagt.«

»Doch, hast du.«

»Ich war vierzehn, und von diesem Moment an zählte ich die Tage, bis ich von hier wegziehen konnte.« Anna-Karin schaute zu Boden. Da lagen sie in Scherben, die Teller ihrer Kindheit. »Damals, als ich das Bein gebrochen hatte und sagte, ich sei mit dem Motorroller gestürzt, bin ich das in Wirklichkeit nicht. Ich bin einen Abhang hinuntergefahren. Ich war verdammt nochmal bereit, alles zu tun, um dich nicht zu enttäuschen.« Er setzte sich auf den Stuhl und streckte sich nach dem Weinglas, nahm einen Schluck und schüttelte den Kopf. »Also, vielen Dank, Mama, aber nach einem Sommerhäuschen hier oben habe ich keine Sehnsucht. Ich bin nur unendlich dankbar dafür, dass ich lebend hier weggekommen bin.«

Anna-Karin ging zum Tisch und sank auf einen Stuhl. Einen anderen als den, auf dem Jonas gesessen hatte.

»Hast du davon gewusst, Susanna?«

»Ja.«

»Wie lange schon?«

»Susanna war die Einzige, der ich es mal erzählt habe, damals in der Oberstufe im Gymnasium, als es am schlimmsten war. Sie war die Einzige, mit der ich reden konnte.« Niklas verstummte, den Blick nach innen gewandt. »Denk doch an alle Freundinnen, die ich hatte, damit niemand etwas ahnte. Die Armen, das kann nicht so lustig gewesen sein. Auch für sie nicht.«

»Ich kann nur nicht verstehen, warum du dein Leben zerstören willst. Das wirst du nämlich mit einer so dämlichen Entscheidung tun.«

Niklas' Mund kräuselte sich zu einem freudlosen Lächeln. »Weißt du, Mama, ich habe dir eine Informationsbroschüre mitgebracht. Falls ich es diesmal schaffen würde, es dir zu sagen. Ich finde, du solltest sie lesen. Dann weißt du in Zukunft wenigstens, wovon du sprichst. Das ist keine Wahl, die man trifft, ich bin so geboren, und du müsstest besser wissen als ich, woher die Gene kommen. Aber natürlich, gerade die Schwulengene stammen vielleicht aus der Familie meines Vaters.«

»Niemand von uns hat irgendwelche … Schwulen … in der Familie.«

»Woher weißt du das?«

Für eine lange Zeit wurde es still. Nur das Geräusch von Helgas Küchenuhr war zu hören. Ein Gefühlschaos kämpfte in ihrer Brust. Ihr Sohn behauptete, schwul zu sein und sie die ganzen Jahre lang im Unklaren gelassen zu haben. Die Familiengemeinschaft, die sie als selbstverständlich vorausgesetzt hatte, hatte nie existiert. Ihre zwei Kinder waren Fremde.

Hätten sie doch nur schon etwas gesagt, als er noch ein Teenager war, dann hätte sie vielleicht etwas dagegen tun können. Dafür sorgen, dass er Hilfe bekam, ehe seine Neigung ganz und gar überhandgenommen hatte. Jetzt war sie die Mutter eines Schwulen, und statt für eine Schwiegertochter, die ihr Enkel hätte schenken können, hatte ihr Sohn sich für einen triebgesteuerten, unnatürlichen Lebensstil entschieden. Das Komische war nur, dass man es ihnen nicht anmerkte, weder Niklas noch Jonas. Sie hatte die Parade zum Christopher Street Day im Fernsehen gesehen, wie halbnackte Männer in Lederhosen, die hinten und vorne offen waren, auf der Ladefläche eines Lastwagens standen und sich lächerlich machten. Der Gedanke, ihr Sohn könnte einer von denen sein, verursachte ihr Übelkeit. Und was würden die Leute sagen, wenn es herauskäme? Sie konnte jetzt schon das Getratsche hören.

Susanna ging in die Hocke, um die größten Tellerscherben einzusammeln. Eine nach der anderen verschwand im Müllbeutel.

Niklas stand auf. »Ich und Jonas quartieren uns im Hotel ein, und dann fahren wir morgen früh.« Er wandte sich an Susanna. »Ist es für dich okay, am Sonntag den Zug nach Hause zu nehmen?«

Susanna nickte.

»Nein, ihr könnt doch hier über Nacht bleiben.« Um alles in der Welt durften sie nicht ins Hotel. Helena hatte es gehört und saß wohl schon da und lachte sich ins Fäustchen.

Niklas ging zum Spülbecken und stellte sein Glas ab. Dann drehte er sich um und sah Anna-Karin mit einem Blick an, den sie sich wünschte, nie gesehen zu haben. »Ich glaube wirklich, weder ich noch Jonas haben Lust hierzubleiben. Wir schlafen im Hotel. Ich lege die Infobroschüre ins Wohnzimmer.«

Kapitel 22

»Wo ist Anders?«

»Ich weiß nicht. In seinem Zimmer, nehme ich an.«

»Will er heute nicht beim Kochen helfen?«

»Offenbar nicht.«

Emelie drehte sich um und ging.

Helena hackte weiter. Gelbe Zwiebeln, die ihre Augen mit Tränen füllten. Sie standen in keinem Zusammenhang mit dem Druck auf ihrer Brust, dem Kribbeln im Körper, damit, dass aus der Küche plötzlich die Luft verschwunden war.

Es waren die Zwiebeln, nichts anderes. Kein einziges Mal hatte sie geweint, seit Martin sie verlassen hatte. Schwäche zeigten die anderen, sie war eine, die stark blieb. So hatte sie schon immer ihr Überleben gesichert. Wenn sie nachgab, wüsste sie nicht, wo sie landen würde. Sie hatte Angst, so tief zu fallen, dass sie sich nicht mehr hochrappeln könnte. Aber etwas in ihr hatte bereits nachgegeben. Ihre ganze Kraft war verbraucht, es gab nichts mehr, was sich dagegen stemmte. Gedanken, die sie bisher hatte zügeln können, jagten ungehindert herum. Sie hatten ein Gemurmel von Stimmen geweckt.

Helena schloss die Augen und drückte eine geballte Hand an die Brust. War das wirklich sie, die vollständig die Kontrolle verloren hatte? Erst über ihr Leben, schließlich über sich selbst.

Sie war ein armseliger Mensch. Untauglich, nicht nur ihrer eigenen Verachtung wert, sondern auch der aller anderen.

Jetzt war sie also entblößt.

Die Fingerknöchel am Messergriff waren weiß. Ein Griff, um sich daran festzuhalten. Alles andere entglitt ihr. Alles, was sie anfasste, wurde zerstört. Die Schreckensvision, die sie immer in sich getragen hatte, war Wirklichkeit geworden.

Jetzt war sie allein, tatsächlich allein.

Als Anders ihr auf dem Hof den Rücken zugekehrt hatte, hatte die Angst sie mit einem Mal überwältigt. Sie hatte ihm offenbar Schwierigkeiten bereitet – jetzt wollte er sie nicht mehr um sich haben. Sie verstand nur nicht, was sie falsch gemacht hatte. Es war ja Anders, der ihr den Mut gegeben hatte, wütend auf Verner zu werden. Ausnahmsweise hatte sie es gewagt zu zeigen, was sie wirklich fühlte. Anders war da und beschützte sie, verteidigte sie. Sie hatte eine starke Zusammengehörigkeit empfunden, seine Blicke waren voll von Zustimmung, ein Wir-Gefühl, sein Arm hatte sich um ihren Rücken gelegt, als wäre dieser Platz selbstverständlich. Aber hinterher auf dem Hof wurde er plötzlich zu einem Fremden. Als hätte sein Arm nie dort gelegen und ihr Gefühl der Zusammengehörigkeit hätte es nie gegeben. Seitdem hatte er sich zurückgezogen. Und es war die Angst, die sie zu Anna-Karin getrieben hatte, die verlangte, sie solle sich vergewissern, dass es noch einen einzigen Menschen in ihrem Leben gab. Aber das tat es nicht. Die Absage stand Anna-Karin in Großbuchstaben ins Gesicht geschrieben. Als Jonas sich dann offensichtlich versprochen hatte und es klar war, dass

Anna-Karin nichts wusste, hatte Helena begriffen, dass sie in Zukunft immer mit diesem Augenblick verknüpft sein würde. Sie war diejenige, die gestört und das Böse hervorgelockt hatte. So waren die Regeln in Anna-Karins Welt. Und kurz darauf waren Niklas und Jonas bei ihr erschienen und hatten ein Zimmer im Hotel genommen. Sie hatten nicht viel gesagt, nur, dass sie frühmorgens abreisen würden und kein Frühstück wollten.

Jemand kam die Treppe hinunter, und sie wischte sich rasch über die Augen. Niemand sollte glauben, sie stünde da und weinte. Sie tat einen unregelmäßigen Atemzug und versuchte, sich zusammenzunehmen.

»Anders kommt gleich herunter.« Emelie war wieder da und ging zum Schrank, um Teller zu holen. »Ich decke den Tisch.«

»Wir essen heute in der Küche.«

»Warum denn?«

»Draußen ist alles für den Beerdigungskaffee vorbereitet.«

»Aber einen Tisch können wir doch trotzdem decken? Es ist viel gemütlicher, in der Glasveranda zu essen.«

Helena hatte nicht die Kraft, Widerstand zu leisten, und Emelie fasste das als Zustimmung auf.

Eine halbe Stunde später saßen sie im Kerzenschein da. Emelie hatte jeden Docht angezündet, der in Sichtweite war, und sogar die antike Petroleumlampe zum Leuchten gebracht. Ihr schön gedeckter Tisch harmonierte nicht mit Helenas gewöhnlichen Spaghetti mit Hackfleischsoße, aus der Bratpfanne und dem Topf serviert. Zusammen mit der Ketchupflasche passten sie nicht in das Bild. Aber Anders behauptete, es schmecke gut. Sie redeten nicht viel, nur höflich und ausweichende Allgemeinheiten, die kleine Bögen um das machten, was ungesagt blieb.

Helena stocherte in ihrem Essen herum. Es fiel ihr schwer, Luft zu holen und die Bissen herunterzukriegen, wo sie hinsollten, das Unbehagen verursachte ihr Übelkeit. Ihr Körper fühlte sich rastlos. Als sie merkte, dass ihre Hände zitterten, versteckte sie sie im Schoß. Eine Fremde, dachte sie. Es war nichts von ihrer ursprünglichen Persönlichkeit geblieben, sie klammerte sich an etwas fest, was eigentlich nicht sie war. Der Körper wirkte mit der Umgebung zusammen, aber innerlich war sie nur eine Reaktion auf das, was andere Menschen taten. Sie hatte keinen Kern. Sie hatte keinen Boden mehr unter den Füßen, und jetzt war sie dabei unterzugehen.

Emelie seufzte und legte das Besteck weg. »Was ist denn mit euch los?« Helenas und Anders' Blicke stießen kurz über dem Tisch zusammen. »Ist etwas passiert?«

Helena konnte nicht antworten. *Bitte, hilf mir, Anders, sag etwas! Ich verstehe selbst nicht, was geschieht.* Aber Anders schwieg. Für sie war es eine lautstarke Bestätigung.

Helena gelang es, sich zu überwinden, und rang sich ein Lächeln ab. »Nein, wieso, was meinst du?«

»Ihr wirkt so sauer.«

»Tun wir das?«

»Ja.«

Das kleine Wort war voller Vorwürfe, und Helena wich dem Blick der Tochter aus. Sie hatte nicht mehr die Kraft, das zu sehen, was mittlerweile immer da war, eine kaum verhüllte Spur von Verachtung. Sekunden vergingen, lang gezogen wie eine Bestrafung. Niemand schien mehr etwas sagen zu wollen. Drei schweigende Menschen und eine Lüge.

»Dann halt nicht.« Emelie stand auf und ging.

Helena schloss die Augen. In der Dunkelheit spürte sie ihren eigenen Puls. Die Herzschläge drängten sich in ihrer Brust. Es war, also ob sich etwas durch das rammen wollte, was um jeden Preis standhalten musste. Emelies Schritte auf der Treppe. Dieses gesegnete Geräusch aus ihrer Kindheit. Treu und unverändert. Wo ihre eigenen, abgehärteten Kinderfüße gelaufen waren und jede knarrende Stufe kannten. Die Kühe, die sie zum Melken holen durfte, die Hühner, die ihr Futter brauchten. Alle sich schlängelnden Waldpfade zu heimlichen Lichtungen, von denen nur Anna-Karin und sie wussten. Der Balken des Heubodens, auf dem sie balanciert waren. Der Kahn, den sie in der Dämmerung gerudert hatten, als auf dem See über Nacht Flaute herrschte. Vollendetes Kindheitsglück. Das schönste Geschenk, das sie ihrer Tochter machen konnte.

Der Tochter, die lieber an ihrem Computer sitzen wollte.

Die lieber in Stockholm wohnen wollte.

Das Geräusch der Eingangstür rettete sie. Blitzschnell fand der Gedanke einen Halt und steuerte auf einen sichereren Weg zu. Jemand betrat das Hotel, und das verlangte ihre Aufmerksamkeit. Eine geschützte Zeit mit einer deutlichen Richtung, verankert in etwas, das sie meistern konnte.

»Wie geht es dir?« Anders schaute sie mit einem merkwürdigen Ausdruck im Gesicht an.

»Ich muss nachsehen, wer es ist.« Sie stützte sich am Tisch ab, um aufzustehen, aber die Beine waren merkwürdig steif.

»Ich kann gehen, wenn du willst.«

»Das ist nicht nötig, ich friere nur so sehr.«

Denn jetzt zitterte ihr ganzer Körper, und das verlangte nach einer Erklärung.

»Setz dich, Helena, dann gehe ich. Anscheinend ist dir nicht ganz wohl.«

Sie nickte und versuchte ein Lächeln. Er stand auf und ging zum Entree.

Helena blieb sitzen, in der Annahme, dass sie für diesmal davongekommen war.

Es gab fast sieben Milliarden Gesichter auf der Welt. Seltsamerweise ließen sie sich alle voneinander unterscheiden. Es gab auch sieben Milliarden Stimmen, und obwohl ein halbes Jahr vergangen war, seit sie diese zuletzt gehört hatte, wusste sie sofort, wem sie gehörte.

Martin.

Ich bin Emelies Vater, aha, Sie sind Anders, hallo. Emelie hat Ihren Namen schon erwähnt.

Helena sitzt draußen in der Glasveranda.

Ich will nur eben schnell Emelie begrüßen. Ist sie oben?

Schritte auf der Treppe aus ihrer Kindheit, aber jetzt gab ihr das Geräusch keine Sicherheit. Martin war da, auf dem Weg hinauf zu Emelie.

»Es ist dein Ex, der gekommen ist.«

Anders' Stimme ließ sie zusammenzucken, sie hatte ihn nicht kommen hören. »Warum ist er hier?«

»Was weiß ich, er ist zu Emelie hinaufgegangen.«

Helena schaute zur Decke. Hatte Emelie gewusst, dass er kommen würde? Alles war verwirrend. Sie beugte sich vor, die Ellenbogen auf dem Tisch, und verbarg das Gesicht in den Händen. Sie würde bald ersticken, wenn keine Luft hereinkam, in der Brust tat es so verzweifelt weh. »Ich kann das nicht, warum kommt er? Ich schaffe es nicht, ihn zu sehen.« Schön, dezent geschminkt, gut angezogen und mit sorgfältig frisierten Haaren. Unendlich oft hatte sie sich ihr Wiedersehen vorgestellt. Wie ungerührt und selbstverständlich sie alle Formulierungen aussprechen würde, die sie in schlaflosen Nächten bis zur Perfektion ausgefeilt hatte. Jetzt fiel ihr keine einzige mehr ein. Sie bekam nicht einmal ihre Wut zu fassen. Eigentlich ihre Kraftquelle, aber sie hatte aufgegeben.

Anders legte ihr die Hand auf die Schulter. »Das, was du von der Bedenkzeit erzählt hast, vielleicht ist er hier, um dir rechtzeitig zu sagen, dass er es bereut hat.«

Die Worte durchfuhren ihren Körper. Das hatte er doch wohl nicht? Weiter konnte sie nicht denken, ehe sie zielstrebige Schritte auf der Treppe hörte, die weiter in den Speisesaal hineinkamen und sich immer weiter dem Stuhl näherten, auf dem sie saß.

Schon vernichtet.

Dann stand er da. Schlanker und mit einer neuen Frisur und anderer Kleidung. Ein alter Bekannter von früher, zu dem sie aber den Kontakt verloren hatte. Jemand, den sie nicht mehr so gut kannte und der auch sie nicht kannte. Es gab nichts Merkwürdigeres als das. Er war ein Mensch unter vielen anderen, mit dem kleinen Unterschied, dass sie an ihn ihr Leben gehängt hatte.

Ihr Nicht-Leben.

»Emelie begleitet mich über das Wochenende nach Stockholm.«

Sie zuckte die Achseln. »Wenn sie das will, klar.«

»Ich habe in ihrer Schule angerufen, damit sie für morgen frei bekommt.«

Anders räusperte sich. »Ich werde euch allein lassen. Ich gehe hinauf ins Zimmer.«

Helena nickte, und Anders ging. Martins Blick folgte ihm, kritisch musternd. Es wurde still, und die Glasveranda war im Kerzenlicht trügerisch schön.

»Hast du meine letzten Mails überhaupt gelesen?«

War ihr anzumerken, wie sie sich fühlte? Jeder Herzschlag schmerzte, als wäre etwas entzweigegangen. Sah man ihr Zittern, den Krampf in den Beinen, das Harte, das sich um ihren Brustkorb spannte und ihr Atemnot bereitete?

»Ich kann einfach nicht fassen, wie du dich so benehmen kannst. Ein halbes Jahr lang hast du versucht, mich totzuschweigen, hast dich geweigert, mit mir zu reden, wenn ich angerufen habe, und meine Mails einfach ignoriert. Auf welche Weise meinst du, hilft das Emelie? Soll sie auch keinen Vater haben, weil du selbst keinen hattest, ist das deine Überlegung?«

»Nein.«

»Was stellst du dir dann vor?«

Was stellte sie sich vor? Sie konnte ihre Gedanken nicht in den Griff bekommen. Sie waren in einen Brei hineingesickert und hingen nicht mehr zusammen, sie hatte in ihrem eigenen Körper keinen Platz mehr. Fühlte es sich so an, wenn jemand den Verstand verlor und dem Wahnsinn verfiel?

»Wenn es deine eigene Kindheit ist, die du wiederbeleben willst, dann ist dir das wirklich gelungen. Emelie will zu mir nach Stockholm ziehen. Sie bleibt nur aus einem einzigen Grund hier, und zwar aus Sorge um dich. Das sollte dir eigentlich bekannt vorkommen, wenn man sich immer um seine Mutter sorgen muss.«

Einen einzigen unerträglichen Gedanken musste sie einfangen, an dem sie sich festhalten konnte. Einen einzigen Gedanken, bis Martin verschwunden war. Stürzte sie, wartete nichts als Untergang.

Dann stand Emelie plötzlich in der Tür zum Speisesaal. Ihr brauner Lederbeutel war gepackt, und sie schien aufbrechen zu wollen. »Wollen wir dann fahren, oder nicht?«

»Ich komme.«

Sie warf Helena einen flüchtigen Blick zu. »Tschüss dann.«

»Warte einen Moment, Emelie.«

Es war Martin, der sie stoppte, und Emelie seufzte ungeduldig.

»Papa, wir fahren jetzt.«

»Nein. Wir können das ebenso gut jetzt ein für alle Mal regeln. Jetzt, da wir alle drei zusammen sind.«

Emelies Augen wurden schmal. »Hör auf, du hast es versprochen.«

»Aber Liebes, es ist doch dir zuliebe, du sollst nicht so leben müssen. Jetzt hast du die Chance, genau das zu sagen, was du fühlst. Niemand wird böse werden. Wir wollen ja alle nur, dass es dir wieder gut geht. Sag jetzt ehrlich, willst du hier oben bleiben, oder willst du zu mir nach Stockholm ziehen? Du hast die Wahl, du bestimmst selbst.«

In Emelies Blick tauchte etwas Dunkles auf. Er sprang wütend zwischen den beiden hin und her, den beiden Bettlern, die ihre Eltern darstellen sollten. Helena sah hinunter auf ihren Schoß. Wie war es möglich, dass sie ein Teil von alldem geworden war, dass alles so falsch hatte werden können?

»Hör jetzt auf, Martin.«

»Nein. Es ist Zeit für dich, die Wahrheit zu erfahren. Sag jetzt, Emelie, wo willst du wohnen?«

Als Mutter würde sie die Chance bekommen, alles gutzumachen. Sie würde die Mutter sein, die ihre eigene nie gewesen war. Sie würde bereit sein, alles zu tun, auf alles zu verzichten.

Helena verbarg das Gesicht in der Hand, aus Scham über das, was geschah. Darüber, dass sie dasaß und es geschehen ließ.

»Ich will hier bei Mama bleiben.«

Ohne ihr auch nur einen Blick zu schenken, drehte sich Emelie um und ging.

Helena schloss die Augen. Martin war besiegt, aber sie empfand keinen Triumph. Nur eine gnadenlose Trauer. Für eine kleine Weile musste sie sich noch zusammennehmen.

Draußen in der Diele schlug die Tür mit einem Knall zu.

»Siehst du nicht, was du da tust?« Martin stieß einen tiefen Seufzer aus.

Nur atmen, nur noch eine kleine Weile atmen.

»Okay, dann müssen wir es stattdessen so machen. Ich verkaufe meinen Anteil am Hotel. Da du dich geweigert hast, die Ausgleichsformulare zu unterschreiben, besitze ich immer noch die Hälfte. Es geht nicht um dich, sondern um Emelie. Ich werde einen Gutachter einschalten. Wenn er anruft, wäre es gut, wenn du ausnahmsweise antworten würdest.«

Mit diesen Worten verließ er die Glasveranda, den Speisesaal, das Entree und Lindgrens Hotel.

Helena blieb allein in dem schönen Kerzenlicht sitzen. Sie hörte, wie etwas in ihr zerbrach. Wie sich alle Schmerzen, die sie hinter der Brust verdrängt hatte, losrissen und heranwälzten. Jetzt gab es keine Rettung mehr für sie. Sie fiel nach vorne. Die Arme fest um sich selbst geschlungen, wiegte sie sich vor und wieder zurück.

Atmen, nur atmen, die Luft reicht nicht! Jetzt ist der Wahnsinn da, um mich zu holen.

»Helena, versuch, ein bisschen ruhiger zu atmen.« Anders war da, aber er durfte sie nicht sehen. Sie musste ihre Schwäche verstecken. Niemand durfte sie sehen, niemand konnte ihr helfen, sie war eingeschlossen, allein, abgeschnitten. Es gab nichts, nur ein ätzendes Chaos.

»Alles ist gut, Helena, ich bin hier, komm, dann helfe ich dir auf.«

Kapitel 23

Der Mut zu bleiben. Es zu wagen, einem Menschen beizustehen, der innerlich zerbrochen ist. Der Ohnmacht zu begegnen, nichts tun zu können. Trotz des unendlichen Abstands zu der Dunkelheit, in der sich dieser Mensch befindet, zu zeigen, dass er nicht alleine ist.

Zwei Stunden waren vergangen, seit er zu Helena in die Glasveranda gegangen war. Als er sie die Treppe hinaufgeführt, teilweise auch getragen hatte, war sie nicht ansprechbar gewesen. Tief in ihre Verzweiflung eingeschlossen hatte sie es geschehen lassen, aber versucht, sich seinem Blick zu entwinden, als schäme sie sich. Er hatte sie in seinem Zimmer auf das Bett gelegt. Sie zugedeckt und sich gezwungen, den Feigling zu überwinden, der ihm geraten hatte zu fliehen. Sie so sehr leiden zu sehen und unfähig zu sein, ihr zu helfen, hatte ihn tief getroffen. Trotzdem war er geblieben. Erst vor ein paar Tagen war er es selbst gewesen, der da gelegen hatte. Nach dieser Erfahrung verstand er, was sie durchmachte. Und seitdem hatte sich etwas verändert, denn tief in der Dunkelheit hatte er etwas gefunden, was er dachte, längst verloren zu haben.

Behutsam strich er ihr über das Haar. Sie lag immer noch zusammengerollt da wie ein Fötus, aber ihr gehetzter Atem hatte sich beruhigt. Vielleicht war sie endlich eingeschlafen. Unendlich langsam zog er seine Finger zurück, die mit den ihren verflochten waren, und stand auf.

»Geh nicht.«

»Ich will unten alle Kerzen löschen, ich bin in ein paar Minuten zurück.«

Sie protestierte nicht, sondern ließ ihn gehen.

In der Glasveranda standen die Reste des Abendessens noch so da, wie sie sie verlassen hatten. Ein Stillleben von einem Aufbruch. Er ließ die Reste stehen, ging nur herum und löschte die Kerzen, wie er es versprochen hatte. Er wollte zurück zu Helena. Sie brauchte ihn jetzt, und das machte es leichter, den eigenen Missmut in den Griff zu bekommen, der wieder zum Leben erwacht war, nachdem er einige Tage geschlummert hatte. Er war nicht von derselben lähmenden Art wie früher, jetzt fühlte er sich eher an wie eine Warnung. Eine Erinnerung daran, dass es etwas gab, das er vergessen hatte. Denn was hatte sich eigentlich verändert? Was war er sonst, als auf der Flucht? Sein richtiges Leben war immer noch dort, wo er es zurückgelassen hatte, aber er konnte unmöglich zurückkehren.

Er blies die letzte Kerze aus und ging die Treppe hinauf. Dort machte er die Tür zu seinem Zimmer vorsichtig auf. Helena lag noch da, wie er sie verlassen hatte. Die Augen waren geschlossen und der Atem ruhig. Er war dankbar dafür, dass sie sich entschieden hatte zu bleiben. So leise wie möglich zog er die Schuhe aus und ging zum Bett, setzte sich und nahm ihre Hand. Sie schaute auf, und ohne ihn loszulassen drehte sie sich um und machte ihm Platz. Er folgte der Bewegung und legte sich hinter sie, den Bauch an ihrem Rücken und die Beine an den ihren gebeugt. Er spürte, dass sie zitterte, und zog die Tagesdecke über sie. Kroch wieder zu ihr hinein, diesmal noch näher. Sie griff nach seiner Hand und drückte sie gegen ihre Halsgrube. So blieben sie liegen, weit von allem anderen entfernt. Eine Einsamkeit, in einem Augenblick des Trostes an einen anderen geschmiegt.

Eine Stunde verging, vielleicht zwei. Keiner von ihnen bewegte sich. Manchmal schlummerte er ein, wurde aber von dem Duft ihrer Haare geweckt. Ein Mensch ruhte neben ihm.

Helena.

Er zog sie an sich, in der plötzlichen Angst, sie würde sich ihm entziehen, wenn ihr Versteck von der Morgendämmerung enthüllt würde. Er hatte sie gut genug kennengelernt, um zu verstehen, dass das Vertrauen, das sie ihm geschenkt hatte, äußerst empfindlich war. Er war der Zeuge, der gesehen hatte, wie die Angst sie ergriffen hatte. Als jede Abwehr sie im Stich gelassen und sie sich hatte entblößen müssen. Entweder würde ihn das zum Feind machen oder zu einem tiefen Vertrauten. Die Wahl lag bei ihr. Leider wusste er nur zu gut, was er selbst gewählt hatte. Die Vorgaben wurden nicht besser davon, dass er feige um die Wahrheit herumschlich. Denn was hatte er anderes gezeigt als eine vage Kopie von sich, vielleicht den, der er im tiefsten Inneren sein wollte, was ihm aber wahrhaftig misslungen war. Sie hatte eine Phantasiefigur kennengelernt, die auf der Flucht war. Einen Mann, den es nicht gab, und wenn doch, dann nur als eine Hoffnung.

Offenbar war er wieder eingeschlafen, denn das Zimmer war bereits von Tageslicht durchflutet, als er von Schritten im Haus geweckt wurde. Beide lagen noch in derselben Position da. Würde die Berührung unterbrochen werden, wäre es nicht selbstverständlich, dass sie je dahin zurückfinden würden. Ihre Nähe war nur geborgt.

Er hob den Kopf und sah, dass sie wach war. »Soll ich nachsehen, wer es ist?«

»Das sind nur Niklas und Jonas, sie wollten früh losfahren.«

Sie hörten die Eingangstür zuschlagen und gleich darauf ein Auto starten.

Er schlief wieder ein.

Als er das nächste Mal aufwachte, glaubte er zuerst, sie sei gegangen. Sein Rücken war steif, er setzte sich auf und drehte den Oberkörper. Dann hörte er die Klospülung und begriff, dass sie noch da war, und zu seinem Erstaunen verursachte ihm das Herzklopfen. Früher war es ähnlich gewesen, wenn er nach einer Nacht, die sich zufällig so ergeben hatte, mit einer Frau aufgewacht war. Für diese Morgen gab es feste Regeln, Sex zu haben war nie besonders kompliziert gewesen. Doch nach dieser Nacht war es anders. Die Intimität, die sie geteilt hatten, war neu für ihn. Sie hatte sich auf einer Ebene eingeschlichen, auf der er ein Anfänger war. Da gab es nichts Eingeübtes, keine vorgegebenen Worte standen zur Verfügung. Nur ein verwirrtes Staunen.

Er fuhr sich rasch mit den Fingern durch die Haare. Die Badezimmertür ging auf, und Helena kam heraus, ihre Augen waren geschwollen und wichen seinem Blick aus. Sie drehte sich weg und ging zum Fenster. Eine Weile stand sie so da, und er ließ sie. Er wollte, dass sie aus eigenem Antrieb sprach. Noch immer wusste er nicht, was ihren Zusammenbruch verursacht hatte, was in der Glasveranda gesagt worden war, nachdem er gegangen war. Er hatte nur durch das Fenster gesehen, dass Emelie und Martin abgefahren waren.

»Ich habe Emelie wehgetan. Furchtbar weh.« Sie sank in einen der Sessel und legte den Kopf in die Hände. »Gerade ich hätte doch verstehen müssen, wie sie sich fühlt. Wie konnte ich so völlig blind sein?«

Er widerstand dem Drang, zu ihr zu gehen, unsicher, ob er willkommen war. Worauf sie auch anspielte, es war sicherlich wieder zurechtzubiegen. »Wir alle machen Fehler.«

Aber sie schüttelte den Kopf. »Nein. Manche Fehler sind unverzeihlich.«

»Nicht, wenn man umdenkt und versucht, sich zu ändern.«

Sie antwortete nicht, fuhr nur fort, mit vorgebeugtem Gesicht den Kopf zu schütteln.

Sie blieben sitzen, er auf dem Bett und sie im Sessel, ohne dass einer von ihnen noch etwas sagte. Denn keiner von ihnen konnte Worte finden, die helfen würden.

Kapitel 24

Es wurde langsam Zeit für den Beerdigungskaffee. Helena hatte wieder und wieder auf die Uhr gesehen, und je mehr sich der Zeiger der Drei näherte, desto tiefer wurden ihre Seufzer. Jetzt war sie in ihrem Zimmer, um zu duschen und sich umzuziehen. Anders kochte in der Küche Kaffee. Sie hatte ihm gesagt, wo sich die Thermoskannen befanden, und jetzt standen sie auf der Anrichte, bereit, gefüllt zu werden.

Als Helena herunterkam, ging sie geradewegs hinaus auf die Küchentreppe und kam mit einem großen Karton und einem sorgfältig eingepackten Blumenstrauß zurück. »Gott sei Dank sind es ein paar Grad über null. Ich habe vergessen, dass alles schon heute Morgen geliefert worden ist.«

»Warte, ich helfe dir.«

Er nahm ihr den Karton ab und hob ihn auf den Tisch. Zusammen packten sie Sandwichtorten und Kaffeegebäck aus, Helena holte die Teller zum Auflegen. Die Kuchen wurden in kunstvollen Reihen arrangiert, und Anders staunte darüber, wie schnell es ihr gelungen war, sich wieder zu fangen.

»Bist du sicher, dass du das schaffst?«

Sie nickte, öffnete noch eine Packung mit Kuchen.

»Weißt du, das wird vielleicht der letzte Beerdigungskaffee sein, den ich hier im Hotel veranstalte.«

»Warum sollte es?«

»Ich muss es verkaufen und nach Stockholm ziehen.«

Sie nahm den Kuchenteller und ging. Anders blieb zurück und starrte auf die Tür zum Speisesaal, durch die sie verschwunden war. Er stand immer noch regungslos da, als sie wieder auftauchte.

»Du willst das Hotel verkaufen?«

Sie nahm den Blumenstrauß und ging zur Anrichte. Dort riss sie das Papier auf und breitete einen Armvoll weißer Lilien aus. »Emelie will nach Stockholm zurück. Sie wird nun jede zweite Woche bei Martin wohnen. Kannst du ein paar Vasen aus dem Regal da holen?«

Jetzt war sie die Geschäftigkeit in Person. Mit raschen Bewegungen schnitt sie die langen Stiele an. Er holte zwei Vasen und blieb dann stehen. Die Neuigkeit war so unerwartet gekommen.

»Willst du denn verkaufen?«

»Nein, aber ich will da sein, wo Emelie ist. Kann ich die bekommen?«

Sie nickte zu seinen Händen hin, und er erinnerte sich an seinen Auftrag und stellte die Vasen auf die Anrichte.

»Jede zweite Woche, wenn Emelie bei Martin wohnt, dann kannst du doch hier oben bleiben.«

»Wer sollte denn das Hotel führen, wenn ich in Stockholm bin? Nein, das funktioniert nicht. Außerdem will Martin seinen Anteil. Ich kann es mir weder leisten, ihn auszuzahlen, noch mir eine Wohnung in der Stadt zu nehmen, wenn ich nicht verkaufe.«

Sie steckte ein paar Lilien in jede Vase und ging mit ihnen in den Speisesaal.

Als die Autos eine Weile später auf dem Hof einfuhren, leuchteten wieder die Kerzen in der Glasveranda. Das Buffet war mit weißen Lilien geschmückt, und leise Musik von Vivaldi erfüllte den Raum. Helena und Anders standen im Entree und empfingen die Gäste, sie hatte ihn gebeten, an ihrer Seite zu sein. Erst kamen Lisbeth und Lasse und ihre erwachsenen Kinder, der Enkel schlief in einem karierten Kinderwagen. Nach ihnen kamen ein paar Dorfbewohner, danach der Pfarrer, der einer sehr alten Frau im Rollstuhl half. Sie wurde als Margit vorgestellt, Helgas frühere Mitschülerin und engste Freundin. Mit einem freundlichen Lächeln begrüßte Helena alle, die kamen, und Anders war davon beeindruckt, wie schnell sie sich wieder in den Griff bekommen hatte. Sie zeigte, wo die Mäntel abgelegt werden konnten, und begleitete die Gäste in den Speisesaal. Als der Strom verebbt war, ging Anders zur Eingangstür, um sie zu schließen. Er musste mit der Hand auf der Klinke innehalten, denn mitten auf dem Hof standen noch zwei Frauen. Die Ältere rauchte, die Jüngere gestikulierte eifrig und wollte hineingehen.

Anders begriff, wer sie waren, und ließ die Tür offen.

Im Speisesaal hatten die Gäste begonnen zuzugreifen. Einige hatten sich mit gehäuften Tellern um die wenigen Tische herum gruppiert, vorsichtige Gespräche füllten den Raum. Es war keine große Gruppe, die sich zu Helgas Beerdigung versammelt hatte. All die leeren Stühle ließen sie noch kleiner erscheinen. Das war alles, was von neunzig Jahren auf der Erde übrig geblieben war. Anders kam in den Sinn, dass es traurig sein musste, ein so einsames Leben geführt zu haben, aber im nächsten Moment erfolgte die Einsicht, dass der Ansturm auf seine eigene Beerdigung kaum einen größeren Andrang erzeugen würde. Außer denjenigen, die hofften, am Erbe beteiligt zu sein. Es war ein beklemmender Gedanke, aber nur zu wahr, doch er wurde zur Seite geschoben, als Anna-Karin ins Zimmer trat. Das Gespräch an Lisbeths und Lasses Tisch verstummte, und als der Enkel im Wagen wimmerte, erhoben sich beide und eilten zu ihm, offensichtlich dankbar für die Ablenkung. Anders sah sich nach Helena um. Sie war nicht mehr im Raum. Er fand sie in der Küche, über die Anrichte gebeugt.

»Wie fühlst du dich?«

Sie schüttelte den Kopf. In der Ferne hörte man das Geräusch einer Motorsäge.

»Geh ruhig nach draußen, ich übernehme das hier.«

»Bist du wirklich sicher?«

»Geh schon. Es ist ja alles in Ordnung.«

Die Tür zum Speisesaal wurde aufgestoßen, und Helena richtete sich sofort auf. Lisbeth steckte den Kopf herein. »Hallo, sagt mal, gibt es noch ein bisschen Milch?«

Helena drehte sich um und lächelte. »Selbstverständlich, ich kümmere mich darum.«

Lisbeth verschwand, und Helena sank zusammen.

»Geh jetzt hinauf.«

»Versprich, mich zu holen, wenn du Hilfe brauchst.«

»Ach, hör auf, was sollte schon passieren?«

Er hatte gerade die aufgefüllte Milchkanne auf das Buffet gestellt, als er hörte, wie die Eingangstür geöffnet wurde. Erst glaubte er, es sei Helena, die hinausging, aber als er nachsah, traf er auf Verner. Er stand an der Tür und streifte sorgfältig die Gummistiefel an der Fußmatte ab. Die blaue Fleecejacke war mit Sägemehl bestreut, und unter dem Arm hatte er etwas, das Anders kannte – das Bild, das er auf dem Acker gemalt hatte.

»Hallo Verner.«

»Hallo, sind Sie noch auf den Beinen? Es freut mich, dass Sie noch leben und bei guter Gesundheit sind.«

Anders lächelte, aber Verner sah nicht aus, als würde er scherzen.

»Hören Sie, Verner, wir haben heute einen Beerdigungskaffee, und das Hotel ist eigentlich geschlossen. Aber ich lade Sie gern auf einen Kaffee in der Küche ein, wenn Sie wollen.«

»Nein, danke, ich bin nicht wegen des Kaffees hier. Er nahm die Kappe ab und strich sich mit der Hand über den Kopf. »Ich bin hier, um einige von den Gästen zu treffen.«

»Aha, aber … ich glaube nicht, dass es die richtige Gelegenheit ist.«

Verner hielt inne und warf ihm einen erstaunten Blick zu. »Das kommt doch darauf an, was für ein Anliegen ich habe.«

Und bevor Anders ihn aufhalten konnte, ging er in den Speisesaal hinein. Dort wurde es so still, als hätte die Hauptperson selbst das Zimmer betreten. Anders erkannte sofort, dass er eine Art Verantwortung für das trug, was geschah, hatte aber keine Ahnung, wie er damit umgehen sollte. Da ihm nichts anderes einfiel, streckte er die Hand aus, um ihn vorzustellen. »Äh, ja, das ist Verner.«

Verner sah ihn mit einem erstaunten Lächeln an. Dann richtete er den Blick auf einen Punkt neben seinem Kopf und grinste zufrieden.

Anna-Karin sprang vom Stuhl auf. »Sie sind hier nicht willkommen, das ist eine private Veranstaltung.«

»Ich will nicht lange stören, solche Festessen sind nie mein Ding gewesen, ich will nur vorbeikommen und erzählen, dass ich das Problem gelöst habe, das ihr mit dem Erbe habt.«

Anna-Karin richtete einen wütenden Blick auf Lisbeth und Lasse, als ob sie verantwortlich für dieses hässliche Spiel wären. Aber Lasse zuckte nur die Achseln und sah genauso verwirrt aus wie die anderen.

Verner setzte wieder an. »Diese Kastanie, um die ihr euch gestritten habt, die ist jetzt weg, sodass ihr das Grundstück mitten hindurch teilen könnt.«

Anna-Karins Lippen bewegten sich, aber es kamen keine Worte. Wie auf ein stummes Kommando standen alle auf und liefen zur Eingangstür. Alle außer dem Pfarrer und Margit, die in ihrem Rollstuhl sitzen blieb. Anders hörte ein Geheul von der Veranda. Im nächsten Moment kamen alle wieder herein und kehrten zu den Plätzen zurück, die sie gerade verlassen hatten. Alle außer Anna-Karin, die auf der Schwelle stehen blieb.

Anders blickte zur Decke. *Versprich, mich zu holen, wenn du Hilfe brauchst.*

Verner nahm das Bild und streckte es Anna-Karin entgegen. »Das wollte ich als eine kleine Erinnerung überreichen.«

Aus Lasses Richtung kam ein sonderbarer Laut. Erst klang es wie zurückgehaltenes Weinen, aber als er es nicht mehr unterdrücken konnte, lehnte er sich zurück und lachte. Ein Lachen, so befreit und aufrichtig, dass es Lisbeth ansteckte, die es zu dämpfen vermochte, indem sie die Hand gegen den Mund presste. Es zischten nur ein paar Stöße durch die Nase.

»Sie verdammter Narr! Begreifen Sie nicht, was Sie angerichtet haben?« Alle Blicke kehrten zu Anna-Karin zurück.

»Sie müssen hier weg, verstehen Sie, ich werde die Polizei rufen und dafür sorgen, dass Sie verschwinden, niemand will Sie hier haben, und wenn es das Letzte ist, was ich tue …«

»Jetzt hältst du mal den Schnabel, Anna-Karin.«

Alle sahen sich verwirrt um, erstaunt darüber, wer gesprochen hatte. Geführt vom verdutzten Blick des Pfarrers, der der Unruhestifterin am nächsten saß, wandte sich das Interesse jetzt Margit zu. Zart wie ein Vogel und mit von den Jahren gebeugtem Rücken saß sie zusammengesunken im Rollstuhl, die stahlblauen Augen auf Anna-Karin gerichtet. »Was man einmal gesät hat, hat man auch das Recht zu ernten.«

Verner senkte den Blick und schaute zu Boden. Die Übrigen sahen sich im Zimmer um, auf der Suche nach einer Erklärung. Margit streckte die Hand nach ihrer Handtasche aus, und der Pfarrer half ihr, sie zu öffnen.

»Ich habe hier einen Brief für dich, Verner, ich habe deiner Mutter versprochen, ihn dir zu geben, wenn sie von uns gegangen ist.«

Anna-Karin tat ein paar Schritte in den Raum hinein und ließ sich auf den erstbesten Stuhl sinken. Margits gekrümmte Finger fischten den Umschlag aus der Handtasche, während Verner mit niedergeschlagenem Blick dastand, scheinbar noch unwillig ihn entgegenzunehmen. »Sie war so jung, Verner, erst vierzehn Jahre.« Margit ließ die Hand sinken, und der Brief blieb auf ihrem Schoß liegen. »Dein Vater war Knecht auf dem Hof, sie waren so verliebt ineinander, musst du wissen, aber als die Eltern begriffen haben, was los war, schickten sie ihn weg. Er kam aus einer Zigeunerfamilie, und von solchen wollten deine Großeltern nichts wissen.« Margit versank in ihren Erinnerungen. »Aber damals wurde es nicht gern gesehen, Mutter eines unehelichen Kindes zu sein. Sie hatte es schwer, deine Mutter, und die Enttäuschung ließ sie an dir aus, armes Kind. Dass du ein wenig … ja, anders warst, machte es noch schlimmer.« Margit sah auf Helgas Brief in ihrem Schoß und schüttelte den Kopf. »Aber du musst wissen, sie hat sich selbst und ihren Eltern niemals vergeben, dass sie dich weggeschickt haben. Je älter sie wurde, desto mehr quälte es sie. Aber Helga fiel es immer schon schwer zuzugeben, dass sie einen Fehler gemacht hatte.« Margit seufzte und sah zu Verner hin. »So war sie, deine Mutter, und als du endlich zurückkamst, wusste sie nicht, wie sie sich verhalten sollte. Natürlich ließ sie dich da oben im Kullmyrstorpet wohnen, aber ich weiß, dass sie eigentlich so viel mehr wollte. Und dann bekam sie eine Gehirnblutung, ehe sie dazu kommen konnte.« Anders ging und holte einen Stuhl für Verner. Dieser nickte zum Dank und setzte sich, vorgebeugt, die Ellenbogen auf den Knien. »Aber eins musst du wissen, Verner, in all diesen Jahren hat sie diese Kastanie, die du gepflanzt hast, gepflegt, als ginge es um Leben und Tod.«

Verner wischte sich mit der Hand über die Nase. Anders schnappte sich eine Serviette vom Buffet und gab sie ihm. Margit streckte ihm den Brief wieder hin, und der Pfarrer stand auf und legte ihn Verner auf den Schoß. Die anderen im Raum saßen still da und versuchten, diese entscheidende Wendung in sich aufzunehmen.

Lasse war der Erste, der zu Wort kam. »Aber dann bist du ja derjenige, der den Hof erbt!«

Verner gab einen schwer zu deutenden Laut von sich. »Nehedudanke, auf dem Hof will ich nie wieder wohnen.« Er schnäuzte sich in die Serviette. »Ich behalte Kullmyrstorpet, jetzt, da die Kastanie weg ist, könnt ihr einfach den Rest durch zwei teilen.«

»Aber der Hof gehört doch dir, Recht muss Recht bleiben.« Lasse beharrte darauf, jetzt, da sich eine Möglichkeit bot. »Ich will ihn auch nicht haben, Lisbeth und ich werden nach Luleå zurückziehen.«

Anders schaute auf Anna-Karin. Ihr Gesicht war zu Boden gerichtet, und mit dem Finger tupfte sie sich die Augen. Er nahm eine neue Serviette von dem schwindenden Stapel und ging zu ihr hin.

Verner stand auf und stopfte den Brief in die Hosentasche. »Und die Kastanie behalte ich auch, sie ist gut, um im nächsten Winter für Wärme zu sorgen. Aber ich muss sie wohl nach und nach in Stücken holen.«

»Ich kann dir mit dem Traktor helfen, sie zu transportieren.« Es war einer der Dorfbewohner, der das anbot. Verner lächelte zum Dank. Dann nahm er das Bild und stellte es zu Anna-Karin. »Bitte sehr, Kusine.«

Mit diesen Worten verließ er den Raum, und als die Eingangstür geschlossen wurde, nahm das Schweigen überhand. Es war allen klar, dass Margits unerwartete Schlussbilanz von Helgas Leben auch das Ende ihres Beerdigungskaffees bedeutete. Anna-Karin war diejenige, die als Erste aufstand. Ohne ein Wort verschwand sie zur Tür hinaus, das Bild blieb dort zurück, wo Verner es abgestellt hatte. Susanna nickte dankend zu Anders hin und folgte ihr. Der Rest zog in einem stillen Trüppchen davon, und Anders stellte sich auf die Veranda und verabschiedete sie. Nachdem alle fort waren, ging er hinein und setzte sich auf die unterste Treppenstufe. Dort blieb er sitzen, bis er Helenas Schritte im Obergeschoss hörte. Sie kam die Treppe herunter und setzte sich an seine Seite, sah ihn an und lächelte.

»Danke dir für die Hilfe. Ist alles gut gegangen?«

Kapitel 25

Wieder war es Abend geworden in der Küche, die einst Helga gehört hatte. Aber an diesem Abend war nichts wie sonst, und das Leben konnte niemals wieder so werden wie zuvor. Anna-Karin saß am Küchentisch und hörte den Seewetterbericht. Eine alte Gewohnheit, im Moment ein Gegengewicht zu der Verwirrung, die sie empfand. Etwas Gewohntes und Sicheres, obwohl die Winde auf dem Meer wenig Einfluss auf ihr Leben hatten und die Orte, wo sie wehten, ihr unbekannt waren. Svenska Högarna, Harstena, Måseskär. Sie wusste nicht einmal, wo sie lagen, aber in all den Jahren hatte sie sich über das Wetter dort informiert.

Sie fingerte an Niklas' Informationsbroschüre herum. *Sich heimisch fühlen*. Das war nichts, was sie unbedingt lesen wollte, und der Titel schreckte sie ab.

Noch war sie nicht bereit.

Die Wahrheit über Verner musste sie auch erst einmal verarbeiten, und all das Neue hatte zusammen eine solche Dimension erreicht, dass es schwer zu fassen war. Ein großer Teil ihres Lebens hatte aus Irrtümern bestanden, so viel war klar. Sie war von Geheimnissen umgeben gewesen, die ihr niemand hatte anvertrauen wollen. Mit einem Mal wurden jetzt alle Selbstverständlichkeiten von dem Neuen, Unerwünschten verdrängt. Und sie selbst war machtlos, es gab nichts, was sie tun konnte, damit alles wieder so wurde wie zuvor.

Dieser Gedanke war es, der sie am meisten erschreckte.

Sie erhob sich und ging zur Anrichte, wo die Weinflasche stand, die sie am Vorabend geöffnet hatten, ohne dazu zu kommen, sie auszutrinken. Als sie sich umdrehte, stand Susanna in der Küchentür, Anna-Karin holte noch ein Glas.

»Willst du ein bisschen Wein?«

»Nein danke.«

Susanna setzte sich an den Küchentisch. Anna-Karin stellte das Radio ab, eine ganze Weile verging, ohne dass etwas gesagt wurde. Nur das Ticken von Helenas Küchenuhr durchlöcherte die Stille. Jetzt hatte das einst so beruhigende Geräusch einen anderen Klang bekommen – eine Erinnerung daran, dass Helga diese ganzen Jahre hier herumgegangen war und der verlorenen Zeit gelauscht hatte. Susanna nahm die Broschüre und ließ die Seiten unter dem Daumen durchgleiten. »Hast du sie schon gelesen?«

Anna-Karin nippte am Wein. »Ich bin noch nicht dazu gekommen.«

Susanna seufzte und sah zum Fenster. Anna-Karins Blick folgte dem ihren. Gott sei Dank war es so dunkel, dass man nicht sehen konnte, was dort draußen fehlte.

Die Frage, die sie stellen wollte, schmerzte in ihrem Inneren, und dann war da noch die Schande darüber, dass man sie während all dieser Jahre ausgegrenzt hatte. Sie nahm einen Schluck Wein. »Warum habt ihr es mir nie erzählt?«

»Du meinst das mit Niklas?«

Anna-Karin nickte. Susanna legte die Broschüre weg. »Was denkst du selbst?«

Das Gefühl der Ungerechtigkeit war so stark, dass sie nicht zugeben wollte, dass sie die Wahrheit kannte. Wer würde auf ihrer Seite bleiben, wenn sie selbst es nicht tat? Oder vielleicht fühlte sie sich auch nur traurig. Niklas hatte ihre Reaktion gefürchtet, und gestern Abend hatte sie jede seiner Befürchtungen bestätigt. »Es ist tatsächlich unbegreiflich, dass du es nicht verstanden hast. Er wohnt ja schon seit mehreren Jahren mit Jonas zusammen, und wir haben immer von ihnen als Paar gesprochen. Es war, als hättest du es nicht hören wollen. Jede Andeutung, die wir gemacht haben, hast du abgewehrt.«

»Dann hättet ihr es doch geradeheraus sagen können?«

»Niklas wollte das nicht. Er hat es einfach nicht gewagt, er wusste ja, wie du reagieren würdest. Deshalb hat er sich so lange ferngehalten und ist so selten hierher zu Besuch gekommen.«

Anna-Karin stellte das Weinglas ab, ging zum Tisch und sank auf einen Stuhl. Nie war ihr in den Sinn gekommen, dass Niklas homosexuell sein könnte. Das kam in ihrer Gedankenwelt nicht vor. Sie kannte niemanden, der so war, und hatte immer geglaubt, es sei diesen Leuten deutlich anzumerken. Sie hatte sie ja im Fernsehen gesehen, wo es keinen Zweifel gab.

Susanna seufzte. »Da wir jetzt endlich darüber sprechen … Es gibt eine Sache, die Niklas und ich nie an dir verstanden haben, Mama.« Sie verstummte, und als Anna-Karin den Kopf hob, sah sie, dass ihre Tochter zögerte fortzufahren.

»Was habt ihr nicht verstanden?«

»Wie du es schaffst, dich so sehr darum zu kümmern, was alle anderen die ganze Zeit machen. Das muss doch furchtbar anstrengend sein. Ist es nicht einfacher, wenn man sich auf seine eigenen Angelegenheiten konzentriert?«

»Das tu ich doch nicht?«

»Doch, es ist dir vielleicht selbst nicht bewusst, aber das tust du tatsächlich. Und an fast allem stimmt etwas nicht. Lasse und Lisbeth zum Beispiel, die ihr Haus renovieren wollen. Was hast du damit zu tun?«

»Aber es ist doch ein Erbhof.«

»Was spielt das für eine Rolle? Du entscheidest dich, es so zu erhalten und nichts zu verändern, sie entscheiden sich für etwas anderes. Warum sollte gerade deine Art besser sein?«

»Man hat doch immerhin das Recht, eine Meinung zu haben?«

»Hat man das? Warum hat man das? Über Dinge, mit denen man nicht einmal etwas zu tun hat.« Susanna sah sie mit schräg gelegtem Kopf an. »Du würdest es doch niemals akzeptieren, dass jemand eine Meinung über dich hat.«

»Das würde ich schon. Die Leute sollen doch denken, was sie wollen.«

»Erinnerst du dich nicht, wie wütend du warst, als du und Papa euch getrennt hattet und Großmutter eine Menge Ansichten darüber hatte, wie du leben solltest.«

»Das war doch eine ganz andere Sache.«

»Erst war sie böse über eure Trennung, dann fand sie, du seist zu viel unterwegs. Sie sagte, es seien Gerüchte im Umlauf, erinnerst du dich? Ihr habt ja mehrere Jahre nicht miteinander gesprochen.«

»Das war doch, weil sie sich in Sachen einmischte, die sie nichts angingen.«

»Aber das ist doch genau das, was ich sage.« Susanna wies

mit einem Nicken auf Niklas' Broschüre hin. »Was hast du damit zu tun, in wen die Leute sich verlieben und was sie in ihren Schlafzimmern machen? Warum kümmert dich das überhaupt? Wie kann es dich stören, dass jemand homosexuell ist?«

Anna-Karin fühlte sich angegriffen, sie wollte sich verteidigen, aber Susanna war zornig, und wenn auch sie ihr den Rücken kehrte, wer blieb ihr dann noch.

Susanna seufzte tief. »Findest du es so merkwürdig, dass Niklas es dir nicht erzählen wollte?«

»Es kann schon sein, dass ich ungeschickte Sachen gesagt habe, aber ich habe nie gemeint, dass …«

»Was hast du dann gemeint?«

Anna-Karin dachte nach, fand aber keine Antwort. Das war doch alles so dahingesagt. Witze und Formulierungen, die sie von anderen gehört hatte. »Ich habe doch nichts Besonderes damit gemeint.«

Susanna schnaubte, und Anna-Karin gefiel ihre Miene nicht. Sie tat ja nun ihr Bestes, aber es war schwierig umzudenken. Zwei Männer, die … nein, sie konnte es nicht ändern, dass sie das unnatürlich fand. Warum wollte jemand so etwas tun?

»Ich finde nur, es ist … es ist so schwer, das zu verstehen.«

»Was denn?«

»Das mit zwei Männern, die … oder Frauen, ich finde nur, es ist … komisch.«

»Vielleicht musst du es nicht verstehen. Vielleicht musst du die Leute einfach nur das machen lassen, was sie selbst wollen.«

Anna-Karin sagte nichts, eine Weile saß sie da und schaute

auf die Broschüre. *Sich heimisch fühlen – ein guter Start für dich, wenn du dir einen Überblick über die HBT-Gruppe verschaffen willst.* Sie schlug eine beliebige Seite auf, und das Erste, worauf ihr Blick fiel, waren Beschimpfungen und Hasstiraden. Die Worte machten die Gedanken, die sie während der Nacht verfolgt hatten, zur Wirklichkeit. Die Angst davor, dass Niklas ein Aussätziger war. »Ich denke nur daran, wie schwer er es haben wird. All die Vorurteile, denen er begegnen wird, der Hass, der da ist. Es tut mir im Herzen weh, wenn ich daran denke, dass jemand Niklas so sehen würde.«

»Dann tu es nicht.«

Anna-Karin starrte sie an. »Das weißt du doch, dass ich Niklas nicht hasse.«

»Begleite mich am Sonntag nach Stockholm und sag es ihm selbst.«

»Nach Stockholm?«

»Ja, der Zug geht um zehn vor zwölf.«

»Jetzt am Sonntag? Aber ich habe …«

»Doch, du hast bestimmt etwas anzuziehen, und du hast den ganzen Tag Zeit, um zu packen und dich auf die Reise vorzubereiten.«

Anna-Karin sah sich ängstlich in der Küche um. Die Blumen, die gegossen werden mussten, das ganze Essen im Kühlschrank, alles, woran sie denken musste, wenn sie verreisen würde.

»Jetzt hör mal, Mama, wie schwierig kann es sein? Ich habe schon eine zusätzliche Fahrkarte bestellt.« Susanna lächelte, streckte ihre Hand aus und legte sie auf die ihren. »Ich habe darüber nachgedacht, was Margit über Helga erzählt hat. Liebe Mama, mach nicht denselben Fehler.«

Kapitel 26

Die Wahrheit brachte einen erst weiter, wenn man den Mut hatte, sich auf sie einzulassen. Wenn man aufhörte, gegen die Umwelt anzukämpfen, und die Fehler bei sich selbst suchte. Wie sehr hatte sie sich bemüht, sich ihre Fehler nicht eingestehen zu müssen. Vielleicht war ihr Charakter nichts anderes als die Summe all dieser Ausflüchte. Sie hatte sich entschieden, allem aus dem Weg zu gehen, aber nachdem sie sich auf alle möglichen Arten selbst betrogen hatte, blieb nur noch der Abgrund. Und dort war der Schmerz unmöglich zu ertragen. Musste ein Mensch erst so weit kommen, bis er dazu bereit war umzudenken? Konnte sich erst dort unten, ganz am Boden, der Gedanke verfestigen, dass man sich auch gegen etwas stemmen konnte?

Helena hatte ihre Stirn an das Fenster der kleinen Dachkammer gelehnt, in der sie als Kind gewohnt hatte. Das erste Zimmer, das ganz allein ihr gehörte, den Winter über verlassen und ausgekühlt, darauf wartend, dass sie zurückkehrte. Immer mit einem Zettel unter dem Schutzpapier in der mittleren Schublade, ein Geheimnis, das sie versteckt hatte, wenn sie wieder nach Hause musste, das ihr Reich bewachte, bis sie endlich zurückkommen durfte. Das kleine Zimmer mit den vergilbten Blumentapeten, die sie als Erwachsene in ihren

Erinnerungen immer wieder neu erschaffen hatte, wenn sie Angst empfand. Das Sinnbild für Geborgenheit. Allein so etwas, wie Schutzpapier am Boden einer Schublade zu haben. Grün mit weißen Punkten und sorgfältig gefaltet, um in die Ecken zu passen. In ihrem Zuhause in Vällingby, wo es selten Laken auf dem Bett gab, blieben sie eine Utopie. Dort gab es nicht einmal frische Wäsche, um sie in eine Kommodenschublade zu legen. Mit zwölf war sie zum letzten Mal von hier abgereist, ohne zu wissen, welch großer Teil von ihr zurückblieb. Ihre Sehnsucht hatte diesen Ort nie verlassen. Im Lauf der Jahre war sie immer wieder in Gedanken zwischen den Zimmern umhergewandert und hatte ehrfürchtig das Paradies der Kindheit gepflegt. Das Loch, das es in ihr hinterlassen hatte, wurde mit der Sehnsucht nach vergangenen Zeiten gefüllt. Schließlich so stark, dass sie auch tatsächlich zurückkehren musste. Aber die Menschen, denen ihre Sehnsucht galt, waren fort und würden nie mehr zurückkehren. Sie hatten sich vor langer Zeit verabschiedet, als niemand begriffen hatte, dass sie sich zum letzten Mal gesehen hatten.

Jetzt stand sie da, an jenem Platz, an dem sie ihr Vertrauen verankert hatte. Aber kein Schubladenpapier dieser Welt konnte verbergen, dass sie sich selbst belogen hatte. Dass sie sich irgendwann unterwegs verirrt hatte.

Der heilige Traum von der Familie, einst so leicht geträumt. Ein frühes Versprechen, das sie sich gegeben hatte, als sie selbst klein war, aber keine Möglichkeit hatte, ein Kind sein zu dürfen. Denn wer hätte sonst die ganze Verantwortung übernommen? Sie wusste nur, dass sie von dem Tag an, an dem sie selbst bestimmen könnte, alles anders machen würde. Eine eigene kleine Familie war ihr als Lösung für alles im Leben erschienen. Das war mit zehn Jahren so gewesen, mit fünfundzwanzig, mit vierzig. Mittlerweile war der Gedanke so selbstverständlich, dass er allen Veränderungen in ihrem Leben standhielt, mit einem sicheren Abstand zu allem, was ihn trüben könnte. Sie ignorierte ihre Frustration, die Sehnsucht nach Martin, dass sie keinen klaren Gedanken mehr fassen und sich selbst nicht mehr eingestehen konnte, was sie eigentlich meinte und fühlte. Tief in ihrem Innern hatte sie gewusst, dass es ihre Beziehung zerstören würde, wenn sie den aufreibenden Konflikten ausgesetzt gewesen wäre. Und die Liebe zwischen einer Mutter und einem Vater durfte nicht enden, nicht in ihrer Welt. Das hätte allem widersprochen, an das sie geglaubt hatte.

Deshalb hatte sie so getan, als gäbe es in ihrer Beziehung keine Probleme.

Aber die gab es.

Vielleicht war die Liebe schon in den ersten Jahren erloschen, als Emelie noch klein und der Alltag ein ewiger Kampf war, Tag und Nacht auf der hoffnungslosen Jagd nach etwas freier Zeit. Anfangs hatten sie Seite an Seite gekämpft, aber schließlich waren sie so atemlos geworden, dass ihnen die Kraft zur Nähe fehlte. Die Gespräche waren verstummt. Abends waren sie immer weiter voneinander entfernt eingeschlafen. Sie hatte gedacht, sobald sie am Ziel wären, würden sie nachholen, was sie versäumt hatten. Doch eigentlich hatte sie verstanden, dass ihre Beziehung ihren eigenen Weg gegangen war, während sie selbst sich mit etwas anderem beschäftigt hatten.

Und wo das *Ziel* lag, hatte sie nie ergründet.

Sie schauderte und zog die Jacke enger um sich. Das Zimmer war ausgekühlt, aber erst jetzt spürte sie, dass sie fror. In ihrer Erinnerung war es hier immer sommerlich stickig gewesen, und dort wollte sie noch eine Weile bleiben. In einem kleinen Spalt zwischen dem, was gewesen war, und dem, was kam.

Das Gefühl, zurückgewiesen worden zu sein, hatte sie um Sinn und Verstand gebracht. Das und die Angst davor, verlassen zu werden. Er hatte sie verraten und sich für eine andere Frau entschieden. So hatte sie gedacht und sich ein halbes Jahr lang in der Demütigung gewälzt. Die Schuld an der Trennung lag nur bei Martin, sie *durfte* nirgendwo anders sein. Doch als er gestern vor ihr gestanden hatte, musste sie der Wahrheit ins Auge sehen. Ihr Umzug von Stockholm war nichts anderes gewesen als ein Versuch, sich aus ihrer Beziehung zu befreien. Eine Art, den Entschluss zu erzwingen, den sie sich selbst verboten hatte. Denn eigentlich hatte sie von Anfang an gewusst, dass er sich in Norrland nie wohlfühlen würde.

Anders hatte Feuer gemacht, als sie herunterkam. Er hatte Verners Bild auf den Kaminsims gestellt und eine Kanne Tee aufgebrüht, sie freute sich, als sie die zweite Teetasse zwischen den Sesseln sah.

»Da bist du ja, es gibt Tee, wenn du willst.«

»Gern.«

Sie setzte sich, und er beugte sich vor, um ihr einzuschenken. »Drei Sandwichtorten sind übrig geblieben, falls du Hunger hast. Sie haben es nicht geschafft, viel zu essen, bevor Verner kam.«

Er hatte ihr beschrieben, was während des Beerdigungskaffees passiert war, und jetzt lächelte sie wieder, erstaunt darüber, dass dieser Reflex noch funktionierte, unabhängig davon, wie ihr zumute war. Aber seltsamerweise war da auch ein Gefühl der Befreiung.

Zurückgelehnt, in geruhsamer Stille saßen sie da und nippten an ihrem Tee. Als das Feuer langsam auszugehen drohte, legte er Holz nach. Die Glut kroch die trockenen Scheite hinauf und wuchs zu lodernden Flammen. Anders blieb davor stehen, hob die Hand und strich vorsichtig mit dem Finger über die Kastanie auf Verners Bild. »Es ist wirklich ganz phantastisch, so malt nur ein wahrer Künstler.«

Helena nickte. »Ich werde es wohl Anna-Karin bringen, wenn sie sich etwas beruhigt hat, vielleicht ist es wertvoll.«

Er ging zurück und setzte sich. »Wenn sie es verkauft, kann sie sich ein Auto anschaffen. Habt ihr nicht gesagt, sie bräuchte eins, wenn Lasse und Lisbeth wegziehen?«

»Meinst du, es ist so viel wert?«

»Ja, sie wird sich ein Auto kaufen können. Ich kann das übernehmen, wenn du willst.« Er warf ihr einen unergründlichen Blick zu, doch sie hatte nicht die Kraft ihn zu deuten. Natürlich durfte er mit dem Bild zu Anna-Karin gehen, wenn er wollte, sie war froh, wenn sie es nicht tun musste.

Anders stellte die Tasse ab. Ein paarmal schaute er in ihre Richtung, als würde er zögern, ihr etwas zu sagen. Er erinnerte sie an jemanden, der eine Rede halten wollte, sich aber vor den einleitenden Worten fürchtete.

»Was ist?«

Er räusperte sich mit der Hand vor dem Mund. »Es gibt da etwas, was ich erzählen möchte, was mit Verner zu tun hat. Das, was geschah, als wir in seinem Häuschen waren.« Er streckte sich wieder nach seiner Tasse, als suche er einen Halt. »Dieser Tag, an dem ich ankam.«

»Ja?«

»Ich hatte die Nacht im Krankenhaus von Sundsvall verbracht.«

»Warum denn?«

»Ich bin mit dem Wagen von der Straße abgekommen.«

Ihr Blick schweifte zum Fenster, an dem sie gestanden hatte, als sie ihn zum ersten Mal gesehen hatte. Mit geschlossenen Augen auf dem Fahrersitz seines Wagens sitzend. »Es war nicht der, mit dem ich angekommen bin, der andere ist mittlerweile Schrott.«

»Meine Güte, war es so ernst? Du musst einen Schutzengel gehabt haben.«

Er verzog den Mund, ohne zu lächeln. »Das könnte man meinen, es ist nur so, dass … es war kein Unfall.«

»Wie meinst du das?«

Er antwortete nicht, sondern schaute nur auf seine Tasse, und Helena verstand auf einmal, dass ihr gerade etwas sehr Persönliches anvertraut worden war. Etwas sehr Empfindliches, ihm fiel es schwer, es auszusprechen.

»Aber. Warum?«

Er zuckte die Achseln. »Das weiß ich tatsächlich nicht, ich erinnere mich nicht einmal daran, was ich mir gedacht habe. Das ist ja das Sonderbare, ich kann es nicht zu fassen kriegen.« Er verstummte für eine Weile, ehe er fortfuhr. »Ich war in einem Gefühl der Sinnlosigkeit hängen geblieben, als würde nichts mehr eine Rolle spielen. Aber dann kam ich hierher und fing an, den Stall zu streichen, und da geschah etwas.« Er breitete die Hände aus, in einem Versuch, das Unbeschreibliche zu deuten. »Ich verstehe selbst nicht, wie das möglich war. Vielleicht ist es einfach nur so, dass ich mit etwas beschäftigt war, das ich gewöhnlich nie tue, dass ich über etwas anderes nachdenken konnte. Alle Gespräche mit dir, alles, was Verner gesagt hat, Emelie … Ich weiß nicht, aber etwas hat sich hier drinnen verändert.« Er klopfte mit dem Finger gegen die Stirn.

Helena lehnte sich zurück und betrachtete ihn. Anders, der Mann im Sessel neben ihr, ein Mensch, ein Mysterium. Von allen Orten der Welt war er ausgerechnet hier bei ihr gelandet. »Also war das, was Verner über dich gesagt hat, wahr?«

»Ja, so merkwürdig es auch klingt.«

Helena blickte ins Feuer. Die schwierige Kunst des Umdenkens. »Was er über mich gesagt hat, war auch wahr, ich war nur nicht bereit es zu hören.«

Sie hob den Blick und betrachtete Verners blühende Kastanie. *Die Welt ist nichts anderes als die Erfindung jedes Einzelnen, sie wird das, was wir aus ihr machen.* Das hatte Verner gesagt.

Vielleicht war es gar nicht so schwierig?

Oder war gerade das am schwierigsten.

Kapitel 27

Siebenundvierzig Jahre, vier Monate und sechzehn Tage. So lange hatte sein Leben bisher gedauert. Während der Nacht hatte er wach gelegen und die Zeit zusammengezählt, erfüllt von Gedanken über das, was blieb.

Früher hatte er nie gesehen, wo die Scheidewege anfingen, nicht bevor er ein gutes Stück vorangekommen war und er sich hatte umsehen müssen. Diesmal war es anders. Er war sich dessen bewusst, dass er an einer Kreuzung stand und dass der Weg zurück für ihn gesperrt war. Er musste einen von denen wählen, die ihn weiter voranbrachten, aber an keinem gab es ein sicheres Schild, das zeigte, wohin er führen würde. Da stand nur »risikoreicher Versuch«. Besonders auf einem, denn wenn er den wählte, wäre er gezwungen, alles, was er sich an Selbstschutz aufgebaut hatte, fallen zu lassen.

Dieser beunruhigende Gedanke hatte ihn wach gehalten.

Denn einmal hatte er diesen Fehler bereits gemacht und den Schmerz dabei nie vergessen können.

All die Zeit, die vorbeigeschlichen war. Die Haare, in die sich langsam graue Strähnen geschlichen hatten. Sein Körper, der nicht mehr über unbegrenzte Kräfte verfügte, sondern immer regelmäßiger nach Ruhe verlangte. Womit hatte er sich beschäftigt, als die erste Falte gekommen war und er sich immer mehr verändert hatte? Offenbar mit etwas, das ihm die Lebenslust abgegraben hatte.

Sobald die Dämmerung kam, stieg er aus dem Bett. Eine ganze Weile blieb er am Fenster stehen, während der neue Tag anbrach. Er sah auf die Häuser hinaus, voller Verwunderung, dass er gerade hier gelandet war. Eine Taube flog vorbei und versuchte sich auf dem Dach über dem Kücheneingang niederzulassen. Der Dachfirst hatte spitze Stacheln, um die Vögel fernzuhalten. Die Taube flatterte ein paarmal, ehe sie aufgab, und Anders dachte, dass der Dachfirst ihn sehr an sich selbst erinnerte. Genauso abweisend war er gewesen, wenn jemand ihm zu nahe kam, wenn jemand geblieben war, um sich niederzulassen.

Er zog den Blaumann an und ging hinunter in die Küche. Dort frühstückte er im Stehen, hinterließ einen Zettel auf dem Tisch und ging weiter zum Auto. Er hatte etwas zu erledigen.

Ein paar Stunden später war er mit einer frisch gekauften Malerleinwand auf dem Weg zu Verners Häuschen. Ein stiller Nieselregen fiel und löste den letzten Schnee auf. Der Duft der nassen Erde erfüllte die Luft. Es war, als vibriere der ganze Wald in ungeduldiger Erwartung eines Startschusses für den Frühling. Ein Reh in einiger Entfernung ließ ihn innehalten. Ihre Blicke begegneten sich, das Tier zögerte, verharrte ein paar Augenblicke, ehe es kehrtmachte und loslief. Anders blieb in der Stille stehen. Als das Geräusch seiner eigenen Schritte verschwunden war, blieb nur noch das Rauschen des Windes. Ihm fiel auf, wie selbstverständlich alles um ihn herum zu sein schien. Nichts im Wald bat um einen Anlass, alles wuchs einfach dort, wo es wuchs. Durchdrungen von Lebenswillen und in genügsamer Harmonie mit allem anderen. Genauso lebendig wie er selbst. Aber allem Anschein nach klüger.

Als er das betrat, was vermutlich einmal das Grundstück des Häuschens gewesen war, sah er Verner auf der Vortreppe stehen. Er hielt einen Holzkorb in der Hand und schien Anders nicht zu bemerken, mit der Katze auf den Fersen ging er zur Hausecke.

»Hallo Verner.«

Er blieb stehen und drehte sich um. Ein Lächeln sprang in sein Gesicht. »Hallo, das ist ja eine Menge Besuch, den man heutzutage kriegt.«

»Ich dachte, Sie könnten eine neue Malerleinwand brauchen.«

Verners Lächeln verschwand. Anders bekam Angst, dass sein Geschenk vielleicht nicht erwünscht war, aber Verner sah vor allem peinlich berührt aus, möglicherweise etwas misstrauisch. »Ich dachte, jetzt, da Sie die alte verschenkt haben, brauchen Sie eine neue.«

»Ja, sicher.«

Verner ging weiter zum Holzschuppen, und Anders folgte ihm. »Ich bin es nicht gewohnt, Geschenke zu bekommen, aber Danke will ich schon sagen.«

»Das ist nicht nötig, ich bin es, der zu danken hat.«

Verner legte ein paar Holzscheite in den Korb, und Anders half ihm, ihn zu füllen. Zusammen gingen sie zum Häuschen zurück, und Anders blieb unten an der Vortreppe stehen. Er hielt die Malerleinwand immer noch in der Hand und streckte sie nun Verner entgegen. Der warf einen Blick darauf, während er sich die Stiefel auszog. »Eine Tasse Kaffee sollen Sie doch wenigstens bekommen.«

»Wenn Sie sowieso einen Kaffee machen wollten.«

»Nein, das wollte ich nicht. Aber kommen Sie nur herein.«

Anders senkte den Kopf und verbarg ein Lächeln. Verner befolgte nicht die gewöhnlichen Umgangsregeln, das wusste er schon, aber was er anfangs nur verwirrend gefunden hatte, wirkte jetzt befreiend. Es war nichts Böses in seinem seltsamen Benehmen, nur eine Unfähigkeit, sich zu verstellen. Anders folgte ihm gern hinein. Nach jeder Begegnung mit Verner hatte er sich bereichert gefühlt. Seine andere Perspektive hatte ihn viel gelehrt, und gerade jetzt hatte er einen starken Bedarf an neuen Blickwinkeln.

Sie gingen hinein, und Anders lehnte die Malerleinwand an einen Stapel von Schubladen. Dann ging er weiter und setzte sich auf Verners karierten Bettüberwurf. Ein Gedanke irrte zu dem hin, was unter dem Bett lag, aber ehe er es geschafft hatte, ihn festzuhalten, kam Verner mit dem Kaffee herein. Noch einmal nahm Anders eine verfärbte Tasse mit abgestoßenem Rand entgegen. Verner hob ein paar Kleidungsstücke vom Stuhl und setzte sich, schlürfte seinen Kaffee und machte sich wie üblich keine Eile damit, ein Gespräch zu eröffnen.

Anders betrachtete die Tasse in seiner Hand und sah sich dann in dem überfüllten Zimmer um. »Haben Sie all diese Bücher gelesen?«

»Größtenteils. Jedenfalls habe ich sie nicht, weil es praktisch ist.«

Anders lächelte, und für eine Weile blieb es wieder still. »Wird es nie einsam, so zu leben?«

Verner sah ihn erstaunt an. »Klar ist es einsam. Hier wohnt niemand außer mir.«

»Ich meine, so isoliert?«

»Das bin ich gewöhnt. Ich habe immer ein wenig abseits vom Rest der Welt gelebt. So ist es etwas einfacher.« Er trank den letzten Rest Kaffee aus und stellte die Tasse auf den Boden. »Ich habe mich nie richtig auf das mit Leuten verstanden.«

»Was denn?«

»Mit Leuten. Sie verhalten sich oft so komisch. Sagen etwas, meinen aber etwas ganz anderes. So wie Sie, als Sie hier waren und die Gitarre kaufen wollten.« Anders fühlte, wie er errötete. Aber es klang nicht nach einer Anklage, nur nach einer Feststellung. »Mir ist es immer schwergefallen, bei diesem Spiel mitzumachen, ich verstehe die Regeln ganz einfach nicht. Das habe ich sogar schwarz auf weiß.« Verner stand auf und ging zu einem Karton, hob einen Stapel Papier und Zeitschriften heraus und begann zu suchen. »Ich muss sie hier irgendwo haben. Es war in dem Jahr, als ich Erfolg mit meinen Malereien hatte. All diese Bewunderung, die sie für mich hatten, ne, ich spürte die ganze Zeit, dass etwas fehlte. Schließlich ging es mir so schlecht, dass ich Hilfe suchen musste.« Er blätterte weiter in den Papieren in dem Karton, gab dann aber auf und blickte sich suchend im Zimmer um. »Äh, ich weiß nicht, wo ich diese Zeitschriften habe. Aber da kann man Dinge über mein Gehirn lesen, müssen Sie wissen, jeder Millimeter wurde untersucht, denn als sie meine Synästhesie entdeckten, wollten sie mich in ein Forschungsprojekt aufnehmen.«

»Und das haben Sie mitgemacht?«

»Ja. Als sie versprachen, dass sie mein Gehirn untersuchen würden. Ich habe mich doch selbst immer gefragt, was mit mir nicht stimmte. Er ist übrigens heute Professor, der Doktor, den ich hatte, wir schreiben uns hin und wieder.«

»Was hat er denn gefunden?«

»An Intelligenz fehlte es nicht, ganz im Gegenteil, und es war ja schön, das bescheinigt zu bekommen.« Verner setzte sich wieder auf den Stuhl und versank in Gedanken. »Und dann bekam ich bestätigt, was ich eh schon wusste. Für mich war das eine Befreiung, endlich eine Diagnose zu erhalten. Ich glaube, erst da konnte ich eigentlich anfangen zu leben. Störungen in der gefühlsmäßigen Kontaktfähigkeit, sagten sie. Ich weiß es noch Wort für Wort. Und natürlich auch noch das, was sie glaubten, woran es lag.« Er seufzte und sah zum Fenster. »Während dieser Zeit habe ich viel über mich selbst gelernt. Es ist schon ein merkwürdiges Ding, das wir zum Denken verwenden, niemand versteht es richtig. Das ganze Leben hindurch baut es sich um, je nachdem, was wir denken und tun. Aber wenn man einen einzigen Ratschlag geben kann, dann den, dass man vorsichtig in der Wahl seiner Eltern sein sollte.«

»Danke, das werde ich mir merken.«

Verner hielt seinen Blick auf das Fenster gerichtet. »Es ist viel, was in diesen ersten Jahren heranwachsen soll, auch im Kopf. Und wenn die Eltern das Einzige sind, worauf man sich verlassen kann …« Die Katze tauchte in der Tür auf und rieb sich am Türpfosten, ehe sie zu Verner trippelte und auf seinen Schoß sprang. »Ich erinnere mich kaum an die Zeit, bevor ich in die Anstalt geschickt wurde. Nur, dass ich immer einsam war. Ich durfte den Hof nicht verlassen, und zu Hause war niemand, der mit mir sprach. Es war, als gäbe es mich nicht.« Er verstummte, und seine Gedanken schienen abzuschweifen, während er der Katze über den Rücken strich. Schnurrend trampelte sie ein bisschen herum, ehe sie sich auf seinen Schoß kuschelte. »Ich saß nicht einmal mit am Tisch, wenn sie aßen, ich hatte meinen Essplatz auf dem Boden bei dem Hund.«

»Was für Schweine.«

»Das kann man meinen. Aber auch sie sind von jemandem geformt worden, als sie klein waren, und bei dem, was sie gelernt hatten, war kein Platz für solche wie mich.«

Anders saß eine Weile schweigend da. »Warum sind Sie eigentlich zurückgekommen, nach allem, was sie Ihnen angetan haben?«

Verner gab einen Laut von sich, etwas zwischen einem Seufzer und Schnauben. »Ja, sicher ist das merkwürdig. Aber wissen Sie, das ganze Leben lang habe ich darüber nachgedacht, warum meine Mutter es so gemacht hat, wie sie es gemacht hat. Es spielte keine Rolle, wie weit weg ich gefahren bin. Ich habe eine Art von Erklärung gebraucht.« Er wischte sich mit dem Finger die Nase ab. »Oder vielleicht eine Wiedergutmachung.«

Anders blieb eine Weile stumm. »Haben Sie die bekommen?«

Verner zuckte die Achseln. »Ich weiß nicht. Sie ließ mich ja immerhin hier oben wohnen.«

Anders sah sich in dem Wirrwarr um. Keine besondere Genugtuung, könnte man meinen. Ein baufälliges Häuschen ohne Strom und Wasser, aber offenbar wollte Verner hier wohnen bleiben. Wenn man Stromleitungen verlegen und es isolieren würde? Ein paar Schreiner hinschicken? Falls Verner damit einverstanden wäre. Man musste genau überlegen, wie man ihm diesen Vorschlag machen könnte, wenn er schon eine Malerleinwand nur zögernd annahm. Anders fühlte, wie die Idee ihn belebte.

»Was hat Ihre Mutter in dem Brief geschrieben?«

»Keine Ahnung.«

»Haben Sie ihn denn noch nicht gelesen?«

»Nein. Ich habe ihn verbrannt.« Verner hob die Katze vom Schoß und ging zum Fenster, stützte sich mit den Händen am Rahmen ab und sah hinaus. »Ich habe beschlossen, dass sie die Worte geschrieben hat, nach denen ich mich immer gesehnt habe, also ist es für mich jetzt so. Wenn Sie wüssten, was für eine Erleichterung das ist.«

Anders betrachtete seinen Rücken, wieder einmal fasziniert von diesem Mann. Verner hatte seine Gedanken verändert und damit auch seine Welt. Genau wie er selbst es in den letzten Tagen getan hatte. Was kam eigentlich zuerst – der Gedanke oder die Wirklichkeit?

Er saß eine Weile da und dachte nach. Schaute noch einmal zu Verner hin und wünschte, er hätte ihn schon früher im Leben getroffen. »Lieber Verner, da Sie so viel gelesen haben und so klug wirken, was meinen Sie, worauf läuft das alles hinaus?«

»Was denn?«

Anders breitete die Hände aus. »Das mit dem Leben.«

Verner drehte sich mit erstaunter Miene um. »Das Leben? Das läuft doch wohl nicht auf etwas Bestimmtes hinaus. Muss es das tun?« Anders antwortete nicht. Er hatte schon gedacht, dass es das müsste. »Aber was weiß ich, vielleicht tut es das ja. Besonders eilig ist es jedenfalls nie, das ist wohl das Einzige, was ich begriffen habe. Denn was oder wohin glaubt man, es schaffen zu müssen?«

»Nun, genau das ist es, was ich gefragt habe.«

Verner setzte sich wieder auf den Stuhl. »Könnte ich noch einmal anfangen, mit allem, was ich bisher gelernt habe, gibt es Dinge, die ich anders machen würde. Es bleibt einiges, woraus nichts wurde.« Er zupfte etwas vom Hosenbein und überlegte eine Weile. »Hat man nie geliebt, hat man nie richtig gelebt, das stand in einem Buch, das ich einmal gelesen habe, und das hat mich schrecklich traurig gemacht. Denn sehen Sie, das mit der Liebe, daran habe ich mich nie richtig gewagt.« Die Katze sprang wieder auf seinen Schoß, und er strich ihr über den Kopf. »Außer bei dir natürlich, kleine Mieze.« Er dreht sich zu Anders hin und lächelte. »Also, das wird bestimmt gut, Sie werden sehen.«

Anders saß ganz still und wartete auf die Fortsetzung, aber Verner sagte nichts mehr. Er lächelte nur zufrieden, die Aufmerksamkeit auf die Katze gerichtet. Eine ganze Weile saßen sie so zusammen, jeder mit seinen eigenen Gedanken. Schließlich stand Anders auf, um zu gehen, und Verner folgte ihm mit der Katze in den Armen hinaus auf die Vortreppe. Als Anders ein Stück weit gekommen war, hörte er seinen Ruf. »Hallo, Sie!«

Anders blieb stehen und drehte sich um. »An dem Tag, an dem Sie zeigen, dass Sie ordentlich spielen können, wissen Sie, wo Sie Ihre Gitarre finden.«

Es hatte aufgehört zu regnen. Die Sonne kam hinter einer aufreißenden Wolkendecke hervor, und das Licht sickerte zwischen den Baumstämmen hindurch. Jetzt ging es mit großen Schritten auf den Frühling zu. Mit demselben unermüdlichen Eifer wie immer, obwohl er nicht Bestand haben würde. Alles war vergänglich, alles steckte in einem ewigen Prozess der Verwandlung.

Aber gerade jetzt war er hier.

Seine kleine Stunde auf dieser Erde.

Sie stand auf der Küchentreppe, als er heimkam, das Gesicht der Sonne zugewandt, und sah zum See hinab.

»Sieh mal, Anders«, sagte sie lächelnd, »das Eis ist gebrochen.«

Ende

»Ich habe gelernt, dass es ebenso viele Wahrnehmungen der Realität gibt, wie es Menschen gibt.«

Ein Interview mit Karin Alvtegen

Wie sind Sie auf die Idee für diesen Roman gekommen?
Nachdem ich fünf Thriller geschrieben hatte, fühlte ich mich innerlich wie ausgebrannt. Über fünf Bücher hindurch hatte ich versucht, die Abgründe der menschlichen Psyche zu ergründen, und mit einem Mal merkte ich, wie sehr ich das leid war. Mir wurde klar, dass ich etwas Hoffnungsvolleres schreiben wollte.

Die erste Idee kam ganz unerwartet. Ich hatte eine Dokumentation über Quantenphysik gesehen, die meinen Blick auf die Welt völlig umwarf. Rein wissenschaftlich betrachtet wissen wir nicht, wie die Welt, in der wir leben, eigentlich funktioniert. Im atomaren Bereich passieren die verrücktesten Dinge, von denen wir nicht den Hauch einer Ahnung haben. Ich finde das absolut faszinierend.

Zu dieser Zeit besuchte ich außerdem einen Kurs über das menschliche Gehirn. Ich habe gelernt, dass es ebenso viele Wahrnehmungen der Realität gibt, wie es Menschen gibt. Unsere eigene Interpretation ist begrenzt und oft auch verfälscht, da alle unsere Eindrücke durch unsere früheren Erfahrungen gefiltert sind. Und wenn wir etwas an unserem Leben ändern wollen, müssen wir lernen umzudenken. Doch gerade das fällt uns oft nicht leicht.

All das beschäftigte mich also, aber ich wollte kein Sachbuch schreiben, sondern einen Roman. Und dabei spielen zwischenmenschliche Dramen eine entscheidende Rolle: Beziehungen, Trennungen, Trauer, Angst, Vorurteile und Liebe.

Meine Hoffnung war, dass die Überlegungen, die ich selbst während des Schreibens hatte, auf die Leser übertragen würden – das Gefühl, dass es etwas Grundlegendes gibt, das wir Menschen noch nicht enträtselt und somit auch noch nicht verstanden haben. Und dass wir alle die Möglichkeit haben, unser Leben zu ändern, wenn es sein muss. Wenn wir es nur wollen und uns trauen.

Wer ist Ihr Lieblingscharakter in »Eine zweite Chance«?
Jedes Mal, wenn ich ein Buch abgeschlossen habe, fühlt es sich an, als wäre es mein letztes. Mein Kopf ist leer, ohne Ideen. Aber dann passiert etwas, das meine Gedanken und einen neuen Schreibprozess anstößt. Ein Jahr lang lasse ich die Geschichte reifen, und währenddessen entwickeln sich auch die Charaktere. Ich lese eine Menge Sachbücher, meistens zu psychologischen Themen, und versuche meine Figuren genauer kennenzulernen. Manchmal wird behauptet, dass Autoren nur über sich selbst schreiben, aber wenn das tatsächlich so wäre, sollte ich mich von jetzt an wohl besser einschließen. Man unterschätzt die Arbeit eines Autors, wenn man glaubt, dass alles aus einem selbst herauskommt, denn tatsächlich bedeutet es eine enorme Recherchearbeit, einen glaubhaften Charakter zu erschaffen. Sicher, es gibt einige Bausteine von mir selbst, die ich verwende, aber sie sind oft so verdreht, dass sie nicht wiederzuerkennen sind, wenn das Buch fertig ist.

In meinen Büchern ist niemand nur gut oder böse. Ein Mensch ist sehr viel komplexer. Mir ist es wichtig, mit jedem meiner Charaktere mitfühlen zu können, ich muss eine Erklärung dafür finden, warum sie so handeln, wie sie es tun, sonst wären sie nichts weiter als Schablonen.

Ob ich einen Charakter mehr mag als die anderen? Verner mag ich sehr gern. Wenn ich einen Lieblingscharakter aus all meinen Büchern auswählen müsste, wäre es er.

Können Sie denjenigen, die davon träumen, selbst einmal zu schreiben, einen Rat geben?

Schreiben! Es gibt Hunderte von Dingen, die einen davon abhalten (niemand hat so saubere Schränke, polierte Scheiben und einen derart gepflegten Garten wie ich, bevor ich den Schritt vom Denk- zum Schreibprozess wage). Man sollte nicht auf die Inspiration warten, das ist etwas, mit dem man nach Wochen voller harter Arbeit nur für einen kurzen Moment gesegnet wird. Normalerweise sage ich, dass Schreiben aus zwanzig Prozent Talent und achtzig Prozent Hartnäckigkeit besteht. Unzählige Male hatte ich es schon aufgegeben und während des Schreibens die ganze Idee in Frage gestellt. Aber jedes Mal, wenn ich mich selbst bezwungen hatte, wuchs ich innerlich.

Man sollte sein Wissen nutzen. Am Anfang in Bereichen bleiben, in denen man sich relativ gut auskennt oder die man leicht ergründen kann. Man sollte ein guter Zuhörer sein und andere Menschen als Lehrer ansehen, von deren Erfahrungen man profitieren kann.

Man sollte nicht versuchen, den Schreibstil anderer zu imitieren. Man kann sich inspirieren lassen, aber seine Geschichte sollte man auf seine eigene Art erzählen.

Und eine letzte Sache: Das Glücksgefühl, dem wir alle hinterherjagen, kommt nicht automatisch, nur weil man ein Buch veröffentlicht hat. Aber manchmal überkommt es einen während des Schreibens – in einem magischen Moment, wenn man fühlt, dass die Wörter, die man gerade geschrieben hat, wie von selbst entstanden sind.

Ihre Großtante ist Astrid Lindgren. Was haben Sie von ihr gelernt?

Wenn man Gutmütigkeit als eine Charaktereigenschaft bezeichnen kann, dann habe ich nie jemanden getroffen, der gutmütiger war als Astrid. Sie war nie darauf bedacht, ob das, was sie tat, ihr selbst nutzen würde – stattdessen war es einfach ihre Lebenseinstellung, anderen dabei zu helfen, ihre Probleme zu lösen, soweit sie das konnte. Sie hatte ein großes Einfühlungsvermögen, das es ihr ermöglichte, sich in die Situation eines anderen hineinzuversetzen, und unabhängig davon, ob es sich um Familienangehörige, Freunde oder Fremde handelte, verwendete sie all ihre Energie darauf, die Dinge wieder in Ordnung zu bringen. In dieser Hinsicht war sie ein großartiges Vorbild.

Unsere Familie besitzt noch immer das Haus in Vimmerby, in dem Astrid und mein Großvater aufwuchsen, und Astrid war für mich als Kind ein ganz normaler Teil meiner Familie. Dadurch habe ich früh erkannt, dass es auch Nachteile hat, berühmt zu sein. Manchmal konnte es befremdlich sein. Sobald sie das Haus verließ, zog sie die Aufmerksamkeit auf sich und wurde bevorzugt behandelt. Unabhängig davon behandelte sie selbst jeden gleich. Sie war den offiziellen Teil in ihrem Leben oft leid. Ich denke, das ist einer der Gründe, warum ich mich selbst aus der Öffentlichkeit eher zurückziehe. In Schweden kennen die Menschen oft meinen Namen, aber nur wenige wissen, wie ich aussehe. Berühmtsein ist für mich nie interessant gewesen.

Was lesen Sie selbst?
Oft lese ich Fachbücher oder Biographien. Wenn ich in meiner Schreibphase bin, lese ich überhaupt keine anderen Romane, teilweise weil es mir schwer fällt, einer anderen Geschichte zu folgen, und teilweise auch weil ich mein eigenes Sprachempfinden nicht beeinflussen will.

Was inspiriert Sie?
Das weiß man immer erst hinterher. Es kann eine kurze Nachrichtenmeldung in einer Zeitung sein, ein Gespräch, Wohngebäude mit erleuchteten Fenstern, ein persönliches Erlebnis, der Spaziergang auf einem Friedhof, eine Frage, auf die es keine Antwort gibt.

Was macht Sie glücklich?
Keinen Stress zu haben. Aufrichtige Freundlichkeit. Meine Familie.

Die schwedische Originalausgabe erschien 2010 unter dem Titel »En sannolik historia« bei Brombergs, Stockholm.

MIX
Papier aus verantwortungsvollen Quellen
FSC® C083411

Verlagsgruppe Random House FSC® N001967
Das für dieses Buch verwendete FSC®-zertifizierte Papier *Lux Cream* liefert Stora Enso, Finnland.

1. Auflage
Genehmigte Taschenbuchausgabe März 2015

Umschlaggestaltung: semper smile, München
Umschlagmotive: © plainpicture/Johner; Shutterstock/Sundari
Druck und Einband: CPI – Clausen & Bosse, Leck
LW · Herstellung: sc
Printed in Germany
ISBN 978-3-442-74828-0

www.btb-verlag.de
www.facebook.com/btbverlag
Besuchen Sie auch unseren LiteraturBlog www.transatlantik.de

Katarina Bivald

Ein Buchladen zum Verlieben

Roman

448 Seiten, *btb* Hardcover

Übersetzt von Gabriele Haefs

Wie eine Buchhandlung einen verschlafenen Ort wieder zum Leben erweckt.

Es beginnt mit einer ungewöhnlichen Brieffreundschaft. Die 65-jährige Amy aus Iowa und die 28-jährige Sara aus Schweden verbindet eines: Sie lieben Bücher – mehr noch als Menschen. Begeistert beschließt Sara, ihre Seelenverwandte zu besuchen. Als sie jedoch in Broken Wheel ankommt, ist Amy tot. Und Sara mutterseelenallein. Irgendwo in Iowa. Doch Sara lässt sich nicht unterkriegen und eröffnet mit Amys Sammlung eine Buchhandlung. Ihre Empfehlungen sind so skurril und liebenswert wie die Einwohner selbst …

»Über die Leidenschaft zum Lesen, einen Ort, der langsam zu verfallen droht, und über die Liebe (natürlich!).«

Femina

Elizabeth Strout

Mit Blick aufs Meer

Roman

480 Seiten, *btb* 74700
Geschenkausgabe im kleinen Format,
bedrucktes Ganzleinen mit Lesebändchen
Aus dem Amerikanischen von Sabine Roth

Ausgezeichnet mit dem Pulitzerpreis

In Crosby, einer kleinen Stadt an der Küste von Maine, ist nicht viel los. Doch sieht man genauer hin, ist jeder Mensch eine Geschichte und Crosby die ganze Welt. Die amerikanische Bestsellerautorin fügt diese Geschichten mit liebevoller Ironie und feinem Gespür für Zwischenmenschliches zu einem unvergesslichen Roman.

»Warmherzig, anrührend, lebensklug.«

Frankfurter Allgemeine Zeitung

Claudie Gallay

Die Liebe ist eine Insel

Roman

416 Seiten, Broschur

btb 74471

Ein Sommer voller Geheimnisse

Avignon im Sommer: Zum weltberühmten Theaterfestival im Schatten des Papstpalastes reisen Tausende von Besuchern an. Unter ihnen ist die junge Marie. Auf dem Festival soll das Stück ihres Bruders Paul, der unter mysteriösen Umständen ums Leben kam, aufgeführt werden. Nur ein einziges Mal will sie sein Vermächtnis auf der Bühne sehen. Auch die gefeierte Schauspielerin Mathilde kommt in die Stadt. Niemand ahnt, dass Pauls Theaterstück für sie eine ganz besondere Bedeutung hat. Und während die sommerliche Hitze die Stadt fest im Griff hat, zeigt sich, dass sie alle Teil eines tragischen Geheimnisses sind, das sich um dieses letzte Werk des unglückseligen Autors rankt.

»Liebe, Leidenschaft und das Theater – eine explosive Mischung.«

Le Point